魅丽文化 天下同萌

每次遇见都让我心动

妍小爱——著

love you

广东旅游出版社
GUANGDONG TRAVEL & TOURISM PRESS
悦读书·悦旅行·悦享人生
中国·广州

图书在版编目（CIP）数据

每次遇见都让我心动 / 妍小爱著. — 广州 : 广东旅游出版社, 2018.10
ISBN 978-7-5570-1461-2

Ⅰ. ①每… Ⅱ. ①妍… Ⅲ. ①长篇小说－中国－当代 Ⅳ. ① I247.5

中国版本图书馆 CIP 数据核字（2018）第 187263 号

出　版　人：刘志松
总　策　划：邹立勋
责 任 编 辑：梅哲坤

广东旅游出版社出版发行
（广东省广州市环市东路 338 号银政大厦西楼 12 楼）
邮编：510060
邮购电话：020-87348243
广东旅游出版社图书网
www.tourpress.cn
湖南关山美印有限公司印刷
（长沙县黄花镇黄垅新村工业园区财富大道 16 号）
880 毫米 ×1230 毫米　32 开
10 印张　310 千字
2018 年 10 月第 1 版第 1 次印刷
定价：34.80 元

CONTENTS

目录

C O N T E N T S

第一章

我们不被岁月左右

❤❤

苏伊穿着黑色的针织外套，白皙修长的手指熟练地打开手机的前置摄像头，摆好姿势对着镜头三连拍，背景则是美国旧金山的比尔·格雷厄姆市政礼堂——2016 年《英雄联盟》全球总决赛小组赛的举办地。

从刚才的三连拍中，苏伊挑选了一张自己最为满意的发送到了微博，并配上文字：

伊妹才不是 E-Mail：[比心] 来现场看直播，SNM 战队加油！

彼时，正是旧金山的下午三点。开幕式开始时间官方宣称为四点，但通常都会延迟半个小时左右。而开幕式过后的第一场小组赛正是苏伊刚才在微博提到的 SNM 战队对战北美的 YSL 战队。

美国旧金山时间比北京时间晚了大约十五个小时，中国现在是早上六点多，不少《英雄联盟》的粉丝已经早早起来坐等直播了，无聊的，大概在刷微博。

“大大，你居然去美国看总决赛了！”

“伊妹子和我喜欢的是同一个战队，太好了……”

“大大，你是去看风神的对吗？一定是去看风神的！我老公好帅！”

“上次说好要画我风神和宙斯的同人本的呢，大大，你什么时候回来填坑？”

“伊妹子，我好喜欢你之前发的 SNM 战队冠军皮肤的同人原画，果然我风神的金克丝就该那么霸气。”

苏伊是一名艺术生，高考凭着优异的美术成绩考上了当地的 H 大美术学院。擅长板绘，偶尔会在微博上发自己的插画，大部分是《英雄联盟》的同人图，也画过不少职业选手的 Q 版人设。自从半年前一不小心被《英雄联盟》的官博翻了牌子，粉丝量就暴增。

比起发自拍到微博，站在她隔壁的夏七七更直接，索性打开手机摄像头开始在白鲨 TV 上直播。

“对，七校长和伊妹子正在旧金山的比尔·格雷厄姆市政礼堂看比赛。”

“支持哪个战队？当然是LPL(《英雄联盟》中国赛区)的冠军王SNM啦！”

“什么，你们不要看我要看伊妹子？宝宝不高兴了，宝宝有小脾气了。”

夏七七是白鲨 TV 的一位星秀女主播，因人长得美、脾气好、嗓音甜在整个直播平台小有名气。可夏七七和其他的星秀女主播不同的是她天生自带女王光环，本身气场过于强大，用弹幕粉丝的话来讲就是——我七唱首歌都这么霸气侧漏。

苏伊则完全是因在夏七七做直播时强行被她拉入镜，而被广大粉丝记住的。

夏七七望着一排排飘过的弹幕故作委屈状，抚着脸看起来很是忧伤。她用胳膊撞了撞背后低头刷微博的某人，满腔哀怨道：“苏大美人，你快看弹幕，我家粉丝这是集体转粉的节奏哇！”

苏伊偏过头对着手机镜头大方地招了招手，随后继续低下头刷微博：“你的不就是我的吗？”

“话是这么说没错啦。”夏七七话音刚落，比尔·格雷厄姆市政礼堂的大门就被打开，守在门口等入场的观众陆陆续续朝里走去。

夏七七立刻对着镜头道：“开场了，我和伊妹子先进场咯，回头见，么么哒。”说完快速关掉直播，拉着苏伊的手随着人潮排队步入会场。

由于人流量太大，出于安全考虑苏伊将手机收到了包里。三十秒后，包里的手机振动了一下，苏伊不以为然。不一会儿，手机又振动了两下，她也没管。紧接着手机不停地振动，苏伊估摸着得出事。

拿出手机，摁下 HOME 键（起始键）一看，果真锁屏界面全被许瑞奇发来的信息霸占了。

“你怎么一言不合就逃课啊？万一期末挂科了怎么办？

“你来美国你爸妈知道吗？不会就你一个人来了吧？

“这都不是重点，重点是你来美国谁照顾你啊？你会说英语吗？你还让不让我安心打比赛了？

“不行，这会场你不能进，你来现场看我比赛我紧张！

“你人呢？明明两分钟前发的微博，该不会是迷路了吧？

“手机马上就要上交了，你赶紧给我回个话！”

苏伊看着屏幕哈哈大笑，惹得旁边的夏七七还以为自家闺密又在微博上看到什么好笑的段子了，她对苏伊投去一个古怪的眼神：“怎么？又刷微博刷傻了？”

“你自己看。”说着苏伊把微信的聊天界面递给夏七七看。

夏七七当即满头黑线：“我就说你表哥是妹控属性，你还不信。知道你瞒着他悄悄来美国看他打比赛，你看看，这还是 SNM 战队那个可靠的队长 Riki 吗？”

“这叫反差萌。”苏伊说完低头回复许瑞奇的信息。

非常地简单明了：“好好打比赛，加油！”

可是看完这条信息，还没来得及回复就被经理收去手机的许瑞奇表示：他真的是有点慌！

苏伊的表哥许瑞奇是一名《英雄联盟》职业选手，所在的 SNM 战队在整个 LPL 赛区内具有一定的震慑力。顺带一提，许瑞奇在 SNM 担任的位置是打野，而打野通常被称为掌控全队的节奏大师。

作为 2016 年 LPL 夏季赛的冠军，SNM 以夏季赛全胜的成绩拿到了直接通往 S6 全球总决赛的门票，这也表示今年的 S 系列冠军他们一定会收入囊中。

进了比赛场地，夏七七挽着苏伊直奔门票上的座位而去。买的是两张内场票，还是非常靠前的黄金位置，苏伊内心默默给夏七七这个小富婆点了个赞。等坐下来，苏伊发现周围有不少中国人，不用问，肯定都是 SNM 战队的粉丝，他们高举着“SNM 战队加油”的灯牌，她也热血沸腾起来。

“你亲爱的闺密果然厉害吧，这位子是我千挑万选出来的，堪称最佳观赏角度，我可是托我爸几经辗转专门找内部人员帮忙搞到的。”夏七七把早已准备好的 SNM 应援手幅递给苏伊，然后凑到她面前邀功。

苏伊兴奋地接过手幅点了点头：“么么哒，你最好了。”

“一点也不真心。”

“相信我，可真心了。”

“伊伊，你怎么想不开来美国看现场了？你不是最怕麻烦的吗？之前叫你和我一起来白鲨 TV 做女主播你都不要。”

听到夏七七的话，苏伊打着哈欠说道：“还不是因为这次 SNM 是打揭幕战，正巧我也有假。自从两年前我哥开始打比赛，他妈妈原本对电脑一窍不通，现在空余时间都会去白鲨 TV 看他直播了，动不动就刷俩直播间礼物游艇……”

话还没说完，夏七七就脱口而出：“真是亲妈啊，我妈怎么就不来给我刷游艇呢？”

好好的煽情气氛硬是被破坏了，苏伊叹了口气抚了抚额头，从夏七七手里抢过昨天晚上从酒店楼下小超市买来的零食袋子：“下次跟你讲故事我一定记得不带脑子，我先倒个时差，比赛开始了记得叫我。”

进场半小时后，大礼堂内的灯光忽然暗下来。聚光灯全部打在中间的主场舞台上，两位美国主场的主持人在上面噼里啪啦讲了一堆，夏七七听得似懂非懂，赶紧把在旁边打瞌睡的苏伊叫醒。

开幕式结束后，第一场小组赛对战的两支队伍——来自北美赛区的 YSL 战队和来自中国赛区的 SNM 战队，相继上台亮相。

在 SNM 战队的神级 ADC（指物理输出核心英雄）韩翎风登场时，体育馆内的气氛再一次被炒热。

韩翎风，游戏 ID 为“Coldwind”，中文翻译为“寒风”，自从 S4 赛季他打职业以来，LPL 每年的赛季精彩操作集锦的第一名非他莫属，可谓“场场比赛都有点睛之笔”，换言之就是“炫技如风常伴吾身”。不仅如此，近来两个赛季的全明星比赛 ADC 位的得票数也是他最高。

这也就罢了，偏偏韩翎风还长得跟妖孽似的，迷妹迷弟大把抓。听说他还头脑冷静，心思缜密，常常作为队内的指挥官，引领着队伍在劣势情况下翻盘走向胜利。就算称他为“神一样的男子”也不为过，这样的人在国际赛场上人气这么高一点也不意外。

苏伊从零食袋子里拿出一块饼干塞进嘴里，看着正前方两队的少年站在台前，朝着观众们挥手致意。她的眼神先游移到了站在队伍偏左侧的许瑞奇身上，他打了两年职业，在国际舞台上竟然显得有些紧张，不会真是因为她来现场看比赛了吧？

不过依照苏伊这十几年来对她表哥的观察，他大概一摸到键盘鼠标就能恢复正常了。

于是她又往嘴里塞了一块饼干，继续扫过SNM战队其他队员的身影，紧接着她的眼神停留在了韩翎风的身上。

很帅气。真人比屏幕上的还要耐看。

苏伊这么想着，然后她发现，韩翎风眼神的聚焦点好像在自己这边……等等，好像还真是自己这边？脑补到这里，苏伊硬生生被饼干呛住了："咯咯咯……"

夏七七见状立刻递了一瓶水："苏大美女，比赛还没开始你这么激动干吗？"

苏伊呛得脸红耳赤，摆摆手："你别说话。"拍了拍胸脯稍稍舒服一点，苏伊这又才坐直身子，心头一阵疑问。不过一般来说聚光灯开得那么刺眼，站在台上看下面完全就是一片漆黑，他怎么可能是在看自己呢？

嗯，应该是错觉吧。

"哇！风神在看我们这边！"

"真的哎！风神加油！SNM加油！"

"Riki萌萌哒，你的野区我做主！"

"咖啡咖啡，大显神威！"

苏伊身后传来中国女粉丝亢奋的尖叫声，看来有错觉的不止她一个。嗯，这样想的话就不会尴尬了！她又往嘴里塞了一块饼干。

站在台上的少年看着某个方位，他的眼神深邃，如暗夜中涌动的深海。直到比赛裁判下令各队选手各就各位，他才挪开视线，转身迈入那个属于他的席位。

比赛开场前，裁判会给各队选手十分钟的设备调试时间，等设备调试完毕，就进入今天的揭幕战。

SNM战队在今年的全球总决赛抽签仪式上，意外地抽到了第一场小组赛，开场难免会有些紧张。但很幸运的是他们分到了水最浅的A组，因为他们想要拿到全球总冠军还有一个重量级的战队必须打败，那就是韩国的不败神话LXH战队。此战队蝉联两届S系列冠军，而LXH战队里的中单宙斯ID为"Zeus"，当真是《英雄联盟》里的神话。

幸运的是 LXH 战队此次小组赛分在 D 组。

这样估算下来，SNM 战队在四分之一决赛前都不会遇见这支强劲的队伍。

“都把自己的设备调试到最佳，揭幕战而已，大家不要紧张。”舞台上，SNM 战队的打野许瑞奇很是严肃地说道，然后认真地盯着自己的电脑屏幕。

坐在他右手边的上单咖啡睨了他两眼，坦言道：“貌似我们五个里最紧张的就是你了呀，Riki。”

中单闪电笑了笑，试图缓解气氛：“哇，只是对战去年被我们吊打的 YSL 战队而已，Riki 你要不要这么严肃啊！你可是老司机了啊，还怕翻车不成？”

许瑞奇一本正经：“揭幕战，认真点。”

闪电：“我怎么感觉你像是被风神附体了？平常只有他才会露出这种表情。”

韩翎风不动声色地拿起电脑屏幕左侧的咖啡喝了两口，偏过头看向隔壁的闪电：“你的符文调好了吗？就你话最多。”

闪电快速躲开韩翎风的眼神攻击，拿起鼠标熟练地把几套符文配好。

SNM 战队的辅助小 C 是一名韩国选手，S5 赛季结束时被教练阿炎重金聘请，和作为 ADC 的韩翎风配合不错。但毕竟碍于语言沟通不畅，两人有时候还是会在配合上出现偏差。

小 C 大部分情况下听不懂队友的调侃，他扭过头用蹩脚的英语朝自家 ADC 问道：“You say what ？（你们在说什么？）”

韩翎风面无表情地把自己的机械键盘调整了一下，说道：“They said baohu AD。（他们说保护 AD。）”

小 C 一脸不解。

虽说小 C 是韩国人，但是来中国快一年了，多多少少会一点中文，但是他发誓，刚才那段对话里绝对没有出现“保护 AD”的字眼！况且在将近一年的磨合中，他颇为了解，自家的 ADC 当真是凶猛得很。

通常别人家的战队语音里拼命喊着“保护 AD”，只有 SNM 战队的语音里全是“怼死对面 AD”，画风相差甚大。好几次和其他战队打训练赛，他一个辅助都还没上，原本在他背后补兵的韩翎风就率先冲了上去，走位还特别好，每次都能躲掉关键性的技能。

十分钟后双方战队调试好自己的设备，就此进入 S6 全球总决赛的揭幕战。两边电脑后方的屏幕上也各自亮出了两队的战队标志，SNM 战队的标志是红白色，与战队队服的颜色一样，在幽暗的深色背景下看起来格外显眼。

现场的中国粉丝们高举着灯牌呐喊着“SNM 加油”，包括坐在台下即便呐喊也不忘吃饼干的苏伊，直到现场的工作人员示意粉丝们停止，整座场馆才渐渐安静下来。

夏七七用胳膊撞了一下旁边不停地往嘴里塞食物的苏伊：“你到底是来看比赛的还是来吃早餐的？”

苏伊回答：“不吃饱哪有力气加油。”

好像无法反驳，夏七七顿了一下，顺手从苏伊手里的零食袋里也拿出一袋薯片撕开：“伊伊，之前我在场外直播的时候，你知道弹幕里有人怎么说你的吗？”

“怎么说我？”

“说你气质好仙好高冷好美丽。”夏七七的表情略微有点夸张，接着马上变脸往嘴里塞了两片薯片，哼哼道，“真是愚蠢的人类，如果他们知道你实际上是高端网瘾少女估计眼泪都要掉下来。”

苏伊噎了一下：“网瘾少女我服，高端网瘾少女这是哪里来的梗？”

“自创的。”夏七七说道，“你说你是游戏里多没脸没皮天下无敌，才能打到艾欧尼亚炒饭大师的分段啊？你让我这个萌新小白银怎么活？”

“是超凡大师，而且我再努力努力运气好的话这个赛季末说不定可以爬上最强王者。”苏伊美滋滋地说着。

夏七七看着她，一脸怨念：“你表哥游戏打得好，你游戏打得也好，你们家的家族遗传怎么这么奇葩啊？”

“我就当你是真心诚意地夸我。”

苏伊和夏七七两人调侃间，现场两支战队已经进入了 BAN（禁选）/PICK（选择）环节，双方各有三次禁选英雄的机会，通常来说会禁掉对手擅长或者是版本强势的英雄。

显然北美的 YSL 战队对 SNM 战队做足了功课，第一手就把这个版本最强势，并且是韩翎风最擅长的 ADC 暴走萝莉金克丝 BAN 掉了。

SNM战队的语音里一阵骚动。

“一上来就把风神的金克丝BAN了，没道理呀没道理，小组赛就这么玩，还能不能愉快地打比赛啦？”

许瑞奇笑了笑，也没刚才那么紧张了，全身心投入到比赛中：“看来我待会儿要多去下路了，YSL这阵势是要拿风神开刀了。”

辅助小C没说话，只是对着隔壁韩翎风竖了个大拇指。

韩翎风不以为然：“BAN掉对面中单的龙王，你觉得呢，教练？”

在BAN/PICK环节教练是可以参与讨论的，很快SNM战队的教练阿炎就点头示意：“可以啊。”

中单闪电咆哮道：“这还浪费一个BAN位？对面那种菜鸟龙王我拿小鱼人吊打呀。”

“他们BAN掉寒风的金克丝无非就是对他抱有一定的畏惧感，”阿炎摸了摸下巴，思考着说道，“BAN掉他们中单的龙王，算是回敬。”

“还是教练懂我。”韩翎风嘴角露出一丝微笑。

熟知LPL赛区的中国同胞都知道，SNM战队的ADC大部分情况下是不会轻易笑的。但是他的这一抹笑容，很快就被摄影大哥捕捉到了，并投影到了正中间的大屏幕上。

场内的粉丝再度高呼呐喊起来。

于是现场的工作人员再度平息喧哗花费了不少时间，心里一阵嘀咕：“这中国小伙子的人气有这么高吗？”

答案是：“当然有。”

坐在台下的苏伊盯着那张大屏幕愣了大约有五秒，直到导播把镜头切换到了别的选手身上她才缓过神来。啧啧啧，你说这人长得帅，笑起来就是好看。

夏七七这时也犯起了花痴：“伊伊啊，你说这次你去找你表哥要风神的签名照，他可能给吗？”

“我劝你死了这条心吧。”苏伊说道，“韩翎风毕竟是连我哥都不敢放飞的男人。”

不是她不愿意帮忙，也不是许瑞奇不愿意帮忙，而是韩翎风这个人特别小气，除了官方活动需要签名以外，他是轻易不会签名的。之前有一套SNM战队的棒球帽，还是SNM战队的经理太一可怜兮兮地把工资条架在韩翎风脖子上要挟他，韩翎风才勉强签了五十个。当天一上架就被一抢而空，着实夸张。

苏伊托着下巴安慰着旁边的少女："所以你还是做一名安静看比赛的美少女吧。"

舞台上的几位主场解说员已经在分析两队的阵容，苏伊抬头看去。YSL战队BAN掉了风神的金克丝，自己抢到了射程最长的凯特琳，而SNM这边则拿到了相对灵活的伊泽瑞尔。

伊泽瑞尔配娜美vs凯特琳配牛头，双方下路阵容五五开。

禁选模式结束后，便进入到比赛环节。

前八分钟左右大家都在和平发育（发育：电子游术语，指提升等级）并未出现人头，SNM战队的下路趁着对面下路回家补给，推完线也回家补给了一拨装备再次上线。凭借着射程的优势，YSL的下路一直在推线。

韩翎风觉得不妙，在语音问了一句："对面中单呢？"

中单闪电刚推完一拨兵线，准备往下路游走："没蓝回家了。"

"坏了。"韩翎风话音刚落，就发现下路第一座防御塔的后方草丛有人传送下来，兵线此时此刻也正好进塔，非常危险。

只见YSL战队的中单和上单一起传送下来，和下路组合一起包夹了韩翎风和小C，并且对面的打野一直潜伏在草丛里。

开场就五人越塔，这到底是有多大仇？

只见牛头闪现进塔，YSL一群人原本想集火秒掉伊泽瑞尔，可没想到韩翎风利用闪现和位移技能全躲避掉了，还硬生生和下路辅助以及赶来的队友，用一个辅助换掉了YSL的下路组合，还追击杀死了中单。

并且韩翎风的伊泽瑞尔凭借着队友的护盾技能以十五点的血量活了下来！

SNM战队这拨稳赚！

坐在场下的中国观众们顿时就沸腾了，可是隔壁的北美观众显得冷清了很多，一个个黑人问号脸，搞什么啊？刚才那拨明显越不了塔啊！

从泉水里回到线上，上单咖啡一阵窃笑："YSL这场比赛玩啥呢？就这么想杀风神啊？"

许瑞奇："风神你自己说，你对对面战队的中单Davi做了什么丧尽天良的事？没闪现都要进塔杀你，幸亏我的盲僧给了你一个盾。"

韩翎风不咸不淡地说："之前打韩服碰见过Davi，我打野没给他蓝Buff（野怪回蓝速度快，减少技能冷却时间）算吗？"

作为中单闪电深有体会："算，蓝Buff可是作为一名中单的尊严。"

谁知自家队友话音刚落，原本帮忙给闪电打蓝Buff的韩翎风没收住，结果一个平砍点死了自家野区里的蓝色野怪。

闪电小兄弟心很痛："风神，你刚抢走了我的尊严。"

"我的蓝爸爸！"闪电在语音里咆哮道。

"我的尊严！"

"我的……"

"别号了，对面的给你。"韩翎风话音刚落，操作着英雄进入敌方野区和中单闪电以及辅助一起埋伏杀死了对面三人，并且顺势抢走了对面野区的蓝Buff。

由于下路YSL那拨强行越塔失误，整场比赛的雪球越滚越大，导致比赛进行到第二十五分钟的时候两队的经济差就已经拉开到了六千左右，人头比也是SNM战队以8：2明显占优。

随着最后一拨团战团灭掉对手，SNM战队五人顺势推掉中路的外塔和水晶，借着兵线的巨大优势继续朝最后的两座防御塔前进。这时YSL战队也知道自己回天乏术，干干脆脆投降。

揭幕战，SNM战队取得碾压性的胜利！

激昂的音乐响起，台下SNM战队的粉丝再次举起手里的应援物品等待喝彩。SNM战队的五名少年起身，向对面的战队走去，友好地握手。之后回归到舞台正中央，朝观众鞠躬致谢。

苏伊坐在下面弯起嘴角，兴奋地鼓掌。她就说吧，她表哥只要摸到键盘鼠标就什么坏毛病都没了，简直包治百病。可是这时，苏伊再度感受到了来自某人的炙热目光，她嘴角抽搐，而后撇过头在零食袋里找食物。

是错觉吧，风神怎么老朝这个方向看啊？

她回过头看去，才发现坐在她后面几排有一名骨灰级女粉丝正举着印有韩翎风大头像的应援牌，上面还写着"风神嫁我"，看来她真的是自作多情了。

韩翎风站在舞台上，致谢完后才转身。五个人回到座位上，开始收拾自己的外设设备，途中咖啡有意无意地问道："风神你刚才盯着台下看什么呢？

那么认真！”

闪电“啧啧”了两声：“哎哟，咖啡，你隔得那么远都能注意到风神的动向啊？”

“啊，你没发现风神刚才是最后转身的吗？”

韩翎风把自己机械键盘的数据线收好，回答道：“没看什么，你多虑了。”

咖啡撇了撇嘴没接话，把话题转向了许瑞奇：“Riki，你今天刚开场的时候可紧张了，我生怕你比赛时各种谜之操作。”

大概是比赛赢了之后飘飘然，许瑞奇乐呵呵地指着自己说：“我可是你们的队长啊！关键时候我可不能掉链子。”

“那你开场的时候那么紧张做什么？”

“那是因为……”像是想起了什么，许瑞奇话语塞在喉咙里。

闪电伸出手在他眼前晃了晃：“Riki？”

“坏了！太一在哪儿？我现在就要手机啊啊啊啊！”许瑞奇嘴里嚷嚷着就抱起自己的设备冲去后台的休息室找SNM战队的经理。

闪电望着自家队长一路绝尘的背影，微微蹙眉，问旁边的韩翎风：“哎，Riki这是怎么了？”

韩翎风也收拾好自己的设备，把喝剩下的咖啡递给闪电，示意他帮忙丢掉，转身直奔后台而去。

吃了两次瘪的闪电：“咖啡、小C，他俩啥意思呀？”

小C没说话，有模有样地学着韩翎风的动作把自己喝剩下的咖啡也递给了闪电，而后甩甩手走人。

咖啡拍了拍他的肩，故作沉重地说道：“大概就是对方不想和你说话，并朝你扔了一杯咖啡。”

闪电的内心犹如一万只树懒在狂奔。

今天，SNM战队除了揭幕战外就没有比赛了，战队一行人也没有离开，打算在休息室内观看其他各国选手的比赛。一来考察对手的实力和打法，二来根据对手的打法对自家战队的策略做调整。

SNM战队的经理太一在休息室内观看完了自家战队的比赛，内心一个劲地夸赞这场比赛大家的发挥都很稳定，突然看见许瑞奇先冲了进来，嚷嚷着找他要手机。

太一茫然地把许瑞奇的手机递给他："小组赛而已，不用这么激动地给你妈报喜讯吧？"

许瑞奇没理会他，反手把自己的设备扔到太一身上，一边在手机界面里翻翻找找，一边走出休息室："我去后门通道通个语音，一会儿再来。"

太一问："现在国内已经上午九点啦，你不怕打扰你爹妈上班赚钱啊？"

许瑞奇道："我是拨给在美国的人！"说完就开门出去。

太一愣了愣，心里犯嘀咕：许瑞奇这厮什么时候勾搭上了美国妞了？转眼一想，不对，他应该是打电话给……

这时，SNM 战队的其余四人也陆陆续续走来，走在最前面的韩翎风正巧碰到去后面选手专用通道打电话的许瑞奇。

他走进休息室，坐到沙发上，睨了一眼太一："Riki 他是去给……"

"嗯，应该是她。"太一笑了笑。

"我看到她了。"韩翎风转头问道，"你真打算选她了吗？"

"小 C 的合约就要到期了，之前我跟阿炎去找他谈过，不管今年咱们能不能拿到冠军，他都打算回国发展。人之常情，韩国的电子竞技远比国内发展得迅猛。"太一说着顿了一下，托着脑袋有些纠结，"我不是说今年咱们拿不到冠军，多方考虑准没错。二队的辅助打得挺好，但跟你合不来，这个时间段再不考虑新人就晚了。"

"Riki 知道吗？"

"队里就你知道，要不是上次我和数据分析师阿和围观她的数据被你发现，我都准备等她签完合同再跟大家宣布。"太一说完转头把刚才许瑞奇扔给他的外设设备放在一旁，"不过你作为 ADC 提前知道你下路未来的搭档是谁，倒也无所谓。"

哦，上次他就起床倒水路过客厅，看见你们两个像变态一样围观人家妹子排位赛，这也怪他咯？不过，未来搭档？

韩翎风蹙眉："她答应打职业赛了？"

太一眼泪汪汪："她说'太突然了，能不能等我下学期期末考试完再谈，宝宝不想大一就挂科，呜呜呜'……说真的，这么可爱的妹子在国服竟然是单排上的超凡大师你能信？！"

韩翎风："下学期期末？那时候都夏季赛了。"

太一无奈地摊开手："没有办法，人家不来总不能强求吧，关键是现在国内的一线辅助缺得要命，厉害的几乎都有主了。"

韩翎风睨了他一眼："今年不考虑韩援了？"

太一想了想："今年的 SNM 阿炎和我想组全华班。"

会场内太过嘈杂，苏伊示意夏七七自己要出去接个语音电话后，连忙跑到侧门外的花坛旁按下了接听键。

结果对方劈头盖脸地说了一堆："我的姑奶奶，你怎么来美国也不吭声啊？刚上大一就学会逃课了啊？你会说英语吗你就来美国了？期末考试要是挂科你别哭着给我打电话！"

半晌，苏伊握着手机幽幽道："我手机里有在线语音翻译的 App，而且这个时间段国内是国庆，所以不存在逃课。我是和七七一起来的，看完今天的小组赛明天我就回国了。"

许瑞奇沉默了好几秒，他才又开口道："我爸妈他们……还好吗？"

不知道怎么回事，画风就突变成了年度苦情大戏。

会场外的风有些大，苏伊拢了一下自己身上的针织衫，把长发别在耳后："挺好的啊，我说要来美国看你比赛，你妈别提多高兴，还让我给你带了一堆吃的。不过我可带不动，都直接寄给上海的基地了。"

"知道了。"

"今天揭幕战打得很不错，我很期待 SNM 今年能抱个冠军回去。"

许瑞奇笑了笑："你不相信你哥我啊？"

听见他那头自信的笑声，苏伊也放松了许多："当然相信啦！"

电竞圈的人都说这两年是《英雄联盟》最好的时代，并且今年的 SNM 战队以夏季赛全胜的成绩拿到了通往 S6 全球总决赛的门票。他们都相信，LPL 赛区这次一定能拿到 S 系列的总冠军。

可惜，三周后，作为 S6 赛季 LPL 赛区的头号种子，这支战队在全球总决赛的半决赛遇到了天敌 LXH 战队，并被斩落马下。

苏伊看着电脑屏幕上 SNM 被点爆的水晶，微微愣了愣神。她知道就算她这时发微信去安慰许瑞奇也无济于事。

因为，技不如人就该听天由命。

一周过后，电竞圈铺天盖地全是“不败神话 LXH 战队再夺 S 系列全球总冠军奖杯”的消息。

LXH 成功蝉联了。

再接着，她收到了许瑞奇发来的微信。

“妹，我现在很不开心，需要安慰。”

大概是刚看完 S6 总决赛两支韩国队伍内部互殴，所以心情不好吧。

此时苏伊正在寝室里画画补作业，望着微信聊天界面，她拿起铅笔在画纸上点了点。回想起那天的比赛，只能用一个“惨”字来形容。

不是他们太弱了，而是韩国队实在是太强。加上下路中韩沟通不便，操作上也的确有些漏洞，除了 LXH 战队之外，其余的两支韩国战队的实力都非常强劲，一年比一年可怕，所以 SNM 战队从美国回来后，平日的训练变得更加刻苦起来。

SNM 战队的全称为 Shining Miracle，译为“闪耀的奇迹”，可是在 2016 年的国际赛场上他们并未创造奇迹。

她觉得，他们需要一个奇迹。

苏伊坐在书桌前想了很久，停下画笔在手机键盘上飞快打字。

于是远在上海 SNM 战队基地的许瑞奇很快就收到了苏伊的回复消息和一套表情包。

Suee：“看到这朵小花没？”

许瑞奇回复道：“看到了。”

Suee：“丢掉都不给你。”

许瑞奇看着消息哭笑不得，笑着笑着才反应过来，他家姑奶奶是从哪里弄来这套表情包的啊？

同一时间，由于战队经理太一去洗手间解决个人问题，帮忙照看他手机的韩翎风无意间看了面前手机屏幕上弹出的微信提示。

Suee：“关于你提到的那件事，我和我爸妈商量后回复你。”

哦？商量？那就是有戏。

正巧这时太一也从洗手间里出来，连连鼓励大部队努力奋斗，重整旗鼓，明年再战！然后他走到韩翎风面前伸手要手机时，却发现这厮嘴角微翘，笑得十分诡异。

“铁树开花了啊……难得见你笑得这么猥琐。风神你是不是受刺激了？”太一勾了勾嘴角说道。

韩翎风毫不在意刚才太一的形容，把手机还给他，声音低沉：“不，我只是十分期待。”

第二章 完美的节拍

❤❤

电子竞技选手没有休息时间。

如今作为一名合格的《英雄联盟》玩家，苏伊对此深信不疑。

H大的校舍晚上从来不限电，这也就导致苏伊每天通宵在宿舍玩游戏玩到走火入魔。

开学半个月后的一个半夜，夏七七迷迷糊糊起来准备上厕所，发现苏伊还在下铺打游戏。她掏出手机看了一下时间，都三点了，她竟然还没睡？

于是夏七七从上铺爬下来，小声道："网瘾少女，该睡觉了。"

苏伊戴着耳机，游戏画面正好在进行着一次小型团战，因为过于专注于操作和走位，所以她压根就没有听到夏七七的话。

夏七七叹了口气，直奔厕所而去。出来的时候，苏伊正好打赢了一场排位赛，屏幕上显现出大大的两个字：胜利。

她屈着手肘摸了摸下巴，走上去摘掉苏伊的耳机："该睡觉啦！"

苏伊这才发现夏七七站在了她的旁边，她顿了一下，歉意地说道："我吵醒你了吗？"

夏七七摇了摇头："没有，我起来上厕所。"说完爬到上铺，从上面探出小脑袋朝苏伊说道，"你就是高中那会儿被你哥带入坑的，现在他去打职业赛了，你这么拼难道也想去打职业赛呀？"

"扑哧！"苏伊被这话逗乐了，转过身看向她，"我是女生，怎么打职业赛呀？"

夏七七嫌弃地看向她，顿了一下："现在不是很多战队都有女队吗？技术不是问题，只要会卖萌会撒娇就行。"

苏伊脑补了一番后浑身一抖，故作镇定地问道："不会卖萌也不会撒娇，骂人很厉害的那种哪个战队收？"

夏七七哭笑不得。

"开玩笑的。"苏伊笑了笑。

"早点休息吧，网瘾少女。"夏七七露出"拿你没辙"的表情，翻身继续睡觉。

苏伊伸了个懒腰，看着个人信息里的“超凡大师 180 点”，微微一笑，照这趋势努力下去，这个赛季说不定她可以冲上“最强王者”。哪怕垫底也好，那个王者框真的很好看啊！苏伊这么想着，挪动鼠标正准备将游戏窗口关掉，发现右下角忽然有好友发来消息，ID 是一串英文。

一般游戏结束添加她为好友的人，苏伊都会同意。所以，她的好友列表里除了几个熟悉的朋友以外，其他的她一概不知道是谁。

不过她看到信息的时候，还是有点蒙了。

YAGAMI：“亲，要不要来我们 SNM 战队打职业？我们战队缺一个辅助。”

这么淘宝的口气。SNM 战队不是有一个韩援辅助吗，还缺啊？她的第一反应就是这是个骗子。

EMail：“不好意思，我是玩中单位置的。”

打完这段话，苏伊就准备删好友，谁知对方又发来一条消息。

YAGAMI：“Riki 的表妹？”

苏伊看到这条信息后，当即脑袋就炸开了，出于保护她哥的隐私考虑，知道她 ID 还知道她是 SNM 战队 Riki 的表妹的人除了夏七七以外，压根就没别人。

由于她微博上几乎全是《英雄联盟》的作品，很多粉丝都会在微博下询问她是不是也玩《英雄联盟》，那时苏伊很天真，大大方方地回答：“玩呀。”

又有粉丝追问她在哪个区，什么段位的，ID 是什么。

苏伊也老实回答：“艾欧尼亚大区，段位钻一，ID 伊妹。”

于是微博下面的粉丝都炸了，纷纷说“一个妹子怎么可能自己打上艾欧尼亚的钻一分段呢？肯定是抱大腿上去的吧”。要么就是“才不信你是妹子，画画厉害的汉子多了去了，装什么妹子呀，故意吸粉的吧”。

这个话题过去了后，苏伊把那条微博删掉了。再后来，她把那个萌萌的一看就是女生的 ID 也改了。

再后来的某一天，她打上了超凡大师的分段。

可是眼下这个人……

EMail：“你是谁？你是怎么知道的？”

对方立刻做起自我介绍：“小妹妹不要紧张，我是 SNM 战队的经理太一。”

YAGAMI：“你真当我不关注队员的各种八卦吗？Riki 那小子的 TGP（指腾讯游戏平台）战绩查询全是你 ID，我和我们队的分析师观察你很久了，觉得你很不错。所以想问问你要不要来打职业赛。”

苏伊当时看完这段话就傻眼了，刚才她和夏七七聊什么来着？她有些慌了神，立马看向对面上铺，发现自家闺密已经沉沉地睡了过去。

她需要冷静。

隔了很久她才敲下几个字。

EMail：“你居然偷看他电脑！”

YAGAMI：“请你不要忽略我话里的重点。”

EMail：“如你所见，我是玩中单位的，不适合打辅助。”

YAGAMI：“如我所见，你在玩中单之前都是打辅助的。”

YAGAMI：“不然 589 场的婕拉，445 场的娜美，以及 320 场的锤石，你怎么跟我解释？”

所以这两个人是把她的所有数据都分析透彻了吧？真是够变态的啊！

YAGAMI：“偷偷告诉你，我和阿和还观战了好几天，觉得你的操作和反应真心适合打辅助位。”

EMail：“所以你从某方面直接否定了我的中单。”

YAGAMI：“你是从辅助入手的，这个位置也更加适合你，不是吗？”

EMail：“不过你既然知道我是许瑞奇的表妹，也知道我是女的，你还要请我打职业赛，不会是去女队吧？”

对面沉默了好一会儿，然后回复道：“哈哈哈，我们 SNM 没有女队，所以我说的打职业是 LPL——《英雄联盟》职业联赛呀小妹妹。”

苏伊一时语塞。

YAGAMI：“你不用着急回复，等 S6 结束后再做决定也不迟。这事只有我和分析师知道，我们暂时还不打算告诉队员扰乱军心，不过我也希望你暂时不要告诉 Riki 哦。”

YAGAMI：“等你想好了，联系我吧。”

说完就甩给苏伊一个微信号，而她也鬼使神差地加了那个微信号为好友。

出于对那个闪耀的国际舞台的好奇之心，她买了去美国旧金山看现场的机票。

然后，她真正体会到了电子竞技的那份激昂之心。

再然后，她告诉她的爸妈，她想去打职业赛。

“想去就去呗。”

晚饭时分，苏伊提到了这件事，坐在她对面的父亲倒显得很镇定：“瑞奇的那个战队吗？有跟你谈年薪多少吗？低于那小子的六十万元我可不干。”

苏伊夹着肉丸子的手还飘在半空中，望着亲爹眨了眨眼：“啥？爸你说啥？”

苏爸爸低头扒拉了两口饭：“我说叫你滚去打职业赛！”

苏伊缓缓地把肉丸子夹到她爸碗里，最后答了声“哦”，像是被她爸刚才那一嗓子吓到了。

直到苏爸爸吃完饭一个人跑去客厅看报纸，苏伊才对着旁边的亲妈问道：“妈，我爸是不是舍不得我去上海呀？”

谁知亲妈却回答道：“他不是舍不得你。”

“啊？”

“他是舍不得你的年薪六十万元。”

“不过你想过退役后怎么办吗？难道开个淘宝店卖肉松饼？”

这一点苏伊还真没想过，她刚满十九岁，如果真去上海打职业赛，她就得休学。等二十多岁退役，再回来学美术，也晚了吧……考虑的事情有些多，她不像许瑞奇，高三开学没多久就被SNM战队挖走，连高考都没参加，就成了现在人们口中的Riki——那个SNM战队的队长。

苏伊啃着她亲妈烧的糖醋排骨，托腮说道：“我还真没想过。”

“没想就别想了。”客厅传来她爸的声音，“等你真签了合同年薪六十万元，再来考虑接下来的事吧。”

别看她亲爹现在义正词严、表情严肃得恨不得把她遣送去上海打职业，没准现在心里正泪流满面地哭着后悔管不住自己这张嘴。

有个“傲娇”的爸爸真麻烦。

苏伊嘴角抽搐，都是去打职业赛，怎么她家的“画风”就和许瑞奇那年临走前他爸妈一把鼻涕一把泪的“画风”差远了呢？

既然爸妈都同意了，苏伊立即发了微信告诉SNM战队的经理。

至于签合同走流程谈薪资什么的，大概会是一个很漫长的过程。而且她得先把大一上半学期的课程结束，才能办理休学的手续。苏伊拿起手机想了想，觉得这件事还是要先告诉夏七七。

她一边排着游戏，一边快速在微信界面打字："亲爱的七七女王，我有件很重要的事要告诉你。"

那边很快就有了回应："快说，本女王正敷面膜呢。"

Suee："我要去上海打职业赛了。"

七校长："嗯，正巧我也要去上海做官方解说员了。"

苏伊欲哭无泪："我说真的。"

半晌后，游戏已经进入选人界面，她才收到夏七七回复来的消息："我的天，打职业赛？女队？"

Suee："不，LPL，SNM。"

七校长："厉害了我的伊。"

Suee："就这？没了？"

七校长："吓得我面膜都掉地上了，你知道一片多贵吗？对了，以后你开直播了记得多来我直播间查房，多送点游艇和豪华巨轮什么的。"

Suee："不好意思，友谊的破船已经翻了。"

打完这行字，她电脑界面上的游戏已经开始了。分到的依旧是她近期玩的中单位，只不过在游戏读条界面的时候她似乎看到了一个ID，一个在国服没有人不知道的ID。

Coldwind，积分稳定在国服王者前十，SNM战队的ADC，同时被中国电竞圈称为"国服第一ADC"的男人。然后这串ID上面顶着的图片并不是任何一个ADC英雄，而是暗黑元首辛德拉，风神这是不打ADC转行打中单的节奏吗？

哦，所以要跟她对线的人是风神？

未来她可能要搭档的人是他？

没搞错吧？

韩翎风在SNM战队打ADC以前，曾经在别的战队担任过中单位置的首发。然而SNM战队的经理太一是一个慧眼识珠的人，很快就发掘了韩翎风的潜力，将他纳入SNM战队，并让他成功转型为ADC。

这也成就了他现在“国服第一 ADC”的称号。

嗯，这样想来就很尴尬了啊。因为……

打不过啊怎么办？在线等，很急！

只要打到高分段就能遇见不少职业选手，或者是曾经是职业选手的退役选手。

不过也有不少职业选手喜欢去高手云集的韩服打拼，就比如许瑞奇，大部分时间只打韩服。但是苏伊这会儿排到 SNM 的韩翎风，她玩游戏这么久以来还是头一次。

读条界面结束后，大部队在泉水内买完装备往外走时，苏伊就看见队友不停地在“所有人”频道上向他打招呼，各种“风神我是你的粉丝么么哒”“风神大大不能跟你对线好失望”“风神这把输给你能给我好友位吗”……

苏伊十分无奈。

既然能排到稳定在国服王者前十的男人，说明她自己队这边也有王者级别的队友。不过……这还是她印象里的高分段排位赛吗，怎么这群人遇见韩翎风就跟傻了一样呢？

啧啧啧，不愧是 LPL 的人气王！这果然是个看脸的社会，“颜值高”的人受欢迎，“颜值高”还有技术的人就更受欢迎了。

苏伊叹了口气，调整好心态就跟着兵线出了防御塔。前期对线苏伊的奥莉安娜和韩翎风的辛德拉基本五五开，补兵数差不多，换血上来说谁也不亏。

可是这个男人，他很聪明。

卡着苏伊差一个兵到六级的时间，先手晕住她。这时下路河道草丛内忽然闪现上了一只蜘蛛女皇，直接配合着辛德拉一套爆发把她带走，苏伊连双招都没按出来。

辛德拉加蜘蛛的硬控组合实在是太变态了，爆发着实有点高，并且这个一血很快就为他建立了优势。加上对面打野的不断搞事和骚扰，苏伊后续被单杀了两次。

中路炸了。

很快苏伊就意识到这不仅仅是“打不过啊怎么办”了，而是“我现在抱着大腿求饶还来得及吗”。她直接被韩翎风的辛德拉杀成狗，比赛进行到十五分钟时她的数据是1：6：5，一杀六死五助攻。相反她自家的打野男枪一路狂刷野，也不去反对面的 Buff（指电子游戏中的增益魔法），也不去反蹲，这举动连队友都看不下去。

“你这打野是不是只会刷？人家蜘蛛都把中下两路抓穿了！”

“这家伙是个演员吧？”

最终这局比赛，苏伊看着惨不忍睹的数据选择了投降。压根就没翻盘点，打野男枪还喝醉了似的在自家野区逛街。说他不是演员都没人信。更可气的是，对面打野像是有强迫症一样，一直就住在她中路不走了，压根就不给她发育的空间。

这场比赛上下中路还有野区都崩穿了。

出了游戏，一群人都在公众频道上发消息要韩翎风的好友位，完完全全忘记一路演得飞起的男枪。比起好友位这东西，苏伊出来的第一时间就是观看自己的伤害值，居然占了自己队伍这边的最高。

苏伊看着掉下去的点数，痛心疾首，也没看频道里一群人在聊什么就退出了房间。

退出后才反应过来，忘记举报了。

韩翎风看了一眼退出游戏房间的 ID，轻轻皱了皱眉。正巧这时经理太一提着一大堆外卖从大门走了进来，嘴里一阵抱怨：“你们一个个在这里打游戏，要我出去拿外卖。谁点的超大份花甲粉，还有超大杯港式咖啡？重死我了！”

话音刚落，坐在角落里的咖啡就举起手冲了过去：“放下那碗花甲粉，我来！”

接着一群人冲上来找自己的外卖，唯有韩翎风坐在椅子上盯着电脑屏幕，稳如泰山。

太一觉得奇怪，端着一碗盒饭走了过去放到韩翎风的面前，看着游戏结束后的统计列表说道：“排位不是赢了吗？你怎么又露出这种脸啊？”

韩翎风勾了勾嘴角，转过头看向他：“我刚才遇见她了。”

“谁？”太一一时没反应过来，从隔壁桌子拿了张空椅子坐在韩翎风旁边，扒拉了两口饭看向屏幕，看到了对面队伍数据惨淡的发条魔灵，瞬间懂了。

太一心疼地摇了摇头：“啧啧啧，对待妹子都这么丧心病狂。风大大，你打游戏都这么没心没肺，活该只有迷妹没有女朋友。”

“见面礼。”

“你的见面礼真奇特。”

“她的操作没问题。”

“那就是你的操作有问题。”

“对面有演员，加上我这边打野是 CNZ 战队的祈神，他换 ID 了。”

太一微微一愣，米饭还挂在嘴角：“啥？你排到处女座的祈神啦？那就不是你的错了，不怪你。”

CNZ 战队，被电竞圈的人们称为“处女座战队”，除却战队名字的谐音以外，就是这战队里几乎每个人都有强迫症。这大概是有史以来处女座被黑得最惨的一次，没有之一。而 CNZ 战队的打野祈神出了名地喜欢抓中路，当真是有强迫症啊，兄弟。

见韩翎风和太一坐在一起，许瑞奇端着份盒饭走到他俩身后，好奇地问道：“你们两个什么时候黏这么近了？太一你不去跟阿和缠绵啦？”

太一被他吓了一跳，韩翎风的反应速度也是杠杠的，立马把对战结束后的页面关闭了。

“Riki，你这个月的工资是不想要了吗？”屡试不爽的撒手锏被太一拿了出来，“你这个月的直播任务似乎还差很远呢。”

许瑞奇当即就快跪下了：“别别别，您当我没说，你们继续……”说完端着盒饭乖乖地回到电脑前，一边和粉丝们飞吻，一边吃着盒饭，一边排着游戏。

太一坐回到位子上叹了口气。

“总有种和你狼狈为奸的感觉。”韩翎风望着他说道。

“啊？”

“这样不好，不好。”说完，韩翎风拿起桌上的钥匙就往外走去。

太一愣了一下：“风神，这么晚了你干吗去？饭也不吃，你修仙呢！”

男人没有回头，只是帅气地挥了挥手：“散步。”说罢，直接走出大门。

太一留在原地，两眼迷茫地看着大门的方向。良久后，坐在隔壁沙发上看动漫的闪电找到了重点，含糊着问道：“风神他出去散步，拿车钥匙做什么？”

太一扭过头问道：“他拿的是车钥匙？”

“可不就是车钥匙吗？”

“我记得他车钥匙上挂着一个亚克力挂饰啊。”

“哦，那个不知道是哪个同人画手画的Q版的金克丝，在去美国比赛的时候弄丢了，所以现在是光溜溜的一串。”

“坏了……”闪电立刻也反应过来，“真坏了！”

“那家伙可是路痴啊！他别开车去散步散到海里去了！上次他开车被追尾我才给他修好的车！”太一碎碎念着冲了出去。

有句成语是怎么说来着？人无完人。如果说韩翎风在技术、颜值、头脑方面都无可挑剔，那他唯一的毛病就是，他是个十足的路痴，大概是能拿八级路痴证的那种。

太一刚穿好鞋子冲出大门，口袋里的手机就振动了两下，他一边朝停车场走去，一边掏出手机看消息，一不留神差点撞到柱子上。

Suee：“经理大大，我爸妈同意了，所以接下来的流程是什么？”

接下来的流程是什么？当然是他直接飞去苏伊所在的城市签合同啦！想到这里，太一心里一块大石头落下了。因为原辅助小C的合同在2017年春季赛过后也快到期了，到时候办理完离队手续就要飞回韩国了。

太一跟苏伊说罢，就看着韩翎风开着SNM战队基地的宝马扬长而去。他只希望这家伙不要像上次一样开错路，毕竟韩翎风是连导航都拯救不了的男人呀。

苏伊平躺在床榻上，看着手机屏幕上对方发来的消息：“等战队忙完这阵子春季赛前的准备就签合同。”

而后她关上手机，兴奋地在床上打滚。滚着滚着脑袋磕到墙上，她才渐渐冷静下来，平复了一下内心。但是一想到她日后要辅助的对象是LPL的人气王，她就莫名觉得压力山大。

正想得出神，她又收到一条微信，原本以为是SNM战队的经理发来的，结果发现发信人是夏七七。

七校长：“等等，伊伊宝贝，你刚才和我说你要去的战队是SNM——你哥那个？”

苏伊也懒得去研究夏七七的反射弧是正弦曲线还是余弦曲线，吧嗒吧嗒地在键盘上打字：“对，就是SNM。”

七校长：“哎！就不就是风神的战队吗？好羡慕你。”

Suee：“顺带告诉你，日后他是我搭档。”

七校长："真的吗？你打辅助位？还辅助风神？你确定吗？"

Suee："你这么激动做什么？"

七校长："我开始心疼你了，因为风神看起来对辅助的要求很高的样子，你们这组合得磨合。"

的确，作为国服第一ADC，对辅助要求高是理所应当的。可是苏伊一想到刚才那把的Rank（指LOL排位等级积分），她直接被韩翎风杀穿，就满脑子的怨念。

Suee："没关系，那我一定是抢他人头脏他兵线的那种辅助。"

七校长："我有种预感，照这样磨合下去，你活不到明年的夏季赛。"

几天后，太一打印好了几份合同，准备从上海飞往苏伊所在的城市。

打职业赛的少年有一个通病，那就是不到下午三点是不会起床的。唯独韩翎风的作息时间比较接近于正常人，一日三餐，顶多第四餐吃点夜宵。按时直播按时完成任务，简直比小学生交作业还要有序。

太一上午九点就起床收拾好行李，提着包下了楼，看见他正在厨房鼓捣早餐。

"一如既往起这么早啊，我的风大大。"太一调侃道，"你个路痴，不会昨晚迷路迷到早上才回来吧？"

韩翎风睨了他一眼，扔给他一个包子，没有理会他："你这么早起床做什么？"

包子还是热乎的，太一差点被烫到，扔下手提包在手上来回掂了掂："这么烫，韩翎风你要谋杀啊？"

"要谋杀你的话，我觉得其他方式来得更快。"说罢，他开始清洗菜刀。

太一"脑补"了一下整个人都不好了："我要去W城签合同。"

韩翎风没理他。

太一咬了口包子沉思了好一会儿，似乎想起了什么事："我记得你也是W城的吧？"

韩翎风微微一愣，转过身子开始收拾厨房："嗯。"

"正好，你知道这个地址吗？"太一说完掏出手机从微信界面翻出一排地址给他看。

他看了地址后蹙眉，动了动嘴角："知道。"

"太好了，快告诉宝宝咋走。"

"不告诉你。"

太一咬着包子，一脸不解地瞪着他。

韩翎风回答得理所应当："因为我路痴。"

所以他家的风大大从某方面来说，还是挺记仇的？太一露出可怜兮兮的表情，眼巴巴地望着他："谁叫你昨天那么晚还出门啊，你去干吗了？"

"买东西。"

"什么东西要晚上开车去买啊？"

韩翎风指了指桌子上的车钥匙："钥匙扣。"

厉害了我的风神，大晚上的出去就是买钥匙扣？买的依旧是金克丝的挂饰。

"你是多喜欢平胸小萝莉啊？"

"把包子给我吐出来。"

"哎哟，时间不早了，我要走了。"

太一要赶飞机，啃完包子就急急忙忙出门了。韩翎风则清洗好碗筷，坐到了电脑前开机，熟练地登录上了游戏客户端，开始排位。

此时已经步入十一月份，再过几天S6赛季就结算了。目前他处于国服"最强王者"的第三名，第一名是CNZ战队的祈神。

这家伙最近冲分冲得很来劲嘛。

打了三把，全是以他全场Carry（全场Carry：电子游戏术语，指控制全场）收尾。

第四把，分到的依旧是他最擅长的ADC位置，也如他所愿地拿到了他最擅长的暴走萝莉金克丝。调试好自己的天赋符文，趁着空余时间韩翎风打开TGP，从自己的战绩那儿摸到了苏伊的战绩详情。

"超凡大师250点"，昨晚打到半夜，今早九点又继续打到现在。他朝右侧望去，基本上是绿油油的一片。这女人是有多顽强？

正想着，游戏也进入到了读条界面，而让他意外的是居然碰到了刚才他想到的那个人，玩的还是打野位，傲之追猎者雷恩加尔，俗称狮子狗。

韩翎风不知道为什么，有一种预感，这把他大概是发育不起来了。

事实上，不仅韩翎风很意外，能玩到打野位苏伊自己都很意外。如果不是因为分到打野位的那兄弟让自己一楼帮他抢狮子狗，她也不可能选这个英雄。如果不是狮子狗那兄弟没有她要玩的英雄，她也不可能玩到打野。

嗯，这就很尴尬了。这英雄她玩得不多，但也能上手，毕竟狮子狗可是她哥的招牌英雄。谁来告诉她，为什么她此时此刻打排位又遇到了那个男人?

“哎呀，遇到风神啦！”

“我们下路算是要爆炸了，这边只有一个不经常玩打野的狮子狗，以及一个不会玩辅助的泰坦。”

“我仿佛听到了掉分的声音。”

队友纷纷在当前频道唏嘘，更有甚者已经在“所有人”频道打字求韩翎风下手轻点，不要虐得太惨。

可是这场比赛的进行有些出乎大众的预料。

狮子狗这个英雄的爆发十分高，特别是在有草丛的情况之下。前期苏伊的狮子狗在野区里抓死对面打野两次，而后自家中单也很给力，单杀了对面一次。十分钟的时候，苏伊和中单配合进行了一次中野联动，把韩翎风和他家的辅助一并抓死。接下来的三分钟，苏伊的狮子狗在下路一塔前的草丛里阴了他三次。一套连招操作行云流水，非常连贯。

“风神被抓哭了吧……”

“这狮子狗厉害了，有当年 Riki 大大的风范呀。”

“心疼风神。”

就连让苏伊帮忙抢狮子狗，现在正玩着辅助的那位大兄弟也在打字:“这位兄台，你这么蹲风神，是有什么仇吗？”

如果她说是因为她之前玩中单被韩翎风杀穿，现在正报复呢，会不会说她小心眼呀？想了想，苏伊答：“他长得比我帅，我不服。”

队友们纷纷刷起了“66666”。

然后这场比赛就结束了，苏伊这边赢得特别轻松。不管是队友还是对面的对手都在公众频道上打字说“心疼风神被抓崩”“这位玩狮子狗的大兄弟太血腥了”“狮子狗，风神跟你什么仇什么怨啊”。

苏伊觉得有些饿了，看了下电脑右下角的时间，已经是中午了。房间外也传来她亲妈催促她快去吃饭的声音。

退出房间，准备关游戏时，却看到了系统消息。

玩家 Coldwind 请求添加你为好友。

啥？！风神要加她为好友？！

起初苏伊有些激动，听说韩翎风不轻易加好友。她看过他直播，好友列表里除了 SNM 战队里的人，其余的全是其他战队的选手，还有一些是退役的老将和主播。那么问题来了，他加自己做什么？

苏伊的第一反应就是不太妙，不会是加她来骂人的吧？她只是在下路三分钟蹲了他三次而已，不算过分吧！要知道有些高端玩家玩打野，针对起人来连本人都怕！

苏伊沉思一番后，摇了摇头，依照韩翎风这个人的脾性，还不至于这么记仇。想了想，苏伊还是操纵鼠标点了“确定”。

可是她手一抖，竟然点到“拒绝”了。

她现在加回去解释说刚才是自己手抖了还来得及吗？她立即在添加好友的搜索框内打上韩翎风的 ID，结果 ID 还没输入完，右下角又弹出了添加好友的消息。

这次苏伊很慎重地没有点到拒绝上面去。

很快对方就给她发来了消息。

Coldwind：“很好。”

很好是什么意思？是“很好，你成功吸引了我的注意”，还是“很好，我记住你了”？呃……好像两个的意思差别不是很大的样子。

EMail：“风神大大，你在说什么？”

Coldwind：“能把我抓到几乎生活不能自理的狮子狗，你大概是第一个。”

那她还真是荣幸啊……

EMail：“刚才那把排位，只有你们下路最好抓呀，为了大局观我只能这么做了！毕竟玩游戏就是为了赢嘛。”

Coldwind：“嗯，记住你今天说的。”

EMail：“啊？啥？”

Coldwind：“下了。”

EMail：“哦。”

不一会儿，韩翎风那边的头像就暗下去了，列表里只剩下一排灰色的 ID。可是，刚才他说的那句话是什么意思？

第三章 规则就是用来打破的

❤❤

苏伊的父母见过太一，前两年许瑞奇选择打职业的时候，电子竞技并不景气。那时的职业选手特别辛苦，薪水也不像现在高得这么夸张。他被 SNM 战队看上时，家里人总觉得不靠谱。于是许瑞奇签合同时一家人全上阵，架势犹如八堂会审。

太一始终记得那时的场景，现在想来真是谜之尴尬。

有了前车之鉴，苏伊这次合同签得十分顺利。但是她首先得通过 SNM 战队的试训，试训过了才有可能成为首发，毕竟前面还有二队的替补辅助在呢。

签完合同当天晚上，太一就打算赶回上海。当天来，当天走，作为经理真是辛苦。

苏伊家住在三十二层，在等电梯的空余时间，太一朝她说道："苏伊，你一开始说等期末考试结束再来考虑这事，我和教练还挺着急的。"

"着急？"她不解地眨了眨眼。

"你也知道，S6 我们战队半决赛就被 LXH 战队一举击溃，电竞圈铺天盖地全是讽刺的话，Riki 作为队长压力很大。"

作为战队的队长，除了平时要应付队员的各项杂事，还要应对公众场合的质问。许瑞奇和韩翎风同时在 S4 加入 SNM 战队，考虑到许瑞奇年长，SNM 战队的队长就交由他来担任。随着电子竞技近两年来火热，大家对这项赛事的关注度也越发提高。有点风吹草动，就拿来大做文章。

舆论，绯闻，批判……整得跟娱乐圈似的。

太一接着说："春季赛过后小 C 便要离队，就只剩下二队的辅助西瓜。但最让我们头疼的是，西瓜和风神完全配合不起来，一塌糊涂。"

苏伊："经理你这么说我莫名就慌起来了。"

说着电梯到了，苏伊跟着太一走了进去。

"如果到夏季赛之前还找不到合适的人，那我们 S7 大概就要炸掉了。"

按了去一楼的按键，太一看向她："你打了这么久《英雄联盟》应该知道，下路是唯一一条双人路，特殊且麻烦。好的 ADC 和好的辅助能有好的配合才是至关重要的。”

“嗯嗯，我懂。”

“所以，到时候试训你就不用和二队的ADC配合了，直接和风神配合。”

“嗯嗯，好的。”

两秒后——

“啥？试训我直接就和风神配合啦？”苏伊的声音在整个电梯里响起。

太一看向她，半晌后点了点头：“当然了，毕竟风神是首发。而且你能不能通过试训，绝大部分也要他说了算。”

苏伊语塞。

“你有疑问？”

“没没没，没问题。”苏伊尴尬地挥了挥手。

太一笑了笑：“听说S6第一场小组赛，你去现场了？”

苏伊原本想问他是怎么知道的，而后想到了自己在微博上发过照片，又和许瑞奇通过语音，就自行“脑补”了中间的过程：“嗯，体验一下电子竞技的火热。”

“觉得风神怎么样？”

“如果我说很帅，你会不会打我？”

正好电梯这时也到达了一楼，太一迈步走出去，扭过头看向苏伊，非常正式地说道：“就送到这里吧，SNM战队期待你的到来。”

苏伊站在电梯口，脸上还是方才那呆呆的样子，缓缓点了点头：“哦。”

“说起来，”太一忽然停住脚步，“你还没回答我怎么忽然就答应打职业了呢！”

“嗯？”苏伊想了想，摸着下巴很是认真地说道，“大概是因为……我真的很热爱这款游戏吧。”

“这里中路，LXH的青钢影强行开团，SNM这边风神交了闪现拉开距离……天哪！这次SNM被LXH打了一个零换五……”

苏伊的电脑正在播放2017年MSI（《英雄联盟》季中冠军赛）的四分之一小组赛。SNM战队以2017年春季赛冠军的成绩拿到了MSI的门票，作为代表LPL赛区参赛的队伍，SNM战队拼尽全力却依旧在四分之一决赛上被LXH

战队制裁。

苏伊一脸铁青地从椅子上起来，径直朝衣柜走去。

结束大一下学期前半学期的美术课程，没等到期末考试，苏伊就回家了，跟着她回家的还有夏七七。

夏七七趴在床上，看着苏伊把日常用品装进行李箱里，哀怨地叹了口气。

SNM 战队就仿佛遭遇了 LXH 战队的四分之一魔咒一般，只要遇见这支难缠的队伍，就必定会输得很难看。

夏七七调整好心情，看着收拾行李的苏伊，完全没想到那天晚上她们俩的谈话会成真："你真去上海打职业赛呀？"

"不然还有假啊？"

"首发？"

"哪那么容易，还要试训一个月呢。"想到这里苏伊就心力交瘁。

夏七七在床上翻滚了两圈，仰头看着她，语气很兴奋："哎？这么说试训不过的话，你还有机会回来跟我一起玩咯？"

苏伊手里的动作停顿，回头看着一脸傻笑的闺密："你这语气，听起来是不想我留在上海呀。"

"哪有。"夏七七颇为羞涩地干咳了两声，翻过身子拉了拉她的衣角，"人家是舍不得你啦。"

苏伊一脸高深莫测："那你到底是想我去打职业赛，还是不想？"

"说真的，"夏七七撇嘴，"一半一半，你去上海是你的私心，把你留在 W 城是我的私心。不管怎么样，跟你认识这么多年，我还是更倾向于前者。"

苏伊笑道："所以你是支持我去成就梦想？"

"不，我是想让你去帮我要风神的签名照。毕竟 ADC 和辅助可是有剪不断理还乱的关系呢，我相信你可以的。实在人情做不成，你就靠美色。加油吧！网瘾少女。"说完夏七七对她竖起大拇指。

苏伊嘴角抽搐，最后把手里的衣服扔到夏七七的脑袋上："友尽！"

友尽什么的当然不是真的，夏七七把苏伊送去机场的时候还一个劲地飙泪，嘴里嚷嚷着让她好好加油，如果真成了首发，夏季赛她一定要去现场看！

苏伊当真被感动了，坐在机场的候机室内心情忐忑。许瑞奇还不知道她要去打职业吧，一会儿怎么给他惊喜呢？不知道战队里的其他大兄弟好不好相处啊，重点是自己能不能通过试训啊，真的好紧张。

然而她现在想这些，并没什么用。

苏伊玩手游打发时间，就看到夏七七给她发来微信消息：“怎么，到上海了吗？”

Suee：“别提了，我还在W城呢！飞机晚点了。”

对方没心没肺地回复：“哈哈哈哈哈，老天都让你留在W城陪我。”

从W城飞往上海大概需要两个小时的时间，由于飞机晚点，苏伊到达上海时已经是半夜。SNM战队负责接待的小姐姐怕把她饿着，又带她去吃了个夜宵，回到战队基地的时候已经是凌晨三点多。

太一在别墅门口迎接她。跟随太一走进别墅，苏伊才发现这座别墅的一楼只有玄关开着灯，静悄悄一片。但客厅那边几台电脑和客厅墙壁上的SNM战队标识明确告诉她，这里的的确确是SNM的基地。

似乎是看出了她心里的疑问，太一解释道：“他们都休息了，我只告诉他们这几天新辅助会来，但没说是个妹子。”

“哦。”

“行李我帮你拿到二楼去吧。”

苏伊点了点头：“那麻烦您了，经理。”

“对了，有件事忘记告诉你了。”太一停下脚步，“小C已经回国了，准备让你住他那间，生活用品还有床单被罩什么的都买好了，不过这几天一直在忙其他事就没收拾出来。”

苏伊摆摆手：“没关系，我自己来……”

“不好吧，他的房间真的很乱。”

“真的，我自己来。”

“你确定？”

“我确定。”

直到苏伊跟着太一上了二楼，才发现房间真的不是一般乱。这里发生过第三次世界大战吗？

“你真要自己来？”

“我能撤回刚才的话吗……”

太一歉意地看向她，把隔壁房间的灯打开："要不，你今天先去隔壁这间休息吧。"

"隔壁？"苏伊走出房门，朝隔壁房间张望了两眼。

房间很是干净，物品都整整齐齐地摆放着，书桌上的书籍也工整地摞在一起——完全看不出来这是一个"网瘾少年"的房间。

"这是风神的房间。"

什么？

"他回老家参加他姐姐的婚礼去了，明天下午才回来，要不你先睡他的床将就一下？"

"我有别的选择吗？"

"有，你睡我的房间，我睡沙发。"说完，太一指了指一楼的长沙发。

作为一名电竞小"萌新"，让人家经理大人睡沙发就太不厚道了吧！苏伊小心翼翼地朝太一问道："那为什么不是我睡你房间，你睡风神房间？"

"那和方案一有区别吗？"

好像还真没什么区别，她说："那你睡你自己的房间，我睡沙发？"

太一听完她这个建议后，浑身一抖："先不说你一个女孩子睡沙发不舒适，我要是真这么做了，估计第二天他们几个就会把我火葬。"

"不好意思。"

太一打了个哈欠，看起来是有些困乏了，丝毫没注意到苏伊脸上的尴尬："你也早点休息吧，行李明早再来收拾。"

"好。"

太一回房后，苏伊站在韩翎风的房间里，凌乱万分。她还没面对面遇见韩翎风，就要先睡了他的床？苏伊"脑补"到这些，立即满脸绯红。不行不行，考虑到这张床算是韩翎风的贴身外加私人物品，这样鸠占鹊巢不太好。于是她把韩翎风的床上用品全部撤掉，扔到了柜子里收好。然后把原本太一给她准备的床单被褥全搬了过来，鼓捣了好一会儿才完工。

倒在床上，苏伊就睡了过去。至于洗漱什么的……还是明早起来解决吧。

第二天上午七点苏伊就醒来了，准确来说……这一晚她压根就没怎么睡。与其说是兴奋，倒不如说是韩翎风的这个房间莫名让她觉得有压力。

电竞男神的床呀，多少迷妹的向往之处啊！虽然自己并不能算是韩翎风的迷妹，但是他确实长得很养眼。这年头，谁不喜欢颜值高的男神呢？

然而她现在，正躺在男神的这张床上，呈大字状……

刺眼的阳光透过百叶窗照射进来，落在她棕色的眼眸里。她抬起手搭在眼睛上，翻了两下身，从床上爬了起来。

收拾好换洗衣物，带上洗漱用品，去洗澡。

SNM 战队基地的每个房间都自带独立的卫生间，苏伊以前听许瑞奇提及的时候还在感叹："啧啧啧，真是厉害了，也只有这家战队肯这么大手笔。"

韩翎风房间的独立卫生间里，各项日常用品整齐地摆放在柜子和架子上。苏伊生怕把他的卫生间弄乱了，为了方便使用淋浴间，她把韩翎风的所有洗护套装放在盥洗池旁边的台子上。

全部准备好，她才使用淋浴间。

半小时后，SNM 战队基地一楼的大门被人打开。

韩翎风拖着疲惫的身躯走了进来，整个人还有些昏昏沉沉的。

凌晨四点的飞机，昨晚他压根就没怎么睡。要不是他这次回去参加姐姐的婚礼，家里七大姑八大姨组成催婚团集体轰炸他，他也不会这么狼狈地提前改签机票回来。

此时此刻，北京时间上午七点四十分，隔壁别墅老奶奶家养的鸡都叫了两次，可是整座基地安静得像座古堡。

韩翎风背着背包上了二楼，走到自己房间门口时却发现自己的房门锁住了。

他伸出手扭了扭把手，发现压根扭不开。

从上个月开始，他房间的门把手就总是这样，自动从里屋里上锁，通常这种情况韩翎风都是从隔壁小 C 的房间阳台迂回过去。

嗯，太麻烦了，今天一定要通知太一请人过来把这该死的锁修好。

两个房间本来就是共用一个阳台，韩翎风走到阳台外侧的推拉门前，发现自己的房间被拉上了窗帘。

他记得他走的时候似乎并没有拉窗帘。韩翎风顿了一下，伸手去推推拉门，发现里面并没有上锁。他将门推开，撩起百叶帘，刹那间就因屋内的景象惊呆了。

他的床单什么时候变成黄色的了，还是皮卡丘的图案！谁这么恶趣味，给他换了套这么童真的床上三件套？

他蹙了一下眉，后退了两步，环顾了四周的摆设——除了床上的三件套，其他的东西都是自己的。

卫生间那边，传来水流哗啦啦的声音。

有人在使用他的卫生间？还在里面洗澡？有没有人来告诉他现在是什么状况？

韩翎风就这么愣在原地，思考着是基地里谁的房间淋浴室坏了。

这时，洗手间内的水流声停止了。大概两分钟后，韩翎风亲眼看见一个女生穿着天蓝色的睡裙从洗手间里走了出来，拿着毛巾擦拭着头发。

明显，当对方和他对上眼神的时候，整个房间空气都凝结了。

她的头发很长，湿漉漉地垂在胸前，淋浴过后的肌肤透着淡淡的粉红。韩翎风就这么盯着她出神，接着他清楚地看见她两边脸颊连同后面修长白皙的脖颈都红了，嫣红透白，眼神也慌乱起来。

用一句话来形容苏伊的心情大概就是——我选择死亡。

大概是突然发现房间里多出一个人，苏伊下意识地“啊”了一声，然后蹲下把毛巾搭在脑袋上，妥妥的鸵鸟属性。

为什么韩翎风出现在她的房间里？不不不，这本来就是他的房间啊。那啥，太一不是说韩翎风今天下午才回来吗？她现在不会是在做梦吧！她现在可是素颜啊，不不不，重点是……还好她习惯性穿了内衣！

听到动静后，门外传来一阵急促的脚步声。韩翎风吸了口气，当即走上前将椅子上的空调毯拿起来，盖在苏伊的身上。

韩翎风隔壁的另外一间房间住的就是太一，他敲了敲门，声音从门外传来：“怎么了？”

屋内没什么声响，太一刚抬起腿准备把门踢开，就发现门被打开了——他直接踢了个空。

踉跄了两步，太一抬起头，然后就看见韩翎风站在门口，他身后的床头前是一团谜之生物。

太一愣住了，吞吞吐吐道：“风、风神？你怎么回来了？”

韩翎风一脸“我还想问你”的表情，指着身后的一团问道：“我们的新辅助在我的房间里这种事，你应该早点告诉我。”

哦，这团毛茸茸的是他们家新辅助啊。

“她刚才在洗澡，很尴尬。”

什么？洗澡？！！太一看向那团毛茸茸的生物，又看向韩翎风那张常年处变不惊的脸都爬上了绯红，马上意识到事情的严重性。

太一脸色惨白，哆哆嗦嗦问道：“事情还有挽回的余地吗？”

韩翎风叹了口气：“你想歪了，我什么都没看见。”

兄弟，这样说反而更可疑吧！听见这两位大兄弟越抹越黑，苏伊伸出手把脑袋上的空调毯拿开，露出湿漉漉的脑袋，看向太一，情真意切道：“经理你要相信我，我真穿了睡衣！”

太一觉得这不是他信不信的问题了，他再多说一个字可能就要被这两个人杀人灭口了。

事后韩翎风拖着太一到了一楼，把苏伊留在楼上房间里换衣服。

“你应该告诉我她已经到了。”韩翎风坐在沙发上，抚着额头。本来就睡眠不足，又遇见刚才那事，他的脑袋更加疼了。

太一坐在地上已经抱住了韩翎风的大腿，哀号道：“我哪知道你改签机票，提前回来了啊！昨天我一直在忙二队那边参加 LSPL（《英雄联盟》甲级职业联赛）的事，没空收拾房间，她到基地已经是半夜了，我想着你不在就借用一下你的房间啊。真的太困了，就忘记给你发微信留言了。”像是想起了什么，太一补充道，“我知道你没洁癖，不介意这种事。”

韩翎风听完这话后，顿了一下轻轻道：“她倒是挺会为人着想，把我的床上用品都换掉了。”

“你在嘀咕什么？”

韩翎风看着太一：“这锅你背。”

“我背我背。”

韩翎风揉了揉生疼的太阳穴，一言不发，接着他清晰地听见抱着他大腿的男人古怪地问道：“你刚才真的没看见什么不该看见的？”

“我在考虑……”在考虑要不要真的杀人灭口比较好！

“考虑什么？要不要娶了她之类的？”

太一的话音刚落，二楼楼梯口便传来“砰”的一声。二人侧过头望去，发现苏伊已经换好了衣服摔倒在地。

她缓缓从地上站起来，扒在围栏上，对着楼下两个人露出尴尬的微笑：“那什么……我就想问一下，吹风机在哪里？”

天哪！她刚才好像听到这两个男人在说什么奇怪的事情！

两秒后，韩翎风从沙发上站了起来，太一这才意识到他刚才抱着韩翎风的大腿。而且，刚才的场景被苏伊看见了。

战队经理的形象可能已经毁灭了吧。

别说让韩翎风杀人灭口了，太一寻思着自己找根面条上吊来得无痛苦。

韩翎风没理会“石化”的太一，迈步走上楼，对着苏伊说道：“跟我来。”

苏伊点了点头，红着脸默默地跟在韩翎风身后又回到了他的房间。这次苏伊只站在他的房间门口，打死也不敢再迈进去了。

韩翎风从书桌旁边的抽屉里拿出吹风机看向她，淡漠地说道：“进来吧。你不是要吹头发吗？”

“可是……”我不敢再进你房间了啊！

韩翎风看出了她的心思，坐在椅子上若有所思地说道：“我门口的地毯是羊毛的。”

“对不起！”察觉到自己的发头发还在不停地滴水，苏伊被他这话吓得立刻走了进来，万一弄脏人家地毯就不好了啊。

韩翎风走过去把吹风机塞给她：“卫生间里有插座。”

“哦……”苏伊脑子有点放空。

见苏伊一脸木讷，韩翎风问道：“你没事吧？”

“啊？”

他解释道：“刚才的事，我不知道房间里是你，我以为是咖啡他们在用我的卫生间。”

苏伊沉默了一会儿，摸了摸鼻子，毕竟那件事又不是他的错。本来就是她先占用人家的房间，加上太一没通知韩翎风，才会闹出乌龙。她摆了摆手笑道：“不用在意，反正也没看到什么。呃……我是说，结局是好的……”

韩翎风看着她笨拙的样子，微微翘起嘴角：“待会儿你整理好了，我会帮你收拾好隔壁的房间。”

“啊？”

“不要吗？”

“要要要！”苏伊点头如捣蒜。

韩翎风帮苏伊收拾完房间就回房间补觉了。

后者则连连道谢，目送着对方进房间才直起腰杆，望着隔壁那扇门陷入了深深的沉思，直到太一从她身后开口：“那家伙帮你清个房间就把你攻略了？”

苏伊显得有些手足无措，连忙摆摆手：“当然不是，只是觉得风神他出乎意料地……温柔？”

“开玩笑的。其实风神这个人是挺温柔的，就是很少笑罢了。”太一哈哈大笑，说罢就领着苏伊下了楼，“我先带你参观一下基地。”

“好。”

于是苏伊跟在太一身后转转悠悠，开始熟悉基地的内部构造。

SNM 战队基地位于上海某小区内，一共三层楼。一楼是客厅和餐厅，二楼是房间，三楼是仓库。客厅很大，摆放着七八台电脑，还有沙发和电视机。别墅后面还有个小花园，种了些绿色植物，客厅周围也摆了些，据说是用来防辐射的。

“《DOTA》分部和《守望先锋》分部在隔壁小区，《英雄联盟》的二队在八栋，等有空了带你熟悉一下周围。”

“嗯嗯，好的。”

太一说完抬头看了一下时钟，接近正午了：“估计阿姨等会儿就过来做饭了，要不你先在客厅看看电视。我现在要去二队办点事，差不多一点多就回来了，那时候楼上那几个小子也醒了，再正式介绍你给他们认识。”

苏伊比了个“OK”的手势：“没有问题，经理大人辛苦了。”

太一走后整座基地又陷入死寂之中，苏伊靠在沙发上把电视机打开看了看，觉得没意思又把手机拿出来在微博上刷了刷，好不容易从微博上找到了一部她感兴趣的韩剧，结果发现自己忘记问经理别墅的 Wi-Fi 密码。想一想又去微信上找夏七七聊天，结果想起来这周课都是下午的，这厮大概在睡觉。苏伊莫名觉得心好累，她一开始想要的出场方式不是这个样子的呀！

终于十分钟后，她的手机微信提示亮了起来。

SNM 经理太一：“苏伊，告诉你一个坏消息，做饭阿姨生病请假了，所以午餐可能你自己要解决了。”

嗯，有一种生无可恋叫作自己动手丰衣足食。苏伊回复了“好”，准备在外卖平台上点餐，结果翻了翻发现周边商铺的配送费都是用餐高峰期自动上调，配送时间还特别长。

呀，好气啊！苏伊咬了咬牙，刚说下狠心点个餐，结果太一又发来了消息。

SNM 经理太一：“冰箱里有阿姨准备好的食材，你会做饭的话可以自己做。”

最终苏伊在自己做和点外卖这两者之间果断选择了前者。她心不在焉地从冰箱里拿出食材，怎么莫名觉得自己之前学做饭就是为了以后在基地里不被饿死呢？

在厨房里忙活了一圈，苏伊端着碗面出来放在餐厅的餐桌上，然后转身回去收拾厨房。

“咔嗒”一声，二楼某个房间的门被打开，咖啡揉了揉惺忪的睡眼从楼上慢慢走下来，第一眼就看到了餐桌上的冒着热气腾腾的面。而后听见厨房里有声响，他自然而然地走过去，嘴里说道：“阿姨，你怎么今天就煮了碗面……哎哟！”

苏伊正在洗刚才煮面的锅，被咖啡吓了一跳，一脸震惊地拿着洗碗布看着他，而咖啡也很配合地拿傻眼的表情看她。

沉寂了一会儿后，咖啡揉了揉眼睛，喃喃咕咕道：“我该不会是穿越了吧？阿姨你怎么变这么年轻了？原来你年轻的时候这么漂亮啊。”

苏伊在想现在到底是应该提醒他该醒醒了，还是谢谢他夸自己漂亮，要不她还是先低头洗她的锅好了？

咖啡看着苏伊皱了皱眉，左看看右看看，带着疑虑说道：“你到底是谁？”

“其实……”

“哦，我知道了！新来的做饭小妹对吧？”

她能把手上这锅扔他脸上吗？她这张脸蛋难道长得很像个厨子？苏伊被咖啡的神思维折服了，嘴角抽搐硬是半晌没吭声。

咖啡挠了挠头，好像察觉到了气氛中的尴尬，小心翼翼地说道：“难道不是？”

当然不是了！苏伊欲哭无泪。

“咖啡你在厨房里干吗啊？我刚路过小C原来的房间，发现重新收拾了一下，是不是我们队新试训的辅助来了？”

许瑞奇打着哈欠从二楼走下来，慵懒地说道，这声音苏伊想也不想就知道是谁。

咖啡扭过头指着苏伊朝后面说道：“厨房里有个人，不是阿姨。”

“什么阿姨不阿姨的？”许瑞奇慢慢走了过来，顺着咖啡手指的方向看了去，接着立马就“石化”了。

苏伊拿着洗碗布对着他招了招手，露出灿烂的微笑，然后说了声“嗨”。

许瑞奇一动不动。

咖啡拍了拍许瑞奇的脸：“Riki，你们认识啊？”

“Riki？Riki？许瑞奇！你咋看见美女就痴呆了呢？霸气呢？你的霸气呢？”咖啡用胳膊撞了撞自家队长，满脑袋的问号。

许瑞奇甩了甩头，目瞪口呆地朝苏伊问道：“你怎么来了？”

苏伊顿了一下，笑眯眯地看着他：“惊不惊喜？意不意外？”

“惊喜没有，有的只是惊吓。”

一来二去，咖啡实在被这两个人搞得有些摸不着头脑，焦急地把许瑞奇拉到了一边，低声在他耳边问道：“这美女谁啊？你女朋友啊？”

“你说啥啊！”许瑞奇抓了抓头发，“电子竞技，没有女朋友！”

“那是谁啊？你的迷妹？”

“对了一半。”

咖啡眨眨眼，不解地看着他：“什么叫对了一半？”

许瑞奇抚额：“我妹。”

“你妹？”

“你这语气，我总觉得你像是在骂我。”

“哎，不对，你妹来基地干吗啊？”

“我要是知道的话，我至于一脸受到惊吓的样子吗？”

两人在旁边窃窃私语了一会儿，突然看见苏伊从厨房探出半个身子，朝着他们两个问道：“你们饿不饿？要不要我再下点面给你们吃？”

餐桌上，三个人吃着面，这次许瑞奇终于按捺不住了：“我这次郑重其事地问你，你怎么到基地里来的？谁开的门？”

苏伊吃着面，回答得很自然：“经理啊。”

“太一？”许瑞奇想了想，“不对啊，他又没见过你，平时有女粉丝来基地，他都不会放人进来的。”

苏伊勾起嘴角：“谁叫我是你妹呢。”

说到这里，咖啡就不服了，吃着面含含糊糊地说道：“这招已经不顶用了，每个月我们战队认亲戚都认不完，莫名其妙多出各种哥哥姐姐弟弟妹妹来 Gank（电话游戏术语，指偷袭）基地。”

“咦？”苏伊歪着脑袋，“原来 SNM 战队这么受欢迎啊。”

“受欢迎并不是什么好事。”咖啡说道。

“此话怎么讲？”

咖啡像是想起了什么不堪回首的事，一脸狰狞的笑容：“你能想象一个抠脚大汉穿着印有你名字的周边 T 恤来找你签名，还说喜欢你吗？”

苏伊莫名感到心疼。

许瑞奇笑了笑，对着坐在对面的苏伊说道：“你是不是现在逃课逃上瘾了，这次来上海看我，你爸妈知道吗？”

苏伊立即反驳：“谁说我是来看你的？”

“啊？”

“我是来打职业赛的。”

许瑞奇愣了两秒，而后哈哈大笑：“真的假的？不错不错，有你哥我的风范。是上海哪个战队的女队？ OLY 还是 LV ？”

苏伊一脸关爱智障兄长的眼神看向他，端起碗把汤喝掉后，悠悠地说道：“SNM。”

“SNM ？那不就是我们战队？”咖啡听后抖了三抖，对着自家队长问道，“Riki，我们战队什么时候有女队了？”

许瑞奇摇头：“不知道，可能是新建的吧。”

苏伊：能把这两人的脑袋撬开吗，里面装的一定是棉花吧？

十分钟后——

“苏伊，你刚才说啥？”

“我说我就是你们队新来试训的辅助呀。”

“你再说一次！”

“我说我是新来试训的辅助！辅助！！！”

“我再给你最后一次机会，姑奶奶，你说啥……”

“我是辅助。”

许瑞奇站在厨房外面，看着正站在水槽旁边洗碗的苏伊。咖啡则躲在后面咽了咽口水，吃着零食围观这场大规模的兄妹互掐。

“从我起床开始，我就听到Riki和一个女生在争吵，怎么回事？”闪电也从二楼下来，整个人还是迷糊的，顺着声音摸到了厨房，结果就看见咖啡正抱着零食津津有味地坐在餐桌上看戏。

咖啡跷着二郎腿，说道：“没什么，那女生是Riki的妹妹。”

“哦。”闪电应声，伸出手倒了杯水准备解解渴。

“也是我们队新来试训的辅助。”

“扑哧——”理所应当地，闪电他不只清醒了，还喷了。

兄妹那边的争吵还未停止。

许瑞奇看着他妹笑得一脸灿烂，不禁很想抚着额头流泪：“你一会儿一个惊喜，你哥我这心脏受不了啊。”

苏伊不满地撇着嘴：“我都说了我是来打职业赛的，你自己要理解成女队，怪我咯。”

“那是因为LPL还没有女生来参加的先例啊。”

“哦。”苏伊回答，擦着手里洗好的碗筷，意味深长地说道，“金克丝不是有句台词，‘规则就是用来打破的’？嘻嘻嘻，那么我就是这个先例。要知道我当初玩这个游戏，就是你教的。”

哦，所以他妹现在要在基地里，和一群大男人开始生活，这真的合适吗？！许瑞奇抓头发抓得更凶了，关切地问道：“你来打职业赛，你爸妈不知道吧？”他对他姑爹最了解，他们家就这么一个宝贝女儿，怎么舍得让她来打职业赛？最关键的是还和一群男生住在一起！

苏伊把所有碗筷收拾好，转过身笑道：“知道啊，而且我爸特别支持。大概是因为有你在吧，他们似乎很放心。”

许瑞奇开始担忧了，苏伊万一在上海这边有个什么三长两短，她爸极有可能会抡起四十米的大刀追着他杀几条街。那画面实在太美，他不敢再想象。

对话进行到这里，太一开门走了进来，看到大家都围在餐厅那边，他换好鞋子走了过来：“搞什么啊，你们今天怎么都起这么早？”

闪电趴在桌子上拿手机看着动漫，懒洋洋地从隔壁咖啡那儿瓜分了点零食，往嘴巴里塞，说：“可能是因为知道我们家新试训的辅助要来了，所以醒得特别早。”

咖啡点了点头：“太一，这种事你应该早点告诉我们呀，我今儿起床的时候还以为是新来的做饭小妹。”

太一不动声色地嘴角抽搐：“原来你们都见过了啊，我还准备来个隆重点的欢迎仪式。”

苏伊摆摆手：“仪式就不用了，经理你能先安抚一下 Riki 的心情吗？他看起来脸色非常不好，大概是被我吓得。”

许瑞奇立即跳起来奓毛：“我是你哥，你哥！”

苏伊睨了一眼：“表的。”

太一干咳了两声，试图缓解一下气氛的尴尬，又在餐桌上坐了下来：“虽然你们都知道了，但我还是帮忙做下自我介绍吧，这位是苏伊，新来试训的辅助，也是 Riki 的表妹。”说完他又指着队员们挨个介绍道，“这个特别能吃的是咖啡，上单。爱看动漫的这个是闪电，中单。至于队长……我就不做介绍了。还有风神，你也见过了。”

虽说晚了点，但是苏伊还是很礼貌地挥了挥手：“你们好。”

“你好你好。”

“妹子好，以后多指教。”

咖啡和闪电殷勤地笑了笑。

只有许瑞奇撇着嘴看起来像是在生闷气，接着被太一走过去踹了一脚：“快带你妹去位子上调外设，练习练习。还有，不许因为她是你妹，明天的试训就照顾下路，大局观，懂吗？”

“我哪一次打野不顾及大局了？！”许瑞奇说道，而后他偏过头看向苏伊，就真的彻底妥协了，悠悠地深吸一口气，“跟我来，带你看看你的位子。”

苏伊的位子就在韩翎风的旁边，为了下路沟通方便，ADC 和辅助通常都是坐在一起的。

她的这台电脑原本是小 C 使用过的，里面有早已安装好游戏客户端。就连美服、韩服以及刚开不久的日服都有，VPN（指虚拟专用网络）也是最好的那款，简直完美。椅子还是她最喜欢的那款电竞椅，太舒服了。

“咦，日服也有啊，你们还打日服的吗？”苏伊猫着腰开始连接她的机械键盘，还有鼠标。

斜后方的咖啡也打开了电脑，笑了笑：“日服全是菜鸟，一路通关到底，也只有闪电没事喜欢过去虐虐菜。”

“他哪里是过去虐菜的啊。”许瑞奇转了转椅子，朝闪电那边看去，“他分明是想听日服的语音，都是声优大神。”

“过分了啊，Riki。”闪电咬咬牙，“你能不能不要把我说得跟个变态一样，好歹这里有个妹子，就算是你妹，也让我留给人家一个好印象啊。”

许瑞奇“啧啧”了两声：“放心吧，你这样的我妹看不上。”

“哎呀，好气啊，可还是要微笑。”

一群人整个下午都在各自打排位，咖啡、闪电还有许瑞奇在打韩服，苏伊没韩服账号，索性开了几把国服排位，还是单排，可惜都输掉了。S7 新赛季苏伊定位在了白金一，最近几周又爬上了超凡大师之位，只是现在，她离最强王者段位又莫名远去。

到了晚餐时间，大家又都在点外卖，苏伊想起冰箱里还有点食材和速冻饺子，就说自己煮一点。谁知一群大老爷们得知她要去煮饺子，都放弃了点外卖的念头。

苏伊瞬间有种她来基地是专门做饭的错觉。

饺子煮到一半，她手机里的微信提示音终于响了，是夏七七发来消息：“到基地了吧，感觉怎么样？和你未来搭档磨合是不是特别有干劲？！”

苏伊欲哭无泪地回答：“我来基地就只做了两件和大家有互动的事，煮面以及……煮饺子。”

结果对方看到后没心没肺地回了一串：“哈哈哈哈哈哈，你是过去当煮饭婆的吧。”

苏伊觉得友谊的小船再次翻了。

吃过晚饭后，大家又回到自己的位子上继续埋头上分和训练。

“说起来……”咖啡一局游戏结束，像是想起了什么事，朝在客厅抱着笔记本电脑记录数据的太一问道，“太一，风神是不是回来了？刚从玄关路过看到他鞋子了。”

“那家伙改签凌晨的飞机回来的，在房间里补眠快一天了。”

闪电嘴里嚷嚷着“这个白痴”“什么乱七八糟的操作”之类的话，一边插嘴：“话说我们明天和哪支队伍试训？”

“CNZ。”

听到处女座战队的名字，SNM整支队伍的反应都不太好了，特别是闪电，作为一名常年混迹在中路的大神，他对CNZ战队的印象一直不太好。

只见他哭丧着一张脸，问道：“天哪，太一我和你什么仇什么怨啊，你居然给我约了那支强迫症战队！”

太一面不改色：“你对祈神的恐惧感也该收收了吧，而且明天的试训祈神不参加，又不是训练赛，他们没必要亮王牌。”

“他每次无脑蹲中路，和他们不管是试训还是训练赛或者比赛，我都很烦。”

“那只能说明你菜。”从二楼悠悠传来韩翎风的声音，他正靠在二楼的围栏上，朝楼下看去。

闪电愣了愣，转过头发现自己的屏幕已黑。他哀怨地朝正在下楼的某人看去：“你又不是不知道祈神那家伙出了名地针对中路。”

“我知道。”

“要是他针对的是下路就好了。”闪电叹了口气，操纵屏幕内复活的英雄出了泉水。

“针对下路好啊，反手把他打得生活不能自理。”韩翎风走过来，看了一眼坐在靠外位子的苏伊的电脑屏幕，她正在打辅助，玩的是风暴之怒迦娜。

电脑画面正在进行一次大规模团战，不论是打断敌方技能，还是保护ADC输出，她的操作都非常亮眼。

随着最后一拨团战的胜利，她举起手兴奋道：“万岁，一下午终于赢了一把。”结果一不留神打到站在她后方观战的韩翎风，她扭过头看去，神色顿时慌乱了起来，“呃……不好意思。”

“没事。”韩翎风看着她，“很不错。”

“啊？”

“你的辅助。”

“那我是不是该说谢谢夸奖？”苏伊小心翼翼地问道。

韩翎风笑了笑没回答，拉开椅子在自己的位子上坐下，熟练地打开电脑：“趁着试训之前，先让我检查一下你的技术。”

苏伊愣了两秒：“你在跟我说话？”

“不然呢？”

对哦，这里现在就只有她这一个辅助。

两人很快就开始了双排，苏伊首选辅助次选中单，第一把她就和韩翎风一起分配到了下路。可惜他们家的中单是个影流之主，上单是个肉坦，打野是虚空掠夺者，全是物理输出！

考虑到缺少法系输出，苏伊立即选了一手荆棘之兴，婕拉。

这英雄不论是 Poke（指电子游戏中的远程消耗）还是输出都非常好用，前期爆发高，还有团控技能。所以这英雄在国际赛场上的出场率，也非常之高。

游戏开始后，韩翎风和苏伊在下路对线非常稳，到了三级之后，对面打野强行 Gank，不但没抓到人，还硬生生被韩翎风和苏伊的各种走位和操作秀了一脸，反倒是贡献出了一血（第一滴血的简称）和身上的 Buff。

接着二人还在继续追击对面的残血辅助，韩翎风当即一个闪现追上去。

下一秒。

“玩家 EMail（荆棘之兴）刚刚拿到第一滴血！”

“玩家 EMail（荆棘之兴）击杀了玩家我的莫甘娜我自己都怕（堕落天使）拿到一次双杀。”

韩翎风哭笑不得。

苏伊尴尬地解释道：“是婕拉的技能花吐死的，不能怪我。”

荆棘之兴这个英雄的属性和常规的辅助不太一样，刚出来的时候是属于中单位，也有人开发着去打野。但是随着版本的变化，这个英雄现在大多数出现在辅助位上，加上配合天赋“雷霆领主”，爆发伤害也就不言而喻了。

苏伊和韩翎风的第一场磨合战，以下路一马平川通关到底结束，结果当然是胜利。但是作为辅助，苏伊的战绩是 7 ： 0 ： 12，而作为 ADC 的韩翎风，战绩则是 4 ： 2 ： 10，系统评测出的 MVP（指对本局游戏贡献最大的玩家）自然而然地落到了苏伊的头上。

看着面前的战绩表，苏伊莫名感到了一阵尴尬，笑了笑，苍白地解释道：“这个英雄爆发伤害有点高。”

“嗯，再拿一个人头你就可以超神了。进组，下一把。”

韩翎风淡淡地说着，愣是把苏伊搞得十分紧张。风神他不会是生气了吧！只是这英雄作为辅助混输出的能力的确有点变态了，而且好几次真的都是花吐死的，真不关她的事啊……

韩翎风睨了一眼坐在旁边的少女，似乎看出了她的心思：“你的操作没问题，让不了的人头就不要让。”

苏伊：“哦。”

韩翎风：“选位置。”

第二把苏伊依旧分配到了辅助位，和韩翎风走下路线，这次她并没有选择爆发型的辅助，而是改选了防御型和反手能力都非常不错的唤潮鲛姬娜美。

比赛进行到八分钟时。

“玩家 EMail（唤潮鲛姬）拿到了第一滴血！”

韩翎风有点无奈。

苏伊解释道：“冲击之潮奶死的。”

韩翎风面无表情地操作着英雄补兵：“没事，注意做视野。”

第三场。

“玩家 EMail（曙光女神）拿到了第一滴血！”

“日蚀技能炸死的。”

“没事。”

第四场。

“玩家 EMail（风暴之怒）拿到了第一滴血！”

苏伊嘴角抽搐：“大概是被风刮死的吧……”

“嗯，我知道。”

韩翎风看起来似乎对苏伊每次拿到一血都没什么太大的反应，但是她本人十分愧疚。她玩爆发型辅助就算了，玩个防御型和坦克型都能莫名拿到一血……她觉得真照这样磨合下去，她的试训铁定通不过了，更不可能活到今年的夏季赛了。

韩翎风就在一直被抢一血的情绪之下，带着苏伊遨游了一晚上的召唤师峡谷地图，战绩基本上全绿。

到了凌晨零点左右，许瑞奇终于忍不住开口了：“妹，你还不去睡觉？”

苏伊正在和韩翎风讨论怎么给英雄点天赋的问题，中途扭过头来应了一声：“我要重回上赛季的超凡大师250点了，再赢一把我就去洗洗睡。”

沉寂了大约两秒后，许瑞奇问道：“要不我明天早点起来去国服带你上分？”

苏伊想了想，一脸惊奇地看着他：“你不是喜欢玩韩服吗？”

话音刚落，她的电脑界面就进入到了选人模式，苏伊操纵着鼠标在几个常用辅助英雄的头像来点来点去，扭过头看向韩翎风：“对面全脆皮高爆发，我选什么比较好？”

韩翎风顿了一下，分析道：“牛头酋长或者河流之主，会玩吗？”

苏伊：“会，用得不多。”

被遗忘在角落里的许瑞奇很想哭。

咖啡和闪电像是演双簧一般，乐呵呵地笑了半天。

闪电：“我们家的新辅助和风神打配合，你插什么手哦。”

“Riki，你别告诉我你是个‘妹控’，不然你作为队长在我心中的高大形象顿时就没有了。”想了想，咖啡又补充道，“虽然以前也没有。”

许瑞奇蹙眉，嘴角不自觉地抽搐了两下：“咖啡，以后你上路自求多福。”

“哇，别这样！Riki！你真不放我上车啦？”

说完那句宣言，许瑞奇立即埋头单排，完全无视掉了隔壁咖啡撕心裂肺的呐喊。不知道是不是他的错觉，许瑞奇在此时此刻感受到了来自大宇宙的恶意——而这股恶意的源泉，则是他们家的ADC。

打完最后一把排位赛，苏伊的段位来到超凡大师250点，准备关机收拾收拾美滋滋地回房间睡觉。直到她关游戏的一瞬间，才想起一件很不正常的事。她和韩翎风开第一把排位的时候，是谁拉谁进的队伍来着？

苏伊望着屏幕陷入了沉思之中，而后她缓缓扭过头，朝正在半场休息看某主播教学视频的韩翎风问道：“风神……”

韩翎风把耳机摘下来，挂在脖子上，朝她看去：“怎么了？”

“你……怎么知道……你的好友列表里有我？”

韩翎风看着对面露出一脸困惑的少女，笑了笑：“我一直都知道。”

苏伊目瞪口呆："啊？"

接着，他意味深长地补充道："我还知道你的狮子狗在下路蹲死了我三次。"

看来，记仇的不止她一个人。嗯，这就很尴尬了啊。

"不过，你不也说了吗？玩游戏就是为了赢，这一点，我很赞同。"

苏伊愣了愣，这句话，似乎是她刚加上韩翎风好友的时候说的，他竟然记得如此清晰。

"毕竟，电子竞技本身就十分残酷。"

苏伊的电脑关机后，她就回房间准备洗洗睡了。

听到她房门关上门的声音，一晚上坐在客厅沙发上没吭声的太一终于发话了："和她配合怎么样？跟二队的西瓜比呢？"

韩翎风从冰箱里拿出一罐咖啡喝了两口："走位和意识不错，会计算对面打野的刷野时间，也能计算出对面辅助的插眼时间。全程对面的视野都被她控制，她也很懂得攻守，看来辅助玩得不少。"

"哦哟。"太一露出不怀好意的笑容，"没想到你对苏伊的评价很高嘛。"

"比西瓜好。"

"再怎么好也是路人局。"太一摸着下巴想了想，"看明天和CNZ战队的试训结果怎么样。"

"嗯……"

太一看着韩翎风一声不吭的样子，疑惑地说道："刚才你和她的排位赛，我观战了。我就纳闷了，每一把她都是一血，这你居然都能忍？上次西瓜拿了你的一血被你说教的场面我还记得，果然是妹子的原因吗？"

韩翎风耸了耸肩，一脸的无所谓："反正是路人局，又不是训练赛。"

"是是是，我还亲眼看见她收了你的炮车。"

"她消耗对面的时候不小心打死的。"韩翎风说道。

太一看着他，悠悠地问道："风神，你是不是对妹子都这么温柔？"

韩翎风想了想，郑重其事地回答道："并不是。"

Suee："汇报一下今天的进度，和风神双排了一晚上，基本上全赢，本宝宝重回超凡大师250点！明天决定冲刺400点，说不定过几天我就冲上最强王者了，想一想就超开心。”

苏伊捧着手机给夏七七发完微信就收拾衣物去洗澡，等洗完了出来发现夏七七给她发送来一条爆炸性的消息：“我已经在观战系统看到了，还查了一下你的战绩。风神这赛季已经回到了国服王者第一的宝座，第二名的祈神被他碾压了至少一百点，至于你……论坛和贴吧的粉丝们都在猜测和他双排的那个辅助是谁，超级厉害的。”

苏伊看着手机屏幕陷入了思考模式。

对哦，她怎么就忘记还有“战绩查询”这种毫无隐私的玩意儿。韩翎风向来都是单排，偶尔会和 SNM 战队的队友组排。加上他这个当之无愧的 LPL 人气王，对被粉丝查战绩早已习以为常。

可是该怎么解释风神忽然拉了一个路人和她双排走下路呢？就因为她以前玩了一把傲之追猎者把风神杀成狗？

那么他们这组合在外界看起来真是相爱相杀极了。

就在苏伊放空的空隙，夏七七又发来了一条微信。

七校长：“宝贝，你终于在继煮面和煮饺子的贡献后，成功地吸引了关注，看来你离首发队员的位置不远了，贴吧和论坛里全是称赞你的话。”

苏伊撇着嘴，想了想回复：“当他们知道这个辅助是个妹子的时候，就不会这么想了。”

七校长：“要乐观嘛，我记得之前北美赛区就是有女性选手登场过。”

Suee：“中国和北美的画风完全不能比。”

七校长：“这些我都不关心，我只关心风神的签名你帮我要到了没有。”

Suee：“你知道吗？我就喜欢你一边和我说正事，一边把我带偏的样子。”

夏七七第二天还要早起赶报告，苏伊也忙活了一天有点累，两个人随便闲聊了两句，就道晚安睡觉了。

SNM 战队和 CNZ 战队约的试训时间是下午三点，可是苏伊还是很早就起床了。准备在下午试训前练练手，免得到时候打起比赛来生疏。

结果出门的时候，撞到了从隔壁房出来路过她房间的韩翎风。

苏伊：“风神。”

韩翎风在她的房门口停住，低头看了一眼她：“嗯，早。”

淡金色的阳光倾斜着打在他的身上，似乎给他镀上一层金光。面前的男人穿着一件印有 SNM 标志的宽松卫衣，下面是运动短裤。一头碎发微微有些凌乱，而那张帅气的脸就那么直直地映入她的眼帘。

在与韩翎风对视三秒后，苏伊立即偏过头，脸颊微红地说道："早。"

韩翎风没回应，盯着她看了一会儿，才缓缓伸出手在苏伊的脑袋上轻轻一拍。

等等，猝不及防的"摸头杀"？

就在苏伊还寻思着韩翎风这是做什么的时候，她清晰地听到他说："你的头发……翘起来了。"

她真是想多了，韩翎风这样的人怎么可能无缘无故地摸女生的脑袋呢？

韩翎风的尾音带着笑意，声线也混合着慵懒的气息。苏伊立即抬起手在自己的脑袋上抓了抓，而后对着韩翎风解释道："我只是忘记夹头发了而已。"

韩翎风："嗯。"

苏伊想了想又补充道："我平时不是这个样子的。"

韩翎风听见她的话音后稍稍一愣，苏伊自己也一愣，她这话补充得好像没有任何意义。再说……人家风神干吗关心她平时是不是这个样子的？

整座基地醒来的只有他们两个，吃过早餐后，韩翎风和苏伊就各自坐到了电脑前，准备继续双排练习。

刚戴上耳机，苏伊就听到隔壁的韩翎风说道："昨天有粉丝通过 OB（指电子游戏中的观战）系统看了我的排位。"

"嗯？"

"很多人猜测和我双排的人会不会是下一个首发的辅助。"韩翎风说着，指着自己电脑屏幕上的某论坛。

苏伊歪着身子朝韩翎风的屏幕望去，不经意间，她的脑袋蹭到韩翎风的胸口。这一举动让一向淡定的某人微微一愣。

"我看看，昨日在国服 OB 系统看到我风神和一路人双排下路，一路高歌猛进，风神重回国服第一的宝座。咦，风神你重回国服第一了啊，可喜可贺。"苏伊念完那段话，扭过头对着韩翎风笑了笑。

后者则看着她那张灿烂的笑脸，顿了一会儿后才应答："嗯，这个赛季上分很顺利。"

苏伊回过头继续看下去："这位网友有意思，居然会猜测我是下一个首发的辅助。"

韩翎风："也不是没可能。"

苏伊直起身子在自己的位子上坐好："我仔细想了想，首先在我前面有二队的替补，再加上我是女生，如果我真成了首发，SNM 战队的压力会不会……"

韩翎风打断她："这一点不用你操心，官方并没有规定女性不能上场。"

"可是我一想到下午的试训比赛，就紧张。"

韩翎风没说话，只是弯起嘴角笑了笑。

苏伊眨了眨眼："你笑什么？"

韩翎风把屏幕上的网页关掉，点开《英雄联盟》国服的游戏图标："这没什么可紧张的，你昨天和我双排的时候不是做得很好吗？怎么现在变得不自信了？"

苏伊也顺势把游戏点开："CNZ 战队可是一线战队，我、我、我、我一个新人……"

"没有什么新人旧人。"韩翎风说道，"打得好的就是专业队员。"

苏伊听完他的话后，稍稍有些安心下来。毕竟她还并没有和职业选手组排打游戏的经历，平常的路人局就不说了，这一次试训对手可是国内出名的一线战队，和 SNM 战队可以说是不相上下。而 CNZ 战队的队长打野选手祈神，据说也是国内首屈一指的电竞选手，也难怪自家的中单闪电对祈神总是有一种莫名的恐惧感。

"进组吧，继续。"韩翎风说完便在游戏内邀请了苏伊加入队伍。

"好。"

主题：恭喜 SNM 战队的风神重回国服王者第一！

一楼：楼主

内容：昨日有粉丝在国服的 OB 系统全程关注我风神老公的排位赛，结果观察出了一件超劲爆的新闻！我风神百年单排的人，居然和一个路人双排，还是下路，并且两人的打法和配合上都非常出色。

更搞笑的是，辅助宝宝竟然每把都能抢风神的一血，实在是太有趣了。

不过这位 ID 为 EMail 的路人之前都是玩的中单和打野，忽然就转变画风和风神走下路了，最关键的是打得还很不错。

大家都知道吧，二队的西瓜和我风神的打法相生相克，原来的韩援小 C 前几天也回国了。所以很多人都在猜测，这个路人会不会是 SNM 战队新纳入的辅助。

楼主分析完毕，你们发言随意！

最后再度恭喜我风神重回国服第一，耶耶耶。

此时此刻已经是当天的下午一点半左右，身穿蓝黑色队服的少年坐在自己的电脑前，看着某知名电竞论坛的讨论帖。

CNZ 战队的基地内，几名少年懒洋洋地从二楼走了下来。ADC 选手小妖打着哈欠，走到少年的旁边，打了声招呼："祈神，今天下午的试训你又不出战，还起这么早？"

见对方没有回应，小妖同志扭过头在他眼前晃了晃："祈神？祈神？哎哎哎，梁祈你发什么呆呢？！"

名叫梁祈的少年撇着嘴一脸哀怨地指着屏幕跟自家 ADC 哭诉："妖妃，就一晚上加一早上的时候，SNM 战队的那个韩翎风就把我甩了将近 200 点……"

小妖凑过去看了看，心疼地拍了拍自家打野选手的后背："加油！身在韩服心在国服，我会在精神上给你加油的。"

梁祈挥了挥手，表示自己很头疼："你说和他双排的这个辅助，是不是他们战队要新加入的队员？"

"必须是啊，二队的辅助和风神的打法配合不好，小 C 又回韩国了。这时 SNM 再不找新鲜的血液，下个月的夏季赛不用我们出手，他们就会被吊起来打了。"小妖分析道。

梁祈盯着帖子里的那串名为 EMail 的 ID 蹙起眉头，自言自语道："我总觉得这个 ID 有点熟悉啊，是错觉吗？"

"什么错觉不错觉的，我们战队下午就和 SNM 试训了，到时候谜题不就揭晓了吗？再说我们这边几个新加入的选手也要试试水，你就在一旁观摩观摩好了。"

“知道了。”梁祈坐在椅子上，看着那串 ID，陷入了深深的沉思之中。

他总觉得，这个人不简单。

由于和 CNZ 战队约了下午三点试训，到了中午时分，SNM 战队二楼的各位美男子便陆陆续续醒来。

最先下楼的是许瑞奇，平时他就醒得比较早，加上苏伊突如其来地加入，让他这两天也有些心神不定。路过苏伊房间的时候，发现她早就起床了，还和他们战队的“颜值担当”在一楼客厅里双排。

许瑞奇的第一反应就是他可能有个假妹妹。带她入《英雄联盟》这个大坑的人是谁？他啊！教她补兵，教她打野的人又是谁？还是他啊！为什么他妹现在和一个见面不超过四十八小时的男人坐在电脑前，还愉快地讨论怎么打死对面下路组合？

“对面 ADC 没闪现没治疗，三角草丛有个真眼，我去排掉，你注意别被开。”

“下一拨有大招控住对面 ADC 就上，上单有传送，稳杀。”

许瑞奇鬼鬼祟祟地绕道苏伊和韩翎风的背后，默默地观战。原来小 C 还没离队前，他们战队的下路画风基本上是这样的：

AD，AD，AD（ADC）！！！ AP（中单）！！！ TOP（上单）！！！

AD No zhiliao（治疗），NO shanxian（闪现）！！！

TOP Have Tp（传送）！ Gogogo（上上上）！！！

现在画风一下正常了，他还真有一点不习惯。

随着最后一拨团战的胜利，苏伊摘下耳机，准备去厨房弄点吃的。一个猛回头，就发现许瑞奇不声不响地站在她身后，把她吓了一跳。

苏伊摸着心口，疑惑地看着她哥：“哥……你在干吗？”

许瑞奇的眼神在韩翎风和苏伊两者之间来来回回扫了半天，正好咖啡和闪电也下楼来了，最后他生硬地解释道：“喊你们去食堂吃饭。”说完就拉着咖啡、闪电两个人迈步朝外面走去。

“哦。”苏伊一脸迷糊，随后扭过头朝韩翎风问道，“风神，基地里还有食堂？”

韩翎风也把耳机摘下来，挂在电脑屏幕上：“嗯，在八栋的别墅，是和二队共用的食堂。”

“真的吗？有肉吗？有土豆片吗？”苏伊立即捧着脸问道。她还以为今天又要自己动手丰衣足食，想一想就莫名心疼自己。

不知道是不是韩翎风的错觉，苏伊这副样子活生生像只馋嘴的小狗摇着尾巴。“脑补”到这里，他不自觉地笑出了声。

韩翎风马上调整好面部表情：“嗯，应该有。”

“那还等什么？快去吃饭。”苏伊说完回到房间随手拿了一件外套套上，就跟着韩翎风奔去基地食堂。

整个午餐用餐时并不能称为愉快，二队的队员普遍年龄偏小，最小的十五岁，最大的可能和苏伊一样大。

被一群男孩子围观她和SNM战队的几位首发成员用餐，她听到最多的八卦就是：“这是谁的女朋友啊？还带来基地吃饭……没听说对面基地谁有女朋友呀。”

“脸挺好看的，腿也好看，就是……”

“你个大直男，声音太大了，Riki看过来啦！”

“活该你这家伙没女朋友！快吃饭，吃完饭去组排！”

苏伊一脸尴尬。

由于苏伊的试训还没开始测试，队里也并没有向基地内部宣称，所以二队那边的小孩并不知道SNM战队的经理签了一个女性青训生，而且她极有可能替代原辅助小C的位置，成为首发。

于是苏伊就在被吃瓜群众当作是珍稀物种围观的情况下，迅速吃完了午餐。

一回到基地，咖啡就倒在沙发上哈哈大笑，对着苏伊竖起了大拇指：“能在那样的讨论声中不动声色地吃完午餐，伊妹，我敬你是条汉子。”

许瑞奇叹息，从旁边书架拿了本杂志扔到咖啡脸上：“什么汉子啊，人家是萌妹子，瞎用词。”

咖啡连连点头说“是是是”，而后看了看墙上的钟，已经下午两点了。

正好这时，经理太一、分析师阿和还有教练阿炎也开门进来，看到一群人围在客厅沙发前。

太一换好鞋子大步走过去：“小伙子们今天挺准时的呀，平时约训练赛都没见你们这么积极，试训怎么反而更有劲了？”

闪电刷着手机贴吧，把屏幕转过来对着太一，说道：“还不是因为我们风神昨天和伊妹双排，重回国服第一。现在几乎所有的电竞论坛和贴吧都在猜测和风神双排的‘邮件小兄弟’是我们战队的新辅助。所以我们也想早点领教一下‘邮件小兄弟’的本事。”

本来苏伊还没什么反应，听到“邮件小兄弟”的时候，她整个人都不好了。

苏伊：“邮件小兄弟是什么鬼？”

闪电看向她：“不是你自己取的名吗？E-Mail 什么的，网上都这样叫。”

苏伊：“谐音，谢谢。”

闪电：“电子竞技，没有谐音。”

苏伊：“嗯，自己取的 ID，跪着也要认。

到了接近三点的时候，一群人各就各位回到自己的位子上，陆续登录上测试服。

CNZ 战队早就已经建好了自定义房间，从太一那儿得知密码后，苏伊率先进到房间里。

她的 ID 是 SNM_EMail。

看到这串 ID，站在 CNZ 战队后面观战的梁祈挑了挑眉。

他家的 ADC 小妖同志像是中了彩票一样，兴奋地指着屏幕说道：“看吧，我就说那个‘邮件’是他们家新招的辅助吧。”

上单大黑托着下巴“啧啧”了两声：“能配合风神把我们家祈神踩在脚下，这位小兄弟有点意思。”

梁祈捂着脸，欲哭无泪：“大黑，虽然我知道你叫大黑，但是你能不能别把我一起黑了？谁被风神踩在脚下了？！这个赛季还没结束！结束前我一定冲刺国服第一。”

中单阿夜一脸“我死也不信”的表情：“那你缺一个人跟你中野联动，很可惜，这个人不是我。”

梁祈只想翻白眼。

苏伊进了房间后，看到对面五个人早就蓄势待发，从一楼到五楼依次是上单、打野、中单、ADC 和辅助。

虽说 CNZ 战队也是较为出名的一线战队，可是苏伊对这个战队的成员并不熟知，唯一知道的就是 CNZ 战队的祈神。

他的 ID 应该是 CNZ_Qi，可是对面的二楼并不是，看来二楼的应该和她一样也是青训生。

五楼辅助位的 ID 也很眼生，看样子也是个新手。想到这里，苏伊松了口气，这样她就不那么紧张了。

的确，CNZ 战队新赛季招了一个新的打野位和辅助位。

梁祈作为 CNZ 战队的首发打野和队长，地位稳，当然不会轻易换掉他。其实是 CNZ 战队的经理认为，试训的话，王牌没必要就那么早拿出来罢了。

SNM 战队的成员也全部进入到了房间内，调整好楼层后，就进入到了 BAN/PICK（按电子游戏中禁用英雄及选择英雄）环节。

CNZ 战队先禁掉了两个版本强势英雄，最后一手还是选择把韩翎风的招牌英雄金克丝禁用掉了。而 SNM 战队这边禁用的英雄，也很常规，没什么大的变化。

一楼的咖啡率先选英雄，思考了几秒后问道："要不要先帮 Riki 把螳螂拿了？"

教练阿炎坐在后面，想了想："不用，帮苏伊把婕拉抢了。"

咖啡："啥？"

苏伊语塞。

许瑞奇："教练，你没说错吧？抢婕拉？"

阿炎点了点头："是的。"

咖啡无解，虽说不明白教练的用意，但还是手速很快地锁定了"荆棘之兴"这个英雄。

等所有英雄都选择完毕，再交换，在读条界面的时候，许瑞奇回头问道："英雄婕拉确实是版本很强的辅助，但是没必要第一手就选吧，结果放给对面螳螂了。"

阿炎轻轻皱了皱眉："昨天苏伊和风神下路双排的几把婕拉我都看过了。"

许瑞奇："然后呢？"

"然后？你好好 Gank 中上，下路不用你操心。"阿炎对许瑞奇说道，"下路通关没问题。”

苏伊听完教练的话，整个人都迷糊了。

虽然她很喜欢听赞美，但从教练口中听到这样高等级的赞美，她莫名开始慌了。更多的是担忧，教练这是给她挖了个大坑让她跳啊，万一下路因为她崩掉了，她会不会直接卷铺盖走人啊？

苏伊就抱着这样的担忧，开始了第一把试训。

前八分钟，各路都很安逸。SNM 战队的中路被 Gank 的一拨，双方都交了双招，也没人头的产生。

CNZ 战队的下路组合是圣枪游侠配娜美，SNM 战队这边则是皮城女警和咖啡第一手就帮苏伊抢下的婕拉。不得不说婕拉这个英雄确实很烦人，Poke 能力很强。如果不是 CNZ 那边选了反手和治疗能力不错的娜美，下路估计早就产生一血了。

到十分钟左右的时候，对面娜美走位失误，被苏伊的婕拉控住。当即她就闪现交了引燃和大招，配合韩翎风率先拿下了一血。而后对面圣枪游侠冲上来换掉了残血的婕拉，而韩翎风的皮城女警则收了圣枪游侠的人头。

下路一拨一换二，人头还全是被韩翎风收入囊中。

“哇！妹，你简直‘棒棒哒’！”

“干得漂亮！伊妹这闪现大招交得太果断了！”

“风神这拨肥得不行，兵还推到了对面塔下，估计妖妃要哭死了。”

苏伊的电脑屏幕此时此刻还是死亡时的黑白界面，但是这一拨操作明显让她忘记刚才的压迫感。不就是试训吗？来吧，本宝宝现在无所畏惧！

第一把的试训结果，理所应当，CNZ 战队的下路组合被韩翎风和苏伊碾压到生活不能自理。中途对方打野想过来抓死残血的皮城女警，可是万万没想到，苏伊的婕拉竟然闪现到他面前帮皮城女警挡大招伤害，最后还被二人合力反杀。

其他几路也没什么优势，第一把试训以 SNM 战队胜利落下帷幕。

看见电脑屏幕上出现两个血淋淋的大字“失败”，CNZ 战队的中单阿夜气得拍桌子：“对面这婕拉是鬼吗？我和闪电在中路相爱相杀得挺好，眼看我大招技能冷却快转好了，这人忽然从下路跑过来 Gank 我，吓得我双招全交。”

两个青训生可能是紧张，第一把全是谜之操作，被阿夜一吼，吓得瞬间抖了三抖。

意识到自己失态了，阿夜摆了摆手：“没事没事，这把不怪你们，多练习就好了。”

CNZ 战队的经理阿光站在后面拍了拍他们的肩膀：“别放在心上，继续下一把。”

很快，双方战队又进入了第二把试训的 BAN/PICK 环节。

阿光走到从刚才起就一言不发的梁祈身边，抬起胳膊撞了撞他，这会儿梁祈才意识到第一把比赛已经结束。而且，他们战队输得特别难看。

阿光：“你发什么呆呢？”

梁祈揉了揉头发，看起来特无奈：“对面那个 ID 我总觉得在哪里见过，好像是打国服的时候遇见的。”

“什么 ID？”

梁祈指着面前阿夜的电脑说道：“就是对面的新手辅助。”

阿光皱了皱眉：“刚才那个婕拉啊，确实挺有一手的。预判技能和视野做得不错，上把从十分钟开始，我们家野区就全是他们的视野。眼位做得也很刁钻，下路的视野几乎就没断过。”

梁祈给了他一个冷漠的眼神：“你到底是哪边队伍的经理？”

阿光看出了梁祈的心思，安慰道：“实话实说啊，不过这一点你放心，《英雄联盟》可不是一个人的游戏。”

事实证明，作为队长梁祈根本就放不下心，默默走到一边，借用经理的笔记本打开了 TGP，点击了战绩查询。

很快他印证了自己的猜想，那个“邮件”他的确遇见过，玩的是中单。而且那一把，他很清晰地记得，SNM 战队的韩翎风和他在同一边。该不会是那次之后这两个人就有什么不得不说的故事了吧？

正想到这儿，梁祈听到自家教练杰森说了一句：“最后一手，禁用掉对面的婕拉。”

第二把试训刚开始，CNZ 战队就把中单闪电最擅长的机械先驱维克托禁用掉了，紧接着是暴怒骑士克烈，咖啡最近一直在练，看来 CNZ 战队做足了功课。而他们战队BAN掉的最后一手却是苏伊的婕拉。

SNM战队众人愣住了。

许瑞奇吓得水杯都拿不稳了，抽出两张纸巾擦了擦桌面上的水渍："婕拉，克烈，维克托？乖乖，处女座这群强迫症是不给咱们活路了呀。"

"快点帮Riki把螳螂抢了。"

等选到四楼的时候，韩翎风看出对面阵容的端倪，提醒了一句："对面这阵容，全控制。"

咖啡拍着大腿，哀号道："哇，这是故意给风神放没位移技能的金克丝，然后选个全控制的阵容，活生生要拿下路开刀了呀。"

韩翎风的界面停留在选择英雄的界面，倒计时还有十秒。在金克丝的图标上停顿了几秒后，他果断改选了战争女神希维尔。而苏伊也很配合地考虑到团队阵容，选择了河流之主。

比赛开始，双方依旧各自发育，对面打野看样子也很安静，不像是要搞事的样子。

到了下路组合都到了四级时，苏伊看了一眼小地图，己方防御塔后方的三角草丛竟然有人传送下来了。

什么时候做的眼位？

苏伊："风神！风神快后撤，对面上单传送下来了！"

苏伊焦急地点着信号，让正在补兵的韩翎风后撤。而许瑞奇听到语音后，也和中单闪电一起往下路靠，可惜对面的支援速度太过迅速。

CNZ的上单传送下来，打野也在后面草丛蹲着。加上下路二人组合是惩戒之箭维鲁斯和灵魂典狱长锤石。加起来一共四个控制技能，即使韩翎风的希维尔自带一个魔法护盾，苏伊的河流之主能把队友吞进肚子里保护一段时间，也阻止不了对面四个人一起跳进防御塔的范围内，硬生生要彻底灭了他俩。

"第一滴血。"

"双杀！"

下路组合的两个人头，全被对面ADC收掉。

上单咖啡的传送技能没冷却好，在上路拆着防御塔："CNZ战队这拨是不是换人玩了？这么血腥。"

闪电见来不及支援，也回到中路推兵线："看来对面已经找出了下路组合是我们战队的突破口了。”

苏伊撇了撇嘴：“我应该在后面草丛放个眼的，我没想到对面还能这么玩。”

韩翎风没吭声，操作着英雄回到线上继续补兵。苏伊趁着空隙，扭头看了一眼自家 ADC 的侧脸，他看起来特别严肃。

吸取教训后，苏伊在后方草丛以及河道小龙前做了视野，可是没一会儿，对方打野带着红 Buff 又来下路搞了一拨事。苏伊没有双招，走位不小心失误被锤石控住，紧接着被对面打野一顿乱打。

“啊啊啊啊啊！这对面打野有神经病啊！”

对面几乎是交了所有技能抓死了苏伊，还准备继续弄死韩翎风的希维尔。可是韩翎风的手上还捏着闪现，凭借着护盾躲掉了技能后，反手闪现技能加平砍杀死了对面一直扛着兵线的辅助。

一换一，不算亏。

咖啡“啧啧”了两声，成功推掉对面上路防御塔：“这新手打野有点祈神强迫症的影子，难怪会加入处女座。”

对面残血的打野和 ADC 后撤了，兵线正好在自家防御塔前，韩翎风准备把这拨兵收了再回家。沉默了良久的他终于开口了：“这种情况下不要慌，要对你自己的操作有信心。你刚才的走位明显就是慌了神，要改改。”

苏伊察觉到自己刚才的心态有些爆炸，立即虚心接受：“对不起，我一定忍住……不对，我一定记住你的话。”

韩翎风补着兵问：“你要忍住什么？”

苏伊看着地图里某人的主视角：“风神……你法拉利（炮车）漏了。”

话音刚落，某人就发现自己眼前的炮车被防御塔收掉了。

这把的比赛前期 SNM 的节奏并不太好，但对面把精力全部用在了打死下路组合上，完全没有意识到自己家的防御塔正在被一点一点侵蚀。

中期凭借着防御塔的经济领先，和几拨小型团战的优势，SNM 战队第二把试训又一次取得了胜利。

当天下午，两支战队一共打了四把试训，SNM 战队三胜一负，最后一把 SNM 战队沟通不当，阵容搭配得太差。硬是被 CNZ 战队抓住机会，吊起来打了一顿。

试训结束后，咖啡就倒在沙发上扯着好基友闪电的衣服：“快七点了，我都要饿死了。我等不到外卖了，我们出去吃微博上新推的那家烧烤吧，听说他们家的烤鸡翅真的超级好吃！”

说到美食，咖啡就按捺不住他那颗蠢蠢欲动的吃货心了。

闪电表示同意：“我和咖啡去吃烧烤，你们呢？”

“我没意见。”许瑞奇懒洋洋地伸了个腰，询问苏伊的意见，“妹，你去不去？”

听到可以吃饭了，苏伊立即点头：“好啊好啊！多烤点脆骨和土豆片！”而后她下意识地拉了一下站在她旁边，一直保持着沉默的韩翎风的衣角。

她笑得一脸灿烂：“风神，你吃不吃烧烤？”

韩翎风的视野停留在她的手上，眨了眨眼：“嗯，可以。”

“教练，你们呢？”闪电对着那头问道。

教练阿炎和分析师阿和还在整理刚才试训的数据，经理太一也表示有事不出去吃饭了，还一再嘱咐他们不要喝酒！啤酒也不可以，抓到一次罚款三千！

一群人应了声，就关上电脑，换好衣服准备出门。

先出门去取车的许瑞奇忽然折返，说道：“风神，把你车钥匙给我，基地的那辆保姆车被二队开走了。”

韩翎风听到后，从口袋里掏出一串钥匙，钥匙在空中划出一道优美的抛物线，落在许瑞奇手上。

虽然整套动作很快，但是，苏伊还是看见了，那串钥匙扣上面好像挂着的是一个金克丝的亚克力挂件。而且，那张Q版图，她竟然莫名觉得眼熟。

再意会过来，苏伊才发现，这哪里是熟悉啊，那张图好像就是她微博上发过的啊！

苏伊就这么心神不宁地跟着大部队站在别墅大门口前，等着许瑞奇把车从停车场那边开过来。在此期间，她用诡异的眼神打量了旁边的韩翎风不下五次。

韩翎风察觉到来自左侧的眼神扫射，忍不住叫她：“苏伊。”

“啊？”头一次被韩翎风叫出名字，苏伊这会儿还愣了一下。

韩翎风深吸了一口气，扭过头看向她那双棕色的眼眸：“我脸上有脏东西吗？”

“不不不。”苏伊摇头如拨浪鼓。

闲扯间，许瑞奇已经把韩翎风的车开到了众人面前，体形较为庞大的咖啡很自觉地走到副驾驶座旁，把门打开，半边腿刚踏进去，就听到许瑞奇说道：“咖啡，你干吗？”

咖啡一脑袋的问号：“什么我干吗？”

许瑞奇指着站在车子后面的苏伊：“你坐前面，你是想让我妹和两个大男人挤在一起坐后面吗？”

咖啡这下很确定了，许瑞奇这家伙绝对是个“妹控”！

闪电一听就明白许瑞奇这是想让咖啡和他还有韩翎风坐后面，立刻跑上前去阻拦：“别啊 Riki，咖啡这么胖，我和风神在后面要被挤死了。”

咖啡：“闪电，你这么说我，这话我没法接。”

闪电哭笑不得。

许瑞奇听后一愣：“那就风神来开车，咖啡坐副驾驶，我和我妹还有闪电坐在后面。”

听完队长的提议，闪电和咖啡忽然谜之沉默了。

苏伊想了想：“也行啊。”

闪电一副“你完全不懂”的表情：“行……如果你知道风神其实是个路痴，你就不觉得行了。”

苏伊：“路、路痴？”

韩翎风当即伸手轻轻拍了一下闪电的脑袋：“就你的话多，你可以选择自己叫车去。”

闪电捂着脑袋咆哮：“别这样！请求组织别抛弃我呀！”

咦，原来像韩翎风这种完美的人，也有这样的缺点。

苏伊不经意地笑了出来，这笑被韩翎风捕捉到了，他问道：“笑什么？”

苏伊吐了吐舌头：“没什么，就是觉得路痴属性其实也挺萌的。”

韩翎风头一次被妹子夸萌，现在的心情有点复杂。

一来二去，争论了半天。最终许瑞奇选择妥协，让咖啡坐副驾驶，而苏伊坐在后面靠边的位子，韩翎风则坐在中间。

从 SNM 战队基地的小区开往目的地大约需要二十分钟。趁着空隙，苏伊坐在车上把手机拿出来，准备刷刷好几天没有点开的微博来打发时间。

结果这一刷就出事了。

“大大，你有关注风神的排位吗？SNM 战队似乎要纳新辅助入后宫了！”

“老婆，我才发现你的微博马甲和那个疑似 SNM 战队的新辅助同名。”

“幸好咱们大大是萌妹子，不然我真以为大大要去打职业赛了。”

“大大，你已经很久没有出新作品了，新出的下路组合霞和洛好有爱，要不要画一张？”

“说真的，老婆你别画风神和宙斯的同人本了，等新辅助亮相了，画风神和邮件小兄弟的好了！‘ADC × 辅助’，想想就很刺激。”

“‘ADC × 辅助’ + 1。”

“‘ADC × 辅助’ + 10086。”

苏伊并没有忘记自己除了是一名网瘾少女外，还是一名画手。距离上次她发微博已经过去一个月的时间，其间她为了 Rank 上分和应付学校的课程，已经很久没有出图了。她的马甲和 SNM 战队的新辅助同名？拜托，那就是她本人啊！居然没人联想到就是她。还有，画风神和邮件小兄弟的同人本？那就是风神和她自己啊！

“脑补”到一些大神画的同人本，又把她自己和韩翎风扯在一起，完全不能直视啊！一想到这里，苏伊整个人都不好了，吓得手里的手机一不留神掉在地上，还正好掉在韩翎风的旁边。

韩翎风偏过头看向神情恍惚的苏伊，帮她把手机拾起来：“怎么了？”

苏伊不知怎么的，显得很是心虚。再看去，发现手机屏幕正亮着，还对着韩翎风。吓得她立即伸出爪子，飞快地把手机从韩翎风的手里抢了过来，很生硬地解释：“在逛美妆微博，博主在敷面膜……火山泥的那种，那什么……怕把你吓着。”

韩翎风将信将疑地看了一下她：“所以你刚才吓着了？”

苏伊迟疑了两秒，配合地点点头：“嗯，吓到了。”

韩翎风似乎并没过多地在意，苏伊稍稍松了口气后便开始翻自己以前的微博。在 S5 赛季的时候，她出过两张作品，一张是金克丝的 Q 版图，另外一张就是 SNM 战队的冠军皮肤同人图。

《英雄联盟》的总公司做出规定，凡是在 S 系列全球总决赛获得冠军的战队，会奖励每位成员一个专属皮肤。冠军皮肤会和战队的队服有着相似的设计，这对于整个战队来说都是至高无上的荣誉。并且，这些皮肤会限时在服务器销售，也算是对粉丝的回馈。

基本上，战队五位成员的皮肤是在同一张原画上的。

那个时候，由于许瑞奇加入了 SNM 战队，爱屋及乌，苏伊也时刻关注这支队伍的情况。大概是为了弥补那一年 SNM 战队没有拿到冠军的遗憾，苏伊就熬了几天夜，硬生生憋出了一张 SNM 战队的冠军皮肤同人图。

结果正好被《英雄联盟》的官博娘娘翻了牌子，还配文道："真的是好有心的粉丝，SNM 战队的这张冠军图实在是太赞了，希望下个赛季 SNM 战队能一举夺冠！"

官博转发苏伊的原微博后，她的微博粉丝量瞬间长了好几万，还被官博娘娘关注了，当时苏伊的心情那叫一个激动不已，跌宕起伏。

在那之后，大多数的粉丝都知道这个叫作"伊妹才不是 E-Mail"的博主是 SNM 战队的铁粉，所以根本就没人会想到她其实是许瑞奇的表妹，只是个 SNM 战队的迷妹。

至于另外一张金克丝的 Q 版图，纯粹是因为她喜欢这个英雄。而她喜欢金克丝，也是因为韩翎风。

那一年的 S 系列小组赛上，金克丝是版本最强势的 ADC，还正好被韩翎风拿到。当时她清楚地记得是 SNM 战队和中国台湾的某战队打比赛，韩翎风的金克丝在国际赛场上豪取五杀。

苏伊瞬间就对这个英雄产生了兴趣，没过多久她就画了那张 Q 版图，并发了微博。

伊妹才不是 E-Mail：真心超级喜欢金克丝这个英雄，所以画了一张 Q 版，配图是无水印的，喜欢的各位亲可以自行拿去用。

也就是说，她的那张图是版权开放的。所以，韩翎风的钥匙扣是在某家精品店买的吗？还是他自己去来图定制的呢？如果是来图定制的话，就说明他看过她的微博，还知道她是个画手。

神游间，已经到了目的地，一群人陆续下车。苏伊最后一个下车，许瑞奇把车钥匙抽下来，叫住苏伊：“妹，你帮我把钥匙给风神，我去借个厕所。”

“好。”苏伊从她哥那里接过钥匙。

她仔细盯着那张图上上下下看了几遍，确定就是她画的那张图没错，可是风神他……

“苏伊，你在发什么呆？”

苏伊被身后的声音吓了一跳，回头看去发现韩翎风正看着自己，她略微紧张地抬起手，把车钥匙递给他：“我哥说让我把钥匙给你，他去厕所了。”

苏伊身高只有一米六，而韩翎风的身高她记得官方给出的资料是一米八三，身高差本来就很大，加上被韩翎风那样看着，她不太习惯。

韩翎风看着钥匙，停顿了一会儿才接：“谢谢，走吧。”

“那个……风神。”苏伊快步走上去，跟上大部队的步伐，“看来你真的很喜欢金克丝这个英雄呢，连钥匙扣上的图都是金克丝。”

韩翎风看着她，嘴角微微上扬：“我只是喜欢这个金克丝而已。”

“啊？”苏伊被这话弄得心悸不已。

韩翎风睨了她一眼，接着又意味深长道：“因为看起来很蠢萌。”

浑蛋，快把她刚才的少女心还给她！

苏伊气鼓鼓地坐在桌前，想着刚才韩翎风对她作品的评价。那么可爱的金克丝明明只有萌，风神他是从哪里看出来蠢的呀？

而且他还只喜欢她画的金克丝，只是因为蠢萌？那不是他本命英雄吗……

苏伊心不在焉地伸出手准备拿盘子里的烤肉，结果发现自己并没有抓住肉串，而是抓住了她哥的手。

许瑞奇抬起另外一只手在她的眼前来回晃了晃，问道：“妹，你没事吧？最后那把输了后你就心神不宁。”

不，她心神不宁跟最后一把比赛没有任何关系。

作为SNM战队里的老将，咖啡安慰作为新人的苏伊：“没关系，有输就有赢，伊妹你打得已经很好了，以前很多来试训的小孩第一把就紧张得连键盘都按错了。”

苏伊啃着肉串含糊地看着他："键盘按错？"

坐在她旁边的韩翎风不动声色地接话道："就是引燃按成大招，大招按成闪现，接着闪现撞墙之类的。"

"那……这种谜之操作，我以前也有。"苏伊说道，"然后就活生生把队友坑了。"

韩翎风看向她："你的心态其实还算不错，除了被对面打野针对的那拨有点炸。"

说到那拨打野的 Gank，苏伊就觉得自己的操作简直辣眼睛。

许瑞奇沉重地拍了拍苏伊的肩膀："你哥我以前怎么没发现你抗压能力那么强？教练开局就把你吹上天了，你竟然没膨胀，很强。"

苏伊微笑。

许瑞奇："真不愧是我妹。"

苏伊继续啃着肉串："我觉得'我是你妹'和'很强'形成不了正比关系。"

苏伊话音刚落，闪电和咖啡就抱在一起笑成一团，就连韩翎风也翘起了嘴角。

笑完后，闪电擦着眼角的泪水，说道："不过最后那把我们家拿的阵容的确不好，处女座那边的教练肯定出了馊主意。"

苏伊回想了一下当时的情况，说："输得不冤，那把 CNZ 战队的打法很激进。而且他们竟然留给上路一个 Counter（指《英雄联盟》中的克制者）位，英雄克制太严重了。"

闪电拍了下大腿："什么输得不冤，很气啊。用我老婆的话来说就是，太 Imba（不平衡）了！"

苏伊："啊……闪电你原来有女朋友啊，我怎么没听官方说过？为了保人气吗？"

咖啡听完苏伊的疑问，比刚才笑得更凶了："哈哈，这家伙说的是《守望先锋》里一个叫'D.VA'的英雄，因为人气很高，被玩家们称为老婆，那句话是这个英雄的台词。"

苏伊："是吗？说真的，闪电你开心就好。"

闪电捂着脸很是惆怅，感觉苏伊看他的眼神就像是在看一个变态："什么都不说了，中上恩断义绝！"

"哇哇哇，兄弟你这就没道理了啊。"咖啡抓着他的肩膀晃了晃。许瑞奇见这对好友又闹起来了，赶紧过去劝。

苏伊看着他们吵吵闹闹，有些幸灾乐祸地笑了起来，很快就发现韩翎风在她喝完的空杯子里又倒满了饮料，她连忙点头道谢：“谢谢风神。”

“不客气，照顾女生是应该的。”

“嗯……”苏伊挠了挠脸，有些害羞。

其实她并没有想到韩翎风会注意到她杯子空掉的细节，而且她把杯子放到另外一侧。她忽然想起很早以前网上一篇有关于韩翎风的介绍，说他头脑冷静且心思缜密，在被人夸赞时还能内敛自持不骄不躁，简直是一个完美的司令官。如果他有一天不打职业赛了，也能成为一名优秀的教练吧。

“你在想什么？”韩翎风对着她问道。

回过神的苏伊努了努嘴，反问回去：“哎，风神，你觉得游戏输赢真的重要吗？至少在加入战队前，我觉得游戏输赢似乎并不那么重要，但是打比赛……”

韩翎风看着她，想了想：“打比赛输赢不重要。”

“啊？”

“重要的是赢。”

当韩翎风说出这句话的时候，苏伊看出了他的决心。因为不管是LPL赛区的哪支战队，在此付出的汗水和艰辛，都是为了S系列赛场上的冠军奖杯。

因为，世界欠他们一个冠军。

半个月以后的某天晚上，SNM战队的官方微博悄悄发送了这样一则消息。

SNM电子竞技俱乐部V：SNM_EMail即将上线，你们准备好了吗？

然而，这位正准备上线的人自己毫不知情，正和韩翎风双排血战召唤师峡谷，因为自家队伍里打野的错误指导，导致他们在大龙坑里被团灭，接着对手推完基地。

苏伊摘下耳机，苦恼地抓了抓头发：“这打野！我已经尽力了，这拨输得我死不瞑目啊啊啊啊！”

而她旁边的韩翎风则淡定很多，似乎已经习以为常：“这个时间上分的人很多，遇到一两个坑很正常。”

她明明是在抱怨，为什么风神反而这么淡定地解释呢？

退出游戏后，苏伊查看国服段位的排行榜，目前韩翎风还是第一，第二名依旧是CNZ战队的祈神，落后的点数也不是很多，七八十分的样子。

哇，这祈神真是穷追猛打啊，好可怕的样子。

苏伊摸着下巴啧啧地感叹着，这时，一大摞A4纸甩在了她的键盘上。

她一脸木讷地抬头看向站在她侧面的经理太一：“经理……这是干吗？”

太一看向韩翎风：“风神，你没告诉苏伊晚上签合同的事情吗？”

韩翎风也摘下耳机，偏过头来：“我以为Riki会告诉她。”

许瑞奇正打着韩服，听到有人叫他的名字，立刻接话：“不是吧风神，你每天和我妹像连体婴儿一样黏在一起打下路，我还以为你早就跟她说了。”

韩翎风和苏伊面面相觑，是什么事？

太一看着这群不靠谱的少年，揉着生疼的太阳穴：“这是正式合同，恭喜你苏伊，试训通过了。”说完对着苏伊伸出手，像是要握手。

可是眼前的少女完全没反应过来，太一的手还在半空中。

太一嘴角抽搐看向她：“苏伊，快握手吧……不然我这个样子很尴尬。”

“哦哦哦，不好意思经理。”苏伊这才反应过来，抓着太一的手一顿猛摇。

太一笑了笑：“看把你兴奋的，刚才我已经通知宣传部那边发微博了，不过大部分围观过我们试训赛的粉丝其实已经猜到了。”

苏伊：“所以……你们已经宣布了一个妹子来LPL打职业赛吗？”

太一那张亲切的笑脸瞬间变得有些狡黠：“还没有，只发了你的ID。你还没有拍定妆照，也不算是正式宣布。”

她怎么就忘记了定妆照这种事，所以是要化妆吧？她这张脸长得应该还算对得起观众吧……不知道到时候粉丝知道她一个女的来打职业赛，会有什么样的反应。

不过什么样的反应，都不是很好的反应吧……

“说起来，苏伊你有微博吗？”太一朝她问道。

苏伊点了点头：“有啊。”

“正好，这几天拍完定妆照后就把合同的扫描档和身份证正反面的扫描档存下来，去新浪认证，认证词就写‘SNM电子竞技俱乐部辅助成员’，到时候官方宣传的时候好 @ 你，顺便帮你涨涨粉丝什么的。还有，官方那边我也得赶快帮你把出赛手续办好，合同和证明还得寄到美国去审核，不抓紧时间，夏季赛的头两周只怕你上不了场。”见苏伊一直没接话，太一蹙眉，“你有意见？”

“不是。”苏伊想了想，小心翼翼地解释道，“我的微博……被《英雄联盟》的官博转发过，所以……”

太一听后一愣，拿出手机准备打开微博：“你被官方转发过？挺好的啊。”

苏伊扭过头看了一下正盯着自己看的韩翎风，又回过头看了看太一，最后说道：“不是，转发的是《英雄联盟》的同人图。”见太一有点不明白，苏伊又道，“其实……我是萌次元上的一个画手。”

萌次元，是偏向二次元的一个交流社区，在圈内很出名。很多用户会在这个网站上发表自己的插画、COSPLAY、文章等作品。

当太一顺着苏伊给的账号名称，把微博全刷了个遍后，心情复杂地对着苏伊竖起了大拇指：“厉害了我的伊妹，我们战队真是签了一个不得了的人。”

苏伊接触板绘的时间大约有两年，高中她学的就是美术，那时也很热衷于动漫和游戏。在萌次元上一开始发表的作品很烂，也没什么名气，随着后来画工越来越成熟，被《英雄联盟》的官博转发过几套作品后，她竟然噌噌噌地涨了不少粉丝。

众人从太一口中听到这个消息后，作为二次元的“死忠”，闪电迅速掏出手机刷着苏伊的微博，一脸迷糊地问道：“伊妹，你就是画我们战队冠军皮肤同人图的那个画手？”

苏伊：“嗯，就是我。”

闪电：“真的！还有自拍，还真是你。”

咖啡看着手机屏幕，“啧啧”两声，拍着隔壁许瑞奇的肩膀，笑得十分诡异：“我亲爱的 Riki 队长，伊妹是个小粉红画手这件事怎么没听你说过？”

许瑞奇心虚地干咳了两声，佯装看着窗外的风景没吭声。

“很好。”闪电坐在椅子上指着苏伊，佩服道，“有伊妹这张同人图坐镇，还有你本人和风神这对下路搞事组合来参赛，S7 的冠军咱们八成是稳了。”

哦，合着她的作品不仅能用来看，还能辟邪不成？还有闪电说得未免也太早了吧，夏季赛还没开始呢。以及，搞事组合是什么？

“还有这图，和风神的钥匙扣同款啊。”闪电翻到了苏伊以前的图，掏出手机屏幕对向韩翎风，“风神你看看，和你的钥匙扣是不是一模一样？”

韩翎风眼皮子都没动一下，看了一眼后继续回过头做自己的事：“我知道。”

“你知道？你知道什么？”闪电眨眨眼。

韩翎风：“我知道马上就是这个月的段位结算日了，你再不努把力，这个月韩服就在钻石了。”

闪电：“那你来韩服和我双排？”

韩翎风：“不了，我和苏伊在国服混得挺好。”

闪电一嘴的醋意：“啊，有了新辅助就忘记旧中单啊，负心汉。”

这话说得怎么那么别扭呢，气氛一度有些尴尬，苏伊猫着腰转过椅子就对上了韩翎风那双好看的深色眼眸。他眼神深邃盯着她看了好一会儿，硬生生把苏伊的脸看红了。

她故意逃避开某人的眼神：“风神，你在看什么？”

韩翎风努了努嘴：“那张金克丝……”

“啊？”

“画得很不错。”

“哦。”

“继续加油。”

“好。”

明明是赞美，她怎么听着怪怪的。苏伊呆呆地看着眼前的男人，脑袋还没转过弯来，就听见他说道：“进组，带你上王者。”

想到她的点数快追上艾欧尼亚王者榜最尾巴的那个玩家，苏伊兴奋地挽起袖子握住鼠标，进入备战状态。

打完游戏已步入午夜，系统已经结算完国服“最强王者”前两百名。苏伊距离最后那名玩家还差几十点，顺利的话，明天晚上就可以爬到她梦寐以求的段位。

这时，太一也催促着一群少年少女快点回到自己的房间里洗漱关灯睡觉。

苏伊在淋浴间冲完澡出来，拎着湿毛巾准备放在阳台上晾晒，发现韩翎风竟然正巧也从自己的房间里走出来，拿着毛巾擦着湿漉漉的头发。

夜风温柔地拂过苏伊的脸，这样的场景让她想起第一天自己睡在韩翎风房间发生的事。

苏伊快速把毛巾往衣架上一挂，迅速转身，却听到韩翎风叫她："苏伊。"

"啊？"她回头。

夜风中，韩翎风的嘴角上扬，眼角含着笑意："欢迎你正式加入SNM战队。"

虽然韩翎风平时无论是打游戏的时候还是比赛的时候，都是一副对什么都没兴趣的脸，但是这抹微笑，苏伊承认韩翎风那张脸，真的很好看。

绯色慢慢爬上苏伊的脸颊，她羞涩地道声谢，而后想起了什么，她抬头看着韩翎风，像是鼓起了很大的勇气一般问道："那个……风神，我能问你一个问题吗？哦不，两个……"说完她用手指比了个"二"。

韩翎风："这剪刀手的姿势不错。"

苏伊听完立即把剪刀手收了回来。风神啊，咱们的重点是不是错了？

韩翎风靠在围栏上，将白色的毛巾挂在脖子上，看着她："问吧，我会认真回答你的。"

苏伊撇了撇嘴，凑到韩翎风面前小心翼翼地问道："风神你是不是很早就关注我了？我是说……我是画手的事，就是我们战队的那张冠军同人图。"

不是SNM战队，她说的是"我们战队"。

韩翎风思索了一会儿后大方地回答她："是的。"

"真的吗？"她像是听到期待已久的回答，瞬间变成星星眼。

"嗯，不管是我的金克丝、闪电的维克托、咖啡的奥拉夫还是Riki的雷恩加尔，以及……"说到这里韩翎风停了下来，反问道，"我记得那年我们的辅助是已经退役的Demon，他擅长的应该是锤石，你为什么会想着画一个婕拉呢？"

听到这里，苏伊捧着脸笑得很是得意："因为我很喜欢婕拉这个英雄啊，算是本命。玩了中单后，就很喜欢奥莉安娜和乐芙兰。其实那幅画，也有我自己的一点私心吧。"

"私心？"

苏伊义正词严："婕拉比锤石长得好看，不是吗？"

这话说得，好像还真像是小女生会说的话。韩翎风无奈地笑了笑，接着问道：“那第二个问题是什么？”

苏伊清了清嗓子，有些不好意思地看向韩翎风：“我画的金克丝，真的很蠢萌吗？”

韩翎风花了五秒钟的时间沉思后，看着她的眼睛给出答案：“嗯，看起来挺像的。”

“啊？”

“早点睡吧。”韩翎风说完，走进自己的房间，反手就把靠阳台这边的推拉门关上了。

留在苏伊愣在原地，她怎么觉得风神刚才是在说她看起来很蠢萌啊，是错觉？

几天后，宣传部那边送来了苏伊的队服，春季和夏季的各两套，胸口和背后还绣着她的ID。拍摄定妆照当天，苏伊早早起床，换好队服，吃完早餐后就跟着太一出发去摄影棚。

好在苏伊早就有了被夏七七拉着一起刷直播的基础，面对摄影师的镜头还算镇定，不过还是有些紧张。拍摄过程很是顺利，摄影师说过几天定妆照就能发出来。

苏伊坐在椅子上喝着招待员小姐姐递给她的果汁，而太一则在走廊上接电话。

不一会儿，挂了电话的太一匆匆忙忙地走进来，一脸忧伤。

“外勤部那边的家伙车被追尾了，我要去解决一下。郁闷，怎么每次都是我的车被撞！”太一气得抓狂，那模样简直像是哭着流泪要撞墙的蘑菇头。

苏伊嘴角抽搐，半开玩笑道：“那只能说明对方不是老司机。”

“车祸现场不远，就在隔壁街，要不你在楼下茶水吧等我一下？”

因为待会儿摄影棚的工作人员还要去别处拍外景，苏伊也不好赖在人家这儿，又不好意思麻烦太一绕来绕去，她说道：“要不我坐地铁回去吧，我查了路线的。”

太一叹了口气：“你先在楼下等我一会儿，我过去看看，如果那边太麻烦，你就坐地铁回去吧，可是你的外套……”

苏伊摆摆手：“没关系的，淘宝上好多这种样子的周边外套，人家看见我也只会以为我是 SNM 战队的粉丝。”

“可是这 ID……”

“没事的，谁会想到 EMail 会是个妹子呢？”

太一最终妥协。

结果正如他所料，隔壁街五车追尾，所幸没出人命。因为处理还需要一段时间，太一只好打电话给苏伊，让她自己先回去。

苏伊从大楼里出来的时候，正巧迎面走过来一个穿着灰色卫衣的男生，慌慌张张、眼神闪烁，苏伊觉得古怪，歪着头多看了一眼，莫名觉得这个人有点眼熟。

思考间苏伊听到了手机拍照的“咔嚓”声，接着看到周围三三两两的年轻男女围了过来，嘴里念叨着“祈神”“哇，我老公怎么在这里”“快拍照”。

居然是 CNZ 战队的祈神！他怎么会在这里？

苏伊站在路口，看着一群人跟着祈神追了过去，同情地耸了耸肩。身为电竞圈的名人可真是辛苦啊，不知道等她出名了以后，会不会也有这样的粉丝呢？她乐滋滋地想着，朝着地铁站的方向奔去。

而这边，吃瓜群众围了上来，梁祈当即就朝某条街巷走去。他只是找个休息日出来，到商场买点东西，莫名就被粉丝追了一路，还被追到了巷子里躲起来。

梁祈蹲在角落里闷闷不乐，而后才想起自己看到了一件很眼熟的衣服。

好像是红白色的，和 SNM 战队的队服很像。他还看到了一串眼熟的 ID……

EMail？可是那个人是个妹子啊！应该是粉丝无聊吧……

梁祈想着拨通了自家队员小妖的电话号码：“喂，妖妃，我出来买个东西就被粉丝追得走投无路了，你快开车来接我……就在那个百货商场对面的地铁口附近……我跟你说，我刚看见一个穿着 SNM 战队队服的妹子从他们摄影棚下来，ID 还是那个邮箱，SNM 战队不会真找个妹子打职业赛吧？”

梁祈话音刚落，就听到电话那端的小妖一顿怒斥，大概还沉浸在那次试训被 SNM 下路组合虐残的悲痛之中，只听见他咆哮道：“嘿，祈神你被粉丝追傻了吧！SNM 怎么可能找妹子打职业赛？如果那个邮件真是妹子，我就直播吃键盘！”

由于头天晚上打游戏到太晚，第二天下午四点苏伊才磨磨蹭蹭起来，然后把合同和身份证的扫描档上传到新浪微博上去认证，认证时间大约需要四十八小时，而且新浪认证有一条规定，那就是必须找已经V认证过的互相关注的好友帮她确定才能认证成功。

苏伊托着下巴坐在电脑前的时候已经下午五点，接着她就看见韩翎风从二楼走了下来。

她立即朝他招了招手："风神，下午好啊……"

韩翎风边打哈欠边抬手回应，然后拿着水杯去饮水机接了杯水，缓缓走到电脑前。在此期间，他发现面前的少女几乎以期待的眼神望着他。

后者被看着浑身不自然地嘴角抽搐，安抚着她说道："你距离最强王者还差几十点，今晚打上去应该不是什么大问题。"

听完，苏伊笑得更加悬乎，摆摆手："不不不，风神，我是想让你帮我一个忙。"

韩翎风在自己的位子上坐下，抬起眼皮子看着她："什么事？"

"帮我新浪微博认证下呗。太一说让我最近就把微博认证了，到时候好宣布，嘿嘿。"苏伊乐不可支。

韩翎风很少发微博，微博账号自从两年前认证后就没再发过新的消息，大多就是转发战队官博发布的各种资讯，比如战队今儿去哪儿参加活动啦，官方对粉丝的各种感谢信啦，以及重大消息的发布。

等苏伊翻出韩翎风的微博时，只觉得整个页面和他的ID一样冷得掉牙。倒是他每条微博下面的评论量和转发量惊人地多，或许是常年不更新微博消息的原因，所以显得很壮观。

韩翎风熟练地输入账号密码后登录上微博："直接把链接发我。"

"好好好。"苏伊激动地点点头，然后在列表找到了韩翎风的微博账号，"发你微博了。"

很快韩翎风就接收信息，并确定转发。

两秒后——

大多数正无聊刷着微博的吃瓜粉丝就发现自己的首页上惊现了韩翎风更新的微博，依旧是转发的。

SNM战队Coldwind：[转发]伊妹才不是E-Mail：我正在申请认证，认证信息为“SNM电子竞技俱乐部辅助成员”，请@SNM战队Coldwind帮我转发确认。

画风很不对啊！

再然后，整个微博瞬间爆炸。

SNM战队一生推：老公你转发了什么东西！！你微博是不是被盗号了？

金克丝是信仰：这个原博主是谁啊？为什么是个妹子！有没有知道的细节，告诉我一下？

菟丝花：原博主不是萌次元上的伊妹大大吗？我记得是个画手，是不是搞错认证信息了？

风神的小迷妹：这个伊妹是个女的吧！微博ID还和最近跟风神双排的辅助神同步，女的打职业？SNM战队脑子没进屎吧！

哟哟哟：一定是替补是替补替补！之前北美那边不是也出过女替补辅助的名单吗？官方说是因为战队申报人数不够，找设计师凑的，正好那个设计师的段位在美服有钻一。SNM战队这边应该是类似的吧！

金克丝的火箭：我是不会祝福SNM的下路组合的！

萌次元画手麋鹿：惊吓，什么东西？我隔壁关注的画手怎么就成职业选手了，没搞错吧？

美美：哈哈，我喜欢的画手成了我喜欢的战队选手，这份复杂感情我该不该接受？

我的乐芙兰我自己都怕：我怀疑我关注了一个假风神。

韩翎风转发过后没多久，他自己微博里的私信和艾特数量就呈现直线上涨的趋势，而苏伊的微博同样很多人留言询问她是否真的是SNM战队的新辅助。

然而，这两个人正一起在外面的餐馆愉快地吃着晚餐，接着回到基地后就开始排位，并且毫未察觉到微博上的粉丝已经疯狂。

苏伊哪有想那么多，一心扑到双排上，准备在今晚之前爬上最强王者段位。

两人双排了三把都没听到什么风吹草动，第四把的时候，正好排到了白鲨 TV 上的一个主播，好像是专门玩 ADC 位置的。

不过这次他被系统匹配到了次选的上单位上。

白鲨 TV15921 小宇：“三楼的兄弟可以去上单吗？玩 AD 我能 Carry。”

苏伊心想，当着国服第一 ADC 说你玩 AD 能 Carry，兄弟你实在是太自信了。

很快，她就察觉到旁边的男人飞快地在键盘上输入：“不能。”

白鲨 TV15921 小宇：“是风神啊，你好，可是我只会玩 ADC。”

Coldwind：“去上路，然后把显示器倒过来。”

其他队友看见这个 ID 冒出来后，纷纷调侃起主播小宇。

她城旧梦：“风神这拨 666666，实在是太厉害了。”

萌猫 TV 、问天：“风神，我刚看了你微博，你说的是真的吗？”

微博？苏伊没意会过来，在当前频道打字。

EMail：“什么？”

白鲨 TV15921 小宇：“才发现 SNM 战队的新辅助也在啊。”

她城旧梦：“邮件兄，你真的是妹子吗？”

苏伊看着队员们的疑问，摘下耳机扭头朝着韩翎风问道：“他们怎么知道我是妹子了？”

韩翎风一脸疑惑地回看她：“我刚才帮你确认了认证信息。”

“对啊，那他们是怎么知道的？”

韩翎风谜之沉默了一会儿后，答道：“要转发才算确定，所以我首页的粉丝应该早就看到了。”

苏伊：“能删吗？”

韩翎风耸耸肩："是你要认证的，我删了还怎么认证？"

苏伊："可是我还没官宣。"

韩翎风："太一待会儿就给你官宣了，不要急。"

两人扯到这里正好到五楼的苏伊选择 BAN 掉的英雄，她随手在英雄列表里点了一个，接着心急地问道："为什么好友辅助认证要转发？"

韩翎风看了她一眼："我以为你知道。"

苏伊："我又没 V 认证过……我哪里知道。"

苏伊托着下巴闷闷地想着，然后伴随着这股纠结的心情，开始选择她所玩的英雄。她在自己的列表里上上下下翻找了两圈后，疑惑地嘟囔了一句："咦，我的婕拉呢？"

"被你自己 BAN 掉了。"耳边传来韩翎风的声音。

苏伊听到韩翎风的回答后"啊"了一声，接着抬头看了眼游戏界面的上方，发现她刚才不小心把自己的英雄禁掉了，她只觉得脑袋里一大群皮皮虾狂奔而过。

思量后，她改选了虚空先知马尔扎哈。

趁着游戏读取界面的空隙，苏伊掏出手机快速登录上微博，发现自己快被粉丝艾特爆了，就连留言也莫名多出了两百多条。

厉害了，她以前发布作品的时候留言三十条就封顶了，顶多官博转发的时候能再多十几条，眼下这拨节奏的带动，她莫名有点慌。

苏伊刚准备点开查看评论，就发现游戏界面已经进去了。

韩翎风看着她慌慌张张的样子，抬起手拍了一下她的脑袋："紧张什么，迟早要官宣的，只是前后问题。"

后者把手机扔到一边，操纵鼠标在泉水老家里买好出门装备，跟在韩翎风的 ADC 身后颠颠儿奔去自家野区："我我我、我哪有紧张，就只是……忽然有点手抖而已。"

"这不就是紧张吗？"

"才不是！"

"傲娇。"

苏伊想找块豆腐撞死的心都有了。

进入游戏后，队友们还在问她是不是新辅助的事，吓得苏伊直接选择调出计分面板屏蔽，接着莫名就扫到了对面ADC和打野的ID“祈祷下的旋律”以及“CNZ 、妖妖妖”。

“对面是不是处女座的妖妃啊？打野也貌似遇见过……”

韩翎风看了一眼，回答道：“对面打野是祈神。”

另一边，CNZ战队的基地里。

刚刷完微博的梁祈指着对面辅助的ID说道：“逛完微博就遇见了，妖妃，别忘记你昨天许下的诺言啊，对面那个邮件可是个妹子啊，哈哈哈哈……”

小妖一脸吞了苍蝇的表情：“你闭嘴。”

梁祈笑得停不下来：“直播吃键盘就不为难你了，下次直播时单手倒立外加三圈托马斯旋转我就当这事没发生过。”

小妖没理会梁祈的调侃，抬起腿踹了一脚坐在旁边的人，嘴里念叨着：“别废话，你国服排位还想不想超过风神了？”

梁祈把被小妖踹歪的椅子摆正，贼兮兮地笑着：“现在我更想看你直播单手倒立外加三圈托马斯旋转。”

“想都别想！”

“那你就是想直播吃键盘？我还是不介意的。”

小妖嘴角抽搐着，淡淡地吐出两字：“快滚！”

梁祈摸着下巴，一脸的高深莫测：“看来这个‘快滚’是真心的。”

坐在梁祈和小妖背后正在直播的辅助成员糯米突然大喊了一声：“祈神、小妖，你们在背后说什么呢？我的直播间一直在刷屏问小妖直播是怎么回事！”

梁祈偏过头说：“没什么事，就是妖妃他之前给我立了个Flag（立Flag：网络流行语，指一个人被自己说的话打脸），说SNM战队的新辅助要是个妹子，他就直播……嗯……”

梁祈话没说完就被小妖伸出手捂住嘴巴，甚是难受。

糯米连忙胡说八道：“直播单手倒立外加三圈托马斯旋转。”

小妖嫌弃地看去：“你真的好闲。”

这边，游戏里，已经全军出击。

玩中单的小伙伴一眼就认出了对面打野的ID，立刻在当前频道打字：“打野爸爸记得来我中啊，对面是CNZ的祈神！”

自家打野立刻就心领神会，回复了个“OK”，毕竟祈神喜欢针对中路已经是全《英雄联盟》电竞圈都知道的秘密啦！

苏伊站在自家野区蓝Buff旁边的草丛里，帮打野打完野怪，跟在韩翎风的ADC身后慢悠悠地上线，乐观地想着对面打野应该不会来他们下路搞事了吧。

可惜，她想错了。下路刚上线，还差两个小兵升到两级的时候，忽然她的脚边蹦出个被动隐身的寡妇制造者，接着对面下路组合和打野对着她的脸就是一套技能，吓得她身上的双招全交，就连韩翎风身上的治疗也为了保她交出来了。

大兄弟，我们说好的蹲中路呢？下路风景不好看啊！

被祈神搞事，韩翎风只能操纵着英雄缩在塔下补刀，好在他的塔下补刀基础特别好，基本没漏兵，在前期下路劣势的情况下稳住了局面。

八分钟左右的时候，下路组合双双到达能升大招的六级，自家的打野也正在朝下路走来，似乎是打算反蹲，上单也捏着传送，看来下路基本上这拨是稳了。

结果不一会儿，寡妇制造者又偷偷跑来了下路，下路打了一拨3V3，各种召唤师技能和大招技能齐飞，可竟然没有人员伤亡。各自的上单见下路打起来了，纷纷传送下来。几秒后，两队人马又各自撤离，两位上单玩家还都是肉坦克，也没有要打起来的意思，于是下来看了风景，又都回城了。

苏伊回到泉水里补给好装备，上线的途中咬着牙对韩翎风问道：“不是都说处女座战队的祈神喜欢蹲中吗？我看我们家的小鱼人挺悠闲的。”

韩翎风也是满腹疑问，思索片刻后答道：“可能是今天下路的风景特别好看。”

苏伊哭笑不得。

“没事，你没被动护盾的时候站我后面一点。”韩翎风安慰她说道。毕竟他玩的可是战争女神希维尔，还有一个主动型的免疫盾。

苏伊忽然觉得自家的ADC今天特别帅气！但是考虑到大局，她摇了摇头：“不行，这把中路五五开，上单也没什么太大的优势，风神你可是我们这边的希望！我死都不能让你死！”

说完就从自家下路防御塔后面的三角草丛绕到河道，准备在小龙坑前做个视野，结果正面撞上了祈神的打野。此时此刻，苏伊的内心是崩溃的。没有大招没有召唤师技能的虚空先知被一只人头比较肥的寡妇追着跑是怎样的一种体验？

“哇！救命啊，有变态啊！”苏伊扭头就跑，嘴里嚷嚷着。

韩翎风立即绕过去想支援，刚赶到战场就发现自家辅助倒在地上了，而对面的寡妇被苏伊的虚空先知耗到了半血，韩翎风追着后面一群暴打，把寡妇的人头收入囊中。

总的来说，不算太亏。

苏伊揉了揉生疼的太阳穴，寻思着自己是不是和对面的祈神八字不合。为什么每次和他匹配到一起，这厮就一直蹲她！

哎呀，好气，可还是要保持微笑，她可不想因为这把影响她爬上最强王者的心情。

重新从泉水里回到线上，两队下路组合继续僵持对线。不得不说 CNZ 战队的 ADC 小妖确实玩得也很不错，不过下路可不是靠一个人就能撑破天的路，辅助和 ADC 配合不当也会影响发挥。

对面的辅助明显就不是专业玩这个位置的，好几次和小妖的沟通不当，配合失误。让苏伊和韩翎风白白拿了人头，可是每次一拿完人头，对面的寡妇必定会出现在下路，然后换掉苏伊这个辅助。

接着，韩翎风就帮她报仇，换掉对面的打野。

比赛进行到二十八分钟的时候，苏伊这边打算抱团中路进行一拨推进，结果对面寡妇最先针对的竟然不是他们家的 AD 和中单，而是她……

如果可以，苏伊想顺着网线过去打死祈神。

这一把 Rank，苏伊这边赢得特别艰难，先不说上单的大兄弟本来就不怎么会玩这个位置，中单和打野的发挥倒是很稳。只是她这把的数据很辣眼睛——0 ∶ 10 ∶ 15。

0 杀 10 死就算了，助攻也才 15 个。要知道他们这边队伍的人头可是有 30 个，她的参团率只有 50% 而已。原因自然是每次打团她先死，对面作为 ADC 的小妖不要命闪现上来都要弄死她。团战可以输，她必须死吗？处女座的两位大神，你们真的是有强迫症啊！

游戏结束后，苏伊如愿地增加了二十点分数，再赢两把就能美滋滋地上王者了，想想就很开心。

可是公屏上的朋友似乎聊得热火朝天。

白鲨TV15921小宇："祈神今天的画风不太对，怎么老住我们家下路？"

呼啦啦："因为小妖打ADC吧。"

她城旧梦："是我的错觉吗？为什么我觉得祈神有点针对我们家的邮件小兄弟？"

赤焰："还叫小兄弟！不是说是个妹子吗？女的都能打职业赛，那我不是上天了！"

萌猫TV、草莓棉花糖："瞧不起妹子啊？我也是妹子啊，我觉得挺好的！巾帼不让须眉你懂吗？玩个辅助下路，还不是被人家虐，叫什么叫！"

萌猫TV、问天："祈神这把大有我FFF团的既视感，死也要拆散下路组合，这拨针对我只服祈神。"

苏伊打完一排省略号就看见右下角韩翎风发出的组队邀请，于是她默默地退出了房间，只希望下把Rank千万千万不要再碰见CNZ战队的那两位，实在是惹不起。

"在想什么？"韩翎风看着她心事重重的样子，抬起手把她的耳机轻轻摘下来在耳边问道。

苏伊偏过头说道："在想刚才那把全程辣眼睛的操作，玩得跟狗啃的一样！风神。"她颇为认真地看着他，"我是不是真的很菜？很容易心态爆炸……"

韩翎风盯着她的脸看了两秒，突然松手，耳机弹回到苏伊的耳边把她吓了一跳，嘴里嘟囔着："风神，你干吗？"

"笨蛋。"

"啊？"

"你不弱。"韩翎风悠悠地说道，"你只是需要人推你一把，而那个人，是我。"

话音刚落，两人的耳机里伴随着"咚"的一声，进入到排位模式。苏伊愣了愣，以为自己刚才听错了，摘下耳机拉了拉他的衣袖：“风神风神，你刚刚说什么？”

韩翎风努了努嘴，刚想接话，就一眼扫到了自家队伍里的消息。

祈祷下的旋律加入房间。

CNZ 、妖妖妖加入房间。

见韩翎风半晌没吭声，苏伊闷闷地扭过头看向自己的电脑，只见左下角自家的队友正在打字。

祈祷下的旋律：“哟，好巧。”

白鲨 TV 大地：“弱弱地问一下，我是不是匹配到了一群不得了的队友？”

第四章

好戏开场了

“妹，你怎么了？一副要死不活的样子。”许瑞奇打着哈欠从二楼悠悠地走下来。

通常苏伊和韩翎风比其他人都要醒得早，每次他下楼的时候都能看见这两人坐在位子上打游戏打得热火朝天，基本上是情景喜剧。但唯独这次，他妹的表情看起来有点狰狞。

许瑞奇依稀记得上次让苏伊露出这副表情的人，最后死得惨不惨他不知道，只知道那个人已经离开《英雄联盟》了。时间大概是在两年前她刚玩这款游戏的时候，那会儿苏伊还只是个小白，连地图哪儿是哪儿都分不清楚。

苏伊蹙眉，一副生无可恋的表情：“没事，恩怨局。”

啥？还恩怨局？他默默地走到二人的背后，问道：“什么恩怨不恩怨的啊？”说完拍了拍韩翎风的后背，一股子埋怨，“风神你行不行啊，我都把我妹交给你了，到底发生什么事了？”

苏伊觉得她哥这句话哪里不太对。

韩翎风听完这话后也是一愣，随后指了指电脑左下角的聊天框：“我和苏伊排到了 CNZ 战队的祈神和小妖。”

许瑞奇耳朵里过滤得只剩下“稳如泰山”这四个字，他激动地一拍大腿：“那你们这边阵容无敌啊！你，我妹，还有处女座那边的两员大将，什么恩怨局不是一巴掌就能解决的事？”

苏伊动了动嘴角：“现在是自家的恩怨。”

许瑞奇：“啥？”

苏伊：“上一把 Rank 祈神和小妖在我们对面，把我打得几乎生活不能自理。”

许瑞奇：“然后这把你们排在了一起？”

苏伊点头。

许瑞奇已经自动脑补完了中间的过程，只见他心情沉重地拍了拍韩翎风的肩膀，似乎是让他做好心理准备。结果正如韩翎风所料，许瑞奇开口便是：

“风神，请你做好在下路一个人奋斗的心理准备，我会在心里默默祷告的。”

韩翎风好像懂了。犹记得他在游戏里第一次遇见苏伊的那把排位，虽说是在祈神打野的帮助下建立起了优势，他才把玩中单的苏伊杀穿。然而第二次，苏伊的狮子狗就在下路蹲了他三次……

女人可怕，生气还记仇的女人就更可怕了。

普通的 Rank 进去后楼层顺序是被打乱的，祈神一楼，苏伊二楼，韩翎风三楼，小妖四楼，剩下的五楼则是刚才冒过泡的一位王者主播。

小妖主玩 ADC，次选的其实是打野位。这次大概是强行补位被系统分配到了中单的位置，祈神依旧是打野，下路组合还是苏伊和韩翎风。

看着这分配的位置，梁祈只觉得眼睛疼，要知道他们家妖妃别的不行，中路的影流之主劫那可是出了名，简称儿童劫，又被广大玩家戏称为“三大小学生英雄之一”。

禁选英雄的时候，小妖就在公屏上打字了。

CNZ 、妖妖妖：“风神，让个位置呗，我知道你中单玩得比我好。”

谁知，韩翎风特别不客气地回复道：“不让。”

CNZ 、妖妖妖：“你这么说我就只能掏出我珍藏已久的儿童劫了。”

Coldwind：“随意，躺就行。”

一排字刚发出去，一楼的祈神立即锁了傲之追猎者雷恩加尔，也就是苏伊上次在下路草丛无限蹲死韩翎风的那个英雄。

而对面的打野位很快就锁了虚空掠夺者卡兹克，俗称螳螂。

《英雄联盟》里最常见的彩蛋，就是狮子狗和螳螂这对相爱相杀的好基友，十六级的时候会触发隐藏任务。当然这都不是重点，重点是这俩英雄在野区遭遇战几乎都是快节奏秒人。

这次苏伊如愿拿到了她擅长的婕拉，韩翎风则很快锁掉了在 ADC 里很是灵活的伊泽瑞尔。接着伴随着小妖锁了影流之主劫，上单锁了武器大师贾克斯，很快就进入到了比赛里。

对面的五位玩家进入游戏后，一看到苏伊韩翎风这边的豪华阵容，率先就在“所有人”频道里打字求饶，可是苏伊他们这边的公屏意外地安静，谁都不说话。

全军出击后，下路组合应该帮打野打第一个野怪，按理来说帮打野把Buff野怪打到三百左右血限的时候就要去下路对线了，可是韩翎风的伊泽瑞尔都掉头走掉了，苏伊竟然还在帮打。这时梁祈纳闷了，点了撤退信号让苏伊离开，结果计算血量失误提前惩戒（打野技能），最后十几点血的时候，硬是被婕拉的花吐死了。

梁祈尴尬了。

苏伊也没打字，带着一圈红Buff后续就上了线，凭借着红Buff的优势，很快就和韩翎风一起做掉了对面的下路组合，还逼对面ADC交出了一个死亡闪现。

本来梁祈前期被苏伊不小心收了一个Buff就很伤，在野区无限被对面螳螂追着跑。中路的小妖好几次去支援，还把自己葬送掉了。

结果接下来的五分钟，苏伊的婕拉晃晃悠悠地跑进了野区狮子狗的旁边，利用自身的技能和植物的伤害，杀掉了自家野区里不少打野的野怪。

梁祈一头雾水，这婕拉什么情况，不去下路搞事，待在他的野区玩是几个意思？！

接着苏伊从野区游到了中路，正巧对面的辅助和打野也在中路蹲着，中路一拨小型的团战过后，小妖的中单和打野的祈神光荣牺牲，反而苏伊的婕拉拿了一次三杀，还把进塔的一拨兵全收了，顿时比中单还要肥。

上路白鲨TV的主播大地似乎正在直播，看见这情况立马在频道里打字。

白鲨TV大地：“亲们，我的直播间快被卡死了，你们几个大神都不开直播，粉丝知道咱们排在一起了，全跑来我直播间了，宝宝的压力真的好大。”

Coldwind：“给你涨点人气，挺好。”

祈祷下的旋律：“我才压力大！我野区里的野怪都被辅助清完了！搞事！”

EMail：“搞死人不偿命型的搞事辅助，现已加入豪华午餐。”

CNZ、妖妖妖：“我中路血亏。”

EMail：“没事，我很赚。”

字刚敲完，对面ADC就越塔强杀韩翎风的伊泽瑞尔。而上单的大兄弟也十分给力，同一时间，杀掉了对面的上单，对面直接分散性团灭。

上单，ADC和辅助三个点都很肥，而婕拉不同于其他辅助，输出点很高。凭借着这些优势，这把韩翎风和苏伊两个人在上单的肉盾身后几乎Carry了全场，一举推到对面高地水晶。

看着对面爆炸的基地水晶和自己的4：1：12的数据，苏伊心情顿时大好。终于也能让别人感受一下躺着赢是什么感觉了！

而CNZ战队的基地里，梁祈看着自己傲之追猎者惨淡的数据2：10：9，流露出了一股哀伤，这数据绝对是他职业生涯里的一抹黑历史！最关键的是还被上路的大地全程直播。他立刻打开浏览器，摸到白鲨TV那个主播的房间里后，一进去正好就是胜利的画面，结果他被一排排飘逸的弹幕闪瞎了眼。

“祈神这把老惨了，野区资源全部让辅助用掉了！”

“SNM战队那个新辅助妹子是几个意思，菜就算了还这样欺负我老公的野区！”

“你们不知道吗？上一把祈神和妖妃在风神和伊妹的对面，祈神的打野把伊妹打得生活不能自理。”

“所以这把伊妹就一直Gank了自家打野，哈哈哈哈哈。”

“还好我老公风神Carry了全场！SNM战队的新辅助妹子挺厉害的啊，说菜的会不会看操作？”

“冲这辅助妹子的手速和操作，夏季赛我一定要买票去看！”

“只有我在心疼我家祈神和小妖吗？”

弹幕哗啦啦地飘过，看得梁祈眼睛疼，干脆直接把网页全关掉了。

隔壁的小妖拍了一下他的脑袋：“被一个辅助妹子在野区里玩坏了，祈神啊……啧啧啧，厉害哦。”

梁祈撇了撇嘴：“我之前打排位针对过她。”

“什么？”

“有一次我和风神排在了一边，他打中，对线的正好是那个妹子。”梁祈托住脑袋无力道，“我本来就喜欢针对中路，结果把她抓崩了。”

小妖若有所思："那你上把干吗住下路？"

梁祈眼神看向窗外，似乎在逃避："下路组合太厉害，不针对，那把我们很难赢。"

小妖："祈神，其实你就是看下路是个妹子，觉得菜才去针对的吧。看来我终于找到了你单身这么久的原因了，节哀。"

梁祈："别节哀了，我想看你直播。"

小妖嘴角抽搐："滚！"

梁祈无视小妖的臭脸，摸了摸下巴道："不过对面这个伊妹，倒真的是挺强的，我有点好奇了。"

这边，出了游戏苏伊也没看房间里其他玩家在说些什么，被韩翎风邀请加入组队，她也懒得去看就直接进了房。

这时，桌面上的手机响了——是夏七七发来的微信语音，苏伊一边等待着队列，一边点开夏七七的语音，结果对面劈头盖脸的就是一句咆哮："宝贝！我的直播间炸穿了啊！"

什么情况？听完语音，苏伊立即看向电脑右下角的时间，接近晚上十点，这个时间，夏七七应该还在直播。

她立即问："怎么了？"

很快对方就回复道："三点多下课，我回宿舍准备补个觉，一不小心睡到了下午六点多，吃过晚饭洗个澡化个妆，九点多才上线直播，歌都还没唱几首就被粉丝大军淹没了。"

Suee："所以你的直播间已经瘫痪了？"

七校长："伊伊，官宣前麻烦你通知我一声好吗，我都没做好心理准备。"

七校长："不过我第一次直播间人数爆炸，直接被顶上了星秀专栏的首页，想一想挺美好的。"

Suee："只是让风神帮我认证一下而已，没官方宣传，你这话说的，我怎么觉得你内心很是荡漾？"

七校长："毕竟以前我直播的时候你都露脸了，我的粉丝都知道我和你有着不可描述的那啥啥关系，一个劲询问我你是不是真的来打职业赛了。"

Suee："那你是怎么回答的？"

七校长：“当然实话实说啦，你那认证信息可都写了‘SNM电子竞技俱乐部辅助成员’！不过，你说你试训也通过了，游戏也快打上王者了，该办的事怎么还没办啊？”

Suee：“什么事？”

苏伊打完这几个字，拿起桌子上的水杯喝了一口。

七校长：“你和风神每天腻在一起打下路配合，都半个多月了，难道就没有擦出一点爱情的火花？”

“喀喀喀……”苏伊硬生生被呛了一口，直接祸害到了面前的机械键盘，她一边咳嗽一边掏出面纸快速擦干净。隔壁的韩翎风见状伸出手轻轻拍了拍她的背，语气温柔道：“没事吧？”

“没事没事，我这款机械键盘是防水的。”苏伊稍微缓和点，快速把键盘上的水渍抹干净。

韩翎风无奈了笑了两声：“苏伊，我是问你，我闲得没事问键盘干吗？”

苏伊扭头看向韩翎风，这才意识到他从刚才开始就一直在轻轻拍着她的背。想起夏七七刚才发的消息，她忽地老脸一红，咳得更加厉害了：“喀喀喀喀……我没事没事，非常好。”

“我怎么觉得你咳得更凶了？”

“一会儿就好了。”

许瑞奇闻声立刻回头，见状后又默默扭过头来继续打韩服——啊，照这种情况发展下去，他们SNM战队迟早会内部消化掉。

“喂，弟兄们，什么情况？”闪电像是刚起床，毕竟他和咖啡两个人可是血战到今早七点多才睡。只见他举着手机趴在二楼的围栏上对着下面的人说道，“伊妹，官方宣传这么大的事，咋没人通知我啊？”

苏伊呛得难受，眼泪都快流出来了，仰头看向二楼的闪电：“不是官方宣传，我只是让风神帮我认证了一下，谁知道认证信息是要转发的啊。”

闪电一脸迷糊地看着她：“那你激动得热泪盈眶干吗？”

苏伊吸了吸鼻子：“刚喝水呛到了，谁激动了！”

闪电眨眨眼，把话题重点又扯了回来：“苏伊你说什么认证信息？我说的是我们战队官博的宣传！”

一楼忽然沉默。

咖啡也从自己的房间里慢慢晃荡出来，一只手搭在闪电的肩膀上：“就在十分钟前，宣传部那些搞事的家伙发了微博还置顶，就连我们战队的App上也在同一时间发布了消息。厉害哦，大晚上宣传，太一真是想搞出点大新闻。”

苏伊抬头看着二楼两个人笑得十分诡异，掏出手机唰唰唰地打开了SNM战队的官博，果然，在大约十分钟前，他们正式官宣了SNM战队辅助上线。

微博只有短短的几句话，大致就是说她通过了试训，成为LPL赛区里首个首发的女选手，在战队里担任辅助位，出征S7夏季赛，下面是她的个人资料和照片。

大概是这个消息太过轰动，转发和评论数量正在大幅度上升，夸张得不行。而微博的热搜话题也一下变成了“SNM战队苏伊”“SNM辅助是妹子”“LPL首个女性选手”等等。

而且她的微博从一小时前开始，留言、私信和艾特就没消停过。

苏伊想了想，选择了无视。

正巧这时，战队经理太一从外面办完事回来，看了一眼苏伊和韩翎风：“苏伊官宣那事儿知道了吗？”

苏伊气若游丝地趴在桌子上，喃喃地答道：“经理，这事你应该提早告诉我的。”

太一笑了笑：“注定今晚是个不眠夜，正好你下午让风神帮你验证的时候不也透露了吗？”

苏伊：“我是完全不知道认证要转发的啊。”

太一：“那你现在知道了？”

苏伊：“知道了。”

太一：“哦，那你知不知道，过两天夏季赛开始你就要和战队其他人一样，在白鲨上直播完成任务了？”

苏伊腾地一下从位子上坐起来，诧异道：“这么快？”

太一从包里拿出一份直播合同递给她：“虽然你是女生，但还是要和大家一样，每个月直播时间写在上面了，不算很多。我们战队和白鲨签了协议，所以只能在白鲨上直播，也不能在直播的时候去别的直播平台闲逛哦，抓住要罚款的。”

苏伊点点头，询问道：“那我能查房吗？”

从刚开始就一直没吭声的许瑞奇，立马站了起来走到他妹的椅子后面：“你一个女生查什么房啊？”

一般来说，主播们所谓的查房就是闲得没事的时候去别的主播直播间逛逛而已。大多数都是男主播去查女主播的房，倒是没听过女主播也要查房的……

苏伊解释道：“就是去朋友的直播间逛逛，拉拉人气之类的。”

太一：“这倒是没什么问题。”

苏伊：“谢谢经理。”

“不过你开直播的时候记得开摄像头。”说完他指着电脑屏幕后面已经落了几层灰的摄像头，“这是之前小 C 直播用过的，你就用这个吧。”

苏伊想了想，最后慎重地问道：“这是美颜摄像头吗？”

太一只给了苏伊一个谜之微笑：“你想多了，小 C 是典型的直男。”

啊，心好累。

几天后，《英雄联盟》迎来了一次大规模的更新，削弱了一些英雄，也增强了一些英雄。

这天是休息日，不用像往常那样训练，但是即便如此，苏伊还是得按照合同上的时间来开直播。毕竟年薪多少万啊，跟什么过不去也不能和钱过不去啊。

前一天晚上，SNM 战队的官博就联合白鲨 TV 的官博一起把她要直播的消息放了出去，时间定在下午三点，加上又是周末，围观人数之多自然不必多说。

苏伊起床洗漱完敷了个面膜，化了点妆，又在自己的衣柜里找了好几圈衣服。最后还是选择穿 SNM 战队的队服，磨蹭到下午两点半才出了房间，发现韩翎风正坐在沙发上玩手机。她走下楼顺便打了声招呼：“风神。”

韩翎风看着她：“起来了。”

“嗯。”

“收拾收拾，直播了。”说完他起身朝位子走去。

苏伊木讷地望着他：“啊……你也要直播？”

韩翎风点头：嗯，这个月还差三个小时，正好双排走起？”

苏伊：“哦……”明明说的是疑问句，但怎么感觉又像是陈述句呢？

“你不愿意？”

“不不不不不……”苏伊赶紧摇头。

韩翎风弯起嘴角。

很快，苏伊在椅子上坐好，捣鼓着摄像头应该摆在哪边才能显得她瘦一点，然后又开始在电脑桌面上调整直播软件。由于是人生第一次正式直播，苏伊在直播间后台看着“标题”那一栏陷入了沉思：取个什么样的标题才能显得清纯不做作呢？

她扭过身子歪到韩翎风那边，问道：“风神，我直播间就用原始的标题怎么样？”

原始的标题就是：SNM_EMail 的直播间。

韩翎风回过头和她四目相对了一会儿，然后看了眼自己电脑上的摄像头，说道：“我刚打开摄像头了。”

天哪噜！风神手速怎么那么快啊！苏伊看了眼摄像头，又看了一眼韩翎风的电脑屏幕，一排排弹幕飘过，吓得她立刻缩了回来。

“我看见了伊妹的侧脸！我要看正脸，说好的开直播呢，伊妹的直播间怎么还是黑的？”

“伊妹竟然坐到我老公的旁边，还离得那么近！哎呀，好气啊！”

“别躲啊，之前在七校长那儿一起直播的时候不是挺大方的吗？”

“伊妹果然和自拍里一样漂亮！”

“以前在七校长那儿看你的时候，怎么不知道你还有‘打游戏’这个技能？”

“如今我最爱的画手成了我最爱的职业选手，不多说了，快点开直播！我要看你打游戏！”

苏伊愣了两秒，最后还是下定决心点开了开播按钮。

很快，她的直播间里的右下角，一个披着头发、穿着 SNM 战队队服的女生出现在众人的视野里。虽说她之前露过面，算不上特别紧张，但是作为职业选手来说，她之前在夏七七的直播间里和这比起来，就像是闹着玩似的。

她憋出一抹笑容：“大家下午好。”
听说这边开播了，韩翎风那边的一部分粉丝跳到了苏伊的直播间里。

“啊啊啊啊，老婆，我终于又看见活的了！”
“声音还是那么好听，要不唱首歌暖一下场？”
“说暖场的你够了，你见过哪个职业选手打排位前唱歌的？”
“唱歌，哈哈哈，笑死！”
“丑八怪一边去，离我老公远一点！”
“房间号13156教学直播，欢迎大家来看！”

夸她的，骂她的，随意发广告的……各式各样的人在她直播间里一应俱全。还有人说她直播时化妆是为了撩SNM战队里的小鲜肉们。
就比如这位弹幕兄弟。

“呵呵，女选手就是过去当花瓶的，开个直播还化妆！撩谁呢？”

苏伊看了一眼弹幕，随即说道：“开直播化妆撩谁呢？这位兄弟你过分了啊，这话摆明就是废话！女生化妆明明就是，啊，天哪，我怎么那么美！我居然美得爱上自己！这样的画风才对，一看就是直男。”
话音刚落，后续一排排弹幕炸开了花。

“哈哈哈哈，伊妹好可爱，瞬间路转粉。”
“天哪，我刚才去上厕所照镜子的时候就是这么想的。”
“老婆，你好可爱！直播间已点关注！”
“我伊妹简直就是SNM战队新晋的段子手好吗？！”

弹幕飘过的瞬间，苏伊就看见自己直播间里的订阅量正在呈飞速增长，然后白鲨TV的官方运营就毫不犹豫地把她的直播间挂到了首页，并在小海报上配文：LPL赛区首位女性选手。
这一举动似乎还惊动到了隔壁左右的电竞圈，比如《炉石》和《守望先锋》……她其实早就应该猜到一位妹子来 LPL 打职业到底意味着什么。

这时，她看到一排很显眼的彩色弹幕飘了过去。

“伊妹，你和祈神之前是不是有什么仇？”

直播间很快就被这位大兄弟带起了节奏，纷纷询问她和 CNZ 战队的祈神是不是有着某种不可告人的秘密关系。

苏伊带着一点点负面情绪说道：“祈神啊，祈神他……祈神改行针对辅助了而已，不然全世界的打野都知道他的套路了。”

苏伊睨了一眼坐在自己旁边的韩翎风，只见他也正蹲在自己的直播间里，还是直播中……

“风神你够了啊，伊妹就坐你旁边呢，你还查房！”

“快点一起打游戏打游戏啊！”

“听说前段时间伊妹被祈神针对，然后风神你强行 Carry 了伊妹是真的吗？”

“SNM 战队难道不禁止内部消化？”

“呜哇哇哇，老公你不要和伊妹双排好不好……”

最后一句话似乎提醒了某人，他们俩来开直播并不是和粉丝闲聊的，很快韩翎风就登上了游戏，对着旁边的苏伊说道：“上游戏。”

苏伊立刻点点头，点开了游戏图标。

其间又瞟了一眼弹幕。

“风神，我怎么感觉你特别宠自己的新辅助？”

一瞬间苏伊的耳根就红了。

片刻的沉默后，苏伊才开始转移话题：“最近几天都会直播，喜欢我的话请关注。”莫名觉得这个转移好生硬。

两分钟后，她和韩翎风顺利排进了游戏里，依旧还是熟悉的下路组合。

四级后，双方下路火拼了一拨，由于操作太过极限，苏伊并没有选择让人头，两人一人一个人头也是美滋滋。正好一拨带着炮车的兵线过来，韩翎风开口道："帮我把线推到对面塔下。"

"好。"苏伊应了声，利用技能开始帮他推兵线。

炮车兵的血限比较厚实，苏伊一拨技能用过了，眼看炮车兵最后一丝血快被韩翎风点死，结果这厮忽然又停住了。

然后苏伊看着自己英雄脑袋上飘过的"+39"。

炮车居然被她平砍死了？

她扭过头对着旁边的韩翎风说道："我不是故意的。"

韩翎风"嗯"了一声，退回到塔下准备回家出装备："因为我故意让给你的。你差点钱就能做眼石了。"他说得云淡风轻。

苏伊看了一眼自己右下角装备栏下面的金币数量——812，正好可以回家把眼石做出来。回到泉水买好装备，趁着回线上的空隙，苏伊切出去看了一眼弹幕。

"咦，风神原来这么温柔的吗？"

"炮车居然给辅助吃！没天理啊！"

"一起直播还一起双排？说这两人没点事我自己都不信。"

"伊妹，你和风神不会是在谈恋爱吧？"

苏伊被这句弹幕噎得半晌不出气，等回过神的时候才发现自己切出去游戏太久，英雄已经走到线上，然后被对面下路组合打死。

看着面前的黑白屏幕，苏伊顿时有种挠墙的想法。

韩翎风偏过头看了她一眼："别走神。"

"不、不好意思。"

"没事，人头辅助拿的问题不大。"韩翎风说道，"上线后跟我一起去对面野区。"

"知道了，我下次打游戏绝对不切出去看弹幕。"

此时直播间全是"风神你的画风不太对""风神你是从良了吗？以前和小C直播的时候可不是这种态度""老公你要成为别人的老公了吗"。

虽说进入到了游戏没开助手工具在游戏里是看不到弹幕的，但是苏伊心里还在想着刚才的事，整局游戏下来，她大概只发挥了一半的实力，还有好几拨花式空大招的操作，玩得她着实有些憋屈。好在韩翎风够肥，上中野的发挥也很理想，这把游戏还是稳了下来。

等出了游戏，苏伊就看到自己直播间里变得乱七八糟。说她游戏操作稀烂快滚出去电竞圈的，安慰她不要紧张好好打游戏的，还有一大群看热闹不嫌事大的吃瓜群众。苏伊头一次体会到当职业选手的不易，她现在心好累。

接着她干脆直接关掉了直播间，一股脑地投入到打游戏中。

后来和韩翎风又开了几把 Rank，她才逐渐找到上手的感觉，操作也没那么差了，最后一局比赛好几拨非常亮眼的操作硬是让她挽回了作为一名优秀辅助的尊严。

随着游戏结束，苏伊看了一眼右下角的时间，快六点，该吃晚饭了。

“今天就播到这里，明天老时间再来。”苏伊说着摘下耳机，看了一眼旁边已经下直播的韩翎风。

他从椅子上慢慢站起来，从她身后绕了过去，苏伊抬起头问道：“风神，去吃饭吗？”

韩翎风点了点头：“嗯，今天阿姨在食堂，我去楼上喊那几头懒猪。”

“哦。”苏伊应声。

听说昨天她哥和太一出去办了点事儿，好像是最近 SNM 战队被邀请参加一个益智类的节目《联盟大拷问》。这个节目在《英雄联盟》电竞圈内是很有名的，正如其名称一样，考验职业选手的智力和反应——是官方倾力打造的全明星阵容答题类节目。许瑞奇作为队长自然是要跟在战队经理后面忙进忙出，想一想都心疼她哥。

趁着韩翎风去叫自家队友起床的空当，苏伊直接摸到了夏七七的直播间。果不其然，这厮已经化好妆弄好麦准备开唱了。

“七校长今天要唱什么歌？”

“校长，你闺密在隔壁间直播你知道吗？还是和风神一起！”

“如果不是伊妹和风神打下路配合得眉来眼去，我真以为校长你以前和伊妹……”

“笨蛋！眉来眼去是这么形容的吗？”

再接着弹幕的画风忽然就变了。

“伊妹大军空降！”
“校长！伊妹来查你房了，哈哈哈哈哈！”
“校长校长！我替你家伊妹来看你了，么么哒！”

夏七七本来在鼓捣麦克风的，大概是看到弹幕了，指着屏幕忽然说道：“哟，宝贝你竟然还有时间来查房啊，不和你的风神哥哥继续腻在下路了？

苏伊快速在键盘上敲字，发送前还特意花钱选了一拨红色的字体。

SNM_EMail：“朋友，你这么说的话，友谊的小船是会翻掉的。”

弹幕里纷纷调侃苏伊和韩翎风的关系，一半人觉得他们俩有点什么，另外一半觉得ADC和辅助本来就是长期在一起磨合，一点风吹草动就拿来当点事说，没意思。

夏七七看着弹幕大笑：“友谊的小船呢，是不会翻的。”说着就摸到了苏伊的直播间，直接给苏伊砸了一艘直播间最大的礼物“豪华巨轮”。

顿时，全频道的直播间顶头飘过一排字。

“‘七校长’给‘SNM_Email’送了一艘豪华巨轮，快点去抢小船啦！”

送最大的礼物是会全频道广播的，并且粉丝们很有可能从宝箱里抢到直播间里最小数额的礼物小船。

苏伊惊呆了，对着摄像头说道：“今天是不是太阳打西边出来了，七七你终于做了件人事，感觉等下我可以愉快地出去吃饭啦！”

夏七七似乎习惯了，笑得更加欢快：“礼尚往来，记得我跟你说的话。”

她跟自己说的话？爱情的火花吗？

苏伊眨眨眼，没接话。直播间的弹幕全是好奇宝宝。

“嘤嘤嘤，七校长你和伊妹说了什么？”

“难道你们俩要去扯证了吗？”

“快去扯证吧，风神是我的！”

这群人怎么这么能带节奏啊，话题都扯到冥王星上去了。

苏伊嘴角抽搐，想着还是快点下直播比较保险。

于是，她对着摄像头挥了挥手：“要去吃饭了，今天直播就到这里了，明天……”话才说到这里，她便看到自己直播间的上方飘过一排广播。

“‘CNZ 、Qi’给‘SNM_Email’送了一艘豪华巨轮，快点去抢小船啦！”

“明天三点继续……直播。”

苏伊盯着屏幕看了一会儿，直到广播弹幕从眼前消失，她才反应过来祈神给她送了一艘豪华巨轮，这个人是不是送错直播间了？！

思考的瞬间，直播里的弹幕唰唰唰地飞了过去。

“我眼睛没瞎吧！祈神竟然给伊妹送了一艘豪华巨轮？”

“老婆，你还说你和祈神没点什么关系？”

“6666666666666！”

“祈神这礼物简直让伊妹防不胜防！”

何止是防不胜防，简直惊呆了好吗？不过不管他出于什么目的给她送礼物，还是应该道个谢，于是苏伊看着摄像头微微一笑：“谢谢祈神的豪华巨轮。”

弹幕消息还没消停。

“伊妹连隔壁战队的队长都惊动了。”

“我老公隔壁直播间开播了！”

“我去隔壁探探路！”

随着大部队节奏的带动，苏伊的直播间里顿时少了不少人，应该都是去祈神的直播间了。

苏伊的手指停在鼠标上，半天没有动，寻思着要不要去祈神的直播间里看看到底什么情况。

这时，韩翎风从二楼率先走下来，朝她的方向看去：“苏伊，去吃饭了。”

“哦哦。”苏伊点点头，而后快速朝摄像头招了招手，快速下直播。

跟在韩翎风身后的闪电正拿着手机似乎在看什么，忽然听见他“哎呀”一声，接着抬头用惊恐的眼神望着苏伊。

苏伊莫名其妙。

闪电：“伊妹，你和隔壁战队的祈神是什么关系？”

面对这没头没脑的问题，苏伊选择了沉默。什么关系？敌方打野与我方辅助的恩怨关系，不然还能有哪种关系？

闪电接着说：“这厮怎么送了你一艘豪华巨轮？”

接着许瑞奇快速奔上来，一把抓过闪电的手机，看了一眼后立刻抬起头看向苏伊，问道：“他送你礼物干吗？”

苏伊一脸迷糊：“我不知道。”

随后她察觉到韩翎风的表情非常不好，具体不好体现在哪里……她不知道，只觉得这个人现在浑身上下都充斥着诡异的低气压。

咖啡把手机抢过来，点了点：“去祈神的直播间看看不就完了，哎哟，正好开播了。”

处女座战队签约的直播平台同样是目前最火热的直播平台——白鲨 TV，苏伊听到祈神开播了，立刻在电脑上输入网址摸到了他的直播间里。

此时此刻，梁祈的直播间里几乎爆炸，观看人数突破了有史以来最好的数据，直接顶到了《英雄联盟》分类的第一名。

他的电脑屏幕显示着登录游戏的界面，梁祈登上游戏的空当，看了一眼弹幕。

“祈神你和隔壁伊妹是不是认识啊？”

梁祈挑了挑眉：“不认识，排位遇见过几次而已。”

“明明你从来不去女主播的房间查房啊！”

“祈神你变了，变得不是你自己了！！”

梁祈嘴角抽搐：“我不去女主播查房？拜托，那些个挂着《英雄联盟》

标签，人物界面比游戏界面还大的妹子有什么好看的？我是看人啊还是看游戏啊？”

“那你干吗送隔壁伊妹豪华巨轮？”

梁祈点开排位系统，开始列队中：“LPL 首个女性选手，正好在同平台直播，好歹遇见过几次，送礼物不过分吧。”

苏伊听完他这话恍然大悟，对哦，他这话说得好有道理的样子。

“再说她的操作的确在女生里算很不错的。”梁祈看了会儿弹幕接着说道，“对了，宣布一件事，前段时间我和小妖打赌，他说隔壁 SNM 战队的新辅助如果是个妹子，他就直播吃键盘。我寻思着直播吃键盘太不文雅了，就让他单手倒立外加三圈托马斯旋转。”

说到这里，弹幕的节奏便被带跑偏了，粉丝们纷纷求小妖直播……

正看着呢，韩翎风走过去把她耳朵上的耳机扯了下来，苏伊抬起头望着他：“风神？”

韩翎风低头与她四目相对，努了努嘴，最后轻轻拍了一下她的脑袋：“走了，请你吃饭。”

“啊？”

韩翎风：“我请客，Riki 他们去取车了。”

苏伊立刻从椅子上站起来，发现许瑞奇还有闪电、咖啡都不见了，哇！！这群人一听说有人要请客出去开小灶，跑得比谁都快。

“不是说去食堂吃大锅菜吗？”

韩翎风沉默了一下，看着面前一脸兴奋的少女，不自觉地弯起了嘴角：“心情不太好。”

苏伊：“咦？”

韩翎风：“所以想去外面吃。”说完便转身朝大门走去。

苏伊立刻回过头拿起挂在椅背上的外套，慌慌张张地跟在他的身后就朝门口奔去：“哎！风神，风神你等等我！你怎么心情忽然就不好了？下午我们俩双排不是全胜吗？”

韩翎风忽然停住脚步，苏伊猝不及防撞到他的背上，顺势拉住了他的衣角。鼻子被撞得有些难受。她扯着韩翎风的衣角，摸着自己的鼻子说道：“一言不合就露出这副表情，明明笑起来更帅嘛。”

韩翎风仍然没什么表情。

苏伊笑嘻嘻道："我在夸你，给点反应好不好？"

韩翎风看着她这副傻白甜的样子，"扑哧"笑出了声："你觉得这反应怎么样？"

苏伊："非常棒！那你为什么心情不好？"

"因为……"韩翎风看着她的双眼，顿了一下，"在意的事物被……"

苏伊歪了歪头："在意的事物？"

这时，基地的大门被人打开，许瑞奇探出半边身子，朝着二人说道："喂，风神、妹，你们俩磨蹭什么啊！"

一群人磨磨蹭蹭上了车，闪电还在梁祈的直播间里蹲着——小妖似乎已经直播完单手倒立和托马斯旋转了，祈神正在准备单排冲分。

许瑞奇坐在前面开车，语气不耐烦道："闪电，你怎么还在祈神那货的直播间里蹲着？"

闪电抬头："看看嘛，每次和处女座打训练赛，他总是无限来中路针对我。刚更新的野区版本变动挺大的，我看他直播好研究研究他的新套路。"

许瑞奇"啧啧"了两声，不满道："就他这种程度的打野，还好意思来我妹的直播间送礼物。"

坐在副驾驶的咖啡睨了他一眼："哦？那什么样子的人才好意思去伊妹的直播间送礼物？"

许瑞奇打了一下方向盘："起码要像我这样的才行吧。"

苏伊："哥，你自恋的毛病什么时候能改改？"

许瑞奇咳了一声："那最差也要有风神这种国产第一 ADC 才行吧！"

苏伊："那照你这么说，我以后除了风神送礼物以外是收不到其他礼物了，我干脆穷死好了。"

咖啡毫不犹豫地吐槽道："Riki，你不用现在就拿出一副挑妹夫的态度，只是送礼物而已，又不是花式相亲。"

许瑞奇噎住。

韩翎风蹙眉："Riki。"

许瑞奇应声："干吗？"

韩翎风："你和我之间，至少隔了三个祈神。"

话音刚落，车内就一阵爆笑。

闪电拍着椅背笑得快要岔气了："Riki，你真是够了，以前伊妹没来的时候，你看起来明明很可靠。你能不能别把她当小孩一样看待，人家好歹十九岁了。"

咖啡："Riki，你这个超级大妹控！"

许瑞奇撇撇嘴："你们这群家伙居然敢嘲笑我！为了发泄，我要猛吃！反正是风神请客。"

韩翎风笑了笑："随便吃。"

"什么？"苏伊笑到一半，忽然听到边上的闪电感叹了一声，然后拿起手机说道，"哎哟，我们战队隔壁《守望先锋》的分部新招了一位选手，今天也是第一天直播，很擅长玩刺客，看起来挺厉害的。"

《守望先锋》是由暴雪娱乐公司开发的一款第一人称射击游戏，当初这游戏刚出来的时候引领了很大一股热潮，但是人气似乎还是比不过《英雄联盟》。苏伊也去玩过一段时间，很有意思，但是她很不习惯，所以最后还是回归《英雄联盟》。而闪电作为二次元的"死忠粉"，对各项电竞圈都有一定了解。

"哎哟，这个源氏简直666（网络用语，夸对方厉害），你们看。"说完就把手机伸到坐在后排座位的韩翎风和苏伊面前。

苏伊探过身子看去，便被右下角的摄像头画面惊呆了。

因为，这个人……

许瑞奇在开车，随口问道："《守望先锋》分部啊，叫什么名字？"

闪电看了眼直播的ID："SNM下画线Hao。"

苏伊接话道："是章昊。"

苏伊是一个标准的网瘾少女，不仅仅只是因为她如今深陷电竞圈，而是因为她天生就对游戏抱有谜之好感。

那年她刚上高中，《英雄联盟》正值S3赛季的末期，比她大两岁的许瑞奇那会儿正读高三，正处于人生中非常紧张的时期，但是这厮看起来似乎并没有她想象中的那么紧张。

"哇，这个傻子中单！什么操作。"

“这个笨蛋上单在看什么？”

“下路都快送成 ATM 了！”

坐在电脑前的许瑞奇喋喋不休，一脸的生无可恋。

而抱着一台低端笔记本电脑在旁边玩着《劲舞团》的苏伊凑了过去，看了两眼：“咦，哥你也在玩这个啊？”

许瑞奇蹙眉，打算继续开一把排位：“什么叫也？你也玩吗？”

苏伊摆了摆手：“不玩啊，但是我们班上的男孩子天天都在讨论这个，说着一些我听不懂的词，召唤师啦，ABC 啦，上王者啦……”

许瑞奇：“是 ADC。”

苏伊尴尬地捂着嘴：“我是不是说错什么话啦？”

许瑞奇干咳了两声，正好这时他也进入到选人界面，转过头问道：“王者也是那么好上的吗？那可是《英雄联盟》里的最高分段，从前面排由低到高依次是青铜、白银、黄金……”

说到这里，苏伊立即打断他：“那铂金呢铂金呢？”

许瑞奇眨眨眼：“铂金啊，还算不错的了，黄金之后就是铂金了，你们班有谁是铂金了吗？”

苏伊嘚瑟地笑了笑：“我们班长，听说玩什么 ADC 位置很厉害的样子。”

“是你班长又不是你，你笑得这么开心干吗？”许瑞奇弹了一下她的脑门。

苏伊捂着脑门吐了吐舌头：“你别管我，你就告诉我，这个游戏有什么位置是可以跟 ADC 配合的吗？”

许瑞奇古怪地看着她，最后指着他面前英雄列表里的某个英雄说道：“辅助咯，和 ADC 一起走下面那条路，配合得好天下无敌，配合得不好那就会死得很惨。”

苏伊似懂非懂地点了点头：“那你是玩 ADC 的吗？你教教我。”

“教教你？”许瑞奇寻思着这发展不太对，疑惑地问了一句，“我是玩打野比较多了，ADC 也不是不会，哎，不对，苏伊，你是不是喜欢你那个玩 ADC 的班长啊？”

半晌后，苏伊羞红脸点了点头：“嗯，他叫章昊。说起来，哥你是什么段位？”

许瑞奇沉默了好一会儿才回答："最强王者。"

之后苏伊就跟在她的王者表哥屁股后面，从辅助入门了这款游戏。

某天放学后，苏伊一边清理着书包一边对着第一排的少年说道："章昊，明天放假，今天晚上一起打游戏吗？"

名叫章昊的少年偏过头看了她一眼，手上的习题集悬停在书包上空，他笑了笑："打什么啊，《劲舞团》？我不玩这种游戏。"

苏伊翻了个白眼："才不是，是《英雄联盟》。"

章昊反问道："怎么，你也玩？"

"对呀，我表哥一直在教我，要不要一起开黑？"苏伊笑得灿烂，眼睛眯成一条缝。

章昊沉默了一会儿说："你会玩吗？"

"辅助你应该还是没问题的吧。"

"我要求很高的。"

苏伊当时的账号都没有满级，账号金币能买的辅助英雄也没几个，但是她为了能给章昊打辅助，特地从零花钱里挪用了一部分充点券。她对这个游戏的理解一开始并不深刻，很多时候手速完全跟不上脑子，还会在地图里迷路，惹得章昊在语音里一直吐槽她。

"苏伊你往哪里走，那是对面的塔！

"你大招呢？

"你怎么又空大了？

"你让我一个人在下路静静。"

久而久之，苏伊对于这个游戏也有了些心得。

直到寒假放假的前一天，她兴冲冲地回到家从企鹅号的列表里找到章昊的头像，飞快地在键盘上打字。

伊妹："章昊，开黑吗？我好不容易存够6300，可以买个锤石辅助你了。"

几分钟后。

H："今天不开黑了，我约了人双排。"

苏伊顿了一下，回复道："那你加油，我自己去练锤石。"

H："不是的，苏伊。"

伊妹："什么？"

H："和你走下路太累，好几次我想发脾气但都忍住没说，其实我觉得你应该适合打野这个位置。"

伊妹愣住。

H："一辈子在野区不要出来了。"

苏伊当时就觉得，自己的心脏被人狠狠地掐住，疼得可以滴出血来。章昊和别人双排，只是因为嫌弃她玩得不好。

寒假大概过半的时候，苏伊家里停电了，她打了一通电话给许瑞奇，大概意思是约他出来去网吧上网。

那一年冬天W城特别冷，苏伊围着厚厚的围巾，跟在许瑞奇身后就奔去了小区附近的一家网吧，并且那家的网吧自带播报功能："坐在二十五号机的是来自艾欧尼亚的最强王者大神。"

广播刚落，附近几台机子前的少年纷纷朝他们这边看了过来。

苏伊一边把围巾取下来，一边朝她哥竖拇指："看你表情就知道你很得意了。"

许瑞奇毫不掩饰地笑了笑，输入密码上机："今天你怎么不和你那班长一起玩了？"

想起章昊，苏伊蹙了蹙眉头："他嫌弃我技术烂，玩不好辅助，所以他和另外一个朋友去双排上分去了。"

许瑞奇一听发了脾气："居然敢嫌弃我妹技术烂，不过你刚开始玩，操作是有点弱，但努力努力还是有救的。"

话音刚落，网吧的广播就又响了："坐在四十三号机的是来自艾欧尼亚的最强王者大神。"

竟然还有最强王者大神？苏伊伸着脑袋准备望去，就被许瑞奇拉住："你看什么看呀？"

"看最强王者啊。"

"别看了，你哥我就是。快上号，带你虐菜。"

苏伊撇了撇嘴没说话，打开多玩LOL盒子登录上游戏，第一眼就看见章昊在线，状态是选择英雄中，而且旁边的悬浮框里显示的段位是璀璨钻石五。

咦，他上钻石分段了？

苏伊立即打了一段话过去："恭喜呀，你上钻石啦！"

可是那边并没有回复任何消息。

苏伊想了想，觉得他应该是在调适天赋和符文什么的吧，也没在意。可是她都和许瑞奇打了好几把匹配模式了，这厮还是没理她，她便从战绩查询里摸到了他的战绩。

一眼就看到和他双排的辅助 ID：兔子乖乖。这个 ID 是个妹子吧？再一查段位，华贵铂金三。苏伊顿时感受到了来自某人的大恶意！

之后她几乎每天都拉着许瑞奇和自己一起打匹配，她哥不在，她就自己一个人玩，辅助、ADC、中单、打野、上单……几乎每个位置她都玩了，也慢慢升到了三十级。再后来，她配了几套符文页便开始着手打排位，当时她也是运气好，定位赛八胜二败，定位在了黄金五。

等寒假差不多过去的时候，她基本上奔上铂金段位了。

那天晚上苏伊打到很晚，章昊也一直在线，而和苏伊相反的是，这厮最近几天似乎在逆向上分，硬生生从钻石分段又掉回了铂金分段。

苏伊唏嘘了两声，准备关游戏睡觉，忽然看到左下角他的 ID 闪了起来。

H："苏伊，在吗？"

伊妹："怎么了？"

H："最近玩的队友都有毒，你都快铂金了啊，要不要一起双排？"

伊妹："你不是嫌弃我菜吗？"

H："那是以前你不会玩啊，好久没和你一起玩了，要不要一起？"

苏伊想了想，还是答应了。

她至今都记得很清楚，那把游戏她拿到的是中单位，凭着黑暗之女安妮和当时的打野高手带着熊 Carry 了全场。

在那之后，章昊就特别喜欢找她玩，说是"一起飞"，后来苏伊才知道这不是一起飞，而是他想飞。

寒假末期那几天，苏伊不小心从楼梯上摔了一跤，把手腕磕破。以至于那会儿她玩游戏时的操作特别烂，和章昊双排的时候坑了他好几把。表面上章昊说让她好好休息，可是苏伊后来查他战绩的时候发现，他又和那个 ID

叫作兔子乖乖的妹子一起玩起了排位。

顿时，苏伊觉得有什么东西在她的心中挣扎着腐烂，彻底消失在她十六岁的悸动里。

“苏伊，醒醒。”韩翎风拍了拍她的头，看着她慢慢睁开惺忪的睡眼，轻轻一笑，“到吃饭的地方了。”

苏伊迷迷糊糊地看着眼前的男人，直到她发现自己正靠在某人的肩膀上，她才直起身子：“不、不好意思，风神，我有点……累了。”

“没事。”他挪了挪身子，先下了车，然后对着苏伊伸出手，“出来吧。”

“哦哦！”苏伊顺势抓住他的手，从车子里下来。

走在前面的闪电终于把直播 App 关掉了，扭过头看着苏伊问道：“伊妹，你和我们《守望先锋》分部的那个新人认识吗？”

苏伊脚步一顿，表情看起来极度不爽：“认识，不熟，高中同学而已。”

“哦……”闪电多了一句嘴，“你们有故事？”

苏伊嘴角抽搐：“不是故事，是事故。”

闪电看着苏伊那副表情就不敢再多问了，而许瑞奇也给了他一个“再多嘴我就揍死你”的眼神。

韩翎风很快就察觉到了她的心思，抬起手按在她脑袋上：“等下多吃点。”

苏伊不解：“什么？”

韩翎风看了她一眼：“把不爽发泄出来就好了。”

苏伊愣住了。

“我也是。”

“好。”苏伊歪着头想了想，所以她到现在也没弄明白，他们俩双排了一下午明明全赢了，风神他到底是为什么不爽呢？

几天后，战队经理太一约了去年和 SNM 战队以及 CNZ 战队一起出征 S6 赛季的第三支队伍——BYS 战队。

据说这支战队的打法非常激进，和 CNZ 战队不同的是，BYS 战队的战略非常多变，完全不按照套路出牌。这虽然是他们的优势，同样是他们的缺点，因为完全没有自己的风格，一味地模仿其他战队。

而出乎苏伊意料的是，韩翎风这次训练赛的打法同样非常激进。

苏伊相对于进攻性的打法，本身可能更擅长于反手型的辅助，第一场下路组合三级后就开始火拼，SNM 战队这边以微弱的优势取胜。如果不是她和韩翎风在细节处理上做得好，可能电脑黑白屏的就是他们两个了。

第一场训练赛，以 SNM 战队胜利结束。

苏伊摘下耳机，看着旁边的人说道：“风神，你最近好像吃了炸药一样。”

韩翎风托着下巴，观看了一下比赛的输出数据，说：“BYS 战队的打法很奇葩，前期不压着他们打，后期很容易出事。”

“哦。”苏伊投去狐疑的眼神。

第二场训练赛很快就开了，这次 BYS 战队处于蓝色方，可以先行抢英雄，可是他们这次并没有选择抢掉 BYS 战队最喜欢使用的打野男枪，而是……

“我的婕拉？”苏伊看着自己熟悉的英雄头像，吓得水杯都端不稳了。

韩翎风掏出面纸擦了擦从她水杯里飞溅到桌子上的水渍，云淡风轻地说道：“看来他们已经摸我们新辅助的套路了。”

许瑞奇看着对面一楼选的英雄，感觉一阵头疼：“BYS 简直比处女座还难搞，上次对面打野拿了我的狮子狗，还 BAN 掉了我的螳螂和盲僧，害得我只能选一手蜘蛛，结果在野区被杀得生活不能自理。”

这把对面不仅抢走了她的婕拉，就连前面的禁选模式，也禁掉了苏伊另外擅长的两个英雄，于是她只能选一手天启者卡尔玛保智商了。

结果这把苏伊还真的就重蹈了她哥的覆辙。对面下路组合的打法和她之前跟韩翎风磨合的大致相同，这把 SNM 战队的下路崩得有点快，加上对面打野的针对，可以说是输得相当难看。

虽然对上一支强劲的队伍，训练赛输掉是很平常的事，但是对于苏伊来说，没什么比被自己最喜欢的英雄拿来吊打更揪心的事了。

训练赛只打了两场，一胜一负，之后 BYS 战队还有其他事就集体先下了线，而 SNM 战队则回归到平时的训练中。

观看了下午训练赛的两把比赛后，数据分析师阿和看着笔记本上的数据，坐在沙发上朝他们喊道：“BYS 的打法和去年比较似乎更加激进了，再照这样下去，夏季赛除了 CNZ 之外，BYS 也是支很难处理的队伍。”

许瑞奇瞥了一眼阿和：“要不要试着约一下其他的战队？”

战队经理太一看了一眼阿和的笔记本，回过头说道："这件事我再去联系，Riki，《联盟大拷问》那边我已经和导演约好时间了，下周五上午九点。"

"啥？"咖啡立刻摘下耳机，一副不可思议的表情，"我们战队什么时候要去那种节目做客啦？"

闪电"啧啧"了两声："这和我们 SNM 的高冷风根本就不搭嘛。"

苏伊："我觉得除了风神以外，我们战队没有人显得很高冷。"

韩翎风顿了一下，接着把目光投向太一："另外一支参加节目的是哪支战队？"

太一看了看手里的日程表，随后表情变得相当复杂："处女座。"

韩翎风："哦，那挺好。"

苏伊一肚子疑问："哪里很好了？"

韩翎风看了她一眼，帮她把耳机戴上："复仇战。"

由于刚才他的动作，苏伊一阵脸红："什么？"

韩翎风动了动鼠标："来，双排。"

自从前两天她首次直播后，韩翎风的画风就朝着不可思议的方向发展下去。不知道是不是她想多了，韩翎风这个人比她想象中的还要温柔。

下午她和韩翎风又双排了几把，赢多输少。这都不是重点，重点是粉丝们很快就察觉到，无论自家和对面选的什么阵容，苏伊用的都是荆棘之兴婕拉。加上和 BYS 战队的训练赛输的那一把她也是被婕拉吊打，很多吃瓜群众纷纷猜忌了起来。

接着晚上她刚开直播，就被弹幕轰炸了一番。

"伊妹你这么喜欢用婕拉啊，是本命吗？"

"还说最擅长婕拉，还不是被自己的英雄吊打，丢人。"

"就你这样的还辅助风神，换我来都比你强！"

"前面那些骂骂咧咧的够了啊，你行你上啊，不行别在这里瞎指挥。"

由于直播时切换弹幕很不方便，苏伊特意装了个弹幕助手。自从官宣她一个妹子来打职业后，她的直播间里总是有带节奏的人出现，房管禁言都禁不过来，之后苏伊索性表示只要不是打小广告和说脏话的就不要管了。

苏伊："我是和 BYS 训练赛时被对面辅助打了一顿，对面禁了两个我的英雄还抢了一个婕拉，但是我下午玩婕拉有问题吗？你擅长的英雄你不多玩吗？谢谢，说我漂亮的我会继续努力的，说我不漂亮的我也会……我做鬼都不会放过你的。"

而隔壁韩翎风的直播间就相对小清新很多。

"风神加油！"

"又和伊妹双排啊，你们这狗粮也是够够的了。"

"居然玩起了薇恩，风神是打算继续掌控雷电啦！"

"伊妹的操作那么烂，你干吗还和她双排啊？带这种人上分没意思。"

韩翎风睨了眼最后一排弹幕，动了一下嘴角："《守望先锋》出新英雄了。"

弹幕顿时纷纷问："《守望先锋》出新英雄关你什么事？"

韩翎风："那我和她双排关你们什么事？"

苏伊看了一眼韩翎风，之后察觉自家队伍这边正打算开团，又马上把精力集中到游戏之中。一拨团灭对面，苏伊和韩翎风这边轻松取得了胜利。之后又打了几盘，两人看了一眼时间，差不多也该下直播了。

关掉摄像头后，苏伊满脸感动地看着韩翎风。

察觉到右侧某人的眼神，韩翎风的眼神迎了过去："你这是什么表情？"

苏伊嘿嘿地笑了两声："风神，谢谢你刚才直播的时候帮我说话啊。"

韩翎风说得理所当然："应该的。本来刚开始打职业都会被人质疑，加上你又是个女生。既然选择进入这个圈子就要有足够强大的心态去面对，正好借此磨炼一下你容易爆炸的心性。"

"知道了。"苏伊点点头，手脚麻利地整理好自己的外设设备，准备和大部队一起去食堂吃饭。

她接着瞟了一眼放在旁边手机屏幕上的微信提示。

七校长："宝贝，出大事啦！！！！！！"

一、二、三……一共六个叹号？苏伊对夏七七最了解了，如果不是什么很让她震惊的事，这厮是不可能无缘无故发出咆哮体的。

上一次她接到夏七七的咆哮体好像还是因为自己要来打职业把她慌得。

苏伊立即回复消息：“怎么了？”

过了很久，夏七七那边又回过来消息，此时此刻苏伊已经到了食堂里，正准备打菜。

七校长：“咱俩高中时期的那个班长你还记得吧？就是你死命暗恋的长得白白净净的、像奶油小生的章昊！他居然跑去《守望先锋》打职业赛了你能信？我昨天唱完歌下直播，闲着没事就到处看了一下板块，结果不小心摸到了《守望先锋》那边，第一页第三个就是他！我再一看，还是你们基地分部的！！”

朋友，你太不淡定了。

Suee：“我前两天直播的时候就知道了，还是闪电摸到隔壁直播间我才发现的。”

七校长：“他之前不是和你一样玩《英雄联盟》的吗？”

Suee：“可能是觉得自己太菜，发现这个游戏不适合他，就自动退圈了。你想想，我塑料段位的时候他就在铂金了，等我都上大师了，他还才只是个钻石守门员。”

七校长：“可以，我就喜欢你膨胀的样子！说起来他倒是比前两年帅了不少，当然，我并不是在夸他。”

苏伊看着手机翻了个白眼，排在她旁边打菜的许瑞奇睨了一眼：“妹，你怎么了？”

“眼睛不舒服，活动一下。”

Suee：“Sunshine boy（阳光男孩）的既视感。”

消息发送后苏依便开始打饭，等坐在椅子上吃饭的时候，她的微信界面就被夏七七白花花的信息刷屏了。

七校长：“啥？宝宝英文不好。”

七校长：“刚翻译了一下，暖男？你不会是对他还有意思吧？”

七校长：“前方高能警告，你这家伙给我矜持一点！什么暖男，我呸！看你操作好就和你一起双排，你手受伤了就和别的妹子去玩！”

七校长：“你还敢对他心动，我就跟你绝交！！！”

七校长：“回话！被你气得今晚我能吃三碗米饭了！”

苏伊一口白米饭差点喷出来，旁边一群人都对她投来疑惑的眼神，她尴尬地笑了笑，立即回复道："我什么时候说我对他还有心动的感觉了？Sunshine boy，你看首字母。"

半晌后，对方回复过来一串"哈哈哈哈哈哈哈"。

之后苏伊也就没有回消息了，等吃完晚饭准备回基地继续打排位的时候，夏七七又像见了鬼似的给她发了一串叹号。

Suee："你干吗啊？见鬼了？"

夏七七："真见鬼了！我就说在一个平台直播迟早要撞车，那个章昊好像是从我直播间摸到了我微博，接着微博给我发了一条私信！"

Suee："说什么？"

夏七七当即就给发过来一张手机截屏，截屏显示的是夏七七微博的私信界面，顶着《守望先锋》英雄源氏头像的人发送了这样一条消息："苏伊的联系方式你有吗？"

"没有！叫他滚！"

苏伊坐在沙发上，对着手机怒吼了一声后，干脆把手机扔到一边，接着拿起遥控器对着电视机胡乱地换台。

韩翎风不知道什么时候绕到了她背后，趴在沙发的靠背上抬起手敲了一下她的脑袋："怎么了？"

苏伊没有回头看他，而是继续摁着遥控器换台："没什么，一点小事。"

"是吗？"韩翎风沉默两秒后看了一眼她的侧脸，最后伸出手抢走了她的遥控器，"遥控器都快被你摁烂了。"

苏伊愣了一会儿："我回房去休息了。"说完，起身就朝楼梯走去。

苏伊浑身上下都笼罩着一股低气压，明眼人早就察觉到了她的异常。闪电坐在电脑前，看了一眼时间——才十点不到。他扯了一下旁边许瑞奇的衣角："Riki，你妹妹怎么了？晚上吃饭的时候她就一直在看着手机，怎么？里面有宝不成？"

许瑞奇抓了抓头，苦恼得很。从苏伊刚才的反应来看，多少是跟他们隔壁分部的新人有关。自从得知章昊去了SNM战队《守望先锋》分部后，苏伊几乎连门都不出了，生怕一个不小心撞见他。

于是他干巴巴地解释："或许，女人一个月总有那么三十天……"

咖啡吃着零食，附和："哦，那能理解了。"

闪电蹙眉，转头看向韩翎风：“风神，你和伊妹每天都黏在一起，她有点什么风吹草动你不知道？”

韩翎风的视线停留在二楼靠近楼梯口的那道门上，说道：“我又不是神仙。”

话音刚落，苏伊落在沙发上的手机忽然亮了，锁屏界面显示出一条微信消息。

七校长：“他知道你打职业赛了，还说要去找你！”

他？韩翎风蹙眉，之后很快就猜到了什么。默默地思考了一会儿，他拿起手机便朝二楼走去。

咖啡一边登着游戏一边扯着嗓子问道：“风神，你去干吗？”

“把手机给她。”

“我看伊妹这状态今晚是不会打游戏了，要不待会儿你来韩服和我双排？”

韩翎风此时已经走到了二楼，他看了眼楼下星星眼的咖啡说道：“不排，跟你双排，会翻车。”

咖啡：哦，说白了他就是被嫌弃了！

苏伊的门是虚掩的，韩翎风站在门口顿了一下，接着轻轻敲了几下门。

不一会儿，里面传来某人沉闷的声音：“哥，我没事。”

韩翎风微微一愣，叹了口气说道：“是我。”

“哎？风神？”苏伊的声线立即变得紧张起来，听声音里面似乎还鼓捣了一番。一阵拖沓的脚步声后，苏伊慢慢打开门，探出脑袋问道，“怎么了？”

韩翎风拿出她的手机在苏伊的眼前晃了晃：“你的手机掉在沙发上了。”

苏伊这才反应过来，连忙道谢：“谢谢你了，风神。”说完就把手机解锁，看到那条信息后，气得差点儿一口老血喷出来。

韩翎风看着她微微一笑：“安心吧。”

苏伊这头还在回复夏七七的消息，听到韩翎风的话，不明所以地“啊”了一声。

“刚才还手机的时候，不小心看见了微信消息。”

苏伊编辑信息的手停住了，手指尴尬地悬在屏幕上方：“你都看见什么了？”

韩翎风：“说是有人知道你来打职业赛，还要来基地找你。”

苏伊低着头不吭声，韩翎风叹息道：“别想太多。”

沉默三秒后，苏伊点了点头：“我不想见他。”

韩翎风温柔地说：“放心吧，有我在。你最近这几天看起来精神都不太好，今晚早点睡吧。”

苏伊抬眸，正巧对上他的眼。虽说韩翎风的脸上没有丝毫的表情，但是从他的语气里，她依旧能听到一丝关怀。果然颜值高的人说出这种话就莫名觉得很“苏”呢。

苏伊内心小鹿乱撞，可脸上显得十分淡定：“嗯，那么今晚，风神你只能单排了，嘿嘿。”

她傻傻地笑了笑，韩翎风看着她下意识地把手掌摁在她的脑袋上。

苏伊：“风神？”

韩翎风定了定神，解释有些生硬：“嗯，你头发翘起来了。”

“啊？”苏伊伸出手在自己的脑袋上摸了摸，自言自语着，“头发又翘起来了？按理来说晚上不会啊……”

韩翎风忍住笑意，随后转身：“那么，晚安。”

“哦、哦……晚安。”苏伊呆呆地说道，而后若有所思地慢慢关上房门。之后快速冲进洗手间里，对着镜子左看看右看看地照了半天。

头发翘起来了？明明没有嘛。

这时，夏七七的微信消息又过来了。

七校长：“章昊不至于这时杀回马枪吧？你都有风神了，他再来找你岂不是自不量力？”

苏伊十分尴尬，回复道：“什么叫我都有风神了？我们俩是搭档而已！”

七校长：“啧啧，得了吧！这几天我蹲在风神直播间里，看他对你老照顾了，之前他和小 C 双排时可没这么温柔！”

苏伊又想起前段时间有弹幕问韩翎风，他是不是在和自己谈恋爱，说她去 SNM 战队就是为了接近风神，还说她一个画手不好好在家里宅着画画，去什么 LPL 搅和。虽说那几天带节奏的人不少，但是很快那些人就被她的操作和成绩打脸。

直到夏七七后续的几条微信发过来才把她神游的灵魂拉回来。

七校长：“我寻思着他是不是有点喜欢你啊？”

七校长：“你真以为我之前说的，让你们擦出爱的火花是玩笑话吗？”

七校长：“男女之间不可能有纯洁的搭档关系！更何况你们天天腻在一起！”

七校长：“说真的，伊伊你真的不考虑下风神吗？”

苏伊一头倒在床上，看着白花花的天花板，之后拿起手机打字：“职业选手的生涯很短暂，至少在拿到冠军前，我不会考虑谈恋爱。”

韩翎风从二楼下来的时候，其他人都已经默默在韩服开始排位了。他寻思着自己在韩服的号也是许久没打，再不打就掉级了，索性直接去韩服开了几把 Rank。

第二天是休息日，按理来说过了午夜十二点就是周末了。

韩翎风结束了一把 Rank 后，直接关掉游戏，打开了网页，顺着板块跳到了《守望先锋》的直播平台。然后一眼就看到了那个传说中很厉害的 SNM 战队《守望先锋》分部的“SNM_Hao”，正在使用最擅长的刺客。

战队经理太一忙完资料整理，从韩翎风背后路过的时候，拍了拍他的肩膀：“我亲爱的风大大，我记得战队规定里说得很清楚，训练期间不可以用电脑看其他游戏的直播。”

韩翎风指了指电脑右下角的时间：“今天是休息日。”

太一凑近看了一下直播界面的主播：“哟，你看的还是我们俱乐部《守望先锋》分部的直播啊，咦，这不是他们的新人阿昊吗？你什么时候对这个游戏有兴趣了？我可告诉你，在 SNM 拿到 S 系列冠军前，我可不准你跳槽。”

韩翎风双手枕在脑后，靠在椅背上缓缓说道：“放心，我对这个游戏没兴趣。”

“那你看直播干吗？”太一思索了一番后，嘴角抽搐嫌弃道，“你不会是对阿昊有兴趣吧？我还以为你这段时间和苏伊打磨合，都快磨合出感情了。这下好哦，看来电子竞技真的只有互掐没有恋爱。”

韩翎风对他投去一个冷冰冰的眼神，随后问道：“《守望先锋》现在发展怎么样？”

太一困惑地看了他一眼：“你怎么关心起隔壁分部了？”

“好奇。”

“老实说，这款游戏我们战队的成绩很差，到要保级的地步了，不过这也是意料之中，我们俱乐部本来就不是专攻这款游戏的。”

韩翎风别开脸没看他：“哦，那就好。”

“你看起来对隔壁分部的意见很大啊，怎么了？”

韩翎风忽然一本正经地说道：“电子竞技本身就是弱肉强食，存在的最大价值就是被刷新，只有唯一才值得纪念。”

厉害了，太一还是第一次听见有人把幸灾乐祸说得这么清新脱俗！

“不过……”韩翎风停顿了一会儿，看着电脑屏幕，“我们俱乐部《守望先锋》的分部，在哪里？”

太一望着他无语凝噎。是的，像他们家风大大这种能拿八级路痴证的人才，即便隔壁分部成立快一年，他也不可能知道在哪里。

“你问这么多干吗？我说你不好好关心关心《英雄联盟》其他战队的动向，你关心《守望先锋》干吗？”太一满腹狐疑，此时此刻的表情可以截下来做表情包了。

韩翎风把椅子转过来对上太一：“你有意见？”

太一干咳了两声：“不敢不敢，但是我想提醒你的是，今天是休息日。”

“我知道。”

太一看了一眼时间，掐着手指算了算：“所以你大概在九个小时后，就要去采买基地里缺少的一些杂物。”

SNM战队每个月都要出去采买和补给基地内的日用品，基地每个人一个月轮流一次，这个月正好轮到了韩翎风。

太一接着说：“哦，对了，你刚才不是问我《守望先锋》分部在哪里吗？就在商场对面的那个小区。”

韩翎风蹙眉。

“但是考虑你出了小区方圆五百米就会迷路，所以这次就让苏伊和你一起去，正好让她熟悉一下周围的环境。自从她来了基地，吃吃喝喝不是在食堂，就是和你们开车出去，买衣服也变成了淘宝快递……说真的，对于一个女孩子来说，老宅在基地里也不是什么好事。”

韩翎风一副“您老操心了”的表情，想了想后接着说道：“我自己去。”

“啊？”

韩翎风看了一眼电脑屏幕里的直播：“她不会想去的。”

假的勇士敢于直面惨淡的人生，却不敢于直面黑历史般的过去，显然苏伊就属于这种人。即便她现在已经爬上了最强王者分段，也不能抹去她在低段位时被嫌弃的恐惧。

所以韩翎风第二天出门的时候没有选择带上她。

但是他去车库取车路过别墅门前花坛的时候，正巧撞见了苏伊拿着水壶在浇花。后者一眼就认出了这辆车，拿着水壶呼哧呼哧地从花坛那块跑到道路旁边。韩翎风也很淡定地把车停住，把驾驶座旁的窗户摇了下来。

苏伊疑惑地望着他：“风神？你这么早出门做什么？”

韩翎风实话实说：“基地每个月都要补给一些日用品，这个月轮到我采买了。”

苏伊眨了眨眼，想起自己昨天心情极度不愉快。不愉快的后果就是她回复完夏七七的消息后，一不小心把手机扔到了地板上，连屏幕都摔裂了，当时她那叫一个痛彻心扉。

她立即把手机从口袋里掏出来，将那极具艺术气息的裂纹屏幕手机呈到韩翎风面前，说道：“正好带上我吧，昨天不小心把屏幕摔裂了，准备拿去修。”

韩翎风明明记得去还手机的时候还是好好的，她昨天晚上到底经历了什么？

韩翎风看着那几乎像是炸裂开的屏幕，顿了一下，眼神游移了一会儿后答道：“不行。”

苏伊举着手机的手还悬在半空中，听到这句话后整个人都愣住了：“什么？”

“商场很坑。”

“啊？”

“去网上买个屏幕回来。”韩翎风面无表情地说道，“我给你换。”

“哦。”愣了好久苏伊才慢慢反应过来，傻傻地点了点头。可想了想，又觉得哪里不太对，风神居然还会修手机？

韩翎风见她应了声，将手肘搭在车窗上伸了伸手，示意她走近一点。

苏伊倒也耿直，立即就两步走上前，半弯着腰朝他问道：“怎么了？”

韩翎风笑了笑，伸出手拍在她的脑袋上：“你今天是不是又忘记夹头发了？”

苏伊一愣，抬起眼眸往上看了看：“嗯，因为今天该我值日，太一说要我早起清理花坛和浇花……我头发又翘起来啦？”

“嗯。”韩翎风说完把手收回来，“早上你自己好好单排。等我回来。”

“好。”苏伊点了点头。

接着，韩翎风就把车窗关上，扬长而去。

苏伊则拿着水壶和手机站在原地，愣了好久才慢悠悠地反应过来，风神不是个路痴吗？自己一个人去商场行不行啊？虽说她自己对这附近也不是很熟悉，至少开着导航还是能拯救的嘛……

苏伊这么闷闷地想着，把手头上值日的事情做完就溜去淘宝上买了个手机屏幕，之后回到房间里打开了电脑。

此时还是早上，其他人依旧像平时那样在自己的房间里呼呼大睡。

韩翎风出去买东西了，经理太一和分析师阿和也一早就提着公文包出去办事了……

头一次早上就她一个人醒着玩电脑，真是有点不习惯。

她想了想打开电脑桌面上的一个表格文件，发现自己这个月剩下的直播任务还有很多，想到这里她索性开启了直播，还在微博上发出了消息和链接。

一瞬间，直播间里就来了不少粉丝。

弹幕里各种“老婆你今天怎么这么早就直播了”“头一次早上直播，伊妹真是勤奋”“只有我在关心隔壁风神去哪里了吗”……

苏伊很快就开始列队，看着旁边飘过的弹幕说道：“你们的风神老公出去买东西了……买什么东西？当然是基地里的日用品啦……那个问地址要去Gank风神的兄弟你觉得我会把地址告诉你吗……对啊，我单排。”

正好这时也到了选择英雄的界面，苏伊没有首选辅助位，而是首选了打野。

“伊妹居然会玩打野？”

“厉害了，选的还是狮子狗。”

“这么说我倒是记起了Riki的狮子狗也玩得很溜啊，这个版本的狮子狗和螳螂都很强。”

苏伊一边点着天赋，一边心不在焉地回答弹幕：“所有位置都会一点，对，我表哥的狮子狗是很强。我打野还是他教的，当初就是看他的狮子狗玩得好才学的……呃？”说到这里苏伊才想起自己好像说了大实话。

“Riki是你表哥？”

“什么情况？这件事官方好像没宣布！”

“这么说我记起来了，Riki来SNM战队打职业前好像就是念的艺术类高中。”

“表兄妹齐上阵，你们家有玩游戏的遗传基因吧？”

苏伊看着弹幕顿了一下：“对，他是我表哥，LPL也没规定亲戚不能一起出赛对吧……我当初为什么玩《英雄联盟》？”

苏伊陷入了短暂的沉默，有一半原因是章昊，另外一半原因是她那时很崇拜许瑞奇。不管当时是出于什么样的原因进了这个坑，她只知道自己现在非常热爱这款游戏，别无其他。

苏伊迟迟没说话，因为游戏开始了。

整个上午她所选的位置不是打野就是中单，玩的操作也是中规中矩，没啥大毛病。输多赢少，问题不在她身上，玩到后来苏伊也有些按不住脾气了。

不知不觉已经到了中午，苏伊靠在椅背上伸了伸懒腰，看着摄像头说道：“是的，掉分了，难受……今天直播就到这里了，过几天再来。为什么？因为过几天要去参加一个节目……《联盟大拷问》……对，就是那个坑死人不偿命的答题类节目……好了，下了。”

关掉直播后，苏伊起身去冰箱里找了点吃的。路过客厅时，撞见太一半湿着身子回来。她嘴里叼着一根火腿肠，含含糊糊地说道：“经理你干吗去了？今天难不成是泼水节？”

太一站在门口用手拍了拍水渍，投去一个鄙视的眼神：“什么泼水节，外面下雨啦！”

苏伊愣了一下，奔去楼下共用洗手间，拿了条干净的毛巾递给他。

太一："苏伊，你大概多久没出门了？我怎么感觉你仿佛要与世隔绝了？"

"咯咯。"苏伊啃着火腿肠咳了两声说道，"哪有……什么时候下起雨的，我早上去浇花的时候还晴空万里，天气预报也说了今天……"

太一擦着水渍睨了她一眼："天气预报，胡说八道。"

苏伊："也对。"

太一换好鞋走进屋内，看着苏伊的电脑屏幕亮着，似乎还做了直播，于是问道："对了，你没和风神一起去买东西吗？"

苏伊点点头："对呀，我早上浇花的时候看他开车准备出门。我说我手机屏幕坏了，准备让他带着我一起出去，他却说商场太坑，叫我自己去网上买个屏幕，他回来给我换……"

太一喝着水，深吸一口气："我昨天说他是个路痴，出了小区方圆五百米就会迷路，让他带上你一起去商场，可是这家伙说你不会想去的。"

"哎？"

太一接着说："商场离得也不是太远啊，奇了怪了。"

突然，苏伊嘴里的火腿肠掉在了地上，太一看了她一眼，问道："怎么？吓得你火腿肠都掉了？"

"嗯。"苏伊弯腰捡起火腿肠扔进旁边的垃圾桶里，"经理，风神他是不是嫌弃我？"

太一摸着下巴，琢磨着苏伊这表情显然不对，他若有所思地看着她，微微眯起眼："苏伊你是不是想韩翎风那家伙了？"

苏伊故作镇定，脸上没有一丝一毫的表情，撇着嘴道："是啊，我想他了啊。我在想我的大腿怎么还不回来和我双排，单排了一早上，遇见的菜鸟太多。"

这句话，怎么听着那么傲娇呢？太一望着窗外瓢泼的大雨定了定神，然后感叹道："都说你若安好便是晴天，看这天气，八成是挂了。"

"叮咚——"

苏伊听到门铃声后，朝着太一露出一抹神秘的微笑："啧啧，肯定是风神回来啦，经理你刚才说他坏话我要告诉他。"

太一抚额，忍不住吐槽："你告诉他我又不可能给你涨工资！"

苏伊继续笑。

太一痛心疾首："苏伊你别忘了当初是谁把你挖来基地的！是我！"

"好啦，我开玩笑的，我去开门。"苏伊说完就朝大门走去，一路喃喃地念叨着，"咦，说起来风神会按门铃吗？难不成没带钥匙？"

念叨完后，她将基地的大门打开。

可是，那个人并不是韩翎风。

而对方也像是猜到开门的人是她，镇定自若地说道："苏伊。"

苏伊看着面前的大男孩——干净利落的碎发，穿着SNM战队队服，只不过胸前的标志并非《英雄联盟》，而是《守望先锋》，手里还提着个水果篮……

愣了好久，直到坐在沙发上的太一扯着嗓子号了一句"苏伊，谁啊"，她才没好气地动了动嘴皮子："没谁，送外卖的。"

第五章 不要错把仁慈当作弱小

♥♥

太一听到是送外卖的，“哦”了一声后也没吱声了。

倒是对方听完她的话后明显吃了一惊，差点儿把手里提着的水果篮扔出去。气氛一度十分尴尬，场面快要控制不住了。

“是我啊。”对方终于忍不住了，指着自己的鼻子说道，“章昊。”

苏伊挑了挑眉，有些恼怒地说道：“是你啊，我还以为又是哪里来的粉丝穿着SNM战队的队服周边要来Gank基地。”

章昊顿了一下：“你见过这么大雨天来基地的粉丝？”

苏伊撇嘴：“说明是真爱。”

章昊：“你看见我好像一点也不惊讶。”

大兄弟，你想多了，她现在恨不得回炉重造！

许是两个人在门口的时间有点长，太一觉得奇怪，凑到门口去看了看。结果就看见他们隔壁分部的新人站在门口。

“你是分部的阿昊？”太一惊讶地说道。

章昊看见太一后，立即就把水果篮递上去：“太一经理，这是给您的！”

苏伊见状，满脑袋的问号：搞啥呢，他这水果是给经理的？

太一愣了，随后望着手里的水果篮嘴角抽搐了一下：“这是？”

章昊：“这是我们经理要我带过来给您的。”

太一想也不想就接过来了。

苏伊见状歪了歪头：什么情况？

只见章昊从背包里拿出一个文件夹递给太一：“这个周末，我们这边要去参加《先锋大拷问》的节目，听说正好和《英雄联盟》的战队在一个摄影棚，我们经理的意思是，这个周末要不要一起组队去？”

《先锋大拷问》和《联盟大拷问》属于同一个系列的节目，都是答题类的综艺娱乐节目，只不过《先锋大拷问》涉及的内容是和《守望先锋》有关，其他的流程基本上一样。

苏伊凑到太一旁边看了一眼流程表，还真的是在一个摄影棚，还是同一天。

她绝望，她难以呼吸，她忽然好想念她的被子！

“可以啊。”太一笑嘻嘻地答应了，苏伊听完他的话后差点儿一个没站稳。

苏伊：“不可以！”

太一一副不解的表情看着她：“怎么不可以了？”

“啊，这个……”

“正好我们基地的保姆车被宣传部那几个搞事的家伙借去了，风神的那辆又坐不下我们一群人，坐隔壁的保姆车不是很好吗？”太一分析得头头是道。

苏伊的眼珠子打着转，努力憋出一句话：“我不方便。”

太一：“你有什么不方便的……”

苏伊伸出手捂住半张脸：“我一个女孩子，和你们一群男生坐一辆车……”

太一立即戳破她的话：“那你每次和风神还有你哥他们出去吃夜宵的时候，不是挺高兴的吗？你有什么不好意思的？”

苏伊：经理你是猪队友吗？

“再说了。”说到这里，太一停住，一副少女含羞的样子，“他们战队的经理是个漂亮妹子好吗？”

所以您刚才听到那一篮子水果是隔壁美女经理送来的，您就节操都掉了吗？您还记得大明湖畔的好朋友分析师阿和吗？

苏伊半晌接不上话，太一对着章昊比了个“OK”的手势：“那这个周末我们就一起组队去好了。”

章昊笑着点头，苏伊则有种挠墙的冲动。

她睨了章昊一眼：“没事的话，你可以走了吧？”

章昊站在原地，盯着她看了好一会儿没吭声。太一寻思着这故事情节展开有点问题，虽说两个人四目相对，但气场明显不对，于是他抱着水果篮小心翼翼地问道：“你们两个人……认识啊？”

两个人同时停顿一秒。

苏伊把头扭开：“不认识。”

章昊点点头：“同学。”

于是又停顿了一秒。

“嗯，不熟。”

“高中同学。”

不管这两个人认不认识，下雨天外面怪冷的，他还是回屋子里吃他的水果好了。想到这里，太一看了一眼苏伊：“我先回屋了，你们……”

苏伊迈开腿准备也进屋，忽然被章昊叫住：“苏伊，我有话和你说。”

顿时苏伊心里大叫一声“天哪”，然后她看了一眼章昊，又看了一眼太一。后者的表情看起来很尴尬，苏伊长舒一口气，偏过头看着太一：“经理你先进去吧。”

“哦、哦！”太一识趣地立即溜进了屋内，还顺手把门带上了。

章昊率先打破了沉寂：“那个，好久不见。”

苏伊靠在大门上，僵硬地憋出一抹比哭还难看的笑容：“确实好久不见。”从高中毕业到现在快一年了吧。

章昊看着她淡定的样子，蹙起眉头，心里像是纠结了好一会儿才说道：“我看了你的直播。”

苏伊愣住，他居然闲着没事来看自己直播，他是不是脑子有坑？

“哦，然后呢？”

“然后……”章昊张大嘴，眼神怀疑地看着她，“去 LPL 打职业赛怎么没你听说过啊？”

“啊？”苏伊用看智障的眼神看着他，“我来打个职业赛难道还要摇旗呐喊不成吗？你是不是想我举着牌子在 W 城游街，告知全城人？”

章昊被她呛得没话说。

“哦，当初某人还嫌弃我玩个辅助很菜。”苏伊狠狠地把“菜”字咬重音。

章昊终于想起了一些事情，语重心长地说道：“我一开始是嫌弃你菜，但是谁不是从白银黄金爬起来的呢？我真没想到你竟然会来打职业赛。而且……而且是辅助他。”

他？说的是风神吧……可是这语气怎么不对劲呢，这两个人难道还有什么故事不成？苏伊想到这里，就被自己的脑洞恶心到了。

“你和风神认识？”苏伊问道。

章昊鼓着嘴：“他打职业赛前，遇见过，在网吧，那时候我们学校附近举办了一个《英雄联盟》的 solo（单独对决）赛，我想着我的亚索挺强的，我就……”

亚索？就他那托儿索？

苏伊望着他，似乎猜测到了什么：“你就去参加了，然后被风神打了个大马趴？”

章昊摸了摸后脑勺：“基本上……差不多，他选的剑姬，英雄克制。”

说白了就是你菜，敢情还真被风神虐过啊！苏伊强忍着笑意，努力克制上扬的嘴角：“不克制你也没法赢他。”

章昊摇了摇头，不准备继续提这件事：“你为什么要来打职业赛？”

“为什么？”苏伊反问，“想来就来了呗，哪里来那么多为什么。倒是你……我也没想到你会退圈转去《守望先锋》打比赛，又是抱着哪个大腿一起上的分？”

章昊听得目瞪口呆，语气里带着些抱怨：“你怎么就不相信我在射击游戏里的技术？”

苏伊：“满脑子骚操作的确是你的风格，抱大腿也是你的风格，我还能说什么？”

章昊：“苏伊，我知道我之前玩游戏跟你说的话很过分。”

苏伊：“嗯，所以为了不被你嫌弃菜，高二我就转去艺术班了。”

章昊：“我不是那个意思……”

苏伊摆了摆手，准备进屋：“算了不提了，你好好打你的《守望先锋》，我好好玩我的《英雄联盟》。我们以后……”井水不犯河水。

可是章昊并没有给她机会说出这句话，一个健步冲上去，拽住她的手，紧盯着她：“苏伊，我……”

苏伊被他吓了一跳，跟着紧张起来。

就在苏伊以为这厮要做什么的时候，一个熟悉的声音响起：“我的辅助，什么时候轮到你来 Gank 了？”

“风、风神？”顺着声源的方向看去，苏伊努力甩开章昊的手，很是羞恼地向后退了两步。

风神刚才说什么来着？他的辅助？

苏伊努力平复澎湃的心情，然后发现其实这句话根本就挑不出任何的毛病！她的确就是他的辅助！

“韩翎风。”一旁的章昊看起来似乎比她还要吃惊。

韩翎风穿着深蓝色的套头卫衣，由于出门没有带雨伞，他将帽子套在头上，额前的碎刘海已经被雨水浸透。

他提着从商场里采购回来的物品慢慢地走上前，苏伊也像是抓住了救命稻草一样，想也不想地就冲了上去，一把拽住了韩翎风的胳膊：“你终于回来了。”

“嗯。”韩翎风低头看着她的脸，而后视线停留在她的胳膊上，“苏伊，我的衣服上有水。”

只见某人拽得更紧了些，死命摇头：“没事！我不在乎！”

短暂的沉默后，他的眼神游移到了章昊的身上，礼貌地问道：“请问你到我们基地来有什么事？”

章昊愣住，看了看一心扑到韩翎风身边的苏伊，又看了看一副司马脸的韩翎风，他只想狠狠地道一句“见鬼”。但是事实并不允许他这么做，于是他说道：“我是来找苏伊的。”

很快这句话就被苏伊打脸：“你不是替你们美女经理过来送资料的吗？”

章昊感觉自己的脑后飘过无数乱码：“那只是顺便啦！顺便！”

“那送给太一经理的一篮子水果也是顺便？”

苏伊：“俗话说，少数服从多数，既然两件事都是因为我们战队的经理，那你来找我就不顺便！”

章昊：“你这是什么脑回路？”

除了许瑞奇，苏伊从来没对基地其他人提过章昊的事。韩翎风看见这情况，即便不知道自家辅助和隔壁的超级新人是什么关系，也能猜个八九不离十。所以他才不想她跟着一起去商场，万万没想到对方自己送上了门。

我不想见他。

他的脑海里响起了苏伊的声音。

正拽着他胳膊的苏伊努力维持着仪态，忍住翻白眼的冲动，却耐不住性子。她张开嘴，刚想下逐客令，却没想到韩翎风比她先一步开口：“听说你以前对我家辅助很照顾。”

章昊：你家辅助？又是你家辅助？你们不就凑在一起打了一个多月的配

合吗？什么时候就成你家辅助啦？

“还真是让你费心了，接下来交给我就好，希望这个赛季，《守望先锋》能取得好的成绩。”韩翎风说着说着忽然笑了起来，但是这笑容明明蕴含的意义很深。

章昊嘴角抽搐，感觉全世界都与他为敌，他反复告诉自己，要记住教养，要忍耐，要时刻维护自己的形象。

“那还真是借你吉言了……风神。”

韩翎风继续保持微笑：“不客气。”

说罢，他睨了一眼旁边的人：“进屋吧，苏伊。”

“苏伊？”

苏伊回魂后，应了声：“啊……嗯，你说得有道理。”

章昊倒也是明白情况，知道这么贸然就跑来Gank基地的确很容易引起反感，而且韩翎风正好在她旁边。思量再三，今日他就先撤了。

两人进屋后，第一件事苏伊就催着他赶紧回房间洗澡，嘴里念叨着“免得感冒”什么的。

韩翎风看她一脸焦急的样子，“扑哧”笑了出来。苏伊从客厅茶几上的纸盒里抽了几张面纸递给他，让他擦擦脸：“你笑什么笑啊，我说真的！”

他眼角含着笑意，习惯性地摸了摸她的脑袋：“知道了。”

大概是这样的动作经历过很多次，某人已经百毒不侵，指着楼上说道：“快去吧。”

韩翎风到底不再打趣她，点了点头便上了楼，走到一半的时候，忽然朝着她说道：“我还顺路买了烤肉饭。”

苏伊瞬间两眼放光：“烤肉饭！”

“在袋子里，你待会儿拿去微波一下。”

“好。”

等苏伊把韩翎风买回来的日用品整理好，又热好了饭，韩翎风还没下楼，于是她就抱着手机倒在沙发上给夏七七发微信。是的，她对刚才的事还消化不良。

Suee：“宝贝，刚才章昊来Gank我基地了。”

Suee：“今早风神出去买东西了，我以为他提着袋子不好拿钥匙所以才摁的门铃，结果一开门就发现是这厮，我整个人都不好了。”

五秒后，夏七七甩过来一条语音：“哈哈哈哈，意料之中，昨天他私信我的那话明显就是要去你们基地，不过我很好奇你们有没有发生什么！”

Suee：“章昊和我争执了半天，还想拉我的手！幸亏刚才风神回来救场了，不然我尴尬症都犯了。”

Suee：“风神说我是他的辅助……他的辅助哎！”

苏伊这边还在编辑文字，结果一眼就扫到了手机屏幕上的“对方正在输入”，很快夏七七那边就回复语音消息——

她还故意模仿得很机械化：“恭喜你，你已成功获得初级成就‘爱的小火苗’。”

苏伊听完语音后，望着手机屏幕眨眨眼，手指飞快地在键盘上敲字。删删减减，半晌不知道应该怎么解释这件事的时候，夏七七又弹出来一条语音消息——

她看着那长达十秒的语音，最终还是摁了下去。

“我都跟你强调一万遍了，风神对你绝对不只是辅助这么简单！你之前不是也告诉我他的钥匙扣是你画的金克丝吗？说明他早就观察过你了……说起来，我的签名照是不是有着落了？我敢打赌，是你的话，风神绝对会将亲笔签名送到你手上的。”

“你在跟谁打电话？”

韩翎风的声音突然在她的背后响起，吓得苏伊浑身一抖，快速把手机锁屏了。她有些心虚地回过头看着他，对上他的眼睛，甚至能嗅到他身上淡淡的柠檬香，她的脸颊莫名泛红了。

天哪，刚才她的手机听筒声音好像有点大。

扯了扯嘴角后，苏伊解释说：“不是打电话，是我闺密的语音。”

韩翎风“哦”了一声，迈步朝餐厅走去：“吃饭吧。”

“嗯。”她松了口气，点了点头，便也朝餐厅走去。

“我刚才好像听到我的签名照什么的……”韩翎风说着，走进厨房里。

苏伊听完这话后差点儿一屁股坐到地上，她抓着桌角说道：“风神，你都听到什么了？”

韩翎风端着饭从厨房走出来，看着她一副尴尬的表情，意味深长道："嗯，就只听到签名照。"

苏伊慢慢平复心情，眼神到处飘："那个……我闺密是你的粉丝，想要你的签名照。"

"除了照片……其他的周边也可以。"

"哦，好。"

于是就这么答应了？

她以前听她哥说，唯一一次五十顶官方出品的棒球帽还是经理太一把工资条架在他脖子上他才答应的呢，这次怎么就这么轻松？

韩翎风见她没吭声："怎么了吗？"

她想起刚才夏七七的语音，简直心虚到爆炸，赶紧低着头："没怎么……挺好的。"

"前男友？"

"啊？"

话题一下子大跳跃，苏伊木讷地看着他。

韩翎风的语气听不出任何情绪："隔壁新人。"

苏伊回答得十分果断，死命摇头："不是！"果然该来的还是要来。

"哦。"

这边苏伊还在努力和某人划清界限："只是高中同学而已，班长……那什么……"

韩翎风心领神会，安抚她的心情："我知道的。"

苏伊现在恨不得拿块豆腐撞死自己，沉默了一会儿后，她才又抬起头看着韩翎风："风神，刚才谢谢你了。"

谁知对方很是淡定地回答她："应该的，谁让你是我的辅助。"

那天事情过后，苏伊整个人心情大好。其实她也不知道自己为什么，莫名就把章昊这个人抛在了脑后。可是快乐的时间总是短暂的，因为《联盟大拷问》的档期到了。

并且在这一天的清早，《英雄联盟》分部的五名成员和《守望先锋》的六名成员以及两队的经理出现在了同一辆保姆车上，"画风"堪称奇异。

太一负责开车，《守望先锋》这边的经理美美坐在副驾驶座位上。

而后面两个战队的队员坐在一起，按理来说应该互相调侃。可是苏伊这边只有咖啡和闪电这两个没事人喜欢和对方吹，而对面也只有章昊一个人托着下巴看着窗外没吱声。

等开到目的地，两队各自奔去自己战队所要录制的摄影棚化妆间。

苏伊走在队伍的最末尾，快要进去的时候，章昊突然叫道：“苏伊。”

她停住脚步看了他一眼，对方揪着衣角，说道：“录完节目后，在后门等一下我，我真有话和你说。”

见章昊表情也挺严肃的，苏伊努了努嘴：“行。”

苏伊被她哥催促着快过去。

她一路小跑到队伍里，紧接着就看见从后面走上来一个女人，留着波浪长发，穿着职业装，很瘦，气质非常成熟。看年龄，应该比他们一群人要大几岁。

女人大步走上前，像是老朋友一样，直接给站在苏伊前面的韩翎风来了一个拥抱，并笑着说道：“我的小风风，真是好久不见啊。”

苏伊当时惊讶得下巴就要掉下来了！他立刻拍了一下旁边闪电的后背，结巴道：“这、这女人谁啊？和……和风神很熟吗？”

闪电被苏伊这一铁砂掌打得难受，委屈着一张脸：“你和风神黏在一起这么久，你竟然不知道？”

“我知道啥？”

闪电一副“拿你没辙”的表情：“你还说你之前是我们队的粉丝呢，LPL 人气王的八卦你都不关心啊？”

苏伊心里咯噔了一下，八卦？

闪电：“她叫莎莎，是《联盟大拷问》的导演……”

苏伊愣了愣，莎莎？风风？你是风儿我是沙，缠缠绵绵到天涯？

一瞬间，苏伊就陷入到自己的脑洞里无法自拔，莫名地想去一趟厕所。和闪电打了声招呼，苏伊就径直朝厕所奔去。

而另一边，韩翎风也似乎没有要推开的意思，只是脸上的表情越来越不好，他似乎压抑着无奈，纠结了一番后，说道：“能不能不要这样叫我……”

“都叫你二十年了，改不过来。”

“姐，你够了。”

化妆间这边寒暄的时候，苏伊正在找厕所。

如同自然规律一般，所有公共场所的女厕所永远要排队！苏伊站在队伍的末尾，摸着下巴一脸呆滞，风神和刚才的小姐姐看起来关系非常亲密，看来是有猫腻。

可是她来基地那么久了，怎么从来没听韩翎风说过啊……苏伊越想越郁闷。

排队上厕所的队伍向前走动了一下，彼时，正好隔壁男厕所里走出来几个熟悉的身影。与其说是身影熟悉，倒不如说是身上那蓝黑两色的队服看起来很像是CNZ战队的队服。

很快那几个男生里便有人认出了她：“咦，这妹子看起来好像SNM的辅助。”

看来还真是CNZ战队的人。苏伊听到声音便看了过去，和站在中间的少年对上视线后，最边上的队员拍了拍梁祈的肩膀：“哎，祈神，还真是邮件妹子。”

听完这爱称，苏伊忍不住抚额，这叫法一秒钟就让人出戏。

明显察觉到苏伊的表情发生了质的变化，梁祈对着辅助选手糯米“啧啧”两声，而后上前打了声招呼，可是话到了嘴边，他竟然莫名地紧张起来：“你、你好，我是CNZ战队的队长，梁祈。”

和韩翎风不同的是，梁祈属于那种帅气的阳光大男孩。苏伊抬起头看着他，果然那次在摄影大楼下面遇见的人真的是他。

苏伊笑了笑：“我知道的嘛，祈神，你很出名的。”末了又补充了一句，“我叫苏伊，谢谢你上次在直播间里送我的豪华巨轮。”

CNZ战队众人一脸震惊：什么？他们队长什么时候偷偷摸摸地给隔壁辅助妹子送这么大手笔的礼物了？

恰好这时女厕所里的人出来了，想着在厕所面前打招呼莫名有些尴尬，苏伊很快就点头示意她要去解决个人问题了。梁祈这才发现，他竟然是站在女厕所门口和人家打招呼，顿时老脸一红。

等回到队友身边，自家队友们纷纷用八卦的眼神看着他。

梁祈：“你们干吗？”

中单阿夜捏着下巴，露出不怀好意的眼神：“哎哟喂，祈神可以嘛，职业生涯三年就没见过你给哪个女主播送礼物，更别提去打招呼了。”

梁祈指着辅助糯米说道：“还不是这厮叫人家邮件声音太大，她都看过来了，我难道不应该去打个招呼？”

“咦？”上单大黑勾住他的肩膀，“刚才你和邮件妹子说话的时候怎么没这么利索？”

小妖摊开手摇摇头：“想不到我们的队长表面上看起来很威风，其实窝囊得很。”

梁祈恨不得捶他一拳。

CNZ 战队众人：“走啦走啦，快去摄影棚吧。”

梁祈此时此刻恨不得怒摔键盘：他这个队长在队伍里真是一点地位都没有！

等苏伊回到化妆间的时候，正巧撞见站在门口看手机的导演，那个叫作莎莎的小姐姐。对方好像是在等她，见苏伊走了过来，莎莎立刻迎了上去，一脸灿烂笑容地就把她的手抓住了。

莎莎：“我在等你呢，今天你的妆由我亲自来负责。”

苏伊有点受宠若惊：“姐、姐姐，你实在是太客气了。”

莎莎拉着她往里面走：“谁叫 LPL 的队伍里都是糙汉子，难得录节目遇到漂亮的妹子，怎么能交给那些化妆师！”

其他人都在化妆，莎莎带着苏伊从韩翎风身边走过去的时候，他睨了她一眼，然后对莎莎问道：“你带她去哪儿？”

莎莎眯着眼，意味深长地回答：“哟，小风风你还怕我吃了她啊？”

韩翎风听到那个昵称后，整个人都不好了：“以你的性格来说，不是没可能。”

苏伊：“那个我……”

莎莎拍了拍他的肩膀：“放心吧，会把你的辅助照顾得很好的。”

小姐姐你这么说，我就更放心不下来了啊！

整个化妆过程中，苏伊都显得闷闷不乐。

莎莎看了她一眼，笑着问道：“伊妹妹，你看起来很不高兴？”

苏伊摇了摇头："没有啊。"

"是不是我那面瘫的弟弟惹到你了？"

弟弟？！

"弟弟是指……"

"咦，他没和你说过吗？"莎莎靠在梳妆柜上，从包里拿出腮红，"我叫韩莎莎，是你们风神的姐姐。"思量后又补充道，"亲姐姐。"

这个转折实在是太出人意料了！但是瞬间安心了许多，这是为什么？

韩莎莎看到苏伊似乎神游去了，伸出手在她眼神晃了晃，刚张嘴想叫住她，放在一旁的手机响了，是灯光师的电话。

通话结束后，苏伊也回过神来，问道："有什么事吗？"

韩莎莎把手机往旁边一放："没什么大事，灯光师的车在半路'难产'了。"

苏伊十分尴尬，不就是堵车了吗？

十分钟后，各个选手的妆面都完成，韩莎莎又给灯光师打了通电话，结果他的车还在半路难产，并且成功升级为抛锚。

经理太一凑过去，看着韩莎莎："莎莎，那我们的录制是不是要延后了？"

韩莎莎看了一下手机上的时间，叹了口气，指着隔壁的摄影棚："照安迪这车的进度，八成中午才能过来了，你们两支队伍要不要去隔壁《先锋大拷问》的录影棚围观一下？"

处女座战队一行人没意见，组着队就过去了。而SNM战队这边，韩翎风听后顿了一下，没吭声。闪电和咖啡兴致勃勃地举着手："当然去啦，难得来一次呢。"

太一也立刻来了精神："去去去，走走走，赶紧的。"走到门口，又把坐在椅子上的许瑞奇拽了起来，"作为队长，你去打头阵。"

许瑞奇摸了摸脑袋，围观而已，让他打什么头阵："不想去。"

太一拍了一下他的脑袋："什么不想去，你去看看隔壁处女座战队，他们都去了！想要赢，就要先了解答题流程，你懂不懂？"

许瑞奇还是不动。

太一催促着他："快去快去。"

"知道了啦。"许瑞奇不情愿地起身。

韩翎风看了一眼坐在对面嘴角荡漾着一片笑意的苏伊，伸出手习惯性地压了一下她的头。苏伊立即反应了过来，鼓着嘴说：“刚才莎莎姐姐给我夹了头发的，不会翘起来。”

韩翎风朝隔壁的棚子努努嘴，问她：“要去看看吗？”

“《先锋大拷问》吗？”

“嗯，你不想去的话，我在这里陪你。”

“嗯。”苏伊想了想，“虽然我很不想看见他，但是我想了解一下节目的具体流程，微博上都说‘大拷问’系列节目的问题都很变态来着，而且我们这次录制的对手是 CNZ 战队，无论如何我都很想赢。”

韩翎风起身：“那走吧。”

两人到隔壁录影棚的时候，SNM 的队长正好从舞台上下来，接着走上台去的那个人正是章昊。和 SNM 对战的战队，是《守望先锋》电竞圈内很有名的 AK 战队。

苏伊站在下面，看了一眼舞台上那个紧张的男孩，然后挪开了视线。

韩翎风拍了一下前面闪电的肩膀，问道：“你不是二次元什么圈子都很关注吗？问题有多变态？”

闪电听完这个问题，整个人都不好了：“风神，我记得你也玩过《守望先锋》吧？”

“嗯。”

“那你知道秩序之光工作的集团叫什么吗？”

“费斯卡集团？”

闪电向后退了一步：“这你都知道？刚才他们队长都没答上来。”

韩翎风眨眨眼：“我玩的时候查过资料。”

闪电：“啧啧，风神快收下我的膝盖。”

调侃间，台上的答题已经开始，主持人拿着题板，对着章昊开始读题：“卢西奥最新专辑的名字叫作什么？”

所有人都是一脸呆愣的表情：这谁会知道啊！

然后，苏伊听到身边的韩翎风回答道：“*Synaesthesia Auditiva*.”

苏伊震惊。

章昊：“过。”

主持人：“源氏所背的刀鞘上刻有什么字？”

章昊听到这题明显缓和了一下刚才的表情：“竜一文字。”

同一时间，韩翎风也在台下说道：“竜一文字。”

苏伊拉了拉韩翎风的衣角，一脸震惊地看着他：“你怎么知道得这么清楚？”

韩翎风：“之前玩的时候就记住了，怎么了吗？”

风神，你能不能不要用这么云淡风轻的口气回答我！这些题目按理来说应该很刁钻才对啊……

接下来的所有题目，韩翎风全部答对了。而章昊作为《守望先锋》的职业选手，不知道是紧张还是脑子短路，十道题目里对了六道。他的对手好像更惨，只对了四道……

风神居然能全部答对，说明他实在是太厉害了！一瞬间，苏伊对韩翎风的好感度唰唰唰地就上升了。然后她才意识到一个很严重的问题：题目这么变态这么冷门，她好像对这种知识了解得不多，怎么办？

苏伊越想越担心。

而担心的结果就是没结果，一个小时后《联盟大拷问》的节目开始录制了，并且她很幸运地抽签第一个上去迎战。

这人品……嗯，她有一句话，不知当讲不当讲。

讲道理，苏伊在面对手机或是相机时并不觉得自己有多紧张。无论是之前和夏七七一起直播星秀还是后来加入 SNM 战队直播《英雄联盟》，她都没有太大的压力。

然而这一次，有点不一样！因为这是综艺节目，还是 PK 答题类的节目……

台上的灯光十分耀眼，苏伊身穿红白相间的队服站得笔直，乌黑如瀑的长发垂在胸前。此时此刻，她的神情显得略微凝重。

导演韩莎莎坐在摄影机后面，看着画面里的人儿，故作感叹地说道：“啧啧，能被选进 LPL 的女性选手果真不一般，这脸蛋儿就算去当网红也是百里挑一。”

说完有意看了一眼站在旁边的韩翎风，他正专注地盯着舞台之上。

韩莎莎咳了两声，接着道：“说真的，我都没怎么给她怎么化妆。哎，她身材也是不错的……”

韩翎风也意识到了他姐话里有话，淡淡地回答她：“我知道。”

韩莎莎：“你知道什么？”

韩翎风转过头，盯着他姐：“你刚才说的。”

她刚才说什么来着？她只是想夸一下这妹子不错，让她弟好好把握……等等，身材不错？韩莎莎一脸震惊：“你看过了？”

韩翎风嘴角抽搐：“从你的语气里我就知道你想歪了，我警告你，最好收起你那正在飞往冥王星的脑洞。”

虽然，他的确差一点看见过。

哎，都是一个妈生的，为什么差异这么大？她弟在家里平时对待家里二老都挺温柔的，怎么面对她就成面瘫了呢？韩莎莎捂着胸口，痛心疾首：“你居然这么跟你姐姐说话。”

韩翎风：“等你什么时候把喊我的口癖改了，我就考虑对你和善一点。”

沉默一下后，韩莎莎狐疑地看着他：“你对你们家伊妹妹也是这态度？”

韩翎风叹了口气，示意韩莎莎看向面前的小屏幕：“她和你不一样。”

不一样？苏伊是你谁哦？

韩莎莎喃喃道：“我愚蠢的弟弟哟……”

韩翎风和韩莎莎闲聊间，隔壁 CNZ 战队的抽签结果也已经出来。众望所归，他们的队长梁祈直接就被推上了舞台。

主持人看见这对诡异的 PK 组合，蓦然嘴角就荡漾开了笑容：“SNM 战队同时也是 LPL 首位女性职业选手伊妹对阵 CNZ 战队王牌祈神，哇，这场 PK 实在是太有看点了。”

苏伊看向隔壁的梁祈，心里顿时咯噔了一下：完蛋了！居然对上了一个王牌选手。

虽说梁祈年龄不大，但是在 LPL 活跃的时间比较久，听说刚满十六岁的时候就被 LSPL 的某战队挖走，没多久就转战加入到了 CNZ 战队，一年不到就成了队长。

阅历和资历自然不用多说，苏伊只祈求这一轮的题目不要那么刁钻，至少能答对一半，到时候节目放出来也不会太衰。

见对面CNZ战队抽到了祈神，咖啡拍了一下大腿，叹了一句："不妙，伊妹竟然对上的是祈神。"

闪电靠在一边，摇了摇头："老牌打野对战强势辅助，这把真人solo的对决，Riki，你怎么看？"

许瑞奇比苏伊看起来还要紧张，双手握拳，像是要答题的是他一样："什么怎么看？我赌今晚夜宵，我妹赢！"

咖啡："你问他这个'妹控'是没用的，风神，你说呢？"

韩翎风被咖啡问到后，蹙了蹙眉头，一直盯着台上的苏伊，语气有些担忧地说道："如果是苏伊擅长的领域倒是好说。"

闪电忍不住在一旁吐槽："喂，只是娱乐节目而已，你们一个个搞得像真枪实战要打仗一样，闹哪样？"

这边，舞台上主持人开始说明第一轮答题环节的规则。双方同时回答十个与《英雄联盟》有关的题目，将答案写在题板上。答对一题加一分，答错不扣分。

主持人："那么第一题，中路第一座防御塔的第二件装备叫作什么？"

这种神仙问题是谁想出来的？

苏伊看了一眼旁边的梁祈，嘀咕了一句："防御塔还有装备？"

梁祈也是一脑袋的糨糊："好像有……但是我也不知道叫什么。"

好歹你还知道有，她是从来就没注意过啊！

站在台下的许瑞奇扯了一下韩翎风的衣角："谁没事去关注防御塔穿什么装备啊，风神，这种问题你不会也能答出来吧？"

韩翎风摇头，拖着长长的尾音，叹息："不，这个细节我也没注意过……"

闪电："都说这个节目的问题很变态，见识过隔壁棚子的问题后，再来看我们这边，我只想问一句，这台本是哪个人才写的？"

韩翎风指了指旁边正聚精会神看着面前小屏幕的韩莎莎："我姐。"

"哦，那我就不意外了。"

第一题，两边的队伍都没有回答出来。

CNZ战队众人站在下面同样一脸迷糊，小妖掏出手机在网页上搜了搜，并没有搜出相对应的答案，不由得感叹道："也难怪祈神答不上来了，连搜索引擎都找不到答案，他怎么会知道？”

上单大黑跟着附和：“就是，像我们这种强迫症战队都不知道的问题，对面伊妹怎么可能答上来？”

他刚说完，就被中单阿夜猛敲了一顿脑袋：“有谁会说自己是强迫症战队的？”

辅助糯米示意队友别再讲话：“阿夜，嘘，第二题开始了。”

主持人：“第二题，荆棘之兴婕拉和哪个英雄之间存在游戏彩蛋？”

话音刚落，站在台下的韩翎风嘴角就微微上扬。

梁祈：“荆棘之兴？”

苏伊：这个问题，她知道！

苏伊拿起油性笔唰唰唰地就在答题板上写下了自己的答案。果然还是本命英雄的题目靠谱啊，不得不说这道题目也算很难的了，如果不是经常玩婕拉这个英雄，根本不会发现这个隐藏的彩蛋。

然而隔壁的梁祈已经是一副死鱼眼的模样，这节目玩他呢？他压根就没怎么玩过婕拉，怎么可能会知道这道题目的答案！《英雄联盟》一共一百多个英雄，随便写一个也就是一百几十分之一的概率……好吧，几乎可以忽略掉了。

第二题，苏伊加一分，梁祈不加分。

正确答案和她写的一样，是曙光女神。由于“光合作用”在曙光女神的日蚀技能伤害到婕拉的同时，她的体形会微微增大。

梁祈目瞪口呆，这也行？

之后七道题目下来，苏伊答对了四道，梁祈也答对了四道。目前，SNM战队五分，CNZ战队四分。

许瑞奇站在下面摩拳擦掌：“只要这道题目我妹能稳住，老司机就不怕翻车了。”

闪电天真地看着他：“伊妹哪里老司机了？”

咖啡：“他是说他自己，说白了就是晚上不想请夜宵。”

主持人：“看来第一轮答题环节，两队竞争很激烈啊，那么请听最后一题。在《英雄联盟》游戏中，超神意味着连续拿下八个人头，其间没有被敌方英雄击杀过。那么请问，超神的英文怎么拼写？”

苏伊："超神的……"

台下的韩翎风："英文拼写？"

许瑞奇听完后两眼一闭，恨不得分分钟去挠背后的墙壁。

闪电见状问了一句："Riki，你做什么？"

许瑞奇欲哭无泪："我妹什么都好……就是英文不好……"

咖啡"啧啧"了两声："不对啊，不是说之前伊妹还去美国看过S6的小组赛吗？"

许瑞奇："能靠翻译App拯救的缺点，都不是缺点。"

听到题目后，CNZ战队全队队员顿时松了一口气。哎呀，还以为是什么题目呢，原来是英文啊，要知道他们队长英语过了六级呢！

小妖得意地看着台上，旁边的大黑说道："祈神，这题没问题吧？"

小妖："没问题，前两天我们俩闲得无聊还去搜了一下。"

阿夜竖起了大拇指："虽然我很想说你们有毛病，但还是要夸你们一句，干得漂亮！"

舞台上，苏伊焦急地看着答题板，却迟迟下不去笔。为什么是"超神"？如果是双杀、三杀这样的词她还会一点啊……

她闭上眼，努力回忆了一下发音……但是发音会，不代表英文单词她会写出来啊！

这英文单词是要怎么拼！？

她的余光瞟到了隔壁的梁祈，对方胸有成竹地在答题板上写下了答案，然而她的题板还是一片空白。

啊，不管了！

"嗯？伊妹在答题板上写字了。"闪电指着舞台上说道，"难道她知道吗？"

许瑞奇愣了愣："啥？"

于是，在苏伊亮题板的一瞬间，全场静默了。

因为，她的答题板上写着四个大字——"来津德瑞"（英文：Legendary）。

苏伊羞红脸看向主持人，接着她很快就发现舞台下的韩翎风很不厚道地笑了。

几乎所有在场的人员都被她的“来津德瑞”萌哭了，CNZ 战队的人看到这一幕也忍不住笑了起来。就连主持人也强忍着笑意欢送她和梁祈下台，迎接下一轮对决的两名选手，许瑞奇和 CNZ 的糯米。

苏伊遮住半张脸走到 SNM 战队这边，经理太一捂着肚子笑不停，抹了抹眼角的泪说道：“苏伊，你可真是会为节目增加效果，想不到你挺有幽默细胞的。”

她明明只是不想交白卷而已，你们的笑点到底从何而来？

苏伊鼓着嘴闷闷不乐，然而她发现站在不远处的韩翎风也嘴角含着笑意，一直盯着她看。虽说不是第一次被韩翎风这么关注，但是一想起刚才韩翎风那抹很不厚道的微笑，她忍不住问：“你这是什么眼神？”

韩翎风走到她的身边，在她耳边低语：“还不错。”

“啊？”

“和对面队长势均力敌。”

“我很真心诚意地当你在夸我。”

韩翎风抚着唇看向她，而后笑了笑：“剩下的交给我。”

“嗯？”她歪着脑袋看着韩翎风的侧脸，这时舞台上已经进入到了第二轮的答题环节。苏伊立即把注意力集中到看起来比她还要紧张的许瑞奇身上。这下大概不太妙，依照苏伊对她哥这十几年的观察，通常打比赛许瑞奇一摸到鼠标键盘就能舒缓下来，可这次根本就没有键盘鼠标给他嘛。

不过老将到底是老将，许瑞奇最后几道问题全部稳住，积分瞬间反超 CNZ 战队。

之后咖啡和闪电也发挥超常，一看就是为了节目特意去做了准备的，难怪前段时间他俩都不上分了，躲在房间里不知道干啥。

积分相差不大，双方战队最后压轴的分别是韩翎风和小妖，双 ADC 之间的爱恨情仇。

显然，小妖对被称为国服第一 ADC 的韩翎风抱有很强烈的敌意。可是仅仅抱有强烈的敌意是不够的，因为小妖几乎是被韩翎风秒杀下了舞台的。

嗯，这样的结果其实大家并不意外。

梁祈幸灾乐祸地拍了拍小妖的肩膀：“妖妃，厉害了。”

小妖给他丢了一记“卫生球”：“你居然好意思嘲笑我！你和对面辅助

妹子 PK 都打个平手，你好意思？”

梁祈扭过头把视线对上苏伊，此时她正和 SNM 战队的其他队员站在一起，笑得十分灿烂。

“她对某些领域的知识掌握得比我还要专业。”梁祈很是佩服地说道。

还沉浸在悲伤中的小妖睨了他一眼：“无非就是那些英雄，眼位，彩蛋……”

“最后那个‘来津德瑞’倒是把我逗乐了。”梁祈望天想了想，悠悠道，“我更加期待下周的夏季赛了。”

从摄像棚到化妆间的路上，SNM 战队一阵欢闹，以咖啡为首的吃货们商量着晚上去哪里吃大餐。

或许是这次节目赢了 CNZ 战队，太一的心情看上去十分好，甩下一句：“晚上随便吃，我请客。”

闪电：“西餐！”

咖啡：“泰国菜！”

许瑞奇：“日本料理！”

太一顿了一下：“你们能统一一下意见吗？就你们这默契，还想着下周的夏季赛碾压其他十一支队伍吗？”

每年的 LPL 由春季赛和夏季赛组成，每季分为常规赛与季后赛两部分。常规赛积分排名前八的战队将晋级季后赛，为赛季总冠军以及高额的赛事奖金继续展开争夺。积分和排名垫底的队伍必须和下级联赛中的顶尖队伍进行升降级赛决定是否能够保级。而夏季赛的冠军则可以拿到直接通往 S 系列比赛的门票。

走在前面的一行人一边闲扯一边继续朝化妆间走去，韩翎风走到一半忽然停住脚步，他低头看向正扯着自己衣袖的人：“怎么了，苏伊？”

苏伊看向隔壁通道的后门。她指了指那边，说道：“风神，我有点事要去解决一下，你们在大门口等我可以吗？”

聪明如他，很快韩翎风就想到了什么，他看向她：“要我陪你吗？”

韩翎风的话让人有些出乎意料，苏伊愣了一下，之后摇头，转身指着后门的方向：“不用了，我一会儿就来。”

韩翎风望着她的背影，只觉得心中有股清新甜香微醺开来，让人感觉尤为清冽。

亦如那时。

苏伊走到后门的时候，章昊已经站在外面了。

她努力让自己看起来不要那么懦弱，冷着一张脸就走了过去："有什么事快点说吧。"

章昊靠在墙上，看向她，问的问题也不含糊，直入主题："苏伊，你以前是不是喜欢过我？"

这问题直接让苏伊破了功，她立即整理好表情，叹了口气，老实回答："嗯，高一那会儿吧。"

章昊对她的反应也不惊讶："其实我也察觉到了，只是那时候年龄小玩心太重，脾气也不好。"

这"画风"是怎么回事？苏伊腹诽。

"那你现在还喜欢我吗？"

"不喜欢了啊。"苏伊说道，语气显得有些无奈，"你也知道，念书的时候女生都喜欢颜值高点、学习成绩好点、运动神经强点的男生……"顿了一下后，苏伊接着说道，"现在我……"

"你是不是喜欢上了韩翎风？"章昊看着她，模样一本正经。

苏伊站在微风中，思绪和飘舞的秀发一样凌乱万分。她呆滞着一张脸，微微张开嘴："你说什么？"

章昊轻轻皱了一下眉头："你难道不是喜欢韩翎风吗？"

"我……"苏伊甩了甩头，把思绪拉扯回来，"我对风神……"

"好了，你不用说了。"章昊打断她，微微舒了口气，"其实有些缘分是强求不来的，说到底高中那会儿的感情哪里能当真呢，缘分很重要。"

兄弟你自己忽然就觉悟了，这剧本是不是不太对？

"虽说被拒绝是有点不爽，不过我来找你重点不是要说这些。"章昊看着她，"今天和我们对战的AK战队你应该知道吧？他们在LPL也有战队的。"

AK战队？苏伊想了想，这个战队的名字有点耳熟，好像在LPL是有他们的队伍。

“AK 战队的《英雄联盟》分部啊，好像知道一点，不过上个赛季在 LPL 发挥得四平八稳，没什么特点的战队。”苏伊若有所思地说道，有些不太肯定，毕竟她并不是对 LPL 所有战队的名字都记得十分详细。

“今天，在和 AK 战队的《守望先锋》队伍 PK 之前，我们队的队员无意间听到他们提及过，这次的夏季赛他们也要纳入一位新人，听说是《英雄联盟》韩服十分强力的路人王。”

韩服的路人王？韩服除了 LXH 战队的大魔王宙斯之外，其他 LXH 的选手都位于榜首前十。韩国其他战队的选手也都具有雄厚的实力，至于韩服的强力路人王，她还真不知道，也没去关注过。

“听说就连韩国那边都没有消息透露出来，这次的 LPL 夏季赛我劝你们最好小心应对。”章昊说道，“毕竟我们都是一个俱乐部的，我当然不希望你们输掉比赛。”

好像说得有点道理，看章昊的表情也不像是开玩笑：“我会注意的。”

章昊努了努嘴，最后小心翼翼问道：“真的不考虑一下我？”

苏伊顿了一下，想起之前的黑历史就想撞墙，直接一拳头打在章昊的胸前：“死都不考虑！”

“你怎么一言不合就打人啊？”

“打你是为了我的少女心！”

“喂，苏伊。”章昊看着她，“你是不是喜欢韩翎风？”

苏伊转头，像是在逃避：“你为什么老把我和风神扯一起，就因为我和他一起打下路吗？七七那家伙也说，辅助和 ADC 自古剪不断，理还乱。”

这句话果然有避重就轻的意味，章昊眨眨眼：“我还以为你和他之前就认识了。”

“嗯？你为什么这么说。”

“你表哥不也是我们学校的吗？韩翎风之前又参加过学校附近的网吧 solo 赛，他们俩一起加入的 SNM 战队，我还以为你们早就认识了。”

“你想多了。”

和章昊的事总算告一段落，苏伊在化妆间换好衣服就直接拎着包奔去大门。刚才和章昊闲扯的时间太久，手机又不在身上，回到化妆间的时候发现手机里早就有十几通未接来电，大部分是许瑞奇的，还有一个未接来电是韩翎风的。

由于太专注于看手机，苏伊下台阶的时候差点扑了个空，下一秒她却跌入了一个怀抱，她嗅到了一股熟悉的柠檬香。

“你打游戏的时候可没这么不专注。”声音在她的头顶上响起，苏伊抬起头便对上韩翎风的眼眸，深邃如星辰。

“你是不是喜欢韩翎风？”

章昊刚才的问题在耳边回荡，柠檬清新的香味令苏伊的脸蛋渐渐红起来，这感觉漫过周遭所有的吵闹声。

是的，一切的一切，按部就班，来得恰到好处。

第六章

瞄准目标射击

❤❤

当初为什么会去玩《英雄联盟》这款游戏？

这个问题对于韩翎风来说，和大部分网瘾少年的答案一样，因为这款游戏好玩，喜欢玩，周围的人都在玩，所以才去接触它的，不是吗？

之后，就陷入其中，无法自拔了。

他也从未想过自己能在这方面发挥卓越，从当初定位赛打完的黄金分段到最强王者，花了究竟多少时间，他也未去仔细在意过。

只是当韩翎风意识到这不止是一个人的游戏，而是一种荣耀的时候，已经是在 S3 赛季的季后赛了，那时正是一年的寒假。

他姐韩莎莎放寒假回来，就一直嚷嚷着让他这位王者弟弟带她上段位，可惜他一直太过专注上分，完全没把他姐放在眼里。

这天正好家里网线出了点问题，韩翎风打算去网吧，走到门口看了韩莎莎一眼："我去网吧，一起吗？"

韩莎莎还坐在沙发上看狗血电视剧，听着她弟主动带她开黑，一个滑步就冲了过去："去去去。"说完拿起外套就走。

"可是你不是感冒了吗？外面那么大的风，没事吧？"韩莎莎临走前特意看了他一眼。

韩翎风面无表情地应了声："没事。"

"不行不行。"韩莎莎摇了摇头，从房里拿了个黑色的口罩递给他，"戴着。"

韩翎风压根不想理她。

"我叫你戴着！"

最终，韩翎风还是接了过去。

"坐在四十三号机的是来自艾欧尼亚的最强王者大神。"

韩翎风无奈极了。

网吧的播报系统响起后，韩翎风明显察觉到周围的人对他投来各种眼神，惊喜、羡慕、嫉妒，还有不屑。

坐在他旁边的韩莎莎别提多骄傲了，嘴角都快翘上天了：“有个王者弟弟就是好啊，嗬瑟都能带上我。”

韩翎风没说话，开了一把匹配，选英雄的时候，看了他姐那白银账号一眼：“选辅助。”

韩莎莎不高兴：“为啥？我想走中单。”

韩翎风此时正好锁了一个 ADC：“你跟着我，下路通关。”

“偏不！”韩莎莎立即抢在路人前面锁了一个光辉女郎，“不喜欢和你挤在下路，你对辅助这么情有独钟的话，自己找个女朋友给你打辅助呗，嘿嘿。”

韩翎风睨了她一眼没说话。

韩莎莎的号虽说是白银，技术也不尽如人意，但是跟在韩翎风这位王者级别的人物后面，还是可以狠狠地上一拨分的。打了一下午，全胜，韩莎莎看着满屏幕绿油油的战绩笑得乐开了花。

“喀喀。”韩翎风坐在旁边，准备再开一把。

韩莎莎把耳机摘下来：“小风，你咳得好厉害啊，要不要我去楼下买盒药？”

韩翎风摇了摇头：“不用。”

“那我去吧台给你点一杯雪梨茶怎么样？”她说完指了指吧台的方向。

韩翎风看了过去，最后起身：“我自己去，你等我一下。”

原本只是去吧台找服务员点一杯雪梨茶而已，却被告知煮好的雪梨茶已经被人点走，而且那人就正好站在他的旁边。他看了一下旁边的人，是一个女生，黑色的中长发，穿着粉色的棉袄，把自己包裹得严严实实。

对方看了他一眼，转头趴在吧台上说：“那杯雪梨茶我不要了，给我一杯红枣茶好了。”

“好的。”

韩翎风愣了愣，低头看向她：“不用的，你先来的给你就好了。”

女生笑了笑：“看你戴着口罩肯定是感冒了，他们家的雪梨茶很好喝的。”

之后韩翎风的目光便一直在她的身上，直到目送着她走到自己的电脑上，戴上耳机。

“同学，你的雪梨茶。”

如果不是服务员的声音在他的侧面响起，他的目光可能会一直不挪开。

从吧台拿了雪梨茶后，韩翎风特意从女生的身后经过。她的电脑屏幕上，刚开始一把《英雄联盟》的匹配赛，她玩的是辅助位置。而她旁边电脑的男生，和她正进行同一局比赛，玩的打野。

接着韩翎风便站在她的身后，在她未察觉的情况下，围观她前半局的比赛。

离开时，他特意看了一眼她的 ID——伊妹，真是女孩子会用的名字。

回到位置上的时候，韩莎莎正在看新一期《英雄联盟》的搞笑视频剪辑，笑得像个傻子一样指着电脑屏幕说："你看这两个盲僧对着乱秀，笑死我了。这类视频挺有意思的，等我今年毕业了，我就先去实习节目策划。哎，你刚才在那边站那么久干吗？"韩莎莎说完把视频网页关掉。

韩翎风看向某个方向说道："遇见一个女生也在玩《英雄联盟》。"

"操作怎么样？"

"比你强。"

"你胳膊肘怎么往外面拐？！"韩莎莎咬着牙。

韩翎风没理会她，打开盒子在"战绩查询"的面板里输入了"伊妹"两个字，顿时出来结果："伊妹，一区，艾欧尼亚，荣耀黄金一。"

"你在搜谁的 ID 啊？"韩莎莎凑过来看了一下，"这个人是谁？"

韩翎风看了一下近期的战绩后，直接关掉了页面，答道："没谁。"

韩莎莎古怪地看了他两眼："雪梨茶，记得快点喝！"

韩翎风摘下口罩，拿着杯子便喝了起来，眼睛却一直盯着某个人的身影……

"风、风神，那个……手……"苏伊的脸羞得绯红，为了维持平衡，她一直拽着韩翎风的衣角，而且她发现现在的距离实在是太近啦！

韩翎风顿了一下，这才注意到自己的左手正揽着她的腰，温热油然而生，他缓缓把她放开。

苏伊松了口气，偷偷看了韩翎风一眼，这位活跃在职业赛场上的少年，无论何时都具有一种让人挪不开目光的魔力。即便他们住在一个基地里这么久，苏伊有时候看着他还是会有些小小的心悸。

韩翎风一直没开口，苏伊忍不住打破沉默：“我哥他们呢？”

“Riki 他们先去点菜了。”

居然不等她就先走了！？

韩翎风看着她气呼呼的样子，像往日那样轻轻揉了揉她的头，口气很轻松：“就在附近的火锅店，不远，所以我在等你。”

“还是你最好了。”苏伊说道。

韩翎风微微一愣，停住手里的动作：“走过去五分钟，我们去买饮料吧。”

“好啊好啊。”

“你要喝什么？”韩翎风问道。

苏伊努着嘴刚想开口，便听到韩翎风接了一句话：“蜂蜜雪梨茶吗？”

“哎？”苏伊眨了眨眼，“你怎么知道？”

他怎么知道？他当然会知道啊。

“男人的第六感。”韩翎风半开玩笑地说道，然后走进附近的一家冷饮店。

苏伊跟在后面走了进去：“什么男人的第六感啊，听起来感觉好可怕的样子。”

韩翎风：“可怕？”

“对啊。”苏伊点点头，“第六感其实就是所谓的意识，我终于知道风神你打游戏为什么这么厉害了，通常玩游戏就是靠的意识，难怪你的心思这么缜密。”

韩翎风盯着她的脸，笑了笑：“谢谢夸奖。你的‘来津德瑞’也很不错。”

她居然被调侃了！不过这也在她的预料之中，“来津德瑞”大概会成为她职业生涯里的一个黑点了吧？而正如她所想，在《联盟大拷问》SNM 战队和 CNZ 战队那一期节目播出来的时候，SNM 战队的官方微博就被粉丝刷爆了。

SNM 战队的官网微博转发了那一期视频，并配文：“伊妹本期将演绎‘超神’的正确姿势。”

下面全是粉丝们的留言。

娜娜：“哈哈哈，我伊妹实在是太可爱了！”

SNM 战队一生推：“救命！被伊妹萌出血！来津德瑞，哈哈哈哈……”

风神的小迷妹：“完蛋了，被圈粉了怎么办？好萌。”

加菲猫：“哈哈哈，毕竟伊妹玩的是辅助位，辅助很难超神的，拼不出来很正常，我们能理解能理解！”

战队里的每个人都转发了那条微博，就连韩翎风也不例外。

苏伊看着自己微博内不停飞速增长的消息数量，有种欲哭无泪的感觉。

这时，夏七七的微信也很适时地发送了过来。

七校长：“哈哈哈哈哈哈哈，厉害了我的伊，来津德瑞是什么鬼？”

Suee：“我说我是纯粹增加节目效果的，你信吗？”

七校长：“信啊，必须信！你以后退役了肯定是个搞笑主播。”

Suee：“翻船！”

苏伊这头还在手机拿吧嗒吧嗒地打字回击夏七七，那头教练阿炎就跟太一一起从夏季赛的抽签仪式上回来了。

许瑞奇率先问道：“怎么样？”

太一摸了摸下巴，有点沉重：“被分到了B组，和CNZ还有AK一个小组。”

咖啡笑着：“都是小意思啦。”

韩翎风凝眉：“CNZ战队先不管，那个AK战队……”

“对，他们的新ADC是韩服的路人王，Master。不仅如此，他们把原先的首发辅助也换下来了，是前韩国MAX战队的辅助，小北。”太一打开手机屏幕，把微博界面打开给韩翎风看，“手续早就办下来了，却在抽签仪式前一个小时才发布消息官宣。”

那天她从章昊的口里得知这个消息后，就告诉给了太一，可是AK战队那边把消息封锁得太死，完全查不到一点口风。

而韩服的路人高手实在是太多，根本就猜不到是谁。并且这次AK战队还一次性纳入了两名韩援……看来他们这次是下了大手笔啊。

教练阿炎严肃地看着苏伊说道：“苏伊，你的手续已经办下来了，这次的夏季赛，好好表现一番吧。”

“好。”苏伊应答。

不知道为什么，她竟然在比赛的前几天感受到了无尽的压力。

由于夏季赛的降临，整个LPL赛区的队伍都进入了备战的状态。

太一先后约了LPL的其他战队进行训练赛，UG、HY以及在S3赛季曾经称霸一方的LOOK战队。唯独令整个LPL最在意的AK战队迟迟没有出面接招，除了SNM战队外，其他的几支队伍都尝试去约过训练赛，但都碰了一鼻子灰。

“一个曾经的保级队居然高冷到看不起我们UG？居然嫌弃我们弱，我们去年是没有打进S6，但他们AK战队呢？我发誓这个夏季赛要把AK这支垃圾队打得满地找牙！”

太一播放完来自UG战队经理的语音后，整个大厅都静默了。

大约三秒后，咖啡打破了寂静：“AK战队这架子摆得够大的啊……高冷风明明就是我们队的风格嘛。”

苏伊躺在沙发上，捏了捏抱枕，说道：“我们队伍的风格分明就是弱智风……”

闪电一听立即划清界限：“那是因为伊妹你的‘来津德瑞’拉低了我们整个队的智商。”

苏伊把手里的抱枕直接扔了过去：“你怎么不说我还拉高了整个队的颜值呢？”

闪电伸手稳稳接住苏伊扔过来的抱枕，刚想反驳就发现自己两侧的许瑞奇和韩翎风投来了警示的眼神，顿时吓得一句话都不敢说了。

韩翎风斜靠在沙发旁边，像是思虑了很久，分析道：“难道AK那边是有什么特殊的战术不想让LPL的队伍知道吗？”

太一把手机收进口袋里：“听说他们最近只约了北美和我国台湾的两支战队，其他的就不清楚了，搞得这么神秘，大有问题。”

许瑞奇点了点头：“我和风神的想法一样，如果不是有特殊的战术，他们没必要避开LPL的所有队伍。”

韩翎风：“而且他们大可在打训练赛的时候隐藏实力。”

咖啡一脸迷糊地眨眨眼：“醒醒啊各位，我们LPL是同一阵线的好吗？都是要在未来吊打韩国队，拿下S系列冠军的队伍！”

闪电也附和着：“他们这么玩，有啥好处？”

韩翎风顿了一下：“难道说那件事……”

苏伊坐在旁边，托着下巴想了想：“什么事？还有那个Master到底是什么样的人物，中国大陆这边对于他的资料不多，韩国那边虽然能翻墙去看，但是完全看不懂。”

许瑞奇悠悠地说道：“如果说LXH战队的Zeus是《英雄联盟》里的神话，那么Master就是《英雄联盟》里的传奇。”

苏伊一颤：“有这么夸张？”

许瑞奇睨了一眼韩翎风：“前两年风神还玩韩服的时候，应该遇见过。”

韩翎风：“他和Zeus的水平几乎不相上下，但是他的打法比Zeus更加细腻。”

苏伊不解：“幸好他当初没有加入韩国赛区LCK的队伍，不然一个Zeus，一个Master，想一想就心好累。”

太一轻飘飘地瞥了一眼苏伊，一副“小妹妹你还太年轻”的语气说道：“看来苏伊你还是太少关注其他赛区的八卦了。”

她连LPL的八卦都懒得看，更何况是其他赛区！

“Master是公认的韩服最强玩家之一，据说早些年电竞不景气的时候，他曾经接过代练的单子，要知道韩国那边最忌讳这样的事情。于是，官方下令把他的账号封了一千年。”

苏伊：“一千年？”这跟永久封号有什么区别？！

韩翎风点了点头，接着太一的话说：“不仅如此，去年Master曾经组织过一支民间战队，并且成功打进了韩国某高端联赛，但是在此期间，韩国官方再度封掉了Master在韩服的最强王者四百点的小号。”

苏伊心想，最强王者四百点了还小号呢，不对，又被封？这是有多大仇呢？

闪电趴在旁边说：“竟然还有这种事，我要是Master，就算韩国队跪下来求我去打职业，我也不会去了。”

咖啡赞成地点了点头：“所以他选择加入LPL的AK战队，还这么拼的原因……”

韩翎风：“应该是Master打算报复LCK。”

太一一拍大腿，像是醒悟了一般：“你这么说我就想起来了，小北和Master听说以前是老同学。”

SNM战队众人惊呆了。

这就更加说明，AK战队此次是朝着夏季赛的冠军宝座而去了。

许瑞奇此时此刻终于拿出了作为队长的威严，非常严肃地说道：“不管他们的目标是什么，我们都不能放松警惕。”

“是。”

SNM战队在第一周只有一场比赛，对战的是CNZ战队。而第一周还有一个重头戏，那就是AK战队的比赛。

并且AK战队还被粉丝们戏称为夏季赛最为神秘的战队。

苏伊坐在电脑前，刚刚单排完一把排位赛，连续几天的不间隙训练，导致她全身肌肉酸疼。她靠在椅背上，伸了个懒腰，回头看了一眼正和许瑞奇一起坐在会议室里的韩翎风。

两个人正在商量战术，SNM战队内他们两个算是队伍的核心骨干。许瑞奇作为队长，决策和计划都很老练，而韩翎风的头脑自然也不用多说，也配合着思考了好几套方案。

苏伊的眼神停留在韩翎风的身上，从她的角度正好能看到他俊俏的侧脸。他的脸部轮廓在昏暗的灯光下像是附上一层荧光，而那双眼眸里也透露出沉着与冷静。

看着看着，苏伊捧着微微发红的脸，摇了摇头，继续下一把排位赛。

韩翎风面前的笔记本电脑屏幕上，显示的是自己战队和CNZ战队打训练赛时录制的视频，他指了指其中一拨团战，说道：“祈神这拨操作，还有糯米这里的细节，都可以看出他们队下了功夫。”

许瑞奇赞成道：“嗯，这次的版本，下路已经不是很强势了，我打算从上路开刀。”

韩翎风：“可以，下路我和苏伊可以处理得很好。”

一说到苏伊，许瑞奇就一阵担忧：“苏伊她第一次正式上场，不排除有紧张过度的可能，万一在赛场上出现什么状况，对她来说……”

韩翎风听完，看向坐在客厅的苏伊。夜已深，她靠在椅背上，手指飞快地在键盘上进行操作，专注地看着屏幕中心的英雄。

思量后，韩翎风偏过头来，说道：“没事的，我相信她。”

转眼间，LPL夏季赛常规赛第一周的比赛就打响了。

光是“LPL 史上第一位女性选手”以及“韩服神秘路人王 Master”的噱头就足以让第一天的门票被炒上天。

“我心中简直一万只羊驼狂奔而过，你知道第一周第一天的票有多难买吗？我们全家老小一起抢，居然都没抢到，最后我还是从黄牛那儿花了三倍价钱买来的！你就说你感不感动！”

去往会场的路上，苏伊接到了夏七七的电话。没想到她真的买了飞机票连夜飞到上海来看她的首秀，还特意花三倍的价钱买黄牛票。

苏伊这头感动得热泪盈眶：“不多说了，七七你果然是我的亲闺密。”

夏七七似乎已经赶到了会场门口，伴着吵闹声，她说道：“所以风神之前答应帮我签名的棒球帽你带来了吗？”

苏伊：“七七，你知道有句话怎么形容傻瓜的吗？那些感动不过三秒的女人都是傻子。”

夏七七被逗得哈哈大笑：“不多说了，今天的比赛好好加油！打死那群瞧不起女性选手的人！”

“知道了！”

苏伊挂了电话，正巧 SNM 战队的保姆车也开到了会场外。

此时，门口早已围满了记者和一群吃瓜群众，拿着手机、相机对着 SNM 战队的选手们一路狂拍。

苏伊是最后一个下车的，前面下车的韩翎风特意回头拉了她一把。

她刚落地就听到周围有女粉丝吐槽道：“下个车还要风神去拉她，以为自己是小公主？！”

“得亏我老公是闪电，不然他长期和女人腻歪在一起打下路，那我还不吃醋吃死了？”

“矫情。”

苏伊：唉，果然还是被吐槽了啊。

韩翎风似乎也听到了，朝那个方向看去。几个女生立马不说话了，拿着手幅向后退了两步。

苏伊看向他：“其实没关系的。”

韩翎风叹了口气，抬起手按住她的脑袋：“头发翘起来了。”

苏伊无语。

“快进去吧。”

“好。”

她的头发哪里那么容易翘起来啊！

去往选手后台的途中，SNM 战队一行人就看见不远处的 AK 战队一行人从前面经过。苏伊一眼就扫到了站在队伍最前面的男生，不是很高，但眼神里透着一股狠劲。

苏伊：“那个最前面的人……”

韩翎风：“嗯，是 Master，跟在他后面那个染了黄头发的就是小北。”

苏伊：“光看外表，他们这下路组合就很凶的模样。”

SNM 战队今天只有一场比赛，对手是 CNZ 战队。而 AK 战队今天的对手则是前段时间给太一发来吐槽语音的 UG 战队，剩下的则是其他在 LPL 也具有一定名气的战队。

太一站在苏伊旁边，说道：“我的伊妹，你先关注一下今天和你们打比赛的处女座吧，糯米和小妖这段时间也有好好磨炼的。”

话音刚落，CNZ 战队便紧随其后从大门外走了过来。走在最前面的梁祈，和走在队伍最末尾的苏伊撞了个正着。

SNM 战队众人纷纷转头，对上 CNZ 战队。

梁祈微微一笑：“真是好巧呢，你们也刚来吗？”

许瑞奇大步上前：“是啊。”

“说起来今天第一场比赛就是我们呢，请多指教。”

“彼此彼此。”

如果意念能具象化的话，苏伊觉得此时此刻的场景一定是天雷勾动地火。

好在和 CNZ 战队的对峙时间不算太久，两队的教练打了个照面就各自领着队员回到战队的休息室内调整状态。

平时在休赛期，LPL 各队私下感情也很不错，偶尔也会约出来聚聚会什么的。可一到比赛期，就立马翻脸不认人了，战队与战队之间的火药味十足。

苏伊坐在角落里，捧着脸努力使自己镇定下来。

临赛前，韩翎风看向身旁的苏伊，而她也明显察觉到自家搭档有话要说，眼睛直直地看着他。良久后，韩翎风只是弯下腰在她的耳旁轻轻道了一句：“加油。”他的声音低哑，语带关切。

舞台上的灯光十分耀眼夺目。

两队的选手相继登场，苏伊是SNM战队这边最后一个登场的。作为LPL首位女性成员，她的出场引来不小的热潮，甚至还有粉丝高举着“伊妹嫁我”的灯牌。

向观众们挥手致谢后，两队各自回到位子上。调试外设设备的时间，坐在正中间的闪电戴着耳麦笑嘻嘻地在语音频道里调侃道：“不错啊伊妹，首次登场就有粉丝要你嫁了。”

咖啡端着水杯喝了两口：“还是个妹子，看来你真是男女通吃。”

苏伊这会儿刚把机械键盘连接好，从桌子下面探出脑袋：“我不搞这套。”

“对对对，反正你都有风神了。”闪电说完就用胳膊撞了撞旁边的韩翎风，接着就察觉到他脸上的表情透露着一丝担忧。

身后的教练阿炎抡起一个小本子就朝闪电的脑袋挥舞过去：“话这么多，你们是不是想语音通过《联盟麦克风》传达给整个电竞圈的朋友？”

《联盟麦克风》的语音及其视频素材全部选自职业赛场中选手的原话。配合幽默的背景音乐和视频特效，为观众展现了职业选手们独特的个性，简而言之就是职业选手的搞笑视频。

闪电意识到自己的失态，立刻捂住嘴巴。

十分钟后，两支战队选手的设备都已经调试完成，坐在播音室里的两名解说也在为这场拉锯战暖场。随着大屏幕上投射战队选手，现场的粉丝们也是响起了一阵接着一阵的欢呼声。

“SNM战队一生推！”

“CNZ战队加油！”

“风神风神风神……”

“祈神祈神祈神……”

“伊妹！！！”

粉丝们的欢呼声过后，男解说员小白带着笑意说道：“今天的第一场比赛就十分有看头，伊妹，LPL首位女性选手。SNM战队的实力一直都很强劲，伊妹这个新辅助的加入，让我特别期待今年的S系列比赛，雅典娜你说呢？”

女解说员雅典娜看着面前的显示器，顿了一下，中规中矩地分析道：“就目前而言，电竞圈的新闻里没有过多地报道关于伊妹的消息，大多数粉丝也是平时观战她的直播，听说发挥很普通，不知道是不是有隐藏实力。”

小白到底是资深的老解说员，对待韩翎风的操作也有好感，情不自禁地就朝 SNM 战队偏袒，很快他就打转：“不管怎么说，伊妹都是 LPL 难得一见的女选手，我还是希望伊妹能发挥出最佳水平。”

然而，戴着隔音耳机完全没有察觉到自己正被议论的苏伊，正死死地盯着面前的显示器。

因为，比赛已经正式打响了。

一代补丁一代神，到了夏季赛，游戏的版本已经不再偏袒 ADC，而是上单。所以，韩翎风一度引以为傲的暴走萝莉金克丝不能再拿来使用了，并且，此次版本的 BAN 位从各队三个，升级成了各队五个，能使用的英雄越来越难以抢到。

如 SNM 战队所想，CNZ 战队在前后禁掉了苏伊的婕拉，许瑞奇的狮子狗，以及最近咖啡一度苦练的克烈，随后的两个 BAN 位，也禁得毫无人性。

阿炎看着这手禁选，蹙起了眉头，在语音里指挥道：“对方阵容突进太多了。”

苏伊焦急地握着鼠标在英雄界面点来点去：“那要拿风女吗？”

阿炎摇了摇头：“拿璐璐。”

眼看时间快要结束，苏伊立刻锁掉了仙灵女巫璐璐。许瑞奇看着选择的辅助，在语音里质问道：“璐璐？可是苏伊她最近和风神的排位，没怎么用过这个英雄啊！”

韩翎风扭过头朝苏伊看了过去：“用得怎么样？”

苏伊咬着嘴唇，看起来十分紧张：“还可以，打职业以前玩得比较多。”

阿炎叹了口气：“对面的阵容不拿一手璐璐 Counter，下路前期不好打。”

咖啡：“对面这先手禁选太惨无人道了，最近把我们的阵容分析得太透彻了，而且这个版本下路确实很难打出优势。”

韩翎风：“而且他们第一手就抢掉版本唯一的较为强势的辅助——锤石。”

从双方的阵容来看，CNZ 战队更偏向于 Gank 和对线，而 SNM 战队的阵容更偏向于中后期的团战。也就是说，CNZ 战队如果前期建立不起来优势的话，后期就是 SNM 战队的天下了。

所以，他们这场比赛，要针对的点，绝对是……

“咖啡，你上路千万要小心，等我三级后来抓。”许瑞奇在语音里说道。

“知道了。”

比赛一开始，双方选手操纵着英雄在野区站位。咖啡原本想去对面蓝Buff帮打野插个眼，却万万没想到对面五个人全部躲在草丛里，直接就把咖啡的无双剑姬围剿死了。

咖啡：“什么？”

韩翎风立即在语音里询问了一句：“对面有交什么技能没？”

咖啡咬了咬牙：“下路交了个引燃。”

韩翎风在地图内发了个信号，示意苏伊跟着自己躲在下路草丛里：“学Q技能，锤石进草的一瞬间，直接上。”

苏伊按照他的旨意在前方草丛内插了个眼，担忧道：“这样做太冒险了！对面小妖的双招全在的。”

“听我的。”

“好。”

苏伊紧握着鼠标，在对面锤石进草的一瞬间就预判到了他的位置，和韩翎风一起追着落单一段距离的锤石一顿猛敲，直接逼出了对面锤石的闪现，还消耗了他一大半的血量。

韩翎风：“好了，至少在三级前他们不会来干扰我们了。”

苏伊：“锤石的引燃还有大约三分钟时间。”

韩翎风：“三级后确定对面祈神的位置，卡着引燃的时间拼一拨。”

苏伊：“知道了。”

韩翎风思考了一会儿后，在语音里说道：“Riki三级后别去上路，来下路蹲着，祈神八成刷完野区要去上路。”

许瑞奇一愣，而后点点头说：“嗯，咖啡你自己稳住了。”

咖啡：“宝宝尽量。”

结果正如SNM战队所想的一样，梁祈的打野盲僧在三级左右的时候去上路蹲了一拨，好在咖啡意识强大，硬是忍住没去吃过河道的那三只小兵，躲在自家塔下。

“哇，对面这大黑的走位有点明显了啊，祈神这肯定是在上路。”咖啡点了点鼠标，死活不出去。

韩翎风应了一声，看到对面锤石想上前吃被动的时候，说了一句："上。"

苏伊的璐璐立即走上去平A了一顿锤石，对面的糯米似乎没忍住，反手想和下路组合开战，不料自己连续空了两个技能。

接着被韩翎风和苏伊抓住一次机会，硬是做掉了锤石，人头给了韩翎风，还把小妖逼回到塔下，控了一拨左右的兵线，让小妖血本无归。并且许瑞奇的打野蜘蛛从河道走了过来，还预判了小妖闪现的位置，硬是先后杀死了CNZ的下路组合。

"Nice！SNM！这拨赚了！"

"厉害了我的Riki！！"

"SNM战队的下路计算的时间太准了，居然卡着锤石的引燃时间拼了一拨！"

"伊妹的意识竟然比糯米要好很多。"

播音室内的两名解说员看着这一幕也是一阵骚动。

"伊妹的走位可以的，利用走位躲掉锤石的技能，接着闪现加上技能留人，让风神收获到了人头，还控住了兵线。"

"Riki还预判了小妖闪现的位置，CNZ战队这边下路瞬间就不好过了。"

CNZ战队的众人一脑袋的包，梁祈操纵回城的英雄从泉水往下路赶："对面下路还有什么技能？"

糯米也买了装备往下路赶："璐璐双招不在，对面卢锡安手上还捏着治疗。"

梁祈："等卢锡安把位移技能用了就上，你引燃快好了吧？"

"还有十秒。"

几分钟后，双方下路组合到达六级。苏伊在下路河道和对面小龙坑的上方都做了眼位，果然不出她所料，她在右下角的小地图内看到了对面盲僧鬼鬼祟祟的身影。

苏伊："对面盲僧在下路。"

咖啡刚和上路大黑的鳄鱼火拼了一拨，磕了两瓶血药："对面鳄鱼没传送，估计还要一分钟，我这边传送还有大约三十秒。"

闪电的辛德拉把对面阿夜消耗回了泉水，推着兵线愉快地说道："中路妖姬没闪现了。"

“来一下，越塔。”韩翎风说道，然后看了眼时间，“三十秒后下路来一拨，如果没机会就去发育，对面上单的传送一旦好了，我们这边就不要主动开团了，Riki、闪电，你们就围绕上路打一拨。”

“好。”

但是CNZ战队的人毕竟也很老练，大黑的鳄鱼硬是拖住咖啡的剑姬不让支援，阿夜的诡术妖姬也在补给了装备后和闪电拼了一拨，双发都残血，也没谁敢去支援。

双方再度发育一段时间，苏伊一直赖在线上，做在野区的眼早已消失。此时，梁祈的盲僧偷偷绕到了SNM战队后方的草丛，忽然一只眼从草丛外插了出来，苏伊立即察觉到了不对：“他绕后了。”

于是，在梁祈的盲僧摸眼出来的一瞬间，璐璐的控制技能和他的大招几乎是同一时间出现的。苏伊的双召唤师技能还未好，可是对面锤石的引燃早已蓄势待发。

而且凭着盲僧的这一大招，糯米的锤石还很默契地接上了控制技能。

苏伊连忙给自己上了个大招和护盾就往塔下后撤。

紧接着，对面小妖的ADC也冲了上来，打算收掉她这枚残血人头。

“Double Kill！”

苏伊和韩翎风都愣住了。

在璐璐倒地后，看着韩翎风的路线头上冒出了两个“+300”，苏伊狠狠地舒了口气：“太好了，这拨不亏。”

可是，现场上，小白看着这一幕顿了一下：“小妖这闪现点了两下塔是几个意思？”

雅典娜没忍住笑意：“大概是手误……”

由于小妖的操作失误，原本闪现想平坎点死残血的璐璐却手误不小心点了两下防御塔。并且，自家辅助锤石帮忙抗塔也到了血条底线。虽说打野加上下路组合的围剿成功杀死了苏伊的辅助，但这拨配合上的失误直接导致CNZ战队的下路组合白送给了韩翎风两个人头。

就在此时，导播很适时地回放起了刚才CNZ战队下路越塔强杀的视频——

小白：“看，这拨盲僧从三角草丛越塔摸眼的一瞬间，伊妹就意识到了被Gank，反手变羊（控制技能），给自己套盾套大招，减速。然后被打到一丝残血，小妖闪现上来点了两下塔。”

雅典娜跟着分析说道：“这就没道理了啊，锤石白白多扛了两下塔的伤害被风神点死，小妖身上也没闪现，杀死了伊妹自己也被风神和防御塔的伤害打死。只有盲僧一个人撤退，这拨真是血亏。”

解说员的话音刚落，画面就切回到了实时比赛的直播。

在 CNZ 下路打算越塔的同时，许瑞奇的打野带着中路的闪电围绕上路做了一拨推进，三人合力推掉上路一塔，拿下了一血塔的四百块钱。

此时，SNM 战队的经济领先了将近三千块钱左右。

凭着薄弱的优势，SNM 战队的雪球越滚越大，苏伊也把 CNZ 战队这边下半路的野区视野点亮，好几次梁祈想要去下路都被躲过。

看到这里，大多数的粉丝们看出来了一个奇怪的地方：万年喜欢蹲中路的祈神，竟然在这把比赛里长居于下路，这是什么情况？

小白：“看到这里，我发现一个奇怪的地方。”

雅典娜：“祈神针对 SNM 战队的下路组合？”

小白：“对，按照这样分析，下路的韩翎风前期拿了三个人头，又是配上璐璐这样的组合，明显下路不好抓。”

雅典娜：“或许 CNZ 战队这边有什么特殊的战术？”

战术那都是坑人的！

CNZ 战队这边万万没想到竟然给 SNM 战队这边放出一手璐璐的辅助，每次打团，只要梁祈的盲僧想要进去开团就被变羊，就算没有变羊的技能，苏伊也死死捏着大招的击飞，怎么样都把韩翎风的 ADC 保留到了团战最后。

这把 BAN/PICK 环节上的差错，和下路越塔上的失误导致 CNZ 战队在比赛进行到二十八分钟的时候，中路和上路的水晶就被告破。接着 SNM 战队转战大龙纳什男爵，在拿下 Buff 后，做出最后一拨推进，直接将 CNZ 战队团灭在了自家下路防御塔门口。

第二局比赛，SNM 战队同样把 CNZ 碾压得生活不能自理。首轮比赛，以 SNM 战队胜利落下帷幕。

看着自己面前的显示器上出现“胜利”二字，苏伊缓缓把耳机摘下来，心情还难以平复。

她的首战胜利了！

直到韩翎风拍打了一下她的肩膀，她才反应过来，应该起身跟着队伍去和对面的CNZ战队握手致谢。等起身，苏伊发现自己的手心里早已满是汗水，她心爱的机械键盘上也一片狼藉。

她赶紧拿出面纸擦了擦。

这一切被韩翎风尽收眼底。

跟着去对面战队的空隙，走在她前面的韩翎风关切地问了一句："还紧张吗？"

苏伊很清晰地听到了他的声音，她低着头，回答道："还有一点。"

从上单大黑一路握手过去，苏伊对上梁祈的时候，发现这位大男孩的脸上竟然透露着些许自责。

梁祈："你的意识真的特别好。"

苏伊眨眨眼，和他握了握手："谢谢夸奖。"

"下次我们不会再出现同样的失误了。"

或许梁祈还在对自己下路带了一拨节奏而感到羞耻，输了比赛并不可怕，可怕的是把自我都丢失了。

苏伊的首秀多少还是有些不足，但SNM战队的其他队员都资深老练，如果下路那拨CNZ战队没有失误，整场比赛的转机一切都不好说。

比赛，从来都不是一个人的事。

这就是电子竞技的时代，让所有热爱电竞的年轻人挥洒青春、热血和梦想的时代。

在向观众们鞠躬致谢后，SNM战队一行人笑眯眯地回到自己的座位上，收拾好各自的外设，许瑞奇此时嘴角都快弯上天："得亏我妹和风神在下路那拨稳住了。"

韩翎风叹了口气，似乎还心有余悸："那拨如果他们配合上没有失误的话，我和苏伊下路估计就不好过了。"

苏伊把键盘上的线绕好，还在努力让自己镇定下来："怎么办？比赛都结束了，我还好紧张好紧张……"

闪电端着水杯从她身边经过："放心吧，回基地回顾一下今天的视频，然后太一、阿和还有阿炎估计又要对着我们谈人生谈理想了。"

苏伊收拾好外设抱在怀里，刚和韩翎风一起走下安全通道，官方那边的工作人员就拿着小本子走了过来。

“本场的 MVP 是风神，所以希望你能去做一下赛后采访。距离下场 UG 对战 AK 的比赛还有十五分钟，不会耽误你们很久。”

赛后采访通常都是采访的 MVP 或者是本场特别亮眼的选手，毕竟是官方的请求，太一这里也没推脱的理由：“可以，风神你去吧，我们去休息室等你。”

韩翎风把手里的外设交给苏伊：“帮我带回去吧。”

“好。”

苏伊刚把韩翎风的外设接过手，那边的工作人员小哥哥的耳麦里好像是有人传话过来，他立即上前补充道：“不不不，我刚才传达错了，是你们战队的下路组合一起去接受采访。”

苏伊好不容易消散的紧张心情，又回来了。

韩翎风作为参加了两个赛季的老选手，面对官方主持人的提问，应答得游刃有余。其实苏伊只想待在旁边当个陪衬，毕竟韩翎风才是真正的 LPL 的人气王，大多数的女粉丝也只是为了看她们的“老公”，男粉丝也只是为了看他们的偶像。

等韩翎风那边的采访完毕，主持人顺势对着她打开了话题：“现在站在我身边的这位便是 LPL 首位女性选手伊妹。伊妹，你有没有什么想对观众们说的？”

苏伊：“大家好，我是 SNM 战队的辅助伊妹。”

说完对着摄像头微微一笑，而后大方地招了招手。心里头一阵忐忑：她完全都没想过会被拉去做赛后采访，得亏她今早起来化了个妆，不然前几天熬夜打游戏的黑眼圈全被照出来了。

“我们都知道，LPL 的赛场上都是男性选手，第一次有女生敢来打比赛，我们不得不佩服伊妹的勇气。”主持人说完，从工作人员那儿拿来台本的卡片，“我手上呢，就是微博上‘LPL2017’话题的粉丝提问，让我们来看一下粉丝们对伊妹有什么想问的。”

前两个问题都很普通，是询问她平时在基地里都干吗，擅长的英雄池都有哪些之类的。

主持人低头看着最后一张卡片念道：“很喜欢看伊妹的直播，也喜欢她的婕拉。我可以问你一个问题吗？你什么时候回来更新风神和宙斯同人本？”

苏伊忍不住抖了抖。

主持人也强忍着笑意，调侃道：“这位网友太有趣了。”

苏伊在打职业前是一名画手的事已经不是秘密了，更何况她的微博至今还放着以前画的各种插画。于是一向强行把自己伪装得很镇定的苏伊对待这个“神仙问题”也按捺不住了，她嘴角抽搐：“等我回头问问风神让不让我画，我再来回答你。”说完对上韩翎风的眼神。

而她旁边的少年有些无奈地笑道：“不可以。”

“小气。”

主持人笑得嘴巴都合不拢了：“哈哈哈哈，伊妹和风神的互动实在是太可爱了。采访时间也到了，接下来让我们一起迎来UG对战AK的比赛吧！”

跟着韩翎风走下台的时候，苏伊还一阵天旋地转。

她的粉丝都是些什么种族？搞事家族？

回到休息室的时候，SNM战队的众人正在休息室内观看LPL夏季赛的直播。

许瑞奇靠在椅子上打招呼：“哟，你们回来了，赛后采访感觉怎么样？”

韩翎风把身上的队服外套脱下，走到桌子上倒了两杯水，然后递给苏伊一杯：“苏伊的采访比较有趣。”

苏伊听后手一抖：“赛后采访催你回去填坑都是些什么人啊？”

许瑞奇：“淡定。”

咖啡像是不以为然，托着下巴盯着电视机：“以前赛后采访我还被问过喜欢吃什么零食，结果，第二周基地就收到了粉丝寄来的零食大礼包，很强。”

苏伊震惊。

此时，下一场比赛已经拉开帷幕。太一立即示意苏伊和韩翎风快坐下：“快来看，UG和AK的比赛要开打了。”

LPL夏季赛的看点除了苏伊之外，便是AK战队的新ADC，那个号称能和大魔王Zeus媲美的“路人王”Master。

Master和大多数职业选手不一样，他擅长任何一个位置，也可以说是擅长大部分英雄。如果说其他职业选手是英雄池，他大概就是英雄海。但是这样的人物也有一个弊端，那就是他对英雄的熟练程度永远不及其他人。

UG战队在LPL也算是比较活跃的老牌战队，和AK战队是同一时期成立的，两队以前实力在LPL都属于中游水平。但是AK战队这次纳入了两名韩国外援，而UG战队也把以前解散的某贵族战队的中单纳入进来。

这把比赛的输赢就各方面来讲，不好先下定论。

随着粉丝们的欢呼声，LPL夏季赛的第二场比赛开始。

在BAN/PICK环节，AK战队BAN掉的英雄都是版本强势的，也没有什么奇怪的举动。接着AK战队的一楼立刻锁了圣枪游侠卢锡安。

看台上的两名解说员有点蒙了。

小白："这手选得没道理啊，为什么不先拿版本强势的上单酒桶或者是打野男枪啊？"

雅典娜："第一个就把Master的ADC拿掉是有特殊的战术吗？完全不能理解。"

见到AK战队选择了卢锡安，UG站队立马就选择了皮城女警凯特琳做Counter，看到这手禁选，坐在休息室里的SNM战队摸不着头脑了。

许瑞奇："完全不懂啊，为什么第一手就要拿卢锡安？外面那么多强势的不选。"

随着AK战队的Master帮中单选择了一手可ADC可中单的维鲁斯，辅助选择曙光女神，就此确定了第二场第一局比赛的阵容。

可是让所有现场粉丝大吃一惊的是，原本大家都以为打ADC位置的卢锡安被换到了中路，维鲁斯给到了Master打下路，这是什么鬼套路？

"UG战队这次不太妙。"韩翎风坐在旁边蹙眉说道，"被AK战队的BAN/PICK骗了。"

在《英雄联盟》这款游戏中，并不是说每个英雄固定走哪条路，哪个定位。有的英雄可以上单可以辅助，也有的英雄可以打野可以中单，取决于队伍自身阵容的搭配和召唤师对英雄的理解。

显然，在比赛开始的前五秒，AK战队才把英雄交换过来，无疑是一个大写的套路。这让全场的观众、解说乃至其他休息室内的选手们都目瞪口呆。

SNM战队的休息室内。

"卢锡安打中路？没搞错吧？"

"AK战队玩蛇啊，用卢锡安打奥莉安娜？！"

“打野还是前期弱得没法说的小菊。”

“笨蛋！那不叫小菊，人家那叫艾翁（小菊为艾翁的召唤生物）。”许瑞奇说完对着旁边的闪电翻了个白眼，“你不要觉得小菊存在感高，就叫错英雄名字啊。”

闪电欲哭无泪地咆哮道：“喂喂，Riki，现在的重点是这个吗？！”

许瑞奇顿了一下，摸着下巴一副高深莫测的模样：“完全看不出他们这手阵容的意义何在。”

这时候，AK 战队和 UG 战队的比赛已经正式开始，伴随着全军出击，现场响起两队粉丝呐喊的加油声。

韩翎风盯着画面中的惩戒之箭维鲁斯，不着痕迹地朝旁边的苏伊问道：“你看出什么了吗？”

苏伊此时脑子也没转过弯，抬起右手的食指点了点嘴唇，不解地说道：“不太懂，话说 AK 战队的中单卢锡安玩得怎么样？”

韩翎风面不改色地看着正在直播的比赛，沉着道：“不，重点不是中单的卢锡安，而是 Master 利用卢锡安骗掉 UG 战队拿女警做 Counter，结果自己拿了维鲁斯反 Counter 女警。”

听到韩翎风这手分析，咖啡赞成地点了两下头，跟着分析道：“不仅如此，中单的卢锡安这个英雄自带位移技能，冷却时间相对也短，打野并不好 Gank，正常的职业选手，反应灵敏的，也能安全躲过对面奥莉安娜的大招。”

闪电听完分析，恍然大悟：“UG 这次八成要被 AK 吊起来打了。”

太一捂住胸口以表痛心：“这手套路简直绝了。”

事实上，也正如 SNM 战队分析的一样，AK 战队灵活地运用了这次阵容里英雄的属性和团战的配合，在十五分钟不到的时间，就拿下了 UG 战队的三路外塔。

而随机刷新的加攻击力加法强的火龙属性也给予了 AK 战队良机。

在中期大龙池外的一拨团战，AK 战队下路辅助率先开团，配合打野破坏对面 UG 的站位和团体实力，直接突死了后排，剩下的几名残血英雄也被 Master 的维鲁斯点死，拿下一拨“三杀”，狠狠地打破了 UG 战队打算利用大龙翻盘的梦想。

截止到最后那拨团战前，UG 和 AK 的人头比是 2 ∶ 12，经济差在一万左右，这哪怕是大魔王 Zeus 附身也无力回天了。

导播的镜头顺着 AK 战队一路扫到 UG 战队，画面中，UG 战队的众人脸色都十分难看。两名解说员还在分析刚才那场比赛中的亮点与不足，而官方主持人那边也差不多该邀请 AK 战队的选手去做赛后采访了。

“虽然这么说有些不甘心，但是 AK 战队这次的策略，确实震惊了所有人。”韩翎风在苏伊的耳边说道。

苏伊呆呆地望着他：“那，就算这次面对他们的不是 UG 而是我们……”

“我也没有百分之百的把握能压制住 Master。”韩翎风叹息，“是我的话，我也会选择拿女警吧。”

和韩翎风磨合的这段时间以来，苏伊从未见他有过任何消极的一面，在她的印象里，韩翎风一直是那副沉着冷静、处变不惊的模样。他自信，从不张扬。从不会在意周围的谬论，他仿佛一位置身于赛场上的王者。

望着韩翎风，他眼里的担忧像是细碎的星子，模糊成一片光影。苏伊不知道该怎么形容现在的心情，也不知道为什么，她忽然很想抱住他。

嗯？好像真抱住了！

她这突如其来的拥抱让韩翎风的脸上多了几分诧异。

苏伊一瞬间陷入死机状态，感到自己的大脑遭受了巨大的冲击。

冷静。

她只是平时受到了风神许多关照和鼓励，头一次看见他有些消极的情绪，就想去安抚一下他而已，绝对绝对不是想要吃风神豆腐什么的……

就在苏伊寻思着“冷气太足我只是有点冷”这个借口靠不靠谱的时候，坐在沙发上的太一对着他们两个这边，嫌弃地咳了两声。

苏伊立马撒开手往后退了两步，然后发现坐在沙发那边的其他人都对他们投来鄙视的眼神，其中有她哥。

咖啡拿着不知道从哪里顺来的薯片，嘎吱嘎吱地往嘴里塞，像看戏一样看着他俩，还不忘提醒道：“不知道有句话当讲不当讲……我觉得以后有必要列一条规矩：俱乐部里禁止虐狗！”

苏伊一脸无语的表情。

太一还不忘补充一句：“嗯，还禁止秀恩爱！”

许瑞奇摇了摇头：“难受。”

苏伊的脸越来越红，她拽着衣角说道："什么虐狗！虐什么狗！秀什么恩爱！朕的江山都还没打下来呢！我去上厕所！"说完飞也似的跑掉。

休息室内的气氛凝结了大约五秒后，韩翎风捂住下半张脸，脸颊上也泛出少见的粉色，他尴尬地看了看正盯着他的队友们，而后故作镇定地落下一句："经理乱说话不好吧。"

"哎呀，开个玩笑嘛。"太一意味深长地对着韩翎风吹了声口哨，接着趁着苏伊不在，他话锋一转说道，"今天是苏伊的首秀，发挥还算稳定。我们下周对的是S3时代的霸主LOOK战队，他们战队的辅助很喜欢搞事的，回头你跟苏伊再磨合两把。"

"知道了。"

参赛的选手们都有专用的洗手间，由于LPL赛区之前都只有男生，苏伊奔去厕所的时候着实被里面的构造吓了一跳。

不过苏伊倒也不是真的想上厕所，只是找个借口避开刚才的气氛罢了。

她走到洗手台前，双手放在自动感应器下方，冲洗手心里残留的汗渍。她盯着镜子里自己的脸，想起刚才那把比赛里，韩翎风一直在语音里指挥——

"不要慌，给自己上大招。"

"跟在我身后。"

"放心吧，这局比赛我们能赢。"

而后，她又想起自己方才那鬼使神差的拥抱。

"啊啊啊啊啊！"

"啊！"

两者的声音几乎重叠，苏伊回过神，扭头看向门外的人，梁祈正推开门一脸木讷地看着她，也好像吓了一跳。

他立即闪避开眼神，慌忙地说道："不好意思，我不知道这里是女厕。"

随后立即把门关上，两秒后，门再度被推开，他一脸羞涩地看着苏伊："不好意思，伊妹，这里后台的选手专用厕所好像是男女共用的……"

苏伊也愣住了，呆呆地应了声："是的。"

"所以……"梁祈抓了抓头发，有些难为情道，"能不能麻烦你先出来？"

啊！简直丢死人了！

苏伊站在原地一动不动，大概是还没从刚才尴尬的气氛中缓过来。而梁祈也是站在门口很配合地看着她，毕竟这种事他也不好催促。

终于在暂时的短路后，苏伊的大脑恢复了正常，捂着脸就一路绝尘而去。

至于梁祈，他正望着苏伊的背影发呆。

就在他还在发呆的空当，其他战队的几名选手也组着队来到厕所这边，正好撞见站在门口的梁祈，还看了一眼对面苏伊的背影。

“嘿，祈神你在看什么呢？”那兄弟抬起胳膊撞了撞他。

“咦，这队服，那不是 SNM 战队的伊妹吗？”

“就是那个新辅助，操作挺好嘛，比我印象里接触的女生强。”

梁祈这才回过神，把厕所的门推开走了进去，他应了一声“嗯”。

背后几名选手的议论声还在继续。

“说起来，我之前看微博上有风声说，伊妹第一次直播的时候，祈神你就给她送了一艘‘豪华巨轮’，是不是真的呀？”

“祈神万年不会查房的，怎么会去那邮件的直播间？”

“祈神，是不是真的啊？”

什么时候电竞圈也有这么多八卦了啊？！

梁祈顿了一下，老实交代：“是送了一艘，那又怎么样？”

“哎，嘿嘿。”有人开玩笑道，“我说祈神，你是不是喜欢伊妹啊？”

梁祈的心里“咯噔”地打起鼓来，差点被台阶绊倒。说话那兄弟也有点意外，他用关爱的眼神看着梁祈：“我开玩笑的，吓得你都要摔倒了？”

梁祈沉默了一会儿，答道：“没有的。”顿了一下，他叹了口气，补充道，“我没有喜欢她。”

第一周的首战可以说是完美谢幕，接下来几天也没有 SNM 战队的赛程，所以可以在基地里休息一天。为了庆祝首战告捷，教练阿炎说要请客吃夜宵，结果扔给太一一张信用卡就开着车走了。

苏伊双手揣在上衣的口袋里，疑惑地看着太一：“教练，你不跟我们一起吗？”

太一耸耸肩，表示习以为常：“他是要回家陪老婆的人，哪像我们这群单身人士啦。”

咖啡又想起下午休息室内的梗：“什么单身人士，我们俱乐部这下路组合哪个是单身？”

苏伊愣住。

韩翎风走上前，死命蹂躏了一下咖啡的头发：“就你话最多，零食都塞不住你这张嘴。”

咖啡抓着韩翎风的手：“别揉了，我错了！哎呀，我炫酷霸气的发型！早上定型都定了半个小时，你别给我弄毁了！”

话音刚落，许瑞奇就走上前去，扯住咖啡衣袖往停车场走去：“单身狗，我们走。”

“Riki，你够了！”

一群人说笑着朝停车场走去，苏伊一边走着一边低头给夏七七发消息。夏七七难得从W城来一趟上海看她比赛，本来还想着带她一起吃顿夜宵的，没想到夏七七很犀利地在微信上回复她：“本女王是和W城其他几个星秀主播组队来的，你就别担心我了，我们等下要和水友一起去K歌呢，你要来吗？”

所以你到底是来上海看我比赛的，还是来和水友唱歌的啊？早上那感激涕零的话语呢，被吃了吗？

Suee：“不去了，明早还要训练。”

七校长：“还没来得及恭喜你，首秀就用璐璐把CNZ战队的祈神压着打，不愧是被本女王选中的魔法少女。”

璐璐有款皮肤的名字就叫“魔法少女”，正好苏伊那场用的璐璐也穿着这款皮肤，她还真是喜欢玩梗。

Suee：“这一前一后压根没有关系！”

七校长：“开玩笑的，风神的签名下周我去看比赛的时候记得给我哦，魔法少女。”

啊！她这闺密一定不是亲的！

“小心！”

苏伊专注于在微信上和夏七七聊天，一不留神差点儿撞到地下停车场的柱子上。听到这一声提醒，苏伊忽然停住脚步，抬眸一看，面前是韩翎风。

其间，韩翎风叫了苏伊两次，她都没反应过来，他干脆直接就充当人肉护盾挡在她的面前。

苏伊愣了愣："风神。"

韩翎风舒了口气，摸了摸她的脑门："撞到没？"

"没有。"苏伊咬着唇，心咚咚地跳了起来，像是漏了一拍。

脑袋里一阵天旋地转后，她清晰地听到面前的韩翎风说道："别走神啊，我会担心你的。"

两人还在交谈，已经取了车的许瑞奇趴在车门上，对着他们这边喊道："还秀恩爱呢，到底吃不吃夜宵啦？我都快饿死了！"

"怎么连表哥你也打趣我？"苏伊不满地鼓着嘴，掩饰自己刚才的心动，立刻朝保姆车小跑过去。

许瑞奇缩回到驾驶座上，隔壁的太一睨了他一眼，小声道："Riki，你不是最袒护你妹妹的吗？怎么？和风神在一起，你的妹控症都不犯啦？"

许瑞奇嫌弃地扔了一记"卫生球"给太一，撇着嘴道："你以为我瞎吗？"

看来是不瞎，他们战队这下路爱情故事后续看样子是指日可待了。

战队内一圈人热烈探讨，最终选择去了不远处的一家北京老火锅的店。太一有这家店的会员卡，没等一会儿就排到了位置。

SNM 战队那红白相间的队服本身就很显眼，五个选手陆续走进来的一瞬间，就被隔壁桌的人锁定了。

"哎呀，太一你们也来啦？"坐在最外侧的小白对着太一友好地招了招手。

太一一愣，这才发现隔壁桌坐着的都是 LPL 赛区内的几名一线解说员和一些三线的小网红，在解说界里，小白和雅典娜算是最为出众的了。

"是呀，首战告捷，过来庆祝一下，毕竟是阿炎请客。"太一笑了笑。

"阿炎？怎么没看到他。"

"回家陪老婆去了。"

雅典娜身边的几个女生拉了拉她的衣袖，看了一眼正低头看菜单的韩翎风，其中一个问道："娜姐，那个是不是风神？"

"好帅！"

"能过去要签名吗？"

雅典娜夹着羊肉在辣汤里涮着，回头看了一眼："对啊，SNM 战队的 ADC。"

“哦……”

“不过我还是劝你们别打风神的主意。”雅典娜埋头吃着东西，“这位电竞男神异常高冷。”

“是吗？”她身旁留着短发的女生指了指那边，“可是他和旁边的女生聊得很开心啊。”

雅典娜顺势看去，她们口中那个所谓的“聊得开心”的女生除了苏伊还有谁？雅典娜顿了一下：“那是他们战队的辅助，是个例外。”

“女生也能打职业赛吗？”

“你要是水平可以也能上。”

“哎……我在艾欧尼亚也有白金水平的啦。”

“可是人家那妹子是王者。”

短发女生闷闷地嘀咕道：“王者有什么了不起的。”

全然不知道自己正被一群人盯着看，韩翎风把手里的菜单递到苏伊面前：“给你点了肉还有土豆，你还要吃什么？”

“牛百叶！”

咖啡凑过来嚷嚷道：“香菜香菜！我要香菜！”

苏伊嫌弃地把他推开：“什么香菜！最讨厌吃香菜了，上次就是你一把香菜害了我一锅大骨汤！”

“那我最后下总行了吧？”

点好菜后，太一叫来服务员，说是想和小白那边的桌子拼在一起吃。一看隔壁桌子大部分全是好看的妹子，SNM战队这边一群人自然是没意见，其中咖啡和闪电反应最为激烈，隔壁桌的妹子们最感兴趣的却是韩翎风。

可是韩翎风非常不给面子，整个饭局下来，也没跟妹子们说上几句话。其间苏伊去了趟楼下洗手间，等解决完个人问题上来经过楼梯拐角处时，就发现一个女生正在跟韩翎风搭讪。

她蹙起眉头，有些难受，甚至完全忽略掉风神为什么会在拐角站着这个问题。

韩翎风正皱着眉头靠在墙边，低头玩着手机里的某个手游，显然不想和那女生多说一句话。

“风神，其实我在艾欧尼亚也有白金水平的，辅助也玩得很不错，有空能不能一起开黑呀？”

韩翎风手里打游戏的动作停住，抬起头来：“不行。”

“哎？为什么？”

“平时要和我的辅助打配合，没空。”

那女生脸上的表情有些尴尬，她连忙说道：“可是我听娜姐说，你们刚开始打的时候，配合很差的嘛，和这样的人一起玩很辛苦吧。”

韩翎风顿了一下：“嗯，她有时候的确容易心态爆炸。”

“就是嘛……”

“但是那毕竟是她的一部分。”

“啊？”

“所以……”苏伊的声音在那女生的身后响起，她缓缓走上前，“不要未经过允许就对别人家的ADC瞎操心！”

韩翎风看向正朝着自己缓缓走来的苏伊，瞬间绽放出迷人的微笑：“你来啦？”

苏伊的步伐顿时停住了，这句话说得好像是他站在这里特意等自己一样，这应该只是错觉吧？

那女生看了看韩翎风，又看了看苏伊，大概觉得继续待在这里是自讨没趣：“那什么，我先上去了，你们聊……”

目送女生远去后，苏伊叹了一口气，玩笑般地笑了笑：“啧啧，风神厉害了，那女生我记得是微博上比较有名气的美妆博主。”

韩翎风摇了摇头：“不认识。”

“你当然不认识，认识才不正常。”苏伊顿了一下，“你站在这里做什么？”

韩翎风一脸拿她没辙的无奈表情：“等你，不然我没事站在这里看风景吗？”他看着她呆呆的样子哭笑不得，真想伸手捏一捏她的脸蛋，把她捏醒。韩翎风见她没说话，又补充了一句，“别人家的ADC？”

“哎？”苏伊心里咚咚跳了两下，又想起韩翎风之前对着那女生说的“我的辅助”，说话都不利索了，“那、那‘我的辅助’……”

“难道不是？”

苏伊想了想，点头：“嗯，是。”

韩翎风笑了笑没接她的话，似乎很满意这样的解释。他走上前，立定于她的身旁，微微弯下身子道：“要不要出去走走？”

苏伊下意识地向后缩了缩身子，脸颊微烫：“怎、怎么了？”

“上面有点闷。”他解释道，然后眼神停留在她的身上，完全不给她说话的机会，“那走吧。”

“哦。”苏伊点了点头，掩饰了自己的心神不宁，跟着韩翎风出了火锅店。

火锅店的后门不远处就是一个小公园，小公园里有一片湖，湖周围有几座亭子，附近的居民在晚饭过后都会在这里散步或是遛狗。

苏伊和韩翎风也并未走远，就在林荫小道上散步。

夜色的帷幕下，一切都显得那么寂静柔美。

苏伊看着地面上被路灯投射到小道上的影子，交织在一起，显得亲密无比。而她身边的韩翎风从出门就一直沉默着，她只能听到他的脚步声。

直到走到湖边的长椅旁，韩翎风才发话：“坐会儿吧。”

“嗯，好。”苏伊应了应。

夜幕，湖水，长椅……这怎么看都是谈恋爱的场景啊！苏伊又想到下午在体育馆发生的事，顿时整个人都不好了。自从她加入SNM战队以来，他们下路爱情故事的梗便时不时地被人拿出来调侃一番，她是不介意，但是不难保风神他不介意呀。

苏伊靠在椅背上，抬头望着湖中上方的月亮，喃喃道：“好美。”

“嗯。”韩翎风偏过头来看了她一眼，答道，“我也这么觉得。”

他丝毫没察觉到自己正被人盯着看，苏伊想了想，立即端正坐好，一扭头，正好对上他的双眸。

苏伊顿时紧张起来，赶紧找话题转移：“那个……下周对战的LOOK战队，最近的实力听说也有所提升。”

韩翎风顺着她的话继续说道：“嗯，他们战队的辅助很会带节奏，虽然其他位置的选手实力不如闪电和Riki他们，但是节奏一旦掌控起来，也会打出士气。”

苏伊点了点头：“那我得提防着。”

“放心吧，以你还有现在战队的实力，LOOK不是主要目标。”

“是……AK吗？”她小心翼翼地问道。

韩翎风舒了口气，点了点头：“今天那场UG对战AK的比赛，很明显AK战队这次是有备而来，战略和指导和从前已经不在一个档次。”

不管AK战队的Master来LPL赛区的最终目的到底是什么，归根结底，LPL的这十二支战队的目的都一样，那就是冠军！

他的话还在继续：“除开AK以外，CNZ还有BYS都是要谨慎对待的战队。”

“嗯，看来还是得在战略上做点功课。”苏伊摸着下巴分析道。

韩翎风望着她，嘴角不自觉地上扬，习惯性地摸着她的头：“安心吧！你今天的首秀非常亮眼，苏伊，以你的实力一定能在赛场上发光的。”

熟知《英雄联盟》电竞圈的人都知道，韩翎风对待辅助一向都很挑剔，哪怕是韩服能排到前十名的辅助小C都很少从他那儿得到夸奖。面对这样的赞美，苏伊不禁飘飘然起来，一双笑眼非常好看：“哇，你这把我说得都不好意思了。”

“但是……”他话锋一转，忽然严肃起来，“一旦在赛场上出现重大失误，就要背负不小的压力。赛场上的状况风云莫测，我希望你能顶住这样的压力。”

“嗯，我会的！”苏伊答道，心里不禁充满了自信。

望着她自信满满的样子，韩翎风不禁又笑出了声。这样的笑容，在苏伊的眼里十分迷人，她不禁想，他以前真的很少笑吗？

明明都是在商量最近比赛上的事，有不明情况的路人经过他们身后却说：“这年头还穿情侣装啊，年轻真好。”

苏伊和韩翎风面面相觑，看了看对方身上的队服，不由得红了脸。

好在这时，韩翎风口袋里的手机响了。

“我哥吗？”苏伊问道。

韩翎风点了点头，按下了接听键，接着对面劈头盖脸的就是一句：“风神！风大大！你看到我妹了吗？她是失踪了吗？说是去厕所的，怎么到现在都没回来？要不要报警？”

韩翎风想翻白眼。

嗯，他们两个几乎是同一时间“失踪”的，队长大人您怎么就不担心一下他的安危？

韩翎风面无表情地回答道：“你没打她电话？”

这头许瑞奇都奓了毛："你以为我没打吗？姑奶奶手机关机啦！"

韩翎风这才想起来，头一天他们两个一起打排位打到凌晨，苏伊回到房间倒头就睡，忘记充电。今早醒来的时候才急急忙忙充了一会儿，电量大概连 30% 都没到，自动关机很正常。

"你妹……"韩翎风淡淡道。

许瑞奇道："别我妹了，你们老你妹你妹的，我总觉得是在骂我。"

韩翎风接着说道："和我在一起。"

许瑞奇那头沉默了三秒："你们在干吗？"

"散步，谈心。"韩翎风平淡地说道。

被韩翎风这四个字堵得没话说，许瑞奇抓了抓头，松了一口气，然后又提高警觉道："这么晚了散什么步，谈什么心！快回来，我们吃完准备回基地了。"

"哦。"韩翎风说完就挂断了电话。

苏伊一直在旁边听着，而且韩翎风的手机外放音在寂静的环境里显得特别清晰，她说道："我没来基地前，我哥他作为队长，会不会像个保姆一样经常管着你们？"

韩翎风把手机塞回到口袋里，想了想："不会，他只有在找我们帮忙点外卖的时候，会关心一下外卖。"

回去的路上，苏伊朝韩翎风问道："我们出来散步了多久？"

"差不多二十多分钟吧。"

"那也挺久了。"

他们俩出来散步，本来就是韩翎风提出来的。而且苏伊也明显察觉到韩翎风是想规避掉隔壁餐桌上的那几个女生，才提出想出来散散步。

可是问题又绕回来了，他散步为什么要带着自己？总不能因为她是他的辅助吧？游戏里他们是下路双人组合，现实里，他们俩走到哪里都是绑定组合？

苏伊定了定神，这么想来……她自从来了基地，基本上和韩翎风形影不离——除了那次他去百货商场没带上她以外。

终于，快走到火锅店了，苏伊朝着旁边的韩翎风问道："风神，其实刚才出来散步前我就想问你……"

“我为什么在楼梯口等你，是吗？”韩翎风早已洞察到她的心思。

苏伊吃惊地看着他，嘴角微微张开：“嗯。”

韩翎风想了想，有些委婉地说道：“大概是我喜欢和你相处吧。”

夜风拂过苏伊的脸，温柔无比。

第七章 告诉我一个秘密吧

❤❤

韩翎风一直觉得，能让自己说出这句话的人，她是第一个，也是最后一个。可对方在听完他这话后顿时就愣住了，说实话，这一点也不出乎他的意料。

而苏伊此时此刻的内心活动除了“天哪”就是“我没听错吧”，如果不是她先提出问题，听到这话她真以为这是在告白！

恰恰这时，战队其他人从火锅店里走出来。

咖啡吃得特别撑，抚着圆鼓鼓的肚子，丝毫没注意到气氛中的微妙气息，说道：“你们俩怎么吃一半就跑了？”

韩翎风干咳了两声，掩饰了一下尴尬：“嗯，太闷了，出去散散步。”

“哦。”咖啡倒也没在意，之后便嚷嚷着让太一快去取车回基地。

许瑞奇快速走到苏伊旁边，蓦然发现她脸红得像成熟的番茄，他挑了挑眉，带着疑虑的口气问道：“妹啊。”

“啊？”苏伊抬起头看向他。

许瑞奇古怪地伸出手摸了摸她的脑袋：“没发烧啊，你脸怎么这么红？刚才走过来的时候看见你在和风神对话，他跟你说了什么？”说着他用充满八卦的眼神盯着苏伊。

她沉默了一会儿，稍微缓和了一下，拍了拍许瑞奇的肩膀：“我亲爱的表哥，风神他让你少吃点多干活，想一想下周的比赛策略吧。”说完扭头跟着大部队奔去停车场。

许瑞奇站在原地，摸着下巴心里默默地嘀咕道：“难道苏伊不知道从小到大，她撒谎的时候比她装高冷的样子还要假吗？！”

一行人回到基地后，屁股在沙发上还没坐热，就被太一和阿和叫去了会议室开会。

数据分析师阿和拿着马克笔，在会议室墙上挂着的小板子上画了画，指着一个类似召唤师峡谷的地图说道：“从今天对战 CNZ 战队的比赛中，就能找出我们战队配合上的缺陷……”说着又在黑板上画了两个火柴人，“接下来一个是AK，另外一个是LOOK，这两支战队……”

说到这里，他发现会议室里一片沉默。

“你们沉默做什么？”阿和有些恼怒地拍了拍身后的白板。

闪电托着下巴：“在为您这灵魂画技而哭泣。”

“你行你上！”阿和愤愤不平。

“还是您来吧。”闪电捂脸。

会议大概开了半个小时，大致在商量对策和分析其他战队的打法。结束时接近晚上十一点，由于第二天他们没有比赛，所以大家都决定继续征战召唤师峡谷。

韩翎风从座位上离开，经过苏伊身边时，问道：“待会儿双排吗？”

苏伊颤抖了一下，有些飘飘然地点了点头，耳根发烫：“好啊。”

两个人来到各自的电脑前，登录上游戏，排了一会儿后便进入到了选人界面。

看见他俩这ID，队友立即在当前频道发言。

白鲨TV柠檬茶：“风神和伊妹啊！我今天什么人品，居然排到你们啦。”

KANS：“今天的比赛我有看哦，SNM战队超棒的！”

阿狸是一种信仰：“下周的比赛加油！”

白鲨TV柠檬茶：“话说你们怎么不开直播啊？”

看到这里，韩翎风在窗口打字回复道：“谢谢，今天太晚就不开直播了。”

苏伊则附和在后面跟了一个微笑的颜文字。

这把Rank她和韩翎风依旧被分配到了下路组合，韩翎风在三楼，苏伊在五楼，快到韩翎风选人的时候，坐在苏伊旁边的他忽然叫她的名字：“苏伊。”

“什么？”她正忙着换天赋。

韩翎风：“这把要不要让我来辅助你？”

苏伊扭过头：“啊？”

话音刚落，她就发现韩翎风手速很快地锁掉了一个先手能力很强的机器人——布里茨。

苏伊盯着那机器人的头像愣了两秒，疑惑道：“哎？不对啊，你才是

ADC啊。”

韩翎风靠在椅背上伸了伸腰，若有所思地说道：“被人保护习惯了，偶尔也想保护一下别人。”

苏伊愣了愣，轮到她选人的时候，她才反应过来，在列表翻来翻去，选择了一个伊泽瑞尔。其实她挺想玩玩金克丝的，但是碍于这个版本被削弱，又是韩翎风的招牌英雄，她实在不好意思拿出手。

很快双方就确定了阵容。

队友们看到苏伊选择ADC、韩翎风选择辅助，还以为Rank开始前他俩会交换回来，结果当他们看见韩翎风把ADC必备召唤师技能“治疗”换成“引燃”的时候，震惊了。

风神自从打职业以来玩辅助的次数，一双手都能数出来吧？！今天是怎么了？！

进入到游戏后，大部队还在泉水里，中单的小兄弟就立马提问：“风神，你和伊妹难道是换号了？”

韩翎风买好出门装，快速打字回复：“没有，职业选手不准换号玩。”

当前频道里立即打出一排省略号和“66666”。

开局帮打野打完Buff后，苏伊和韩翎风前往下路，苏伊有些紧张地说道：“我……我太久没补过兵了怎么办？”

韩翎风不慌不忙：“那我帮你吃小兵垫刀。”

下路对线到达二级的时候，韩翎风的机器人先手勾到对面走位失误的ADC，然后苏伊的伊泽瑞尔上来把对面ADC点到残血，逼出对面双招。

然后韩翎风快速打字告诉打野：“下路ADC没双招，来抓。”

打野是个蜘蛛女皇，一套爆发的伤害也很变态，听到韩翎风说下路没有双招后，立即就过来反蹲，果然没一会儿就蹲到了对面的打野从河道走过来，下路打了一拨小型团战。结果打了一拨二换三，伊泽瑞尔和机器人倒地，蜘蛛拿了两个人头，然后对面的ADC被机器人的引燃烫死。

苏伊拿了三个助攻，而对面的ADC拿了两个人头，顿时心情就不太美丽了。她终于知道风神被她抢人头时，是什么感受了。

补给好装备再次来到下路，发育一会儿后，双方来到六级。对面ADC是射程和技能范围都比较长的戏命师烬。由于兵线正好靠近他们家，韩翎风的机器人去中路游走了一拨成功帮中路的九尾妖狐阿狸拿到人头，然后快速返回下路。

对面 ADC 见机器人不在线上，立即上前和苏伊的伊泽瑞尔火拼。双方 ADC 互换了一拨技能后，残血的苏伊连忙后退。这时，对面的戏命师已经架起了大招。苏伊立即各种螺旋走位，结果第三发子弹的时候被击中减速，第四发子弹刚打出来的时候，韩翎风的机器人从侧面闪现上来，帮苏伊挡住了致命的子弹。

苏伊确定安全后，退到塔后点了回城。

打野看到这一幕打字道：“这简直就是真爱！”

“你竟然闪现上来挡子弹。”苏伊一边说，一边在泉水里补给完装备。

韩翎风说得理所应当：“你之前不是还总闪现大招各种保我吗？”

苏伊顿了一下，有些开玩笑地说道：“那你这盘就挡在我前面帮我挡子弹好了？”

“乐意之至。”韩翎风说道。

如果可以，他真的愿意为她挡下全世界的子弹。

整场 Rank 下来基本上没什么悬念，虽说中途苏伊他们这边的中单和打野带了一拨节奏，带着队伍走向团灭，但是好歹凭借着前期经济的优势在中后期稳住了局面，在最后一举拿下对面的水晶。其实这把 Rank，韩翎风一开始就选择自己来打辅助，除开他想保护苏伊外，还有另外一层意思。

游戏结束后，苏伊率先就查看数据列表里自己的伤害比。啧啧啧，只打出了平时风神一半的效果，果然她还是喜欢玩不吃走位的位置。

“这把排位，你看懂了吗？”韩翎风的声音在她的耳边响起。

苏伊摘下耳机看着他：“所谓的辅野双游？”

好歹玩了几年《英雄联盟》，这她如果看不出来，那她真的可以分分钟切腹自尽了。从开局到中期抱团，韩翎风的机器人游走的次数不算多，但和自家打野倒是做了很多事，比如跳进对面野区帮忙反野，出其不意攻其不备，作死对面没双招的中单，以及闪现挡子弹什么的。

《英雄联盟》之所以能成为主流的电竞项目，不仅是因为游戏本身能吸引很多玩家，还因为游戏能研究出各种打法和策略，这便是这款游戏的魅力之处。

除了“中野联动”，另外一个较为常见的便是“辅野双游”。别看辅助只是站在下路陪着ADC吃吃经验，一个会带节奏的辅助，往往能成为比赛中至关重要的一点。

苏伊一直都知道韩翎风的头脑很好，所以他这把游戏要为她展现的自然是激进型节奏辅助的打法。

“你的打法过于保守，虽说对线能力很强，但是说起游走和带节奏，你不一定比得过LOOK那边的辅助泡泡。”

苏伊在听到这个ID的时候，愣住：“一个男生为什么会取名叫泡泡？”

韩翎风一脸尴尬：“别问我，我也不知道。”

所以只有她联想到了《飞天小女警》吗？脑补了一下之后，苏伊整个人都不好了。

韩翎风见她没吭声，继续说道：“所以你知道要怎么对抗这种游走型辅助了吗？”

“基本上知道了。”苏伊老实点头，然后陷入沉思之中。

第二天没有比赛，一群人睡到下午才起来。苏伊打着哈欠下楼时，发现其他人早已围着客厅的电视机排排坐，咖啡还抱着爆米花吃得正带劲。

这群人怎么起这么早？

许瑞奇抬头看了她一眼，问道：“你怎么起得这么晚？”

苏伊顿了一下，说：“没什么，凌晨回房后玩了一会儿手机。”

其实，苏伊是对着往期比赛视频研究LOOK战队辅助泡泡的打法。虽然韩翎风告诉她LOOK并不是主要目标，赢他们也没什么太大的压力，但是多分析一下对手总归是好的。

苏伊走到沙发旁，发现画面已经进入到了禁选环节。

她想了想问：“四点是谁和谁的比赛？”

闪电从咖啡面前的爆米花桶里抓了一把塞进嘴里，含糊地说道：“LOOK对战BYS。”

“和BYS打，这场基本没什么悬念咯。”咖啡叹息地摇了摇头。

但是很快，这场比赛就把咖啡那张婴儿肥的脸打得啪啪响。比赛进行到八分钟的时候，辅助和打野在野区埋伏了一拨，捏着大招的卡牌赶来支援，打了一拨三换四。

嗯，BYS 四个。

接着 LOOK 战队还吃掉了 BYS 野区里的资源并附赠小龙一条，还是大家最喜欢的火属性小龙。

韩翎风微微蹙眉："这把节奏太大了，BYS 大势已去。"

而这把最后的结果简直出乎在场所有人的意料，去年打入 S 系列比赛的 BYS 战队竟然输给了曾经老牌的没落皇族？

LOOK 战队简直在用行动告诉 BYS 战队：Too young，too simple（太年轻，太单纯）！

许瑞奇看完比赛后，立即指着电视机慌忙说道："简直皮皮怪，LOOK 可是之前和 UG 一起打过保级赛的，今儿居然发挥超常打赢了 BYS ？我需要喝个下午茶冷静一下！"

经理太一面无表情地把起身的许瑞奇又摁回到了沙发上："你也是老队员了，还是队长，这么紧张成何体统，不怕在你妹面前丢脸啊？"

许瑞奇从小到大丢的脸其实已经很多了，再多一点苏伊也觉得正常不过。

许瑞奇摸着下巴一脸的怀疑："说起来我们接下来要打的也是 LOOK 战队，没问题吧？"

韩翎风看了一眼许瑞奇："Riki，你放轻松。"

"我也想啊，但是我担心苏伊对付不过来那个喜欢搞事的泡泡啊。"

听到这个 ID，苏伊分分钟出戏。

"BYS 一开始的打法就很散漫，应该只是轻敌而已，而且那个时间明显他们家野区里的红已经刷新了，辅助没做眼，也没给队友信号，被埋伏一拨很正常。"韩翎风分析道。

"哦。"许瑞奇应了声。

太一从二人中间伸出脑袋，思索道："只是这个泡泡，是真有点棘手，听说有几个战队想挖他，但是他作为 LOOK 的队员，一直不肯离队，这是真爱啊。"

苏伊默默地地听着他们的对话，心想看来真得多研究一下对手。

下午吃过晚饭后，苏伊就回到电脑前搜索了一下泡泡这个人的资料。S3 赛季时期的风云人物，那时候 LOOK 战队被称为电竞圈的"噩梦势力"，辉煌至极，对手只有被秒天秒地秒空气的份。在S3赛季结束后，LOOK战队里的老将基本都退役，只有泡泡还坚持打职业赛。

如果她没记错的话，这位小哥哥今年应该已经二十三岁了。反应和手速虽说比不上辉煌时期，但是人家意识好，资历深呀，果然还是不能忽略这样的老前辈呢！

苏伊想到这里，内心里大概已经和泡泡小哥哥杠上了，就你会“辅野双游”吗？她也可以的！

第二周的夏季赛继续。

主持人寒暄后，两名解说员就位，SNM战队和LOOK战队进场。

在调适设备的时候，韩翎风还一再地强调让苏伊稳住心态，不要被之前看到的比赛所影响。苏伊也不是乐天派的人，登场比赛的紧张心态还未完全散去。

连接好键盘后，她扭过头去看了看韩翎风，镇定道：“放心吧！我绑也要把泡泡的辅助绑在下路！”

韩翎风笑了笑，眼神停留在她的脸上，扫过她的眼睛时，蓦然愣住了：“你的眼睑怎么了？”

“啊？”苏伊揉了揉眼睛，“早上起来的时候就有点痒。”

“别揉！”他忙抓住她的手。

这一幕恰恰被摄影师拍到，还被导播给切换到大屏幕。于是，会场内正中心的大屏幕上，粉丝们看到了这样一幅画面：韩翎风抓着他们家辅助妹子的手在说些什么，两个人正“眉目传情”。

播音室里的解说员们看到这一幕，不禁调侃起来：“你说这SNM战队的下路组合，感情挺好的啊。”

另外一名解说员也尴尬地笑了笑：“我赌一只魄罗，弹幕现在肯定疯狂地在刷‘在一起’。”

“要是被打脸了怎么办？”

“那我只能贡献出这只魄罗了。”这一名解说员说着就拿起解说台上摆设的魄罗布偶，顺带给官方商城打了广告。

于是弹幕瞬间从“在一起”变为了“这发安利我不吃”。

舞台上，少年拽着她的手，神情紧张且非常担忧望着她。苏伊被韩翎风这一举动吓了一跳，揉着眼睛的那只手刹那间停住，恍惚地问道：“怎、怎么了？”

韩翎风也完全没有顾忌此时此刻是在赛场之上，他的另一只手伸过去轻抚了一下她的眼角，苏伊下意识地闭上了眼睛。微热的手指贴着她的肌肤，这触碰使得她瞬间绷紧了神经，心跳加速。

还在后面跟数据师讨论战术的太一听见动静后，闻声走来：“做什么呢？你们俩怎么在赛场上也不避讳一下？”

韩翎风眉宇凝重：“苏伊的眼睑有些红，应该是轻微的睑腺炎。”

太一立即凑到苏伊面前看了看：“不是吧？真的哎，伊妹你没事吧？”

苏伊后知后觉地点了点头：“还好，就是有点痒。”

许瑞奇也从隔壁看了过来：“怎么了？明明出门的时候还没这么红的啊……”

韩翎风：“你是不是刚才在休息室的时候就不停地揉眼睛？”

这个人的观察至于这么敏锐吗？苏伊咧了咧嘴，乐观地说道：“没什么大事，待会儿比赛打完了我去对面药店买瓶眼药水就好了。”

裁判见SNM战队有些骚动，大步走上前询问情况，然后太一解释说战队辅助的眼睛有轻微的睑腺炎。

裁判看了一眼苏伊：“你确定还能继续比赛吗？”

苏伊点头：“可以！”

韩翎风立即打断她的话：“换西瓜上来吧。”

苏伊惊讶地说道：“没这么严重吧？”

她这两天训练完后回到房间便拿着手机看LOOK战队往期的比赛，用眼的确是过度了。加上身为女孩子，比较喜爱化妆，不注意眼部卫生确实很容易引发睑腺炎。

一旁赶来的太一被韩翎风这个提议镇住：“哎？不是，风神……西瓜？他和你们几个首发几个月没打过配合了，我可不想输给LOOK战队呀。”

韩翎风眼神凌厉：“那要是苏伊的眼睛出事了怎么办？那还是一场比赛输赢的问题吗？”

教练阿炎也站在旁边，韩翎风说得很有道理，比起整个团队的胜利，选手个人的健康才是至关重要的，他无奈地叹了声气，看了一眼面前的少女：“苏伊，你的意思呢？”

苏伊只能沉默。

SNM战队的骚动很快就引起了现场所有粉丝和工作人员的注意，会场内的主屏幕一直对着苏伊和韩翎风，还有身后的教练和裁判。

解说们也好奇地讨论着。

“这情况是不是SNM战队的伊妹出什么问题了？”

“不清楚，难道是和风神吵架啦？”

“你刚才不是还打赌说‘在一起’的吗？变脸要不要这么快？”

“那就是选手本身可能有什么不适吧。”

“等等，我这里刚才接到舞台上的通知，说是伊妹刚被发现有轻微的睑腺炎，却打算继续比赛。哇，你刚才说什么来着，这口毒奶……”

“我是不是应该晚上去买彩票？”

两名解说员相互调侃着，粉丝们这才意会过来，刚才风神抓着伊妹的手是有原因的。有一些苏伊的粉丝甚至举着灯牌，站起来朝舞台观望。

舞台上，SNM战队的队员们用耳机交流着。

咖啡：“伊妹你真没事吗？风神都发话了，你居然还不肯去休息？”

闪电：“就算你不听风神的话，Riki的话你也该听吧？”

许瑞奇坐在座位上面，不停地抖动双腿：“姑奶奶，你赶紧去休息吧！这比赛可是直播，万一你爸看比赛知道你得睑腺炎，我还继续让你打比赛，今年年假回家我会不会被砍成薯片？”

所以你担心的是这个？苏伊看了一眼旁边神色凝重的韩翎风，在语音里说道：“真没事，以前在画室学画画的时候也得过，后来滴眼药水就好了。”

许瑞奇长叹一声，他懂苏伊，从小到大，没人能轻易撼动她的想法，就和当年她说她要在国服打上超凡大师，结果就真的打上来了一样。

苏伊一直偷偷看着旁边韩翎风的动静，过了一会儿，她身边的人才缓缓开口：“打完比赛后立即去医院。”

“好。”

“我陪你去。”

苏伊顿了一下，才又接话：“嗯。”

许瑞奇见韩翎风也默认了，于是伸出手给教练和裁判那边做了“OK”的手势，就此，进入到了 LPL 夏季赛 SNM 战队的第二场比赛。

比赛开始依旧是熟悉的 BAN/PICK 环节，由于各自对对方的英雄池和版本强势英雄都很了解，几个 BAN 位很快就确定了。

苏伊看着自己面前的英雄列表，在语音里说道：“我的婕拉放出来了！”

闪电担忧地问道：“不会是泡泡自己要拿婕拉吧，他的婕拉玩得也很恶心的。”

也很恶心？苏伊无奈地盯着屏幕，好吧，她纯当作闪电在夸她。

LOOK 战队处于蓝色方，可以优先选择英雄，可是他们似乎并不着急选择辅助英雄，而是抢先锁了打野男枪。见对面已经选出了打野英雄，SNM 战队这边也不甘示弱地选择了许瑞奇的招牌打野傲之追猎者——雷恩加尔。

现场的气氛顿时热络起来，许瑞奇的粉丝们举着灯牌在现场发出亢奋的尖叫声。

解说们也来了兴致：“哟，Riki 大大要在 LPL 拿出压箱底的狮子狗大显身手了吗？”

“LOOK 这边竟然放出了 Riki 的狮子狗，男枪不太能压制一只发育良好的狮子狗呀，要知道狮子狗装备起来了，能在开大的情况下秒掉一个 C 位（Carry 位，通常指中单和 ADC）。”

“看下 LOOK 后面的选择吧，说不定有什么套路。”

LOOK 战队的选人并没有什么太大的问题，只是最后选择 ADC 和辅助的时候拿出的是崔丝塔娜和卡尔玛的阵容。老实说，这样的阵容有点恶心。

苏伊如愿让队友帮忙拿到了婕拉，最后她帮韩翎风选择 ADC 的时候，在几个主流的 ADC 的头像间点来点去：“选艾希还是女警？”

韩翎风咬着唇，还在思考。此时屏幕上方的倒计时还剩十五秒，教练阿炎站在后面看了一眼阵容的搭配，捏着耳麦说道：“风神，拿希维尔。”

韩翎风点头：“正有此意，苏伊，帮我拿一下希维尔。”

“希维尔……对哦！还有轮子妈这手 ADC 能用！”

战争女神希维尔，不仅有群体伤害技能，还自带一个主动型的免疫护盾，操作好的话能完美挡住对面崔丝塔娜 E 技能的伤害，简直算是天克。

解说员们看到这一幕笑了：“风神拿出了轮子妈，这就好看了，轮子妈配婕拉，和 LOOK 这边的小炮还有卡尔玛比，两边的下路组合都很恶心。”

“不好说，SNM 的上单没选到拿手的英雄，选了一个肉坦对 LOOK 这边的杰斯，不太好过……”

“中单奥莉安娜对辛德拉啊，基本五五开吧。”

伴随着粉丝的加油声，两队进入到了比赛中。

双方下路打得都很主动，换血上由于卡尔玛自带护盾技能，苏伊这边并不占优势。而且 LOOK 战队因为 ADC 本身的特性，推线速度比 SNM 战队这边快。

等三级之后，苏伊利用婕拉先手捆住了跳到半空中的崔丝塔娜，两人对着他的脸就是一顿胖揍，硬是把对面 ADC 逼出了双招还有辅助的一个虚弱。

此时，LOOK 战队的下路组合，由于血量较残，都不敢上去吃兵线。

所以，这就是看谁先恶心死谁了！

“看，三级之后，SNM 战队的下路组合的优势就体现出来了。”

“这伊妹是真打得凶，之前看她直播的时候，都没发现。”

“可是这边咖啡的上路不太好过啊，已经被对面打野围剿两次了。”

咖啡使用的英雄是茂凯，俗称大树，前期和对面上单火拼的时候交掉了位移技能，结果被带着红 Buff 的男枪追着揍了一顿，逼出了闪现。不到三十秒，这男枪又忽然从草丛里闪现出来和对面杰斯一顿爆发把他带走。

“这男枪简直丧心病狂，在上路蹲了我快一分钟了。”

许瑞奇见对面打野在上路作死了自家上单，游走到中路配合闪电的辛德拉弄死了对面的奥莉安娜，还逼出一个死亡闪现和净化技能。

大赚。

LOOK 的战队把兵线推到 SNM 战队下路的塔前后便撤了。苏伊立刻在地图上点信号：“对面卡尔玛不见了，你们中野小心。”

说完她站在泉水内补给完装备就往中路游走，还安插了一个控制守卫在河道的草丛里。正和苏伊这两天研究的一样，泡泡的卡尔玛游走到了中路，并打算 Gank 一拨没有双招的辛德拉。

苏伊点了标记卡尔玛，示意在中路佯装打钱的闪电再演一会儿，眼看卡尔玛要走上来插眼：“我上了。”

话音刚落，苏伊就闪现从墙那头下来，打算先手捆绑住卡尔玛，配合辛德拉的爆发消灭这个泡泡。

一瞬间她的眼睛忽然发酸，眼角有眼泪冒出来，忽然模糊了视线。

她立即眨了眨眼，手上还在继续按着键盘。于是，观看直播的粉丝配合着解说看到了这样这一幕。

“伊妹这拨是打算埋伏泡泡，中路的辛德拉也有所动向。这里，婕拉闪现下来，先手 E 技能种子，然后技能歪了，是亚洲捆绑？”

“这技能预判太歪了，都快成东南亚捆绑了。”

“不是呀，上面这块是没 LOOK 的视角呀，泡泡也没走位，这拨伊妹失误太大了。”

“伊妹带病上场是不是太勉强了？”

苏伊看着自己刚才那顿辣眼睛的操作简直想挠墙，在没有绑住卡尔玛后就赶紧后撤，生怕 LOOK 那边的队员支援过来，而且她暴露自己的位置了。

闪电有些无奈地笑了两声：“伊妹这完全不是你的操作啊。”

“刚才有点冒眼泪，视线模糊了。”苏伊从桌子上拿出一张面纸擦了擦眼泪。

韩翎风的嘴角抽搐了一下：“这把节奏打快点，Riki 下拨有大招来下路，等苏伊先消耗一会儿。”

许瑞奇：“好，咖啡你抗压，实在不行把上路塔让了，我们集合推下路，拿龙都成的。”

虽说苏伊刚才那拨亚洲捆绑失误太大，但是她前期凭借着英雄特性，加上对面 ADC 是个后期的英雄，并没给泡泡太多的游走和带节奏的机会。即便 LOOK 的上单发育良好，也抵不住中单辛德拉先手的一套爆发和阵容上的强制性开团。

在比赛进行到二十七分钟的时候，SNM 战队顺利偷掉大龙，反打 LOOK 战队，并灭团对面，一拨拿下基地水晶。

两场比赛，SNM 战队的节奏都打得非常之快，率先拿下两局比赛的胜利。

在和对面 LOOK 战队握手致谢后，韩翎风拽着苏伊直接从后面通道离开，连外设都没来得及收拾。

在离开舞台前，苏伊还清晰地听到下面粉丝亢奋的呐喊声。

“Nice！ SNM 战队！”

“风神嫁我，啊啊啊啊啊！”

“只有我关心伊妹的眼睛吗？”

观众台上黑压压的一片，只能看到最前排粉丝高举起的灯牌。从太一那儿取回手机后，韩翎风拉着苏伊直奔停车场而去，一边帮她系好安全带一边说道：“现在开车去最近的医院需要十五分钟，你闭着眼睛休息会儿。”

苏伊总觉得这架势有点大：“其实真的只要滴眼药水就……”

韩翎风一个眼神扫射过来。

“可以……了哟。”苏伊慢吞吞才把后面的话吐出来，并且话音越来越小。

车子已经发动，韩翎风打了一下方向盘，叹了口气：“听话吧，我真的很担心你。”

既然韩翎风话都说到这份上了，苏伊也不好再继续多说什么。她羞涩地看了眼旁边的人，而后靠在椅背上闭上眼休息。

十五分钟后，两人到达医院。

挂号，排队后，苏伊被韩翎风强行推进了会诊室，所幸只是轻微的睑腺炎，只需要滴几天消毒的眼药水和每天拿热毛巾敷眼就好了。

“切记，在眼睛好之前，别化眼妆！”医生最后狠狠地强调了这一点。

由于起晚没化妆的苏伊：“是，您说得都对。”

缴完费，韩翎风便拿着单子去药房取药，让苏伊在大厅的椅子上等着。虽说比赛已经过去，可苏伊仍旧对下午那场比赛的失误心有余悸，于是她立刻掏出手机上微博搜索“LPL2017”话题。

“SNM 赢 LOOK，这结果没毛病。”

“LOOK 除了上单肥一点，其他哪个点能压过 SNM？”

“中路伊妹闪现绑空这是最气的。”

“泡泡内心 OS：哪里长出来的傻子藤蔓……”

“亚洲捆绑都不算了，解说直接说是东南亚捆绑了，哈哈哈。”

“再歪一点，太平洋捆绑都不为过。”

“毕竟人家眼睛不好，打成这样不错了，学学我，要优雅，我就笑一笑，不说话。”

因为选手们在舞台上打比赛时戴着的是隔音耳机，赛场之外解说员的话是听不见的。所以这亚洲捆绑、东南亚捆绑、太平洋捆绑是哪里来的梗？她不就是闪现下墙绑空了吗？看到这里，苏伊情不自禁地嘴角抽搐了两下。

而后手机振动两下后，界面中间立即出现了夏七七那黑历史般的颜艺笑容。

苏伊立即按下接听键，结果对面劈头盖脸一句："笨蛋，你人在哪里？"

"医院。"

夏七七那头有脚步声，看起来像是在跑步："废话，风神拉着你像投胎一样就跑了，外设都是你哥帮你收拾掉的。我是问，你在医院哪里？"

苏伊顿了一下："大厅。"

话音刚落，她就看见三个熟悉的身影。

夏七七怎么跟着她哥还有太一一起过来了？

夏七七在人群中一眼扫到了她，踩着高跟鞋先走了过来，苏伊望着她，原以为这厮要询问她的眼睛，结果开口第一句话却是："怎么就你，风神呢？"

友谊的小船该不该翻掉？苏伊严肃地思考起来。

"瞧你这生无可恋的眼神，我是开玩笑的。"夏七七说着在她旁边坐下，摸了摸她的眼角，"你这毛病以前画画的时候就容易犯，你在基地是不是没好好照顾自己啊？"

苏伊有些心虚地干笑了两声："最近练习得比较晚。"

"那这就是你哥的锅了。"夏七七说完，许瑞奇和经理太一也走上前。许瑞奇还没来得及开口，就感觉自己的膝盖中了不止一箭。

他苦笑着："怎么什么都要我背锅？"

夏七七白了他一眼："尊老爱幼懂不懂？"

很好，夏七七这时竟然开始一本正经地胡说八道。

苏伊笑了笑，才想起重点："你怎么和我们战队的人一起过来了？咖啡和闪电呢？"

说到这个，旁边的太一哈哈大笑起来："正在外面抱着哭呢。"

苏伊看着夏七七："他们俩怎么了？"

夏七七耸耸肩："我什么都不知道……"

太一笑着说："你闺密听说你眼睛不好，比赛结束后直接绕到后台找工作人员，闹着要见你。人家以为她是粉丝所以不肯放行，正好我从洗手间出来看见她了，觉得眼熟，后来才想起来是白鲨上的一位星秀主播，好像跟你是认识的。”

可不认识吗？这段时间，她们俩可没少往对方的直播间砸“友谊的小船”。

苏伊：“那和闪电还有咖啡有什么关系？”

太一：“你听我说完嘛，后来咖啡和闪电听见动静也走过来了，看见她身上挂着咱们战队的徽章，也以为是粉丝。看见是美女，他们拿着马克笔就要给她签名，可是你这闺密理都不理他们，就说要见你。估计是遭受到了美女无视的打击，所以现在他俩正在外面抱着哭呢……”

心疼一秒。

正说着，韩翎风拿着药和眼药水走了过来。

原本还坐在她旁边高冷如女王般的夏七七顿时变成了小迷妹的模样，激动万分地站起来看着韩翎风：“风、风神。”

韩翎风有点无奈她的变化之快。

苏伊拉了拉她的衣角，示意她注意自己的人设，然后对着韩翎风说道：“这是我闺密，就是我总和你提起的那位。”

“你好。”韩翎风礼貌地朝她点了点头，之后走到苏伊面前把眼药水递给她，“你自己来还是我来？”

这话怎么说得像要上刑一样？

许瑞奇看了一眼太一刚从韩翎风手上接过来的病历本，问：“苏伊她没什么大事吧？”

“嗯，轻微睑腺炎，这几天滴眼药水，晚上拿热毛巾敷眼就行了。”

苏伊拿着手里的眼药水晃了晃，一副“我就知道”的表情：“看吧，我就说没什么大事吧，风神偏不信，非要拉着我来医院……”

夏七七高深莫测地“哦”了一声，笑容也意味深长。

韩翎风抬起手拍了下她的脑门：“医生说了现在就可以先滴两滴，晚上睡觉前，再拿热毛巾敷眼。”

苏伊：“现在？这里？”

她看了一眼围着自己的四个人，有些不好意思地开口：“回去再滴吧？你们这么多人看着我怪不好意思的。”

夏七七无奈：“又不是要你当众脱衣服，你有什么不好意思的！”

苏伊红着脸：“大小姐，你的人设崩了。”

苏伊仍旧试图反抗，可是奈何不了这四个人把她围堵在椅子上，几次纠缠后，韩翎风索性直接抢过她手上的眼药水，抓着她的肩膀摁在靠背上，这举动让一旁的夏七七叹为观止。

风神，够霸气！

苏伊仰着头，轻轻蹙眉，觉得此时自己的形象和颜值一定大打折扣。韩翎风修长的手指摁住她的脸，将眼药水滴进她的眼里。

“嗯……”

“闭着眼，过两分钟就好了。”韩翎风不动声色地把眼药水盖上。

苏伊哭笑不得：“有点辣眼睛。”

夏七七完全无视掉苏伊的表情，摸着下巴走到许瑞奇身边小声说道：“瑞奇哥，你们基地就没有定什么规矩？”

许瑞奇一边给苏伊递面纸，一边疑惑地看着夏七七：“什么规矩？”

夏七七：“比如，俱乐部内禁止虐狗什么的……啧啧啧，我才是真的辣眼睛。”

许瑞奇顿了一下，痛彻心扉地回答：“这问题闪电他们早提过了，可惜对他们两个完全不顶用。”

夏七七点头赞成：“你说，风神以后会不会喊你大舅子？”

许瑞奇：“这么想就有点恐怖了。”

LPL 夏季赛第二周过后没多久，苏伊就迎来了年假，SNM 战队还是比较人性化的，给了选手们三天年假回家探亲休息。

苏伊、许瑞奇、韩翎风都是 W 城的，在俱乐部下达放假通知后，便着手买票，订了同一天的飞机回去。

下了飞机，在接机口，苏伊一眼就看到了韩莎莎。她公司似乎很早就开始放假，所以也先一步回了老家。

韩莎莎看见苏伊别提多高兴，直接无视她弟，跑过去直接帮苏伊拎手上的伴手礼。分别时，韩莎莎还留下一句“有空来我家玩”。

苏伊也是礼貌性地答应了。

在回家的途中，她忽然想起来什么，朝旁边的许瑞奇问道："表哥，你知不知道风神家住哪里呀？"

之前，章昊和她提过风神在她高中附近的网吧打过 solo 赛，那会儿苏伊都是走读去的学校，既然风神也去那里上网，家离得也不会远吧？

许瑞奇有些困乏了，打着哈欠说道："就我们学校后面的小区。"

"啊？"这么近？那怎么不一起走？

"现在搬家了，不过也不是很远。"

"哦。"

"他和我一起进 SNM 的时候，我就觉得他眼熟，熟悉之后才知道他以前总去我俩老去的那个网吧。说不定你以前也见过。"

苏伊愣住。

"我先睡会儿，到地方了叫我啊。"许瑞奇又打了个哈欠，抱着背包睡了过去。

苏伊努了努嘴，刚想说她也靠着眯一会儿，手机上弹出一条韩翎风的微信，她立即点开。

Coldwind："你到了吗？"

Suee："还有一段路。"

Coldwind："放假忙吗？"

Suee："明后天约了朋友聚会，大后天没事。"

然后，就要回上海继续训练了……

苏伊按下发送后，还在纳闷风神问这个是要做什么，不一会儿那头便回复过来了消息："那大后天出来吧。"

出来吧？干吗啊？网吧五连坐？

Suee："做什么？"

Coldwind："看电影。"

风神要约她看电影？这条消息像是无限弹幕一样，在她的脑袋里滚动播出直至炸裂。

是的，她要冷静。

然而，完全冷静不下来啊！

她立即打开夏七七的聊天框，噼里啪啦地打完字发送过去："前方高能预警！是时候考验一下真正的友情了，朋友，我遇到一个从小到大都不会做的题目！”

那头的人回过来的速度也很快：“题目太难，不会做，手动再见。”

Suee：“浑蛋，我还没说呢！”

七校长：“自古真情留不住，算命先生给我算过了，说我天生和学习八字不合。”

Suee：“把上次风神给你签名的棒球帽还给我！”

七校长：“说出来你可能不信，棒球帽长在我脑袋上了，摘不下来。”

Suee：“朋友，还能好好说话吗？”

这头夏七七抱着手机屏幕乐不可支，决定不再打趣她：“回W城了吗？”

苏伊欲哭无泪：“在回家的路上。”

七校长：“都回到你自己的地盘了，你还能遇到什么难题？”

Suee：“风神约我去看电影算不算？”

夏七七刚去厨房倒了杯热水，回到房间看到微信消息后，直接惊呆了。

七校长：“哎哟！这拨操作可以的！”

Suee：“没有别的？”

七校长：“嗯，祝你们百年好合，早生贵子。”

Suee：“友谊的小船沉到海底了。”

关键时刻，自家闺密怎么就不顶用了呢？

苏伊立即切换到韩翎风的聊天界面，手指在屏幕上悬空，想了好一会儿才下定决心回道：“还有哪些人吗？”

嗯，苏伊看着这个回复觉得完美无缺。

万一风神其实还约了其他人呢？不然她这么激动地回复去或者不去就显得自己太……

Coldwind：“就我和你。”

太……随意了。

不对，是太意外了，没想到风神竟然比她还随意。

苏伊再也无法抑制激动的心情，又折返找夏七七的聊天框：“友谊的小船又浮起来了！！！七七，风神说他就约了我，两个人去看电影，啊啊啊啊！怎么办！！！”

夏七七作为恋爱老手，已经在内心里鄙视了一万次气场全无的苏伊：“依照我多年看少女漫的经验，我距离吃你们喜酒的日子不远了，恭喜恭喜。”

上一条微信还说百年好合，早生贵子，现在又倒退回去吃喜酒了？不不不，重点不是这个问题。

Suee：“我是答应还不答应？”

七校长：“废话，肯定是答应啊！”

对面发出邀请的那个人是谁啊？韩翎风啊，电竞圈内的风神，国服第一ADC，LPL赛区的人气王，S4和S6赛季的MVP！而且，颜值很高啊！

微信这边的苏伊激动地在手机上打字回复韩翎风：“好。”

Coldwind：“嗯，那到时候联系，回家注意安全。”

苏伊看着手机界面上的信息，脸越来越红。

在梦里还在遨游召唤师峡谷的许瑞奇迷迷糊糊醒了过来，看了一下车窗外，距离目的地不远了，他打了个哈欠，扭头看了一眼旁边的苏伊，那位正捧着脸傻笑。

许瑞奇满头问号：“苏伊，你怎么了？”

苏伊立即收起笑脸，一本正经道：“没，刚和七七在微信上研究是珊瑚粉的口红好看，还是姨妈红的口红好看。”

许瑞奇一脸呆愣。

当天晚上，夏七七就卷着铺盖和家当从自己家直接飞奔到了苏伊家过夜。

在苏伊的房间里，夏七七穿着睡衣端坐在床上，看着面前穿着皮卡丘睡衣的苏伊，夏七七抬起手推了她一下：“别躺尸了，你回复他消息了吗？”

苏伊翻了个身，呈“大”字状，看着天花板：“回复了。”

夏七七兴奋得花枝乱颤：“我就说风神对你有意思，你自己以前偏不信，还装模作样地和我说‘在拿到冠军前，我不会考虑谈恋爱’，哼，愚蠢的单身人士，恋爱就像龙卷风，来的时候你挡也挡不住。”

苏伊投去一个鄙视的眼神：“万一人家只是想看电影，没人陪才找我呢？”

“你哥是摆设吗？好歹他们俩也认识两年了，约你哥总比约你容易吧？”

“俩男的看电影不觉得很怪吗？”苏伊说道。

夏七七嘴角抽搐，恨铁不成钢，用手轻轻拍了下她的脑门，不太确定地说道："伊伊啊，你是不是在逃避？还是说，你在担心什么？"

苏伊终于从躺尸模式里解放出来，端正坐在夏七七的对面："七七，你知道我当初为什么会选择去打职业赛吗？"

夏七七："因为你想要成为最强王者的女人？"

苏伊瞪了她一眼。

夏七七立即摆手："你继续说。"

"这两年电竞圈发展迅猛，如今前六个赛季过去了，LPL 依旧没有拿到过 S 系列的冠军。SNM 战队可以说是目前除了 CNZ 战队外，最有可能夺得 S 系列冠军的队伍，当然，今年的 AK 战队除外，Master 和小北这下路组合不是一般地强。"

"那这和你跟风神有什么关系？"

"同一个战队，还是下路组合，真闹出点什么，拿了冠军倒好，拿不到冠军或者说是成绩惨烈，不知道网络上的那些黑粉又要乱说些什么……到时候所有人肯定会把矛头对向 LPL 唯一一位女性选手，也就是我。"说着苏伊指着自己，"如果只是我倒好，万一连累了整个战队，谁也不会心安。"

"可是这明明没什么关系啊，该训练训练，该恋爱恋爱啊。"夏七七一副不屑的模样，"难道整个 LPL 都是单身人士？我大草莓在打职业前还不是谈了恋爱，退役后人家结婚生孩子过得不知道多幸福，哦，听说第二胎都有了！"夏七七拍了拍她的肩膀，"所以该面对的时候就要勇敢面对，拿事实去打那些人的耳光吧！"

"去吧！皮卡丘。"

"不过说起来。"夏七七话锋一转，"你……喜欢风神吗？"

苏伊被她这话问得一愣，撇着嘴想了一会儿，最后回敬她一个微笑。

事实证明，当天闺密的深夜长谈对于苏伊来说还是挺有效果的。

然而，当约定的日子到来，她打开自己衣柜的时候，就不觉得效果有那么大了，她不知道该穿什么。

于是吃过午餐后，苏伊对着打开的衣柜做起了思想斗争。

清理好碗筷的亲妈从她房间路过的时候，发现女儿正用十分费解的眼神盯着衣柜。

亲妈靠在门口，用手敲了敲门："做什么啊？新买的衣柜跟你有什么血海深仇？你要这样盯着人家看？"

苏伊："没，我只是在研究等下出去穿什么。"

亲妈解开身上的围裙兜，递给她，打趣道："这件怎么样？菜市场门口十元一条买的。碎花加条纹，今年夏季新款。"

苏伊嫌弃地看了一眼她亲妈。

亲妈笑了笑："做什么去啊，约会啊？"原本她只是开玩笑那么一说，见自家女儿脸色变了，她就知道被自己说中了，"谁呀？不会是你们战队的那谁谁谁吧？"

苏伊一个"你怎么猜得那么准"的眼神回敬给她亲妈："那谁谁谁？"

"就是你直播时，总和你游戏里走下路的那小伙子，之前微博上还有人八卦你们呢。说起来，前两周你们战队打那个什么夏季赛，听说你眼睑发炎了，就是他在比赛后把你送医院的？"亲妈说完还露出诡异的笑容。

苏伊抖了抖："您怎么什么都知道啊？"

"那场比赛我看了，人家还伸手摸你的脸呢，你都没反抗。伊伊呀，你可以啊，听说对方还是什么电竞男神？虽然我对电竞不是特别懂，但是光看后面俩字就觉得完全可以。"

所以您这就是默认了吗？

"不过你爸当时反应挺强烈的，我觉得如果不是隔着屏幕，你爸很有可能直接冲到台上揍他一顿。但是他最后还是忍住了，摆出一张面瘫脸，冷哼一声就回卧室了。"

好想给自己默默点根蜡烛。苏伊叹了口气，从衣柜里拿出一件红色的连衣裙。

"说起来，你跟你们那男神约的是几点？"

"两点。"

亲妈指了指墙上的钟："可是现在都一点了，你确定还来得及？"

完蛋！要迟到了！

苏伊保证，今天绝对是她步入美妆界后有史以来出门最快的一次。

等她火急火燎从家出发，到达和韩翎风约好的目的地时，正好是下午两点。

苏伊看了一眼手机，心里道了句“万幸”，便开始在人群中搜索某人的身影。

事实证明，长得好看的人根本就不用搜索，因为自带光环。

韩翎风站在树下低头看着手机，从苏伊的角度正好能清晰地看见他的侧脸，优雅而干净。苏伊吸了口气，便大步朝他走去。

还未走到，旁边一直盯着他窃窃私语的几个女生忽然走上前，一脸激动地问道：“是、是风神吗？”

“嗯？”韩翎风这才抬起头。

“哇，真的是风神！”

“风神你真人好帅！”

“听说 SNM 放年假了，没想到是真的。”

“风神风神，能给我签个名吗？天哪，我逛个街居然都能在路边 Gank 到风神！”

女生们更加激动了，其中一个妹子从挎包里掏出一张纸和一支眉笔递给韩翎风：“风神，我是你的粉丝！帮我签个名吧！”

韩翎风有些纠结地看了眼那支眉笔，女生不好意思地笑了笑：“对不起啊，身上只有这个。”

韩翎风顿了一下，大方地从她手里接过，然后在纸上签上他的英文 ID。等把签名递给自己的小迷妹后，韩翎风抬头看向不远处的苏伊：“你还打算站在那儿多久？”

咦？居然早就注意到她了吗？

刚才给韩翎风递眉笔的那女生忽然惊讶地叫了一声：“啊！这不是我伊妹老婆吗？”

苏伊吓了一跳。

“真的是伊妹啊！”

“伊妹伊妹，我是你的粉丝，快给我签个名吧？”

“伊妹也是 W 城人吗？”

苏伊被围攻上来的粉丝吓了一跳，接过笔就在纸上签名。原来被粉丝簇拥是这样一种感觉啊！老实说，第一次给粉丝签名，她还是有些紧张的。

等签完名后，人群之中有个声音问道：“我记得伊妹是 Riki 的表妹吧，我 Riki 大大不在吗？”

你Riki大大约了隔壁小区的老同学打麻将去了，这件事情她该不该告诉粉丝？

“难道只有风神和伊妹？”

“咦，他俩之前在赛场好像还动手动脚的……”

“真的吗？”

苏伊有点听不下去了，慌忙想要掩饰说他们俩出来只是为了办点事。

可是她还没开口，旁边的韩翎风便直接说道：“嗯，来看电影。”

众女粉丝一脸震惊。

苏伊一脸黑人问号。

韩翎风看向她，眼神温柔得几乎能溺死人：“走吧。”

“啊……哦……”苏伊有点受宠若惊，呆呆地应了声。

等两人走远，苏伊发现周围没有异样的眼神后，赶紧扯了一下韩翎风身上墨蓝色T恤的衣角，语无伦次地说道：“那什么，我和你……出来看电影，然后那些女粉丝……”

“你冷静点，苏伊。”韩翎风看着她。

苏伊吸了口气：“这样会不会被人误会？”

韩翎风挑眉：“误会？”

苏伊点点头：“对啊，说不定还会影响你的人气什么的……”

“人气？”韩翎风笑了，“我从来不在意这些东西。到了，我去取票。”

两人说话间已经步入电影院，由于正是周末，电影院人山人海。挑好的电影也是最近新上映的一部，早在之前韩翎风就买好了票。

苏伊跟在韩翎风身后一起走了过去，看着他修长的手指在取票器上按着数字，她问道：“怎么想到出来看电影？”

韩翎风按完最后一个数字，在等待出票的空隙，说道：“在家待着也挺无聊的，不是睡觉就是打游戏。而且……”

他取上票补充道：“跟你一起双排习惯了，也不愿意单排了。”

这句话，让苏伊不由得心跳加快。

“你呢？”韩翎风看向她，弯起嘴角，“在家做什么？晚上也没见你打游戏。”

“我啊……回去看看几位老人，然后和几个朋友聚聚会什么的。”因为一直惦记着要和韩翎风出来看电影，苏伊前几天去走亲戚时完全不走心，感觉时间过得飞快，像是过了一个假的假期。

“你呢？”苏伊反问，“莎莎姐姐这几天还在微信上叫我过去玩，不过完全腾不出时间。”

“嗯，没事。”韩翎风说道，“总有机会的。”

苏伊想了想，觉得这句话也没啥毛病：“嗯，风神你说得也对。”

韩翎风没接话，只是看着她。

苏伊摸了摸脸，寻思着自己这速效化妆是不是太奇怪了？不对啊，风神可是连她素颜都看习惯了的人。

“风神？”苏伊伸出手在他眼前晃了晃。

终于，他缓缓开口：“其实，我不太喜欢‘风神’这个称号。”

“哎？”苏伊一愣。

当年韩翎风刚打职业的时候，正值 S4 赛季，他从 LSPL 的一个战队转会到了 SNM 战队，凭借着崔丝塔娜、薇恩以及金克丝三个英雄一战成名后，便被冠上了这个称号。

在那之后，电竞圈的所有人都知道国服第一 ADC 叫作“风神”。

“脱离了电竞圈，我没有操作，没有走位，就只是一个普通人。”他叹了口气，“做着与电竞无关的事的时候，我就只是韩翎风而已。所以，不在基地的时候，你可以叫我的名字。”

是哦，她这才意识到他们一旦脱离了电竞圈，离开了键盘鼠标，这些曾在电竞圈里奋斗过的少男少女就只是普通人而已。

而且，她加入 SNM 战队以来，韩翎风一直都叫她的名字，从来都没有叫过她伊妹。为什么？因为在他的眼里，她就只是苏伊而已。

苏伊望着他那双好看的眼睛，她记得，她曾说过，韩翎风的这双眼睛幽远而深邃，如暗夜中涌动的深海。

她微微张嘴，轻唤道：“韩翎风……”

韩翎风露出满意的笑容，伸出手揉了揉她的头：“如果觉得绕口，叫我翎风也可以。”

苏伊抖了抖，忽然想起上次在《联盟大拷问》的录制现场，韩莎莎叫他什么来着？她努了努嘴，小心翼翼地学着韩莎莎的语气：“小风风呢？”

韩翎风一愣，无奈地弯起嘴角，抬起手在她的额头上弹了一下，用宠溺的语气说道：“调皮。”

这句调皮怎么莫名地好酥？苏伊甩了甩头，一定是刚才被弹脑门弹晕了吧……

两人看完电影后，又去商场下面的西餐厅吃晚饭。晚饭过后，两人商量着打算去不远处的大学里散步。

原本只是打算掏出手机看时间，在看到屏幕上满满的微信消息时，苏伊有种不祥的预感。

只是没想到消息这么爆炸，因为上面显示的消息来自群聊“SNM 战队首发小分队”。

这名字还是苏伊加入后太一改的，之前叫“SNM 战队首发群”，就因为这个名字，韩翎风三个月没有冒过泡。

“大群好像在聊八卦。”苏伊说道，两人找了张长椅坐下。

韩翎风也掏出手机看了一眼：“不是好像，就是。”

SNM 经理太一：“@Suee@Coldwind 你们俩快出来！这两人是不是你们？”

SNM 经理太一又发了几张图片。

咖啡猫：“这一蓝一红，一高一矮，一男一女……看背影，确实像是风神和伊妹。”

闪电 SAMA：“你们两个放假不在家打游戏居然跑去看电影了？可恶！”

SNM 经理太一：“Riki 呢？@SNM 、Rik 你妹被风神绑架走了，你快出来伸张正义啊！”

咖啡猫：“你没看 Riki 微博吗？他去打麻将了。”

闪电 SAMA：“这照片一看就是风神和伊妹被粉丝 Gank 偷拍了啊，啧啧啧，我总觉得微博又要走一拨节奏。”

Suee 发了个无语的表情。

SNM 经理太一：“哟，女主角活过来了？你知不知道我们战队的官方贴吧快被炸疯了？”

苏伊来不及在微信群里回复太一就一溜烟摸上了 SNM 战队的贴吧。果不出奇然，一个名为《我偷拍到了伊妹和风神在约会》的帖子被盖得老高。

下面是各路粉丝的留言。

“比赛时两人就动手动脚的，也不低调点。”

“垃圾SNM。”

“一起看个电影能代表什么？难道SNM战队放假回去休息还不准职业选手出来一起玩啦？”

“就是，人家本来就是一个地方的，约出来怎么了？”

“约出来怎么了？回楼上，Riki不是伊妹的表哥吗？怎么不把Riki大大带出来一起玩？”

“Riki去和以前同学搓麻将了，没看刚发的微博啊？”

“叨叨什么呀叨叨，瞎操心，又没规定职业选手不能谈恋爱。”

“自古红蓝出CP，这情侣装，铁定是一对了。”

“风伊一生推，推了生一堆！”

“啊？他们还没在一起啊？我一直以为他俩是一对。”

下面的留言越来越乱。

苏伊立即登上自己的认证账号，准备解释清楚。坐在她旁边的韩翎风看着她的手机屏幕，淡定地问道：“你打算写什么？”

“写我们只是出来看电影而已啊。”苏伊举着手机说道。

韩翎风看着她，从她的手里把手机抢了过来：“没什么可解释的。”

苏伊：“哎？”

韩翎风：“苏伊，你知不知道一个男生单独约一个女生出来看电影，是为什么？”

苏伊心里咯噔一跳，接着她清晰地听见旁边的人说道：“因为我喜欢你，苏伊。”

周围一片寂静。

韩翎风刚才的话烙印在了她的脑海里，迟迟挥之不去。

他说，他喜欢自己。

苏伊抬头看向他的眼睛。韩翎风的眼神没有丝毫的躲闪，他刚才的那句话像是做足了准备一样。

她的脑海里忽然冒出来一个想法，风神他这次约自己出来，不会就是告白吧？

一想到这里，她的心脏就控制不住地乱跳。

“你……你喜欢我？”苏伊呆呆地指着自己，半晌才这么生生憋出一句话。

韩翎风肯定地点了点头：“嗯，我喜欢你。”

苏伊深吸两口气，让自己镇定下来。她的脸颊还是因为羞涩泛出淡淡的粉色，并且声音也越来越小，显得底气不足：“为什么……会喜欢我……”就因为经常腻在一起打下路？

苏伊觉得自己的情商并不算低，她来基地那么久，自从开了直播，几乎每次都是和韩翎风一起做直播，还一起走下路。弹幕里已经不止一次疯狂带节奏，但是每次都被他俩把话题引偏。

一开始她只是以为因为自己是女生，所以风神对自己很照顾。但是这样的照顾，久而久之就变成日久生情了。那意思是，如果当初来打职业的女生不是她，那么韩翎风喜欢的人会不会是她呢？

韩翎风忽然弯起嘴角，把手机还给她：“苏伊，你知不知道我第一次遇见你是什么时候？”

苏伊接过手机放进包里，摸着下巴想了好一会儿：“不就是游戏里吗？那把我和你对线。”

韩翎风笑了笑，样子有些无奈：“除了游戏，再想想？”

苏伊不敢和他对视，想了一下：“那就是S6赛季，SNM在美国打小组赛的时候？”

那也不可能啊，那次她去美国看小组赛从头到尾都没和韩翎风碰过面啊！要真说现实里碰面，那就是在基地里，还是在韩翎风的房间里……想起那次她穿着吊带睡裙湿着头发出来和韩翎风撞了个正着，她就想不下去了。

“是在你高中附近的网吧，”韩翎风眼角带着笑意说道，“一个冬日。”

学校附近的网吧？就是她和许瑞奇总是去的那家吗？听说还举办过《英雄联盟》solo赛的那个……等等，可是她印象里怎么没在网吧遇见韩翎风？毕竟这张脸的颜值可是很高的啊，不可能没印象吧？

“那次我站在你身后看你打游戏看了很久，虽说那时跟现在比起来玩得很菜，但是在女生里，你的操作已经算很好的了。”

苏伊想了想问：“什么时候的事？”

“在我打职业赛之前。”

风神打职业赛之前？那不就是S3赛季吗？那个时候她还只是个小萌新而已，虽说手速很快，但操作烂得不行。

“那么久远的事……”

韩翎风点了点头，想起那年冬天她的身影，不由得咧开嘴角：“因为我记住了你的ID啊。”

苏伊愣住了。

“那时候的确过于关注你，甚至查过你的战绩。”韩翎风说得很是认真，“没多久后我就被挖去一个二线战队打中单，S4春季赛后就转去了SNM战队打ADC，之后再看到你就是在掌盟上了，官方编辑推出了你的一些作品。”

掌盟便是《英雄联盟》官方资讯App,还具有查询战绩、英雄资料等等功能。

苏伊喃喃道：“是因为那张插画吗？SNM战队的冠军皮肤同人。”

“嗯。”韩翎风回答，“那年SNM战队的发挥不好，我心情也不好。看到那图后，闪电第一个就哭了。因为总觉得画手的ID很眼熟，于是我顺着图片上的水印找到你微博的时候，我才发现那个人就是你。怕打扰你，所以我并没有选择关注你，但是我会经常去你的微博，还知道你换过游戏ID。”

所以那个时候她就无意间圈粉了电竞男神？

“所以你的那个钥匙扣……”

“嗯，也是很早就去定制了一个。”韩翎风说着从口袋里掏出钥匙，“不过之前那个在去美国参加S6的时候弄丢了，回来后又去定制了一个。”

苏伊盯着那个钥匙扣出神。

“苏伊，你知道吗？太一和我说考虑找你来打职业的时候，我真的特别开心。”

韩翎风说的全是真心话，一开始只是过分关注这个人，直到她来基地，和她相处，渐渐了解她，才发现她其实是个小女生，也有傲娇和可爱的一面。

“每次遇见你的时候，你都能让我心动，我想……这就是喜欢吧。”

夜风拂过她的长发，绯红从脸颊一直延伸到脖颈，苏伊害羞地躲闪开他的眼神，随意撩了一下刘海。

她紧张啊！都紧张到嗓子眼了！就算她再镇定，也不能掩盖心里像是有十几只小鹿在乱撞。支支吾吾了半天，她才从嗓子里憋出一句：“我……我……”

“扑哧。”看着她笨拙的样子，韩翎风一不留意就笑出了声。

苏伊虽然很想吐槽，但是他笑起来的样子真的好好看，怎么都看不腻的那种。这样优秀的他，真的喜欢自己？

“我只是想传达给你，因为你看起来……”韩翎风抬起手，像以往那样摸着她的脑袋，“好像很迟钝的样子。”

她才不是迟钝！她只是不太敢想这样的事。

苏伊撇着嘴，小声嘀咕着：“我手速那么快、意识那么好，居然敢说我迟钝！”

韩翎风看着她，眼神宠溺极了：“那你要不要做我的女朋友？”

节奏又被他带偏了。

苏伊抬头，这次打算努力直视他。不能不管是打游戏还是现实里都被他的节奏带着跑呀。于是，她羞涩地反问道：“那……那你想不想我做你的女朋友？”

他轻声笑：“那就要看你愿不愿意了。”

“我愿意啊。”站在他面前的女生，漂亮的眼眸正看着他，语气也很坚决，“因为我也喜欢你啊。”

韩翎风把苏伊送到她家楼下，掐算着她差不多到家了，悠悠掏出手机打了通电话过去。苏伊刚进门换下鞋子，看到来电显示是韩翎风，按下接听键走到阳台上。

“喂。”电话那头是她软软的声音。

韩翎风站在楼下，看着楼上：“三十二楼？”

“嗯。”苏伊趴在围栏上向下看，“你不会还在下面吧？”话音刚落，便一眼看到站在路灯下的身影。

“看你到家我才安心。”韩翎风笑着说完，便转身朝小区外面走去，“早点休息，明天见。”

“嗯，明天见。”苏伊说道，目送着他的身影离去。

因为第二天就要返回上海，俱乐部那边的假期余额也临近欠费，苏伊挂了电话准备回房间里收拾行李。刚一个猛回头，就对上她亲妈那带着八卦表情的笑脸。您这大晚上的要吓死谁？

“妈？”苏伊眨眨眼。

亲妈笑了笑：“你约会回来啦？怎么样啊？”

苏伊一副“我不知道你在说什么”的表情，捏着手机就朝自己房间走去：“挺好的啊，我去收拾行李了。”

亲妈看着她的背影，走到客厅坐到沙发上，用胳膊肘撞了撞亲爸：“我们家伊伊是不是恋爱了？”

只见苏伊的爸爸冷哼了两声：“不好好打职业赛，谈什么恋爱。”说完继续面不改色地看着面前的电视机。

苏伊的妈妈：“傲娇。”

第八章

不要害怕未知的事物

♥♥

当晚，苏伊睡觉前收到了两条微信：一条是来自韩翎风的“晚安”，苏伊捧着手机笑眯眯地回复“晚安”后，在床上打了两个滚，才慢悠悠地查看了第二条微信。

SNM、Riki：“！！！！！”

哥，你发五个叹号来是做什么？于是，苏伊很配合地回过去五个问号。

Suee：“？？？？？”

SNM、Riki：“你和风神去看电影这件事，你怎么没告诉我？！”

Suee：“你去和老同学打麻将这件事，你也没告诉我啊，说真的，你今天赢了多少？”

SNM、Riki：“没赢！输了五百！”

Suee：“不行啊，当天叱咤整个小区的雀神许瑞奇去哪里了？”

SNM、Riki：“去年一整年除了键盘鼠标，我还摸过啥？”

SNM、Riki：“差点儿被你带偏了！”

Suee 回了一串省略号。

SNM、Riki：“你是不是喜欢风神？”

Suee：“你看出来了？”

许瑞奇心想，是的，不仅他看出来了，整个俱乐部都看出来了！大家又不是瞎子！

SNM、Riki：“虽然你哥我盲僧玩得很好，但我又不是真的瞎！”

Suee：“我们在一起了。”

苏伊发送了这六个字后，大概能预感到电话那头的许瑞奇已经瞬间爆炸了。可是，过了半晌她哥都没有回消息。苏伊估摸着他是睡着了，把手机锁屏扔到枕头旁边后，也准备入睡了。

事实上，作为战队队长的某位元老级打野，在得知消息后，正偷偷摸摸地给他们家 ADC 发消息。

SNM、Riki：“嘤嘤嘤，我拿你当兄弟，你竟然泡走了我妹！不厚道啊不厚道！”

此时，韩翎风已经关掉手机屏幕准备睡觉了，突然被他们家队长的微信吵醒。他揉了揉眼睛，淡定地给许瑞奇回复过去一条消息。

Coldwind：“该睡觉了，大舅子。”

SNM 、Riki 风中摇曳。

第二天一早，苏伊就拖着拉杆箱率先奔去了飞机场返回上海。许瑞奇家里有事，买的下午的航班，应该和韩翎风是同一班。

苏伊是第一个回到基地的，收拾完行李后，就开始大扫除。因为心情好，加上今天的太阳还很明媚，苏伊顺便把其他人的被子也拿到后院里晒去了。

下午一点三十五分，第二个回到基地的小伙伴推开了大门。

闪电一只手提着老家的土特产，一只手拖着拉杆箱，嘴里自言自语道：“咦，门居然没反锁，地这么干净，门口这株芭蕉叶也浇了，难不成有海螺姑娘来 Gank 基地啦？”

趴在二楼栏杆上喝着汽水的苏伊无奈地干笑了两声：“海螺姑娘没有，勤奋的电竞小萌妹倒是有一个。”

闪电走到玄关把行李和背包都放下，诧异地看向苏伊：“伊妹你回来得这么早啊，不和你哥还有风神一起回来啊？”

苏伊从二楼缓缓走了下来：“回来的机票是我爸给我买的，他选错时间了。”

闪电“哦”了一声，从背包里掏出密封包装的盐水鸭以优美的抛物线扔到苏伊手上，然后拖着行李和背包从她身边路过：“那勤劳的电竞小萌妹，拜托你把这只南京盐水鸭处理一下咯。”

苏伊只想翻白眼。

下午两点四十四分，第三位回到基地的小伙伴一推开基地大门，就看见苏伊和闪电两个人坐在客厅沙发上，围着一只盐水鸭，边吃边看动漫。

咖啡愤怒地把一包麻辣牛肉干甩向闪电的脸：“居然不等我回来就开始瓜分好吃的！”

闪电稳稳地接住后道：“快去放行李，还给你留了条腿。”

“这还差不多。”咖啡这才满意地点了点头，提着行李箱朝二楼走去。

到了房间后，发现自己房间的床单、被子都不翼而飞，他呼哧呼哧地从房间里跑出来，站在二楼扯着嗓子喊，“我的床单和被子呢？”

闪电正准备起身去一楼的洗手间洗手：“你问伊妹。”

咖啡的视线对上苏伊。

苏伊啃着鸭掌说道：“今天我心情好，把所有人的床单被子都拿到后院晒太阳去了。”

咖啡“啧啧”两声后夸赞道：“Nice（赞）啊，我的伊妹。”

他从二楼跑下来瓜分鸭腿，别有深意地看着她：“你心情好是因为昨天和风神一起去看电影吧！”

苏伊沉默。

“Oh，My God（天哪）！伊妹你在洗什么？”闪电惨痛的呐喊从一楼洗手间的方向传来。

苏伊一脸迷糊地扯着嗓子号了一句：“洗衣服啊！”

不一会儿，闪电踩着一双泡过水的乔巴娃娃头拖鞋，举步艰难地从洗手间里走出来，连他的裤腿都湿了不少。

苏伊把嘴里的骨头吐到垃圾桶里，一副受了惊吓的模样：“闪电，你都多大了还玩水？”

闪电看苏伊和咖啡还在啃盐水鸭，抽着嘴角指了一下身后的洗手间：“发洪水了。”

“啥？”

苏伊扔下鸭掌奔去洗手间，果然一楼的洗手间里满地的水。

“你对我的洗衣机做了什么？”

“什么你的洗衣机啊！我就想去洗个手，进去就淹了！”

咖啡慢吞吞地走了过来，看了两个人一眼：“洗衣机的出水口堵了。”

苏伊：“堵了你不早说？”

咖啡心虚地四处望，佯装看风景：“放假前我是最后一个走的，当时就发现了，想着放假来了后再说，谁知道伊妹你这么勤快，一来就洗衣服啊……”

队友你倒是靠谱一点啊，刚才是谁夸她 nice 来着！

下午四点四十分，许瑞奇和韩翎风一起抵达基地，然后就被基地内的景象惊呆了。只见苏伊、闪电、咖啡三个人裤腿全湿，正忙着给洗手间抽水。

许瑞奇："你们干什么啊，刚放假回来就拆基地啊？今年的冠军奖杯不要了？"

闪电无语望天："拆什么基地啊，要不是我发现及时，你们回来都可以潜水了！"

韩翎风放下行李快速走上前查看："怎么了？"

苏伊指着洗衣机说道："洗衣机坏了，等发现的时候洗手间就淹了。"说完瞪了咖啡一眼。

咖啡心虚地揉了揉头："这锅我背，我背还不行吗？！"

韩翎风看了一眼苏伊："我来吧，你上去把裤子换掉，感冒就不好了。"

苏伊害羞地把头低了下来，"嗯"了一声后就打算撤退。咖啡见苏伊要上楼，走上前一把抓住苏伊的肩膀，把她吓了一跳。

咖啡："伊妹，你上去等下下来把我房间里的毛巾拿下来吧，我擦擦脸。"

苏伊："好的。"说完转身撤了。

许瑞奇看了苏伊一眼，然后走到洗手间门口看了一眼惨状："都说叫太一把这台老爷洗衣机换掉了，年龄据说比我都大，我去打电话叫一下报修的师……风神，你这什么表情？"

韩翎风撇着嘴，盯着咖啡的脸三秒后，撸起袖子走进洗手间："咖啡。"

"啊？"咖啡由于背锅还比较心虚，看着韩翎风的脸，顿时吓得不轻。

只见韩翎风微微动了动嘴皮子："不要对别人的女朋友动手动脚。"

一瞬间，空气凝结住了。

咖啡的嘴巴越张越大，接着站在旁边看热闹不嫌事大的闪电笑了起来："扑哧——哈哈，厉害了我的风神，哈哈哈，咖啡你……哎哟，笑死我了。"

咖啡算是基地里神经比较粗的了，刚才完全没多想就抓住了苏伊的肩膀。也许是和苏伊在基地里待久了，没太拿她当妹子看。

他看了一眼韩翎风，又扭过头看了一眼他亲爱的队长，许瑞奇的表情还算淡定。

咖啡抖了抖身子，对着许瑞奇问道："放个假，他俩就真好上了？"

许瑞奇叹了一口气："我也是昨天晚上才知道。"

咖啡转过头一副视死如归的表情，举起手掌说："我发誓，绝对不会有下次。"

韩翎风顿了一下："这次就赦免你，帮我拿块抹布过来。"

"是是是。"

五分钟后，苏伊从咖啡的房间取了条毛巾下来。她发现，咖啡这厮接毛巾的时候，小心翼翼地生怕碰到她一样。

怎么了？她难不成自带病毒啊？

苏伊看着咖啡，完全一副看智障的神情，然而走到她哥旁边："咖啡怎么了？"

许瑞奇跟报修的师傅发完定位后，说道："被风神教育性指导了一番。"

苏伊歪头："啊？"

"啊！伊妹你给我拿的是什么毛巾啊！"咖啡擦完了脸，看了一眼手上的毛巾，顿时想哭。

苏伊疑惑地看着他："就挂在最外面的啊。"

咖啡生无可恋地回答道："这是擦脚的！"

苏伊："呃。"

随后，咖啡捏着毛巾闷闷不乐地回到二楼自己的房间，八成是赶紧把他那张经过擦脚布洗礼的脸蛋清洗一下。

苏伊站在楼下，有些担忧地问道："我真的只是拿错了毛巾而已，他不会生气了吧！"

闪电捂着肚子笑："哈哈，伊妹你就别担心了，让他一个人静静。"

苏伊白了他一眼，"看热闹不嫌事大的吃瓜群众"说的就是闪电这类人了吧！

韩翎风把手里的抹布扔到闪电怀里："别笑了，快来帮忙。"

"是是是，风神说得对。"

一群人把洗手间整理干净后，就平躺在沙发上。接着没一会儿经理太一拎着一堆特产回到基地，还兴高采烈地分发给大伙儿，接着哼着小曲回到自己的房间。

许瑞奇蹙了蹙眉头："怎么放假回来，太一的智商就像倒退了八年？"

闪电顿了一下："照这个情况来看，估计是和隔壁《守望先锋》的美女经理有进展了。"

许瑞奇看着坐在自己对面的苏伊和韩翎风，捂着脸靠在闪电的肩膀上：

“兄弟，基地里到处都充斥着恋爱的酸臭味，只有咱们身上散发着单身狗的清香。”

闪电被许瑞奇这话吓了一跳，点了点他的肩膀，示意他看向自己的手机屏幕：“Riki，看见我手机壁纸了没？”

许瑞奇一阵黑人问号：“不就是阿狸电玩女神的皮肤吗？”

闪电：“这是我老婆，这是我老婆，这是我老婆！重要的话说三遍，所以你还是去和咖啡缠绵吧！”

许瑞奇：“死开！”

上个月是谁说D. Va是他老婆来着，怎么这个月就变成九尾妖狐了？

放假归来后，照例是日常的Rank训练。韩翎风和苏伊依旧双排上分，两人组队后开始队列，三分钟后顺利进入到BAN/PICK的界面。

许是韩翎风和苏伊二人的ID实在太过显眼，当前聊天频道在他们进入房间后瞬间就炸开了。

白鲨TV颜团子：“啊啊啊啊啊！风神！！！”

萌猫TV小雅：“啊啊啊啊啊！伊妹！！！”

千年狐妖小阿狸：“楼上两位这么激动地使用了咆哮体，要不要冷静一下？”

白鲨TV颜团子：“风神、伊妹，你们是不是在一起了？”

萌猫TV小雅：“为什么看电影不带上我家Riki？”

苏伊和韩翎风相互看了对方一眼，然后默契地选择了一同装死沉默。

接着，在预选阶段把自己要选择的英雄亮了出来。

白鲨TV颜团子：“我风神好冷漠，居然不理我。”

萌猫TV小雅：“我伊妹也是……”

千年狐妖小阿狸：“你们两个是来搞笑的吧！”

苏伊和韩翎风并没有正面回应这件事，战队其他人也很识趣地在开直播被粉丝询问时表示自己什么都不知道，然而还是挡不住粉丝们对 SNM 战队下路组合的八卦之心！甚至之后还有粉丝在论坛发表一篇名为《SNM 战队下路爱情故事》的帖子，全程分析从苏伊加入战队到两人开直播，再到夏季赛第一周赛场上两个人的种种举动。

“小 C 以前还在队伍里的时候，风神是这副态度吗？打直播的时候有笑过吗？（无奈）”

“回楼上，没有。”

“别说笑了，风神会给小 C 打辅助吗？（斜眼笑）”

“还有闪现挡子弹！”

看完论坛上的八卦，太一心情复杂地合上了笔记本，然后看了一眼客厅里正和韩翎风打着游戏的苏伊，扯着嗓子玩笑般嚷嚷了一句：“伊妹啊，咱们不是说没打下江山前不谈儿女私情的吗？”

这边苏伊正操作着英雄灵魂典狱长锤石游走到中路，准备偷偷摸摸地帮忙自家中单进行一拨 Gank，被太一这问题吓了一跳，反向朝背后扔了一个钩子。

于是自家中单在屏幕上打了一串问号，然后调侃道：“伊妹，你在‘东南亚捆绑’后，打算秀一拨‘马拉西亚神钩’吗？”

苏伊立即打字道歉：“不好意思，手滑了。”

得知自己 Gank 失败，苏伊操纵英雄回到下路：“其实我觉得吧，也可以一边打江山一边谈谈儿女私情的。”

太一“啧啧”了两声，朝着韩翎风问道：“这话你教她的？”

韩翎风这边刚单吃完对面 ADC，悠悠地回到塔下回城：“嗯。”

“你嗯什么嗯啊！咱们队唯一……不对，整个 LPL 唯一一名女选手就这么被你拐走了，作为当事人，风神没什么感想想发表的？”

韩翎风想了一会儿，答道：“荣幸之至。”

兄弟，你这么旁若有人地秀恩爱真的合适吗？！太一闷闷地想着，然后把苗头对准了许瑞奇，此时此刻这位队长大人正在韩服奋斗着。

“Riki 啊，对于你妹被拐走这件事，你有没有什么建设性的言论要发表的？”

“闪电，你往我这边靠一下，闪现啊！叫你闪现！”许瑞奇正在和闪电双排上分，画面里他正在帮闪电的中路反蹲。

闪电一顿风骚操作后，和许瑞奇双双惨死在中路，抱怨道：“你发音清楚点啊！闪电闪现分不清楚啊？！”

许瑞奇翻了个白眼，趁着画面黑白，扭头看了一眼太一：“经理，你刚才说什么？”

太一一脸冷漠：“我在问你对你妹被风神拐走有没有什么建设性的言论要表达的！”

许瑞奇看了一眼背后的两个人，说：“风神都叫我大舅子了，我还能说什么？！闪电你给我好好猥琐发育！别出塔了！”

太一头一次觉得他们战队的画风出奇地新奇，跟别家那些妖艳战队就是不一样！

各网络平台的八卦一直未消停，然而SNM战队这边毫无动静。于是伴随着这股八卦风，正式迎来了夏季赛第三周的比赛。

SNM战队的比赛依旧被分到了第一天，对战的战队则是忽然杀出的黑马——AK战队。

目前在B组内，SNM战队和AK战队的积分相同，同样是赢得两场比赛。

对于AK战队，SNM战队在前几天已经做了不少功课，战略部署首先是拿下路组合Master和小北开刀，接着便是中单、打野、上单。

SNM战队一行人到达会场的时候是下午两点，然后待在休息室调整状态和检查外设。外场已经开始放暖场的音乐，这表示观众们陆陆续续进场。这时，休息室里的电视上开始循环播放各个战队的宣传视频。

宣传视频是官方人员制作的，战队这边只需要提供定妆照。

由于第一场比赛是SNM战队对战AK战队，很快视频就轮番播出两队队员的定妆照制作出来的宣传小短片。由于SNM战队的队服是红白相间的，所以宣传片以红色为主，而AK战队的队服是绿白相间的，所以剪辑出来的宣传短片呈现出大片大片的绿色。最后画面定格，出现“SNM战队”vs“AK战队”的字样。

看到这里，站在后面的咖啡摸着下巴疑惑：“其实我一直都很怀疑AK

战队设计部那边的审美，为什么要把队服搞成这种草绿色？”

闪电：“要想生活过得去，身上总要带点绿。”

苏伊：“看来AK战队挺实在的。”

话音刚落，视频接着切换，播放上周十二支战队的精彩TOP10，CNZ战队一个镜头，AK战队两个镜头，SNM战队两个镜头，其他队伍的操作也十分亮眼。

虽说上周CNZ战队一赢一输，但是在对战UG战队时，祈神的盲僧一拨抢大龙操作简直帅得飞起，不仅抢掉了大龙，还安然逃离大龙坑和赶来的队友打了一拨零换五，一拨结束比赛。

尽管上周赢了CNZ战队，但是日后再遇见还是不能掉以轻心。

看到这里，苏伊本身松了口气，要知道上周的比赛她最在意的其实是被网友们所调侃的“东南亚捆绑”，简直丢死人了！可是刚松完气，精彩TOP10播放完后，屏幕中间赫然出现了五个红色的大字——联盟麦克风！

苏伊愣住。

屏幕里先显示出来的是韩翎风，他面无表情地看着屏幕，而后偏过头看向苏伊的方向：“换西瓜上来吧。”

画面切换到苏伊：“没这么严重吧？”

咖啡：“伊妹你真没事吗？风神都发话了，你居然还不肯去休息？”

闪电：“就算你不听风神的话，Riki的话你也该听吧？”

然后屏幕重点出现一个“前方高能”的字样。

许瑞奇：“姑奶奶，你赶紧去休息吧！这比赛可是直播，万一你爸看比赛知道你得了睑腺炎，我还继续让你打比赛，今年过年回家我会不会被砍成薯片？”

许瑞奇站在电视机前，看着这一段剪辑一脸吃惊：“这一段怎么录进去了？”

随后画面右下角工作人员给许瑞奇配了一个蘑菇头坏笑的表情包，配文：“没想到你是这样的Riki大大！”

许瑞奇立即朝着门外的工作人员走去：“麦克风的后期是哪位，我觉得我们有必要谈谈人生。”

苏伊捂着嘴巴一顿傻笑，笑着笑着就发现已经播游戏画面了。SNM战队这边婕拉偷偷摸摸地从河道游走过来，躲在草丛上面的墙壁旁。

苏伊："闪电，这里这里！卡尔玛肯定过来的！"

闪电："等我再演一会儿。"

苏伊："他来了！我上了！"

然后闪现下来，技能全空，苏伊看着画面嘴角抽搐，因为画面上正配着一串红色的大字"东南亚捆绑"。

闪电："伊妹，这不是你的操作啊！"

苏伊："刚才有点冒眼泪，视线模糊了。"

工作人员还很贴心地为她这段配了一个"西湖的水我的泪"的表情包，顿时变得超级滑稽。

苏伊顿了一下，接着也扭过头："请问做后期的小哥哥在哪里？我也想和你谈谈人生！"

苏伊走出休息室的时候许瑞奇已经不见踪影，他不会真去后台找后期小哥哥去了吧？

她站在休息室门口愣了愣，其实她自己出来倒也不是真的去找后期小哥哥，只是觉得待在房间里被自家队友那么嘲笑，她脸皮有点薄招架不住。甚至她站在外面走廊上都能听到闪电和咖啡没心没肺的笑声，这都是什么队友？

可是有一点苏伊并没有想到，会场内正中央的大屏幕实际上和休息室里的电视机是同步播放的。她站在走廊上，听到外面会场内观众"哈哈哈哈哈哈"的爆笑声，就想找个地洞钻进去。

不行，果然还是得去洗手间洗个脸冷静一下。

从洗手间出来，苏伊拍了拍脸，刚迈开步伐就看见走廊那头缓缓走来一个穿着蓝黑队服的身影，是CNZ战队的梁祈。

两人正好在昏暗的走廊上，打了个照面。

自从夏季赛第一周两支战队打过比赛，他们就没再有过交集了，最近的几场训练赛也因为时间问题都没有约上。

梁祈看着苏伊，率先打破沉寂，弯起嘴角："哟，伊妹。"

看样子，上次CNZ战队比赛失利给他造成的影响已经不复存在，心情调整得不错。苏伊笑了笑："你好。"

梁祈："你们今天是对战 AK 战队吧。"

苏伊："是啊，你们待会儿是对战 ORG，没问题吗？"

梁祈顿了一下，而后看了她一眼："那支水果战队啊……放心吧。"

ORG 战队，因为和"orange"谐音，又被网友和粉丝们戏称为水果战队，是去年从 LSPL 联赛打上来的升班马，虽说是升班马，但由于资历和经验不如以前的老战队，在 LPL 赛区还是奋斗得比较艰难。

像 CNZ 这种老牌战队，ORG 估计也只有被吊打的份。

这时，外面的暖场音乐已经收尾，主持人和解说员似乎已经各就各位。

梁祈朝外面看了一眼："待会儿就是你们的比赛了，好好加油。"

"谢谢。"

CNZ 战队的比赛在今天的第三轮，还有充足的时间让他们在休息里打训练赛。梁祈推开休息室的门，进去就看见自家 ADC 小妖坐在沙发上指着面前的电视机说道："祈神回来了啊，刚才有播 SNM 的麦克风。"

梁祈走上前，疑惑道："然后呢？"

小妖的笑容顿时变得不怀好意："嘻嘻嘻，有隔壁伊妹的镜头，东南亚捆绑什么的。"

梁祈："所以？"

小妖沉默片刻："你不是对她……那啥？"

自从 CNZ 战队全员队员知道他们家队长给隔壁苏伊直播间送过礼物后，就各种调侃。

梁祈立即心领神会，走上前狠狠地拍了一下他家妖妃的脑门："我都说了多少遍了，我对隔壁伊妹没有意思！"

小妖捂着生疼的脑门，一脸哀怨："没意思你这么激动做什么？"

躺在沙发上的阿夜打了个哈欠："是是是，毕竟隔壁伊妹都和风神出去看电影什么的了，俗话说近水楼台先得月，我们家祈神别说楼台了，连个瓦片都没有，得什么月呀。"

梁祈听完顿时满脸黑线："待会儿和水果战队的比赛，你自己一个人在中路慢慢玩。"

阿夜立即坐起来："你恼羞成怒啊？"

梁祈叹了口气，看了看面前的电视机，画面里SNM战队和AK战队陆续登场。

在这个光芒灿烂的舞台上，作为一名女选手能有现在的觉悟与成绩，的确很让人敬佩。

他看着SNM战队队伍末尾站着的人儿，淡淡道："如果非要说的话……伊妹，应该算是我的女神吧。"

CNZ战队众人惊呆了。

察觉到气氛不对，梁祈朝自家队友们问道："你们怎么忽然就沉默了？这样会显得我很尴尬。"

小妖想了想，露出一副怜惜的表情："祈神……你这样下去，真的活该没有女朋友。"

会场。

跟在队伍身后从通道走到舞台上，再回到座位上开始调整外设，苏伊看着台下黑压压的一片，仍旧紧张得咽了咽口水。

她戴上耳机，连麦后在语音里说道："今天的人好多啊，比前几周的人还要多。"

咖啡："不知道多少观众是冲着Master和伊妹你俩的噱头而来。为了看咱们这场比赛，粉丝可没少为内场票争得头破血流。"

苏伊："咖啡，你这么说我就更紧张了。"

闪电开玩笑道："别紧张，免得再来我中路秀一拨东南亚捆绑，伊妹你这就洗不白了。"

苏伊咬咬牙："什么东南亚捆绑！别忘记了我还有压箱底的锤石！"

闪电笑着道："你问一下风神敢不敢让你拿锤石！"

苏伊立即歪过头看向旁边的韩翎风，只见他弯起嘴角，语气很轻松："我随意，放出来就拿。"

苏伊："看见没！我家ADC都没说什么！"

闪电："是是是，你家ADC……"

许瑞奇眨眨眼，提醒道："妹，你忘记刚才被麦克风支配的恐惧了吗？"

咖啡哈哈大笑："难怪从刚才开始Riki你就一句话都不说。"

许瑞奇：“别乱说话，把对面 Master 的维鲁斯先给我 BAN 了！”

伴随着闲聊，正式进入到了 BAN/PICK 的预选模式。SNM 战队处于红色方，是后手选择。正如 SNM 众人所料，AK 战队率先就 BAN 掉了下中野三个位置的强势英雄，第一手自己选择还抢下一个“寡妇制造者”。

韩翎风看到这个微微蹙眉：“如果我没记错的话，寡妇是 AK 战队打野的招牌英雄吧？”

教练阿炎站在后面看了看，拿着笔记本一边记笔记一边回答：“对，但是这个版本的寡妇并不算强势，不知道是不是又有什么新的套路。”

咖啡：“把 Counter 位留给风神吧，我先拿辅助怎么样？伊妹你的婕拉还在外面，你要不要啊？”

苏伊：“给我拿锤石！最近我和翎风练了很多，都说我的钩子是指向性的！”

咖啡：“你这么说我怎么反而不能安心呢？”

虽然这么说，但咖啡还是帮苏伊锁了一手锤石，而许瑞奇则自己拿下了打野男枪。

对面第二手 BAN 掉了上单酒桶和中单乐芙兰，SNM 战队这边也 BAN 掉了卡尔玛和马尔扎哈，算是给自家下路续了一口大命。

SNM 战队这边拿到了锤石加上卢锡安的强势组合，而对面则拿了戏命师配娜美。

前期下路对线 SNM 战队这边占了点优势，韩翎风压了 Master 十几个补刀左右。双方中路六级后对面寡妇忽然带着中单奥利安娜游走到了下路，寡妇隐身带着奥利安娜的魔偶球，在草丛里阴了苏伊和韩翎风一把，对面甚至不惜交掉三个闪现和一个虚弱硬是要消灭这对下路组合。与此同时，闪电和许瑞奇围绕着上路作死了对面上单，双方交换上下路一塔，由于 AK 战队人数较多，率先告破一血塔，SNM 战队下路处于小小的劣势。

许瑞奇直接放弃下路，让韩翎风独自发育，带着苏伊和闪电在对面红 Buff 那儿阴了一手，打了一拨二换三，把下路那点劣势又拖了回来。

比赛进行到二十八分钟的时候，双方经济相差不过一千多，基本持平。SNM 战队经济还是处于落后，结果在中路一拨团战后，AK 战队选择后退，SNM 战队抓住机会，五个人偷偷拿下了大龙后，AK 战队察觉到苗头不对，立即赶赴战场。

苏伊见对面打野和上单盯准了自家ADC，利用灯笼马上把卢锡安拉到身边：“快点灯笼！对面寡妇要来了。”

韩翎风不慌不忙地后退，看了一下对面阵型：“对面上单艾克呢？”

苏伊拉了一下视角，顿感不妙：“绕后了！”

只见对面上单艾克传送到后方的眼位上，利用“家园卫士”Buff的加速效果直接突到了韩翎风的脸上，苏伊立即想要钩住他，但是——

钩空 ×1！

钩空 ×2！

钩空 ×3……

一拨团战双方拉扯战打了几个回合，苏伊三次出钩全空。好在当时闪电的中单及时支援到后方，一起消灭了这个艾克，但是许瑞奇和咖啡拖住对面后排太久，双双惨死。

中下辅三人立即后退。

结果残血的苏伊，被Master的烬一发超远程技能击中，被他拿下一个三杀。

苏伊这钩子就尴尬了。

咖啡看着面前的黑白屏，悠悠地问道：“伊妹，你不是说你的钩子是指向性的吗？”

苏伊看着屏幕里死掉的英雄，咽了咽口水：“可能今天这钩子没开过光。”

比赛进行到三十五分钟的时候，苏伊才发现，这不是她这钩子开没开过光的问题，而是他们这边的团战已经打不过AK战队那边了。

中期在大龙坑外的一拨拉扯战，让Master的戏命师拿下一拨三杀，顿时这位大魔王成了SNM战队最大的威胁，而咖啡和闪电到中后期又找不到突破口去切掉对面的后排。

四十分钟时，AK战队以15∶8的人头数领先，还领先SNM战队这边2座塔，经济相差在五千左右。此时此刻，AK战队五人朝着刚刷新的远古巨龙而去。

远古巨龙与其他元素龙不同，击杀的一方队伍能拿到长达120秒的增益Buff，能对目标造成灼烧效果，还能提高之前元素龙50%的Buff效果。

苏伊紧紧地握住鼠标，跟着大部队朝龙坑方向移动过去。

这条远古巨龙前的团战，极有可能将是确定这场比赛胜负的关键，如果许瑞奇能顺利抢掉远古巨龙的Buff，他们这边很有可能一拨翻盘！

SNM战队察觉到对面已经开龙，一群人直接冲到龙坑前，开始了一拨混战。对面的上单艾克不依不饶地想要切掉韩翎风的ADC，苏伊为了保住自家ADC几乎使出了全部的技能，可是许瑞奇并没有如愿抢掉巨龙Buff，还在龙坑里被对面一群人群殴。

闪电和咖啡也因为牵扯得太久，被对面技能留下，只有苏伊和韩翎风在杀掉艾克后全力后退，AK战队剩下的四人带着巨龙Buff兵临城下。

苏伊看着这一幕，着实揪心。

耳机里传来许瑞奇的声音："这把走远了，没了。"

苏伊站在泉水里，看着对面四人把自家基地的水晶一点一点地侵蚀掉，直到屏幕上出现"失败"二字，她才缓过来，这把比赛他们输掉了。

前期自家战队这边的节奏虽说不算太好，但也没有被碾压得那么惨。如果不是她自己中期在大龙前空了三个钩子，也不会被Master拿下三杀。

苏伊盯着面前的计分板，咬了咬牙。

直到对面AK战队的上单率先走过来和SNM战队握手致谢，她才回过神摘下耳机站起来，努力露出笑脸。从AK战队的上单、打野、中单一路走过来，当看到Master的时候，她微微一愣。

对方看着她，嘴角弯起一抹不明的笑意，对着她用生疏的普通话说道："你不错，可还是差了，一点点。"

随后AK战队的辅助小北走上前，顶着一头黄毛对着苏伊笑了笑，那笑容在苏伊眼里简直讽刺极了，似乎真的就是在嘲笑她一个妹子来LPL打什么比赛一样。

吃你家大米了？用你家外设了？前期在下路被压刀的是谁啊！苏伊很生气。

她坐回位子上，闷着低头开始收拾自己的外设设备。坐在她旁边的韩翎风看向她，伸出手拍了拍她的脑袋："别放在心上。"

苏伊自然懂他的意思，比赛有输有赢很正常，但是她最气的是自己明明可以发挥得很好，结果却玩得很差，她深吸一口气道：“放心吧，我比翎风你想的要坚强。”

回到休息室，苏伊只是双手抱肩窝在沙发上看接下来的直播，眼神比较空洞，队友们都不知道苏伊这是在认真地看比赛呢，还是在发呆。

闪电看了一眼苏伊，而后悄悄地走到许瑞奇旁边，指了指那边说道：“你妹没事吧？下了比赛后就跟丢了魂似的。”

咖啡继续吃着零食：“看来打击比较大。”

闪电：“为什么刚才那把伊妹不拿婕拉？我们那个阵容反手无敌的啊。”

咖啡：“伊妹的锤石确实玩得不如……”

咖啡话刚说到一半就被许瑞奇一个眼神瞪了回去。许瑞奇睨了二人一眼，然后往两人脑袋上各给了一拳头：“就你俩话多！”

韩翎风从饮水机处接了杯热水递到她的面前，正在发呆的苏伊被突然亲近而来的温热气息吓了一跳，她偏过头看了一眼身后的韩翎风，努了努嘴，接过水杯：“谢谢。”

他趴在沙发的靠背上，看着她的眼：“别想了，小组赛而已，下次我们可以赢回来。”

苏伊吸了吸鼻子：“嗯，知道了。”

“这次吸取了教训，下次再来应对的时候就能做充足的准备。”

“嗯。”

SNM战队各个点的选手实力都很扎实，除了苏伊外全是有过两年大赛经验的选手，就她一个新人。果然还是她太过天真了，以为有这群队友在什么都能万无一失，即使她发挥失常，都能在队友坚实的臂膀下取得胜利。但是她忘记了，队友一旦在战场上都无法生存下来，那她作为辅助的意义又何在呢？

即使韩翎风作为国服第一ADC，在面对对方针对性的进攻时也没办法做到以一敌五，这样的战术在赛场上毫不新鲜，所以，她才会对自己的失误感到自责与羞愧。

她当时到底是为什么要来打职业赛？如果她像夏七七那样只是做个娱乐

性的女主播，卖卖萌，唱唱歌，根本就不会有这样的烦恼啊！

正当她胡思乱想的时候，现场的比赛已经进行到了第二轮，HY 战队对战 UG 战队。

电视里的现场直播显示出 BAN/PICK 的界面，苏伊盯着 UG 战队率先拿下的戏命师，脑子里立即闪过刚才那场比赛被 Master 支配的恐惧，又想起他刚才的那句话。

苏伊莫名觉得有些难受，站起身对着身后的太一说了句：“我去下洗手间。”

她几乎是一路小跑到了后台选手专用的洗手间，低头扑到盥洗池掬了把水泼到脸上，冰凉的水珠顺着她的脸颊滑落下来，她盯着镜子里的自己，喘了两口气，随后掏出面纸把脸上的水擦干净。

从洗手间里出来的时候，她便看见靠在对面墙上的韩翎风。他淡然地看着她，对她伸出手。

苏伊盯着他，弯了弯嘴角，将手递给他，故作轻松地说道：“做什么啊？”

韩翎风紧紧握住她的手，低头看向她：“我是来看看你打算在洗手间里待多久。”

苏伊笑着挥了挥手：“洗个脸而已，能多久！”

“苏伊，在我面前你不用逞强。”

她抬起头看着他的眼，想了想又不知道怎么开口，只是充满懊悔地说道：“对不起，我的实力还是太弱了。”

韩翎风也沉默了一会儿才缓缓开口道：“比赛本来就不是你一个人的事，你没必要去背锅。作为辅助，我知道你的压力很大，一方面要确保 C 位的输出环境，一方面要先下手限制敌人走位。”

“但是中期的那拨团战，的确是因为我的原因才输掉的。”苏伊咬着唇，“我太想让更多的人看到我的实力。你知道吗？我不想让他们把我当妹子看，而是把我当作一名电竞职业选手来看。”

“急于求成并不是一件好事，苏伊。”

“我知道……”

韩翎风顿了一下，将她揽进怀里。苏伊被这个拥抱冲晕了脑袋，她靠在他的怀里，能清晰地听到他心脏跳动的韵律。苏伊的手微微僵住，在短暂的缓和后，她慢慢抬起手抱住他。

“所以才要更加努力……”上方传来韩翎风的声音，“想哭就哭吧。”

苏伊一愣，一只手拽住韩翎风身上的队服外套，抬起头憋出一张灿烂的笑脸：“如果是平时，我一定会说坚强的自己才不需要抱抱。但是现在……”她低下头，埋在韩翎风的怀里，“我只想说，什么所谓的坚强！我要抱抱啊……”

韩翎风没吭声，只是把她抱在怀里，任凭自己的队服被她的泪水弄得一片狼藉。

夏季赛第三周的比赛已过。

老实说SNM战队输得有点惨，被对面AK战队打得毫无还手之力也就罢了，苏伊嘴巴上说着去下洗手间，最后都是被他们队的颜值担当抱着回来的。

于是，许瑞奇率不淡定了：“我妹怎么了？”

韩翎风：“哭累之后趴在我怀里睡着了。”

SNM战队众人目瞪口呆。

随后的四支战队的两场比赛打得也相当精彩。第三场比赛，CNZ战队直接把ORG战队踩在脚下吊打了一顿，三路都把对面打得螺旋爆炸。全程梁祈的打野都在游走和反野，节奏带了一拨又一拨。

懂的人自然都懂，CNZ战队在被SNM战队打趴下后，这会儿是要发大招了。SNM战队忽然感受到了来自这支战队潜在的巨大的危机感。

苏伊醒来的时候，战队已经准备收拾回来了。她揉了揉眼睛，看了一眼旁边的韩翎风问道：“今天后面哪两支战队赢了？”

韩翎风把她从沙发上扶起来：“HY和CNZ。”

“哦。”

在回去的保姆车上，苏伊掏出手机刷了一下微博，发现自己的微博下面正在被粉丝疯狂搞事。

我为娜娜上王者：“讲个笑话，LPL第一位女性职业选手只会‘东南亚捆绑’和‘马拉西亚神钩’，完全搞不清楚SNM俱乐部的想法，找个花瓶女生来打什么职业赛？今年SNM战队怕是走不远了。”

瞬间爆炸：“SNM 战队这次输得太惨了，就算对面是 Master 也不至于被压成皮皮虾，伊妹中间那拨团战钩子全空，这把毫无疑问她的锅。”

麋鹿小姐：“搞笑！伊妹和我风神把 CNZ 和 LOOK 摁在地上摩擦的时候，不是挺能吹的吗？人家现在失误一拨，黑子就全跑出来了？你能保证你平时打个 Rank 能一直 Carry 全场？”

面具：“心疼 SNM 战队选了这么一个辅助，更心疼我家风神居然会喜欢这种人，拖了全队的后腿，今年注定又是 LXH 战队四连冠。”

SNM 战队一生推：“人家谈情说爱关你什么事？是人家选的，你在这里瞎跳个什么劲？”

瑞雯是一种信仰：“伊妹这场操作梦游没得说，被喷是一定的，但是人家操作怎么也比你们这群喷子强。万一今年 SNM 战队捧到冠军奖杯，某些人的脸怕是要肿成二师兄咯。”

WertyuioBN：“消停点吧，看之后的比赛伊妹能不能给自己洗白了。”

苏伊的手指在手机屏幕上滑动，坐在她旁边的韩翎风低头便一眼看到了微博上的留言，伸出手轻轻捂住她的眼。

“别看了。”

苏伊愣了愣，掰开他的手：“安心吧，这样的事我早就猜到了。”

在赛场上一旦操作失误，总会被拿来黑，这样的事在电竞圈屡见不鲜。苏伊其实早就已经料想到自己会被黑一顿，但是真正看到这些留言难免有些心痛。

而他们家队长此时正和闪电还有咖啡在旁边低头玩着手机，碎碎念不知道多久了。

许瑞奇：“居然这样喷我的妹妹！什么马拉西亚神钩，苏伊拿锤石超神的时候你还不知道死字怎么写吧！”

闪电：“什么叫作 SNM 战队是垃圾！有本事来 solo 啊！什么玩意儿！”

咖啡：“SNM 战队上单只知道发育不支援？这位朋友你真的懂大局观？”

苏伊发现比她不淡定的大有人在。她叹了口气，把手机收好，忽然发现旁边的韩翎风也掏出手机在键盘上打字，她好奇凑近看了一眼：“你在做什么啊？”

韩翎风：“发微博。”

于是，半分钟后，韩翎风的微博首页上刷出了这样一条微博——

SNM战队Coldwind：“劳你们多操心了。”

这是韩翎风帮苏伊转发认证微博后发出的第二条微博，而这句话其实一语双关：一方面讽刺喷子们对自家辅助的恶语交加，一方面是感谢粉丝的继续支持。

其实作为战队经理，太一挺乐意看到这样的场景。趁着现在还是小组赛，积分制并没有淘汰制来得那么惊悚，让苏伊磨炼磨炼也是挺好的。作为女生，自身的承受力必然不如男选手，如果不在这时强制锻炼好她的心态，之后在国际赛场上还指不定出什么乱子。

比赛过后，战队一行人照例回到基地被教练和分析师摁在椅子上做人生指导，分析失误，分析数据，自我检讨等等。开完会后，选手们就可以各自去Rank训练或者去看赛事视频。

韩翎风本以为苏伊会叫自己去Rank，却发现她打开浏览器输入了白鲨TV的网址，直接摸到了一个叫作“Demonnnn”的直播间。

苏伊戴上耳机，眼睛直直地看着屏幕里锤石的操作。闪现E技能拉回对面ADC，然后扔灯笼把藏在后方的打野拉到身边，接着钩子预判到ADC闪现的位置，再放大招，完美开团。

韩翎风：“在看Demon的直播？”

苏伊点了点头：“嗯。”

Demon是S5赛季SNM战队内的首发辅助，凭借着锤石这个英雄而出名，在S5赛季惨败于韩国队后宣布退役，现在在白鲨TV上做主播。

苏伊看着面前的显示器：“我就是以前看了他的锤石才去玩这个英雄的，虽然操作起来的确不如我的婕拉那么顺手，但是婕拉这个版本被BAN掉的概率实在太大了，我还是想把锤石这个英雄捡起来。”

“我相信你。”韩翎风明亮的眸子看着她，坚定地说，“因为这些喷子根本无法阻止你成为一名优秀的电竞职业选手。”

苏伊足足在 Demon 的直播间蹲了一周，每天 Demon 下直播后，她便和韩翎风双排练习。第四周比赛的前一天，苏伊练习直到凌晨三点才睡下，中午过后才爬起来，洗漱，打理。

两点的时候，准时跟着队伍出发前往会场。

到达会场的时候是两点半，由于这天 SNM 战队的比赛是最后一场，并不是特别赶。保姆车在偏门停下后，选手们从选手通道一路前往休息室。

其间，SNM 战队再度和 AK 战队碰到了一起。

Master 率先就把视野对上了韩翎风，礼貌性地微微一笑打了个招呼，韩翎风也礼貌地回应。随后，他把目光停留在了苏伊身上，没有说话。

跟在 Master 身后的小北从苏伊面前经过，留下一句：“今天，再看看，你的，实力。”

苏伊：这群人有完没完啊！比赛还没开始呢，就开始跟她玩心理战了？

见苏伊蹙起了眉头，许瑞奇立即安慰道：“妹！你要淡定，不要理这群人！”

苏伊嘴角抽搐：“我没在意。”

“那你皱眉一副要杀人的样子。”

“我最讨厌这种不伦不类的口音了！”

第一场比赛便是 CNZ 战队对战 AK 战队，理所应当，CNZ 战队的打野祈神把 AK 战队的打野在野区吊起来打，而 CNZ 战队的下路组合被 AK 战队的下路组合摁在地上打。

双方互博了四十五分钟，以 AK 战队一拨团战胜利结束。

目前 B 组，AK 战队的积分趋于榜首。

苏伊屈着手，看着面前的直播咬着唇：“AK 战队的指挥是谁？”

太一顿了一下，说道：“以前是他们中单，现在听说是辅助。”

辅助？小北？

闪电：“不是我吹，小北的辅助的确可以，他以前在 MAX 战队的时候，就被称为队内的最强大脑。”

苏伊：“最强大脑也强不过我哥和翎风。”

咖啡睨了苏伊一眼：“伊妹……我怎么觉得你从中午起床开始，就一股子亢奋？”

“因为今天我迫不及待地想掏出我的锤石来吊打对面水果战队的下路组合了。”

咖啡抖了抖，立即看向韩翎风：“风神，管一下你女人，她要掏出她的锤石了！她忘记上周的‘马拉西亚神钩’了！”

韩翎风笑了笑：“请去掉‘马拉西亚’四个字，谢谢。”

第二场比赛结束后，SNM战队全队收拾好自己的外设再次登上那耀眼的舞台。在调适好设备后，直接就进入到了禁选模式。

在双方各自完成第一轮禁选后，率先选择的咖啡帮中单闪电抢下了一手乐芙兰，而放给了对面打野男枪和辅助扇子妈。

选择权再度回到SNM战队这边，许瑞奇看着面前的英雄列表，在语音里问道：“风神，女警在外面要不要我帮你拿了？”

韩翎风：“可以。”

闪电：“那我呢？对面打野男枪啊，Riki，你要不要选一下蜘蛛？”

许瑞奇：“不急，先拿辅助。”

阿炎：“拿辅助，苏伊的婕拉被BAN了，马尔扎哈或者娜美怎么样？”

苏伊顿了一下：“教练，我想玩锤石。”

阿炎：“这个阵容拿锤石是可以，但是你的状态……真的确定吗？”

苏伊：“确定。”

阿炎思考了会儿后，淡淡地说道：“闪电，拿锤石。”

于是，会场内，包括坐在播音台前的解说员看到SNM战队直接锁下锤石的时候，都发出了一声感叹。

“SNM战队居然再次选择了锤石！”

“看来伊妹这次是真打算一雪前耻了。”

虽说苏伊刚才在语音里胸有成竹地让闪电给她选了锤石，但看到对面的ADC选了一手维鲁斯后，她还是有点心虚。

对面下路组合是维鲁斯和扇子妈，Poke（消耗）能力很强，ADC还具有先手开团的能力。SNM战队前期对线不是特别好过，这时就要看两人在补兵细节上的处理了。

由于对面没有什么突进型的刺客，苏伊的召唤师技能带的是“引燃”和“闪现”，一方面是打算给下面组合施加一定的压力，一方面是她相信韩翎风的操作能在前期稳住。

禁选模式结束后，电脑界面进入到比赛环节——

现场粉丝为SNM战队加油的呐喊声明显盖过了ORG战队，战队支持率上也是SNM战队领先25%。

苏伊即便戴着耳机，也能感受到舞台之下粉丝们挥舞着应援手幅的热情。

解说们也开始做起了讲解。

“就双方阵容来说，SNM的阵容属于中后期，ORG更偏向于前中期啊。”

“这时就要看ORG的打野能不能掌控节奏了。”

“等等，ORG这个走向是打算去对面SNM的野区搞事啊！”

比赛开始后，SNM战队五人踏进自家红Buff的野区站位，一字排开。然而这时，对面ORG战队五个人竟然偷偷从红色方河道走来，在三角草丛停住，似乎打算在三角草丛里面蹲一拨。

站位在中路河道草丛里，许瑞奇的盲僧朝前面的草丛里Q了一下，并没有探到人。

许瑞奇顿了一下：“对面没有站位吗？”

闪电的乐芙兰立即朝对面上路红Buff的方向走去插眼：“不会是要F6（野区小怪）开，然后拿红Gank上路吧？”

咖啡也在上路河道附近晃了一圈：“稳住，别搞事。”

苏伊站在自家红Buff的草丛里，觉得古怪，就偷偷摸摸向石头人的方向走过去，卡住视野的空缺朝面前的三角草丛里随意钩了一下，打算探探草丛，结果正好钩到了对面的维鲁斯。

对面五人瞬间暴露在了SNM战队的视野里。

扇子妈立即朝锤石扔了一个加强Q技能，好在也没打起来，只是苏伊被消耗了一点血量。之后ORG五人在暴露的情况下，全部后撤。

由于锤石的钩子只有二段才会近身，苏伊在探到三角草丛里有人后，立即后撤：“对面五个人全在三角草丛里。”

闪电：“哇，伊妹你这灵性的一钩，可以的。”

韩翎风示意苏伊回城补给血量：“苏伊，回城后直接上线，ORG这拨入侵胆子真肥。”

补给完血量后，考虑到时间问题，苏伊直接上线：“我就随手一钩。”

咖啡笑了笑：“说真的，伊妹你这随手一钩价值千金，比你之前的神钩作用大多了。”

苏伊一脸冷漠：“你闭嘴。”

全军出击后，各位置选手相继上线，许瑞奇的盲僧在打完 Buff 和 F6 以及三狼三组野怪后，率先到达三级，准备朝上路游走找机会，而对面的男枪也有了动作。

双方打野在上路河道蟹上做起了争抢，河道蟹是在 S5 赛季新添加的野怪，击杀的一方能在河道加成一个速度圣地，提供视野以及非战斗状态的移动速度加成。

这在前期缺少视野的情况下，能为线上的选手缓解不小的视野压力，还能查看到对面打野的动向。

许瑞奇在河道附近和男枪做了几度徘徊，正好一脚踢到对面男枪身上，咖啡的上单克烈也驾着坐骑赶了过来。

“别管上单，就杀男枪，这个位置他不好跑！”

“他要穿墙！”

“闪电去上面堵他！”

由于闪电的乐芙兰前期推线比对面小鱼人优秀，野区打架后，他第一时间支援过去。对面男枪被盲僧和克烈打到近乎残血后，靠位移技能穿墙，正好被闪电的乐芙兰的链子捆住，随后一套技能加引燃带走，稳稳地拿下四百块的一血钱。

看到上路的动向后，韩翎风在耳麦里说道：“苏伊，钩到就上。”

苏伊的锤石上去打算吃被动，对面扇子妈见锤石走位靠前想着上来消耗，结果被苏伊反手一个 E 技能抬了回来，韩翎风的女警立即在扇子妈脚下放了个夹子。

虽然扇子妈有盾，但仍耐不住前期被女警点了两枪爆头，直接闪现拉开距离，维鲁斯还给了治疗，可是已经被锤石上了点燃，并没有恢复多少血量。

这时苏伊也闪现出钩跟了上去，稳稳钩住了扇子妈，然后扔了灯笼给女警近身，合力击杀扇子妈。而苏伊这时的血量也被对面维鲁斯点到快要见底，即便给上虚弱也被维鲁斯两下点死。

随后，维鲁斯血量不多，交了闪现逃走，韩翎风也交闪现跟上，还差两下没点死，对面进塔。

苏伊："好可惜，差一点。"

韩翎风把兵线推进对面塔里："嗯，不亏，对面损失了一拨兵线。Riki找机会来下，我们都没双招，对面男枪八成会来下。"

"OK。"

此时，会场内掌声不断。在开局五分多钟的情况下，中下就产生了两枚人头。解说员兴致高昂。

"这拨操作下路人头有了！伊妹下路这拨操作太细致，闪现跟钩预判了扇子妈的位置。"

"昨天大家都在质疑伊妹的钩子，看来这下要被啪啪啪打脸了。"

"小白你别说话，免得到时候又被毒奶了。"

SNM战队的两个C位拿到人头，自然要把这拨优势滚起来。而对面ORG的打野又不是傻子，乐芙兰有位移，闪现还在，他自然不会去中路搞事，而是对准下路没有双招的女警和锤石。

许瑞奇自然也考虑到了这一点，早早打完自家野区的石头人就在下路草丛里阴着。果不出所然，卡着乐芙兰上线的空隙时间，对面男枪带着小鱼人拿完蓝Buff后就绕后了。对面维鲁斯在女警上前补兵的一瞬间，打算先手控住，好在韩翎风反应迅速，开了E技能向后位移，可还是被控到了，随后扇子妈给了加强护盾，一群人全冲上来搞事。

眼见对方冲上来，苏伊激动地迅速走位上前开了大招减速，E技能推开了突脸的男枪，然后反手钩住对着女警狂A的维鲁斯，拖住了两秒的时间。这时两路上单也全部传送到下路，闪电的乐芙兰也赶到下路闪现进场，顿时开启十人混战模式。

咖啡的克烈率先过来切死了被苏伊控住的维鲁斯，而后许瑞奇的盲僧一脚踹到了对面男枪，吃了乐芙兰一套技能后撤，这时对面小鱼人进场，只打到了苏伊。随后幸存下来的韩翎风远程开了一枪大招，打死了残血的男枪，克烈和乐芙兰继续追击死了对面辅助。

一拨混战下来，SNM战队打了一拨一换三，还顺利拿下了可以持续恢复血量和魔法值的水属性龙，这对 SNM 战队的阵容来说太关键了！

下路的这场团战直接为 SNM 战队拉开了三千多块的经济优势，人头比为 5 ：2，这让拿了前中期阵容的 ORG 苦不堪言。

苏伊看着右上角自己阵亡两次的数据一脸的尴尬：“实不相瞒各位，目前我送了全队的人头，很气。”

闪电：“全队人头，哈哈哈……”

许瑞奇：“闪电，你中路待会儿自己玩，拿了两个头还压不死对面小鱼人，你就退役算了。”

闪电：“打野高手我错了！”

韩翎风听到苏伊那话情不自禁地笑了起来：“没有关系，我们现在有优势。”

苏伊：“啊，我这 KDA 简直辣眼睛。”

KDA 是指整场比赛下来击杀、死亡、助攻换算下来的数值，通常来说杀人和助攻越多，KDA 数值越高，然而苏伊现在的数值是 0 ：2 ：4。作为一个辅助来说，她觉得自己很心酸。

再回到线上，游戏里响起一阵长音效，这是峡谷先锋 Buff 被击杀时的声音。

还在上路推线的咖啡顿时感觉背后一凉：“天哪！居然把峡谷先锋拿了！”

随后对面中上野三人一起围剿过来，把没有闪现的克烈按死在塔下，然后一起合力推上路外塔。SNM 战队这边见状，一起来到下路逼退对面下路组合，靠着人数优势率先拿下一血塔。

而这场比赛最后的结局便是，SNM 战队的雪球优势越来越大，在发育到二十五分钟的时候，在小龙坑外双方发生争斗。这条刷新出来的元素龙又是能加攻击力和法强的火龙，双方在小龙坑前拉扯了好一会儿。

咖啡的克烈抓住机会，开启大招冲散对面阵容，闪电的乐芙兰直接突到后排把对面维鲁斯切成残血。也不知道是不是因为紧张，对面 ADC 的大招直接甩空。苏伊的锤石见状闪现利用极限距离钩住对面打野，就着被韩翎风的女警一顿疯狂输出。

ORG 战队顿时溃不成军，被 SNM 战队一拨推上高地，拿下水晶。

耳麦里。

许瑞奇：“Nice！我的妹，你这把钩子十发九中，完美限制敌方站位和输出，点个赞。”

闪电：“Riki，你别夸了，伊妹会上天的！”

事实上，这把比赛的操作足以让苏伊把之前丢掉的颜面捡回来。苏伊辅助的英雄池还算不错，锤石她在S5赛季玩得比较多，后来转职打中单和打野后，就碰得比较少了，看来最近越来越能找回手感了。

比赛结束后，苏伊把画面切到伤害输出列表，对面维鲁斯几乎每次放完大招不是被盲僧踹回来，就是被乐芙兰一套爆发打残不敢上前输出，伤害只打出了韩翎风的三分之一。

和ORG战队五位选手握手致谢后，SNM战队一群人笑逐颜开地到自己位子上收拾好外设回休息室。上把的MVP给了韩翎风的女警，上把不论是走位还是女警的夹子，韩翎风都做得非常细致，于是这会儿便被工作人员请去做赛后采访。

休息室里的电视机一直没关，正好在播韩翎风的采访视频。

苏伊坐在沙发上看。

此时，画面里，主持人已先对韩翎风提采访问题。

主持人：“风神这把的输出很爆炸啊，对这场比赛有什么想说的吗？”

韩翎风握着话筒，面无表情地看着摄像机：“大家打得都不错，我们团队这把的配合很好。”

主持人笑了笑：“这场比赛有没有觉得队伍里谁的发挥特别好？”

韩翎风想也不想就回答：“我辅助，她很强。”

第九章 驱逐所有暗影

❤❤

“啊，风神又在发狗粮了。”

“公众场所一言不合就秀恩爱，啧啧啧。”

“我需要去厕所冷静一下。”

闪电、咖啡、许瑞奇在看完韩翎风的那段采访后，陆续发出了感叹。而苏伊则捧着脸坐在沙发上一言不发，心里一阵窃喜。

韩翎风居然夸她，当着全国观众的面，在直播中夸她啊！

不然怎么说恋爱中的女人智商为负数，苏伊感觉韩翎风再夸两句她都能上天了。

五分钟后，韩翎风从赛后采访的棚子离开回到休息室。由于对战ORG战队的比赛取得了胜利，这会儿队友们显得比较轻松。咖啡正在悠闲地吃着不知道从哪里收来的零食，闪电正在拿手机看动漫，许瑞奇不在，依照韩翎风的推测八成去厕所了。

接着，他就看见自家辅助坐在沙发上嘴角上扬，一言不发地傻笑。

电视直播趁着休息时间，正在滚动播放微博“LPL2017”话题的热门发言。

“恭喜伊妹成功洗白！”

“伊妹66666！”

“Riki我的嫁！野区制霸！”

“咖啡么么哒，克烈太厉害了！”

“社会我风神，人帅能Carry！”

“闪电的乐芙兰绝了，链子太准了吧！”

一排排发言在屏幕上滚动播放，基本上全是夸赞SNM战队的留言。按理来说，这场比赛苏伊成功逆袭应该会第一时间坐等微博发言才对。

“你在傻笑什么？”

声音冷不丁地从她背后响起，吓得苏伊立即直起身子下意识地抓住怀里的沙发靠垫，偏过头看向身后那张帅气的脸：“翎风，你走路都没声音的？”

韩翎风看着她的模样哭笑不得：“是你沉浸在自己的世界里无法自拔了才对。”

苏伊努了努嘴，一副娇羞的模样。

韩翎风笑着揉了揉她的头：“想什么呢，这么开心？”

“在想你刚才夸我的事。”

“你是说赛后采访？”

苏伊点头如捣蒜，笑得灿烂十分：“对啊。”

虽说韩翎风刚才的那段赛后采访多少带了个人色彩，但上把比赛苏伊的发挥毫不逊色，甚至可以说比一些男性选手做得更加细腻。

SNM 战队与 ORG 战队的比赛是第三场，之后便是谢幕。其他战队也收拾好自己的设备，陆陆续续走出会场，韩翎风把自己的机械键盘装进外设包里，抬头看了一眼四周，问道：“太一呢？”

许瑞奇指了指外面：“拉肚子。”

苏伊收拾好设备坐在沙发上，伸手去拿茶壶才发现里面空空如也，她举着茶壶晃了晃：“什么情况？我记得打比赛前我才接了水的。”

咖啡吧唧着嘴，还在往嘴里塞薯片：“我刚喝完了，你也知道，吃零食嘴巴很容易干。”

苏伊无奈地朝咖啡那张婴儿肥的脸看了看：“咖啡，你再继续吃下去，你的女粉丝会越来越少的。”

咖啡哼了一声：“你懂什么，我女粉丝就是喜欢我可爱的圆脸。”

苏伊脑补一番后浑身一抖，把茶壶放在桌子上后从外设包里拿出钱包打算往外走：“我去贩卖机买好了。”

结果她刚走到门口，就被韩翎风拉住手臂。

“我和你一起。”

许瑞奇坐在椅子上，嘴角抽搐了一下：“你们俩连体婴？从现实到游戏形影不离！这里三个单身人士遭受到了一万点真实伤害好吗？”

闪电托着下巴“啧啧”了两声：“还带暴击。”

咖啡：“还带灼烧效果。”

那真是对不起了。韩翎风直接无视掉队友们的吐槽，牵着苏伊的手就出了休息室。或许是因为赢了比赛，苏伊偷瞄韩翎风时发现他全程嘴角上扬。

“苏伊。”韩翎风忽然叫住她。

苏伊有些心虚地应了声：“啊？”

他看向她：“想喝什么？”

苏伊停住脚步，这才发现快走到贩卖机前：“红茶吧。”

韩翎风点了点头，刚走上前，却听到“咦”的一声。旁边苏伊顺着声源朝贩卖机侧面看了过去，只见贩卖机旁边的长凳上坐着两个绿色的身影，正是AK战队的Master和小北。

一头黄发的小北率先朝苏伊招了招手，露出灿烂的笑容：“你，好巧。”

常言道，伸手不打笑脸人，面对对方的笑脸，苏伊缓缓抬起手尴尬地笑了笑：“你好。”

小北露出一排洁白的牙齿，指着苏伊：“今天的比赛，你，棒棒哒。”

这个曾经贬低过她的职业选手，现在居然夸她棒棒哒？

“但是……”小北接着说，“比我厉害的，女选手，还没有。”

这位兄弟，你说话能不能不要三百六十度大转弯啊！

苏伊愣在原地还在想怎么回答他的时候，韩翎风忽然两步走上前，说道：“那只能说明你见识太短了。”

韩翎风的眼神停留在小北身上，随后游移到Master身上：“我很期待下一次和AK战队的比赛。”

听完韩翎风的话后，Master微微蹙眉，随后弯起嘴角：“我也是。”

而后，他伸出手重重地打了一下小北的后脑勺。

这一巴掌下去，苏伊震惊了。

小北也被拍蒙了，一脸的问号，随后两人用韩语你一言我一句，也不知道Master说了什么，小北抿着嘴低下了头。

啥情况？

Master在疑似教育完小北后，对着苏伊歉意地鞠了一躬：“他嘴巴比较坏，但心很好，刚才冒犯你了。”

苏伊被这突如其来的鞠躬吓了一跳，连连摆手：“没事没事，我没在意。”

之后AK战队的经理找来，把Master和小北接走，苏伊拿着从自动贩卖机里取出的红茶努了努嘴，韩翎风上前揽住她的肩膀：“在想什么？”

苏伊：“在想刚才 Master 和小北说了什么。”

韩翎风：“嗯……Master 在骂小北是笨蛋，和女孩较真。”

苏伊：“啊？”

韩翎风：“你不信？”

苏伊露出狐疑的表情：“你……听得懂韩语？”

韩翎风微笑：“略知一二。”

苏伊想了想：“那你当初和小 C 打配合的时候，干吗说的是蹩脚的中英混合？”

“因为……”韩翎风回答，“Riki 他们不懂。”

说得好有道理。

第四周比赛结束后，所有战队进入了短暂的休赛期。

第二天苏伊早早起床照例和韩翎风开始双排，顺便二人也开了直播，打算补一下前段时间落下的直播时长。

刚打开客户端，苏伊就想起来要更新——因为国服的版本又升级了。

所谓一代补丁一代神，这次的改动对辅助似乎也算是一次加强，消耗性的辅助似乎比起进攻性的辅助更加适合这个版本，之前被苏伊遗忘的牛头酋长也被加强了，这对苏伊来说无疑是个好消息。

苏伊兴奋地拍了拍韩翎风的肩膀：“翎风翎风你看，牛头加强了！”

“嗯，你要玩？”

“对呀，你忘记啦？我的牛头也是很厉害的好吗！”

苏伊话音刚落，直播的弹幕里纷纷刷起了节奏。

“护国神牛！”

“苏伊，你的牛头不会是华佗牛吧！”

“东南亚捆绑，马拉西亚神钩，华佗神牛，恭喜伊妹达成成就。”

“说真的，没见老婆你玩过几次牛头。”

苏伊：“我的牛头很厉害的好吧！待会儿就让你们看看！”

于是在排到了队列后，苏伊进去立即就锁了牛头，韩翎风则选择了瘟疫之源老鼠。而对面选择的则是维鲁斯和扇子妈。

苏伊笑着道："咦，这和昨天我们打 OGR 战队的下路组合一样啊，不会是想学人家的消耗套路吧？"

韩翎风看了一眼对面的下路英雄，然而扫了一眼弹幕："并不。"

"啊？"

"对面是 AK 的 Master 和小北。"

"惊了！"

结果进入到读条界面后，对面维鲁斯和扇子妈这俩英雄图片下面的游戏 ID 果真是 Master 和 The north，段位都是超凡大师。

虽然韩翎风很早就知道这两人在国服有账号，但是没想到已经打上了超凡大师，速度有点快。

很快自家五个英雄一起出现在泉水里，"所有人"频道也已经开始了争议。

"天哪！ Master 和小北，还有伊妹和风神……"

"下路要神仙打架了！"

"Master, I am your fan, can I add your friend（Master，我是你粉丝，能加你好友吗）？"

没一会儿，苏伊就看到 Master 的回复。

Master（惩戒之箭）："OK, If we can win this rank（如果我们能赢这场比赛）。"

韩翎风皱眉，立即在键盘上飞快打字。

Coldwind（瘟疫之源）："Sorry, I won't let you win（我不会让你们胜利的）。"

还没开始，就是一场唇枪舌剑，简直比比赛的时候气氛还要紧张。

下路开局后都很警惕，小北的扇子妈并没有像 ORG 战队的辅助那样消耗得非常夸张，而是一直在走位寻找机会，而 Master 的维鲁斯，简直可以说是他的招牌英雄，补刀十分稳定。

卡住时间，苏伊和韩翎风先到达两级后，苏伊的牛头抓住 Master 走位失误，闪现击飞，然后利用W技能将维鲁斯撞到塔里，逼着他交出闪现。这时韩翎风交出闪现技能，上线跟上输出。

苏伊的牛头带的还是引燃技能，直接让Master的治疗效果没有达到最佳。

眼看还差一下就要被韩翎风的老鼠毒死，这时，苏伊面前的画面忽然朝敌方基地移动过去——对面基地爆炸，显示“胜利”两个字。

苏伊惊呆了。

韩翎风叹了口气：“对面有人掉线了。”

按理来说，一般队伍只有二十分钟后才能选择投降。但是在今年S7赛季后，官方便增加了一个新的机制，那便是重开局。

如果有一方队友掉线，三分钟没有重连，少人的一方可以发起投降结束比赛，并不会扣掉自己的胜点。

退出游戏后，苏伊看到对面打野的ID是红色，咬咬牙，气得敲桌子：“哇！好气啊！明明差一点就可以弄死这个Master的啊！！！”

直播间里的弹幕一排排飘过。

“第一次见到伊妹气急败坏的样子！”

“风神，管一下你老婆，桌子！桌子要被掀了！”

“桌子：我是无辜的。”

“讲道理，要不是三分钟投降，对面Master的人头有了。”

“风神：好气啊！到嘴边的人头飞啦！”

苏伊看着面前飘过的一排排弹幕，趴在桌子上露出冷漠的表情。

韩翎风伸出手把她扶起来，安慰道：“没有办法的事，别人总不能四打五吧？”

苏伊努了努嘴：“也对。”

大概是之前和AK战队打比赛，被Master的ADC支配得太惨，这会儿打把Rank差点儿拿下他的人头，都能让苏伊激动不已。

如果下周和AK战队的比赛能阻止这支黑马战队连胜，她估计自己得兴奋地跳起来。然而这只是想想，到目前为止，Master的KDA数据是全联盟第一，因为这厮几乎就没死过，就连Zeus都没稳健到这种地步。

很快，韩翎风便和苏伊重新开启了队列，等待途中，苏伊的右下角不停地弹出水友添加好友的消息，大多数都被苏伊无视掉。

然而在一串“Master”的ID飘过后，苏伊立即变得不淡定了。

啥？Master添加她为好友？苏伊愣了愣，然后偏头看向韩翎风。很明显，韩翎风也看到了这条消息，正面无表情地回看她。

苏伊：“那个Master添加我为好友……”

韩翎风：“嗯，看到了。”

苏伊：“那，加吗？”

韩翎风：“加，看看他说什么。”

事实上，作为同是LPL赛区战队的职业选手，互加好友并不是什么稀奇事。稀奇的是，Master一向很少主动加人好友。

通过好友请求后，很快Master就发过来一个微笑的颜文字。

苏伊：“颜、颜文字？”

SNM战队和AK战队从开始打照面就不多，自从AK战队纳入韩援，整个队伍就膨胀了，之前约训练赛都约不上。所以苏伊和Master除了在比赛后台见过那几次后，根本就称不上熟悉，只是看起来Master应该比韩翎风还要高冷才对，这种画风的Master，真心把人设玩崩了。

EMail:“Hello！”

苏伊表示，虽然她英语烂，但是简单的打招呼她还是会的。不一会儿，Master就发过来一则消息。

苏伊愣了愣，扯了一下韩翎风的队服衣袖：“这句话什么意思？看不懂。”

韩翎风凑近看了一眼，脸一黑，伸出手飞快在键盘上回复过去：“She is my sup.Coldwind（她是我的辅助。寒风）。”

这句苏伊倒是看懂了，她满脸问号：“他说了啥？”

韩翎风：“他问你要不要和他双排。”

苏伊：“啊？”

伴随着排进Rank的声效，苏伊回过神来，点了确定，才意识到此时此刻她和韩翎风都是在直播。

于是弹幕更热闹了。

"Master 大兄弟搞事情！"

"风神：我的辅助是你能抢的吗！"

"不知道为什么此时此刻我好想艾特一下祈神！"

"电竞修罗场，哈哈哈哈！"

"早都说了，LPL 要什么女选手啊，你看，这风气败坏的。"

"只有我在关心 Master 的御用辅助小北被抛弃了吗？"

"SNM 战队，你们下路组合什么时候办喜酒啊？"

韩翎风睨了一眼苏伊电脑上的弹幕，开口道："嗯……什么时候办喜酒……嗯……办喜酒会通知你们的，谢谢关心。"

话音刚落，苏伊屏幕上一片"囍"字飘过，连游戏画面都看不清了。

不得不说韩翎风情商真的很高，直接就把 Master 邀请苏伊双排的事情略过，把重点转移到了办喜酒上面。

苏伊脸一红，正好这时还轮到她三楼禁英雄，结果她鼠标一滑禁掉了厄加特。首领之傲厄加特，外号螃蟹，因为外貌奇丑无比，人气极低。据说这个英雄已经六年没有给过新皮肤了，看来官方也很嫌弃这个英雄，所以一般来说，没人会在排位的时候禁掉他。

弹幕瞬间又疯狂地滚过。

"竟然禁掉了一个厄加特！"

"这么浪费一个 BAN 位真的合适吗？"

"哈哈哈哈，伊妹这是在对 Master 说丑拒吗？"

"哈哈哈，说丑拒的那位等等我！"

"笑死我了，哈哈哈哈哈哈！"

苏伊：她真的只是鼠标滑了一下而已，怎么莫名就成段子了？

这时，Master 回复来了消息："OK，Next time（好，下次）。"

韩翎风看到这条消息蹙起眉，又回过神看了一眼自己的电脑屏幕，最后闷着没说话。苏伊偏过头看了他一眼，心想，他不会是吃醋了吧？于是苏伊直接叉掉了 Master 的对话框，等待 PICK 的过程中，她看了一眼左下角的消息，才知道韩翎风为什么闷着不说话了。

祈祷下的旋律：“风神？伊妹？”

他俩这把排到了CNZ战队的祈神了！

于是，弹幕再一次欢快了闹腾了起来。

“哈哈哈，刚才说要艾特一下祈神的，等等我！”
“走了一个Master，来了一个祈神，哈哈哈！”
“风神：总有刁民打扰我下路谈恋爱！”
“不行，笑趴下了，这么早起床看直播值了！”

苏伊只想说一句，心好累。

很快双方选择完英雄后，进入到了读条界面，对面全是超凡大师分段和王者分段的主播。梁祈选的打野是狮子狗，很凑巧地对面是狮子狗的死对头螳螂，16级能触发彩蛋。

下路韩翎风选择的是暗夜猎手薇恩配合苏伊的唤潮鲛姬娜美。也不知道韩翎风是不是受了什么刺激，下路三级后就打得很凶，而苏伊的控制技能又扔得特别准，很快就把下路打得塔都不敢出。

狮子狗在对面野区反掉一组野怪后，准备开R绕后，帮下路抓一拨。

韩翎风察觉到梁祈的动向，立即打字：“下路不用来，养猪。”

梁祈表示，他很无奈，有种躺着也中枪的感觉。实际上，梁祈根本不知道刚才发生了什么，只要他想蹲下路，韩翎风就立即给他发撤退信号。

对面中单是九尾妖狐阿狸，还出了一个使用后无敌2.5秒但无法用任何技能的中亚沙漏，六级之后有大招并不是很好Gank。上路又是两个肉坦，打N年也打不出个结果，最好抓的就是下路没有位移的女枪和莫甘娜了啊。

梁祈对着天花板翻了个白眼，默默走进对面野区继续和螳螂相爱相杀。

排位进行到二十分钟的时候，苏伊和韩翎风这边的队伍是大优势，韩翎风的数据是7：1：3，梁祈由于在野区抓螳螂和在中路反蹲，也拿到了6：0：3的数据。

韩翎风的薇恩在下路点着对面二塔，然后在公屏上敲字："祈神，你去死一次，有隐藏效果。"

梁祈顿了一下，回复："新彩蛋？"

这时，很快就有机智的吃瓜群众跳出来指引，己方上单打字说道："哈哈，祈神你别听风神的，他想拿MVP。"

梁祈感受到了来自韩翎风的恶意。

不过，最后这把Rank韩翎风如愿拿到了MVP，最后一拨团战，他收获了一拨四杀。

出了游戏界面后，苏伊看着弹幕里一群夸韩翎风的弹幕，咧开嘴笑了笑，接着右下角又弹出来一条好友请求消息。

玩家"祈祷下的旋律"请求添加你为好友。

其实梁祈倒不是对苏伊有什么非分之想，他的确很喜欢苏伊，但最多只能定位在崇拜的阶段。再说了，整个电竞圈知道他们SNM战队下路组合的事。

他只是想问问苏伊："伊妹，你家风神是不是大姨夫来了……"

苏伊有点无奈。

祈祷下的旋律："我总觉得风神很针对我，我这把如果排到你们对面，我是不是要被风神的薇恩点成皮皮虾？"

EMail："你应该庆幸是和我们一队。"

祈祷下的旋律："目瞪口呆！"

其实梁祈再发来这句话的时候，苏伊和韩翎风这边已经下了直播。苏伊也是在三分钟之后才点了同意梁祈的好友请求。

韩翎风在排位结束后，匆匆说了句："今天是俱乐部采买日，先下了。"然后，他直接关掉了摄像头和直播软件。

苏伊见状后，也应了一声后关掉直播。望着面前的电脑桌面，她小心翼翼地问道："今天的确是采买日，但这个月好像轮到我哥。"

韩翎风："嗯。"

苏伊眨眨眼："你生气啦？"

"没有……"

“那……吃醋？”

看来真被她猜中了，他居然吃醋了？！

“因为Master找我双排？”

韩翎风依旧不说话。

苏伊傻傻地笑了起来：“咦，没想到翎风你也会……嗯？”

原本她是笑着说的，但看到韩翎风起身一步一步走近她的时候，她就自觉停住了。韩翎风弯下腰，离她的脸越来越近，苏伊甚至能感受到他柔柔的鼻息，痒痒的。

她下意识地向后靠，一把便靠在了椅背上。苏伊脸上的笑容凝固了，心扑通扑通乱跳，她强迫自己冷静下来。可这根本没用。

韩翎风伸出手，拂过她发烫的脸颊，和她额头碰额头：“我也会……什么？”

依照苏伊前十九年看的狗血剧来分析，这个场景太眼熟了，她现在大脑一片空白！

“也会……嗯……”

韩翎风看着她笨拙又惊慌失措的样子，忍俊不禁，抬起手撩起她额前的刘海，轻柔地印上一吻：“什么？”

苏伊整个人晕晕的，声音越来越小：“也会吃醋……什么的……嗯。”

“嗯。”

“啊？”竟然没有反驳！

苏伊一愣，还未反应过来，韩翎风直接俯身轻轻吻住她的嘴角，很轻柔。她胡乱抓住韩翎风的衣袖，慢慢享受起来。他的吻在她的唇齿之间留恋，缱绻不息。

《英雄联盟》的夏季赛会一直持续到八月中下旬，其间所有LPL的战队将会打满十六场比赛，赢下一场比赛就能拿到一分，AB两个小组，每组六支战队，打满十六场比赛后各组积分领先的四支战队率先出线，剩下的八支战队将轮番进行淘汰赛，最终通过冒泡赛，决出LPL夏季赛的冠军，冠军直接拿到通往S7赛场的门票。

后续几周的比赛轮番下来，到目前为止，SNM战队的积分为5：1，AK

战队以6 ∶ 0的完美连胜屈居于榜首，而CNZ战队则以4 ∶ 2位列小组第三。

SNM战队的会议室内。

悬空的投影仪正在播放前几周AK战队的比赛，以及上上周SNM战队和AK战队交手时的视频。人生教育大会照例持续了一个半小时左右，随后便是选手们自行练习的时间。

太一：“AK战队的打法主要还是围绕下路，所以阿炎猜测，下一场比赛他们十有八九会拿出四保一的战术。”

所谓四保一，通常是上中野辅四个位置保证ADC在团战中的站位以及输出状态。而被保的ADC一般都是像深渊巨口以及瘟疫之源这种，能疯狂输出Carry全场的后期ADC英雄。

这样的战术其实同样适用于SNM战队，毕竟韩翎风的ADC向来都很稳。

于是，SNM战队这次拟了两套方案：一、常规套路；二、四保一战术。

其实作为中单闪电很乐意四保一的战术，毕竟这样一来，他中路的压力就会小很多。

闪电：“赞成赞成！我璐璐中单也超强的，实在璐璐被BAN了，我就掏出卡尔玛！”

咖啡：“你让伊妹下路的辅助英雄池情何以堪？”

苏伊托着下巴一本正经：“没事，我还有锤石，还有婕拉和娜美呢，实在不行我觉得前几周比赛和翎风配合的牛头也很不错。”

闪电和咖啡吓得立即摆手：“别别别！您拿您擅长的就好！”

苏伊撇着嘴不满：“我真的觉得牛头可以的啊！上次我和他打Rank就碰到了Master，要不是对面打野掉线三分钟投降，人头妥妥是我们的！”

闪电和咖啡投来怀疑的眼神：“你确定那人是Master？”

“说不定是Master的迷弟顶着他的ID。”

她好像感受到了队友们深深的嫌弃。

韩翎风坐在旁边拍了拍她的头，笑着道：“护国神牛？”

“你不服？”

他笑道：“墙都不扶，就服你，可以？”

苏伊笑嘻嘻道：“可以可以。”

闪电抖了抖，朝着刚才一言不发闷头做笔记的许瑞奇说道：“队长大人，你从刚才就一脸生无可恋的表情，想学风神的面瘫脸啊？别学啦，学了你也没对象！”

之后，SNM战队五人围绕两项战术进行了相对的训练，终于在一周后，迎来了第五周的小组赛。

当天SNM战队的比赛是第二场，第一场比赛是UG战队对战ES战队的异组赛，虽说都不是LPL的强劲队伍，但苏伊一行人还是选择提前到达，顺便为接下来的比赛做做热身。

四十分钟后，第一场比赛就以UG战队胜利告终。太一摸着下巴一阵唏嘘：“UG总算告别鸭蛋了，但是ES战队目前还是被剃光头。不过这对于我们来说也是个好消息，接下来两周我们打UG和ES，没啥压力。”

韩翎风：“那还要告诉你一个好消息。”

“什么？”

“AK战队要终止连胜了。”

太一笑了起来：“哟，可以的，今天我们的风大大膨胀了！本经理看好你，可别让我失望。”

韩翎风比了一个“OK”的手势。

随后，工作人员到达休息室通知SNM战队五人上台。

再度回到这个战场，苏伊已没有当初强烈的紧张感。回想起不久前AK战队五人穿着草绿色队服站在她面前这个舞台上，背对着她，向观众会鞠躬致谢。那种刺痛到骨子里的挫败感，她绝对不允许再次发生。

在裁判宣布选手各就各位后，两队选手各就各位。

众人陆续戴上耳机。

在检查各自外设没有任何问题后，SNM战队就此进入了这场复仇之战。

在场的所有粉丝包括解说，都在讨论这次的比赛SNM战队是否能够复仇成功，还是AK战队继续连胜。

第一轮的BAN/PICK环节，双方禁掉了璐璐、婕拉、维鲁斯、卡兹克、凯特琳以及乐芙兰，都是常规的BAN位，而SNM战队也的确针对Master禁掉了他的维鲁斯。

在禁选模式结束后，苏伊握着鼠标，在语音里说道：“各位兄弟，上周我是翻身做主人了，这周就麻烦你们 Carry 我了……”

咖啡无奈地笑了笑：“所以这就是你让我给你拿牛头的理由？”

苏伊翻了个白眼：“搞事情啊咖啡，这拨我不想上麦克风。”

许瑞奇：“璐璐和婕拉都被 BAN 了，拿牛头确实也可以，不过拿了牛头，我们后面的阵容是不是要考虑一下？”

韩翎风想了想：“就牛头吧，我拿老鼠。”

于是，SNM 战队这边第一手选择了辅助后，对面立即锁了扇子妈，接着在深渊巨口和瘟疫之源两个英雄之间徘徊了两次后，拿掉了瘟疫之源，也就是老鼠。

闪电：“哟哟哟，Master 还会玩老鼠啊，哇，风神，现在手长的都不在外面了，要不要选一手大嘴呀？”

大嘴，也就是深渊巨口，是非常后期的 ADC，但是输出爆炸。

韩翎风顿了一下：“既然对面 ADC 都放出来，我不急，你们选。”

闪电：“要玩四保一吗？”

咖啡：“牛头先手开团还是很强的，我觉得你可以选一手发条，让伊妹的牛头带球进人群。”

闪电：“前提是伊妹能技能二连成功。”

韩翎风：“想什么啊，闪电你还剩下十秒。”

于是，伴随着 SNM 战队选择了发条魔灵奥莉安娜和翠神艾翁，对面 AK 战队抢掉了打野蜘蛛。第二轮禁选，AK 战队直接禁掉了两个 ADC——卢锡安和大嘴。

许瑞奇：“这 AK 战队是不给风神活路了啊？”

苏伊：“这把玩啥？”

咖啡：“风神，你还剩下十五秒的思考时间。”

韩翎风操纵着鼠标，在面前的英雄列表里翻来翻去，最终，英雄头像停留在了他最熟悉的英雄上。

现场沸腾了。

“金克丝！！！风神竟然选择了金克丝！！！”

“伊妹也帮上单咖啡锁掉了兰博！SNM 战队这把是打算四保一？”

“可是对面AK战队的阵容，也是四保一啊……”
“我有种这把比赛要打到四十分钟的预感。”

苏伊吃惊地看着屏幕里的金克丝，悠悠地说道：“翎风。”
“嗯？”
“搞事情啊！”
“两级以后开干，对面辅助是个娜美。”
苏伊隐隐觉得，韩翎风这次是真的有小脾气了。
双方阵容确定完毕后，坐在舞台下的粉丝发现，SNM战队的中上野三人唰唰唰同时朝他们家的ADC看去。
许瑞奇活动一下手腕，笑道：“风神，你今天有点膨胀啊。”
闪电：“不在沉默中消亡，就在沉默中膨胀，你这把是要一打五啊？”
咖啡：“那这么看来我上路是不是可以准备躺了？”
苏伊抚额：“我下路压力莫名好大。”
比赛开始后，双方下路并没有选择帮打野打Buff，而是各自上线发育，苏伊的牛头一级比较弱，上前吃工资装被动的时候，被对面比自己手残的娜美消耗了一拨后折返。
兵线被对面AK战队下路控住，对方率先到达两级。
苏伊不慌不忙走位后撤：“对面先到了两级，而且后排兵有点多。”
韩翎风将英雄切换炮形态把后排残血小兵收掉：“等兵线过来，两级，闪现击飞。”
“好。”
苏伊小心翼翼地走位，看着韩翎风的金克丝A（A是攻击的快捷键，指代攻击）掉最后一个前排小兵，两人齐齐到达两级，苏伊果断上前闪现到老鼠的位置上，将他击飞挂上引燃，然后顶到金克丝的面前，然而二级韩翎风学的夹子，还走位躲掉了娜美的水泡。
一套连招控制堪称完美，Master交了治疗闪电后撤，谁知韩翎风也交了闪现跟上，两下炮形态活活A死了老鼠。
First Blood（一血）！
系统的声音响起，加上英雄击杀和助攻会加速的被动，韩翎风还一直在追击残血的小北，硬是又逼着小北交了一个闪现。

现场顿时响起雷鸣般的掌声。

“天哪！牛头闪现开老鼠太果断了。”

“Master 是不是膨胀啦，对线本来就比金克丝弱，非要吃那个小兵。”

“嘻嘻嘻，还是我风神强。”

韩翎风的补刀功底本身就比较好，加上刚才那拨兵线是往自家推的，已经压了对面 Master 十几个补刀。并且估算到他更新装备回到线上，将会领先对面老鼠半管子的经验，那也就意味着 SNM 战队下路组合先到达六级。

这时，许瑞奇的打野艾翁也早早偷偷摸摸地绕到了对面的野区，接连偷掉了一组野怪和红 Buff，这让对面 AK 战队的打野蜘蛛非常难受。

紧接着，对面的打野似乎是野怪被反太过于着急，躲在中路草丛里闪现出来结茧到闪电的发条，想配合扇子妈杀掉发条，结果许瑞奇的打野也做好了反蹲，闪现给盾，加上发条本身的盾，硬是吃住了第一拨爆发，反手二人还把蜘蛛打成残血，逼着蜘蛛交掉一个闪现逃掉。

没有补给品的蜘蛛只能选择回城，而近于满状态的许瑞奇则可以继续刷掉下路的河道蟹和偷掉对面的蛤蟆，美滋滋地回家。

这时，对于 AK 战队最不好的一个消息就是他们家的打野崩掉了，许瑞奇足足领先了 AK 的打野两级，对面野区全是 SNM 战队的视野。

虽说上路的兰博中途被蜘蛛逮到一次，贡献出人头，但下路发条和艾翁一起赶到，从对面三角草丛绕后，苏伊牛头二连进场，套上发条的球接 R，闪电直接打中两个人，随后牛头开 R 抗塔，四人合力做掉 AK 战队的下路组合，韩翎风和闪电两个双 C 一人一个人头，合理分配，并且一起拿下下路的一血塔。

而对面蜘蛛和泰坦由于人少，没有推掉上路防御塔，而是和自家中单集合一起拿掉了峡谷先锋，而 SNM 战队这边则是顺利拿下了第一条元素龙风龙。虽说风龙没有火龙作用那么大，但是在非战斗的情况下，还是能有不小的移动速度加成。

此时，比赛进行到了十分钟，场上的人头比是 3 ∶ 1，SNM 战队经济领先 AK 战队一千多。韩翎风的补刀领先对面十八刀。

在十分钟的时候，这样的补刀算不上什么，然而 Master 在被击杀两次的情况下还能稳住补刀，只能说他的基本功也很扎实。

接下来的五分钟，双方都很和谐，补刀的补刀，打野的打野。当第二条元素龙火龙刷新的时候，对面 AK 战队开始有所动向。

提前在 SNM 战队的野区布下视野，却接二连三地被苏伊的牛头配合能够侦测某一区域视野一段时间的侦察守卫把眼拔掉。

双方拉扯一段距离后，苏伊问道："对面老鼠在哪儿？"

咖啡："应该站位在后面。"

韩翎风："小心老鼠，好像隐身了。"

话音刚落，对面泰坦闪现上来钩住站位靠前的牛头，随后给了金克丝一个击飞大招，这时一直潜行隐身的老鼠忽然冒了出来，对着金克丝一顿狂揍。

"这个 Master 好阴。"

"老鼠老鼠老鼠老鼠啊！"

"晕住他！"

苏伊的闪现这时冷却刚好转好，又一次闪现到老鼠脸上，把他击飞，然后顶到 SNM 战队的阵容中，随后兰博大招封锁对面走位，奥莉安娜给盾到金克丝身上，硬是保住自家 AD 的性命。

解说激动地看着这拨团战说道：

"又是闪现击飞！又是顶了回去！"

"老鼠直接被金克丝和发条秒掉了。"

"哇，Master 这拨太心急了，大概是没算准牛头的闪现时间。"

"AK 战队不是四保一的战术吗？怎么是老鼠去接的团？对面扇子妈的盾和娜美的奶都没跟上就死了啊。"

"AK 战队后撤了，SNM 大概是能稳稳拿下这条火龙。"

不仅如此，SNM 战队还一起推掉了对面中路一塔，二塔也被磨掉三分之二的血量，随后，一群人转到上路，把还剩一丝血的上路外塔也拔掉了。

比赛进行到十八分钟，SNM 战队领先了三千块的经济，等于多了对面一个装备。

二十三分钟，AK 战队卡着 SNM 战队来不及集合的时间，拔掉了中路一塔。

二十五分钟的时候，对面小北在大龙池外做视野被闪电发条藏球拉大，配合艾翁牛头，瞬间拿下人头，于是五人决定在对面打野在场的情况下开大龙。

由于金克丝装备实在太好，大龙打得飞快。对面蜘蛛想要飞天下来抢大龙，无奈艾翁等级比他高，惩戒的血量也比他多，大龙稳稳地被SNM战队拿下。紧接着蜘蛛也残血在大龙坑里。五人带着大龙Buff顺利推上高地，拿下了对面中路水晶。

此时，双方的经济差距接近一万。

随后SNM战队集合到刷新的小龙池外，拿下了一条土龙，凭着最后一点大龙Buff的时间，又拿下了下路的二塔，此时，两队的经济差距已经到了一万一。

最后一拨团战，发育太烂的蜘蛛进场就被秒掉，而对面的泰坦一身肉装也扛不住金克丝的几炮，Master的老鼠最后开启大招换掉了闪电的发条，可是剩下的队友也全部惨死在金克丝的收割之下。并且，这拨团战，韩翎风完成了一拨收割，拿下了四杀。

苏伊激动地在语音里喊道：“娜美娜美！杀娜美，Nice！四杀四杀！还有一个头呢，你们谁把头拿了？”

众人一度不吭声。

韩翎风：“没事。”

苏伊疑惑地说道：“你们说话啊，五杀都不给啊？”

许瑞奇点着AK战队的门牙外塔，悠悠道：“妹，对面蜘蛛第一个就被你引燃烫死了，你没看到啊？”

苏伊看了一下自己画面右上角的数据：2 ∶ 3 ∶ 9。如果她没记错的话，她在之前的比赛里只拿下过一个人头，看来蜘蛛的人头好像真是她拿的。

于是，她试图解释：“刚才太混乱了……我没注意。”

看着这喜闻乐见的抢五杀一幕，闪电站在对面基地的水晶前，亮起了战队图标，幸灾乐祸地说道：“哎哟，好气啊，风神你五杀被伊妹抢啦。”

咖啡也跟着附和道：“风神你说这怎么办吧？”

韩翎风不慌不忙地A掉水晶的最后一下，众人画面上瞬间显示出“胜利”两个字。

他摘下耳机：“当然是……原谅她。”

没救啦！这哥们没救了！SNM战队中上野三人齐刷刷地对韩翎风投来鄙视的目光，而后各自摘下耳机排着队朝对面战队阵营走去。

现场激昂的音乐响起，SNM 战队身后的荧屏上出现红色的“WIN（胜利）”字样，SNM 战队五人挨个儿和对面 AK 战队的选手握手致谢。

苏伊一路面带微笑，等碰到 Master 和小北的时候，她却戛然收住了笑容。苏伊看着面前的少年，很大方地朝小北伸出手：“如你所愿。”

小北与她握手，不是很明白她的意思。

苏伊：“你说的，比你强的妹子还没有，今天我办到了。”

小北这时终于明白，得罪女生后果很严重，得罪爱记仇的女生后果就更严重了。如果他知道今天他们下路的操作这么差，前几天他打死也不会说出那种打脸的话。

对观众鞠躬致敬后，SNM 战队队员都欢快地回到位子上收拾自己的外设，韩翎风倒也不避讳，双手搭在苏伊的肩膀两侧，跟在她身后回到座位旁，先走过去帮她把外设整理好。

于是，坐在前场把舞台上的情景看得清清楚楚的粉丝，硬生生被塞了一拨狗粮。

“风神真和伊妹在一起了？”

“不然还有假啊？我听说风神和伊妹的房间用一个阳台。”

“可是我怎么觉得郎才女貌挺配的。”

“电子竞技没有性别，我只希望今年能出一组 LPL 的冠军皮肤。”

比赛结束后，依旧是采访环节，采访结束后便是十五分钟的休息时间，接下来便是 UG 对战 CNZ 战队的比赛。

苏伊回到休息室找太一拿回手机后，就发现自己的微信界面已经被自家闺密刷屏刷炸了。

七校长：“宝贝，你太帅了知道吗！闪现开老鼠，真果断！”

七校长：“星秀主播里也有好几个玩《英雄联盟》的妹子，瞬间就被你……老公圈粉了！四杀啊！最后那个五杀人头你是怎么拿下的？”

七校长：“暴打韩国人什么的简直太爽了，听说这 Master 是和 Zeus 一样的传奇人物，我看也没那么玄乎吧？”

七校长：“照这个架势，今年 S 系列的冠军奖杯上是不是会有你的名字？”

现在就想到世界赛了吗？不过吊打韩国选手，对于苏伊来说的确大快人心。

Suee：“不，Master还是很强，比赛结束时候我特意去看了一眼输出数据列表，老鼠的输出比风神的金克丝低不了多少，主要是对面打野太麻瓜了，前期被我哥在野区养儿子了。”

那头很快就有了动静：“哦，那明年如果出了SNM战队的冠军皮肤，我首买金克丝。”

苏伊看着这排字嘴角抽搐，而后回复道：“你一个白银辅助买什么金克丝，你又不玩！”

七校长：“看了你的牛头，我决定买一个金克丝，再说我也不玩婕拉啊！”

苏伊心想，所谓闺密就是上天派来气死你，但是又能把你逗乐的一种人。

吃过晚饭，回到基地后依旧是开会，谈人生，会议持续到晚上十一点，对于今天这场复仇战的胜利，教练阿炎特意对着五位队员强调了一万次：“只是一次把韩国人摁在地上揍了一顿，千万别膨胀，膨胀是原罪！”

苏伊抱着抱枕脑袋都快磕到桌子上，嘀咕道：“不是说电子竞技，菜才是原罪吗？”

阿炎睨了她一眼：“菜自然是原罪，但膨胀就是把你的菜放大一万倍，只要是人就会有弱点，膨胀会导致人松懈，这时你的弱点就在对手面前一览无余，懂了吗？”

苏伊点头。

“特别是你！”阿炎把视野对上韩翎风，“别以为拿了个四杀，你就能跳起来！”

面无表情的韩翎风：“我还什么都没说。”

阿炎：“别以为我不知道你心里嘚瑟着呢，接下来虽然是两支菜鸟队伍，但还是不能松懈知道吗？”

“哦……”

阿炎：“大声点！哦什么哦，晚上没给你们吃饭啊？”

SNM战队众人异口同声：“知道了！”

送走教练后，太一小心翼翼地把门关上，确定阿炎开着车走了，才舒了口气，回过头看着坐在客厅的一群人。

“你们也别放在心上，按理来说，这场复仇战打得这么漂亮是应该夸奖一下你们。”太一顿了一下，“教练是不想你们膨胀，毕竟接下来还有十一场比赛。”

苏伊点头：“理解。”

许瑞奇：“接下来两周的比赛都是对战UG和ES还有LOOK这样并不特别强劲的对手，但还是不能松懈啊。”

韩翎风：“强者不一定是努力的人，但是你不努力永远成不了强者。”

隔天还有一场比赛，所以散会后，大家各自回房间洗洗睡去了。

苏伊睡不着，大概是开会那会儿睡过头了，反而洗了澡之后精神百倍，于是她穿着睡衣就下了楼，坐在电脑前看起了直播。

没过多久，韩翎风也从二楼走了下来，朝她打了声招呼：“不睡？”

苏伊靠在电竞椅上缩成一团：“在看直播。”

他走进厨房，从冰箱里拿出一罐牛奶：“要喝吗？”

苏伊望着他没说话。

“给你热热？”

“嗯。”

三分钟后，韩翎风端着一杯热牛奶送到她的面前。苏伊摘下耳机，伸过手去接，就这么一个小小的动作，她很快就察觉到了韩翎风给她递杯子的时候，手竟然微微有些发抖。

她看着面前的牛奶，而后仰起头看着他的眼：“你手腕疼？”

韩翎风笑笑。

“不说话就是被我说中了。”

苏伊一直都知道，职业选手会有各种各样的病痛。因为长期坐在椅子上不运动和玩游戏，手腕和腰部可以说是重灾区。而韩翎风又是打ADC位的，走位，补兵，花式操作，又打了这么多年的职业赛，有职业伤再正常不过。

于是，苏伊催促着他赶紧回去睡觉。

韩翎风被她逗笑了：“职业伤又不是睡一觉就能好的，再说这不算重伤，只是今天打比赛的时候太过专注。”

苏伊努努嘴："那也不早了啊。"

韩翎风指着她的电脑屏幕："你呢？"

苏伊投降："我也回房间睡觉去，总行了吧？"

"先把牛奶喝了。"

将一楼大厅的灯关掉后，韩翎风缓缓走到二楼，抬头便看见苏伊正站在楼梯口望着自己。

韩翎风走上前低头摸了摸她的脑袋："看什么呢？"

苏伊窘迫地指了指自己的房门："门把手坏了。"

韩翎风走到苏伊房间门口，试图拧了一下把手，发现门似乎从里面上了锁。

苏伊一脸木讷地看着他问道："怎么回事？"

韩翎风耸耸肩，无奈道："一如既往地犯毛病，这家门把手差评。"

苏伊蓦然记起她刚来基地那天发生的事情，脸一红，指着自己的房间说道："怎么这次是我房间的把手坏掉了？"

"历史遗留问题。"韩翎风指着自己的房间，"要不从阳台绕过去？"

"可是……"苏伊走到韩翎风的房间里，径直朝阳台走去，"推拉门好像被我从里面锁上了。"也就是说，她现在无论如何也进不去自己的房间！进不去自己房间的结果就意味着……

韩翎风叹了口气："我的柜子里好像还有多余的被子。"

"啊？"

"我去一楼客厅睡，你睡我房间吧。"

虽说苏伊睡韩翎风的床已经不是第一次了，可是……

此时已是午夜一点，其他人早就睡下了。即便没睡下，依照韩翎风的个性也不可能和男生共睡一张床——不，应该说这种事根本没有考虑的必要。

苏伊有些担忧地看着韩翎风，不知道是不是脑子抽风，脱口而出："要不挤挤一起睡吧？"

天哪，她都说了什么啊？

可是，更致命的是，韩翎风微笑地看着她："如果你不介意的话。"

第十章 幸运女神在微笑

♥♥

苏伊还在原地发愣的时候，韩翎风已经走进房间里，从柜子里拿出一个新的枕芯和一床被子。

“开玩笑的，我去一楼。”韩翎风似乎读懂她在担忧什么，笑着点了一下她的脑门。

苏伊捂着脑门有点委屈：“可是你去一楼睡觉会感冒的，后天还有比赛。”

“傻瓜。”他走上前，拨开她的刘海，在额前落下一吻，“和你睡一起，我可不保证自己会做出什么。”

唰的一下，苏伊的耳根发红，她后退两步靠在墙上，下意识地抱住自己努了努嘴，吞吞吐吐：“你、你会做什么？”

苏伊到底已成年，这种事她多少会懂。可是据她对韩翎风的观察，他也不像是会动手动脚的人呢。

韩翎风看着她惊慌失措的样子，忍俊不禁：“看你吓成那样，我去楼下了。”

说完他抱着枕头被子就要出门。刚走一步，苏伊就伸出手把他拦住：“不行！睡楼下真会感冒，大不了等下背对背睡，这样比较安全！”

他到底应该夸自己女朋友机智还是傻呢？

已是午夜两点，苏伊躺在床上翻来覆去，久久不能入眠。世间的事真是奇妙啊，她第一次睡在这里的时候，是因为隔壁自己的房间没有收拾好。第二次睡在这里，是因为隔壁自己房间的门把手坏掉了。

她侧着身子躺在床上，盯着面前的墙壁，反复想着过去的事情。

也不知道多久后，她身后的男人忽然说道：“苏伊，睡不着吗？”

苏伊微微调整了姿势，翻过身看了一眼，寻了一个超烂的借口：“我有点认床。”

这倒也算是实话，毕竟现在她和韩翎风一起睡在这张床上，怎么可能睡得着。

韩翎风听完，翻了个身，正好对上她的眼眸。

一秒后，韩翎风示意她把头枕在自己胳膊上，而苏伊也照做了。

韩翎风试着问道："那我抱着你睡？"

苏伊脸红红的："可是这样手臂不会酸吗？"

韩翎风微微笑道："嗯，还好。"

苏伊忽然感觉整张脸发烫，心里的不安早被她抛到脑后。她微微扭动着身子，想找一个较为舒服的姿势。

可是这一动，苏伊的头发蹭到韩翎风的脸上，痒痒的，而且怀里的人似乎也不怎么老实。韩翎风睁开眼，只觉得自己有些身体的本能正在复苏。他不由得收紧了手臂，另一只手揽住她的腰。

她只是想找个舒服点的姿势，现在发现更不舒服了，怎么办？说好的背对背睡觉呢！苏伊窝在他的怀里，甚至能听到他的心跳声。

"不要乱动，苏伊。"

"嗯……"

"这样我很困扰。"

"嗯……"

"放心，我现在不会对你做什么的。"他轻轻道。

苏伊的脸更红了，把头埋在韩翎风的怀里一动不动。

"睡吧。"他说道，"我真累了。"

韩翎风闭上眼，好一会儿都睡不着，结果发现自己怀里的人却沉沉地睡了过去。她怎么可以这么快就睡过去呢，未免也太放心他了吧？

他睁开眼，宠溺地看着她，嘴角弯起一抹笑意。

第二天一早，韩翎风就醒了，准确地来说，他其实一晚上都没怎么睡，早知道控制自己这么难，他宁愿选择去客厅睡沙发。

苏伊却一头埋在被子里睡得香甜，韩翎风站在床边无力地看了她一会儿，果断选择洗漱后走出了房间，正好撞见同样早起的太一。

太一一脸震惊地看着韩翎风，又扫了一眼他们基地颜值担当的鸟窝头，无奈地笑了笑："你起床的时候不是也会吹头发的吗？今天怎么顶着这么个发型就出来了？"

韩翎风示意他小声点："吹风机很吵，去一楼洗手间吹。"

太一：“我记得咱们俱乐部房间隔音效果挺好的啊。”

韩翎风打着哈欠，指了一下里屋：“苏伊还在睡呢，怕吵着她。”

太一点点头，并没有觉得哪里奇怪，便朝着楼梯口走去。走了两步后他才发现哪里不太对。在意识到问题的严重性后，他一脸被雷劈过的模样：“你就这么把咱们伊妹吃干抹净了？如果被Riki知道，我觉得他会提着四十米长的砍刀追着你杀八条街！”

“我什么都没做。”韩翎风郑重其事地说道。

太一看着他如此诚恳的模样相信了：“厉害了我的风，不过说起来，你俩在一起也有段时间，有点什么也能理解，只是她突然睡你房干吗？”

韩翎风翻了个白眼：“她房间的门把手坏了。你快点找人来修，或者干脆换个门算了。”

“怎么？你怕控制不住自己啊？”

“你废话真多。”

“说得也是。”太一点了点头，“万一哪天你们给我整出个小ADC或者小辅助出来，我该怎么和咱们战队的粉丝解释？”

韩翎风笑听完太一的话后，有些哭笑不得：“她才十九岁。”

太一嘴角露出一抹坏笑：“可是你都二十一岁了，明年你俩正好都到法定结婚年龄，都能拿证了！”

韩翎风彻底凌乱了。

太一摸着下巴一脸高深莫测：“不过别怪我没提醒你，在你俩打算延续下一代之前，先把今年的冠军奖杯给我拿到手。”

韩翎风舒了口气：“二十五岁之前我不打算退役。”

“哟，有志气。”说到这里，太一的画风忽然严肃起来，“好了，不打趣你了。前段时间我跟阿和一起研究了一下目前各赛区的成绩，LCK赛区那边，LXH战队还是强，到目前为止依旧处于连胜阶段，你懂吧？神话终究是神话。今年的S7小组赛定在W城，你的老家，LCK那边LXH战队铁定参加没跑，剩下八成会是SSD和MAX两支队伍，我可不想今年的S赛又是韩国战队的天下。”

韩翎风站在二楼，朝着一楼大厅墙壁上SNM战队的徽章看去。如今，在这个飞速发展的时代，电子竞技已经成为大多数青少年心中不可磨灭的存在。

这是一个很好的时代，这是他们的时代。

韩翎风看着墙上那火红的标志，问道：“太一，你知不知道我们战队英文缩写是什么意思？”

“啊？”太一黑人问号脸，“风大大你没吃错药吧，来了战队快四年，你不会不知道SNM是什么意思吧？”

“我当然知道。”他回头笑道，“我在问你。”

太一顿了一下：“ShiNing Miracle，闪耀的奇迹。风神，你觉得今年的世界赛上，会有奇迹发生吗？”

韩翎风：“太一你错了。”

太一：“什么？”

韩翎风：“奇迹不是‘发生’，而是‘创造’。”

苏伊醒来的时候已是正午，等她迷迷糊糊起床揉着头发摸到洗手间，才想起来这间房间的主人并不是她！房间的门被人推开，韩翎风站在门口，发现床上的人已经起来，他走进去反手把门带上。

“醒了？”

“嗯……”

“你房间的门已经找锁匠修好了，等下穿好衣服下来吃饭。”

“好。”

韩翎风看到苏伊的脸一直红红的，好奇地走上前摸了摸她的额头：“你脸这么红，感冒了吗？”

苏伊想到昨晚上的事，羞红着脸，然后把韩翎风的手推开，慌慌张张道：“怎么办？因为昨天的事我有点心神不宁，明天就要比赛了，今天还要打排位。”

韩翎风看着她手足无措的样子，莫名想笑，走过去揉了揉她的头：“不要这么紧张啊。”

苏伊扯住他的衣角：“都怪你，昨天晚上要抱着我……”

韩翎风哭笑不得：“谁叫你晚上不老实，那是怪我咯？”

苏伊羞涩地捂住脸就朝自己房间走去：“我去洗漱换衣服。”

第二天的比赛打响，SNM战队的队员登场后各自在所属的位子上坐下。

因为苏伊昨天打排位的状态不太好，这会儿教练团和队友都有些担忧。

许瑞奇看了一眼苏伊：“妹，你没事吧？昨天你排位连跪了好几把呢。”

苏伊露出视死如归的表情：“不用在意我，这场比赛我已经做了划水的准备，你们 Carry 我。”

不明真相的吃瓜群众闪电问道：“伊妹你昨天到底经历了什么？从昨天上午开始灵魂就离家出走，直到晚上才状态回升。”

苏伊辩解：“我感冒了行不行？”

不明真相的吃鸡腿咖啡：“怎么睡一晚上就感冒了呢？”

苏伊看了韩翎风一眼，尴尬地咳了咳：“鬼知道我经历了什么。”

不一会儿，比赛便开始了。

UG 战队的实力并不算雄厚，所以 SNM 战队这场比赛赢得毫无悬念。就连接下来几周对战 LOOK 还有 ORG 战队的比赛，也是赢了个大满贯。

LPL 的夏季赛各个战队之间的角逐，一直火拼到了八月份，随着最后一场小组赛落幕，此次赛季各小组出线的战队已经敲定。SNM 战队和 AK 战队同时居于榜首，积分均为 13 ∶ 3。CNZ 战队位于第三，积分为 12 ∶ 4，第四名的则是老牌战队 LOOK，积分为 9 ∶ 7，至于剩下两支战队的惨烈成绩也就不言而喻了。

对于这个结果，绝大多数粉丝并不吃惊。SNM 战队和 CNZ 战队都是去年参加 S6 比赛的好手，AK 战队又是今年杀出来的一匹黑马，这也就是 B 组被称为死亡组的原因。

“敲定进行半决赛的这四支战队里，SNM 战队正好抽签和 CNZ 战队打，而 AK 战队则是对上了 LOOK 战队。目前，就目前状况而言，可谓是一场诸神之战……胡说八道，才小组汇聚就诸神之战了？这小编脑子没坑吧？AK 战队除了下路组合强点，其他位置算啥？”咖啡一边看资讯，一边义愤填膺地嚷嚷。

闪电趴在桌子上：“人家 AK 战队妥妥的二拖三都能跟咱们打成个平手，你还有什么不服的？”

许瑞奇：“你别忘了，人家好歹也是职业选手，意识、操作都不差。”

咖啡撇嘴：“队长，你这么长他人志气真的好吗？”

许瑞奇叹了口气："提防点准没错，接下来的比赛是对战老对手——处女座那支强迫症战队，有啥建设性的战术？"

这几个月接二连三地比赛，硬是把苏伊的耐力都快磨没了，果然作为一个妹子来说，她的体能还是有些跟不上这些男生。

苏伊趴在桌子上昏昏欲睡，坐在隔壁的韩翎风伸出手戳了一下她的脸蛋，于是苏伊醒来继续拿着笔记本做笔记。

韩翎风笑了笑，接着说道："保持自我，不膨胀，不矫情，不浪，不作，报告完毕。"

许瑞奇："我居然觉得风神你说得好有道理。"

韩翎风："和 CNZ 战队交手几年了，都太熟悉对方，这时我觉得应该逆向思维。"

闪电一脸迷糊："什么逆向思维？"

韩翎风："揣摩 CNZ 战队会怎么在 BAN/PICK 上针对我们，然后再反过来针对他们的想法计划策略。"

苏伊算是听懂了，打了打哈欠说道："就比如，今年夏季赛，我总共打了十六场比赛，拿到婕拉只有三次，拿到璐璐两次，剩下的全是蛤蟆、锤石、娜美、布隆这种好处理的辅助。"

闪电："这么说，我的维克托这个赛季也只拿到了三次……"

咖啡："我的克烈还是后面把把必被 BAN 的呢！你们怎么不想想我为什么这么惨呢？"

这时，韩翎风冷不丁地冒出一句："我这个赛季拿了八次寒冰射手，我都还没吐呢，你们还有什么想说的吗？"

众人一致沉默。

开完会后照例是自由活动时间。

苏伊之前为了赶直播时间，一连两天直播了十二个小时，于是决定早点回房间休息。韩翎风在楼下看了会儿直播后，随后也上楼去了。

正在开 Rank 的咖啡扭过头看了一眼背后空空如也的两个座位，朝许瑞奇问道："Riki，我怎么觉得伊妹和风神谈恋爱前和谈恋爱后一点区别都没有？"

闪电附和道："在一起前，他俩天天双排，在一起后，他俩还是天天双排，就连休息日他俩都是双排上分……Riki，我以后很替你小侄子担心。”

许瑞奇听完差点从椅子上摔下去：“什么小侄子，哪里来的小侄子！”

闪电贼贼地笑了笑：“比喻比喻。”

许瑞奇重新坐好，歪在椅子上想了想：“我以后一定不会带我女朋友一起打游戏，实在是太浪费生命了！”

听到这里，闪电忍不住吐槽道：“首先你得有个女朋友。”

随着各个战队紧锣密鼓的训练，LPL 夏季赛的半决赛终于来临。

LOOK 战队和 AK 战队的比赛会率先进行，不得不说，不论是 LOOK 还是 AK，这两支战队的 BO5（五局三胜制）打得并不算轻松。

不过最后还是 AK 战队技高一筹，在先失两局的情况下惊天翻盘，拿下参加总决赛的资格。

隔天便是 SNM 战队对战 CNZ 战队的日子，胜利的队伍将会和 AK 战队决出夏季赛的总冠军，并且率先拿到 S7 的门票。

又要踏上舞台，苏伊的心情早已没有初入 LPL 时那般紧张。

排在队伍的末尾，她紧紧拽住自己手里的机械键盘和鼠标，跟着大部队朝着战场前进。

在座位上坐下后，选手们都在各自调整外设。苏伊看了一眼对面穿着蓝黑队服的 CNZ 战队选手，努了努嘴：“对面处女座的人看起来很兴奋的样子。”

韩翎风把耳机戴好，说：“毕竟这是小组的出线赛，会兴奋也很正常。”

其他人也陆陆续续调整好了自己的设备。

咖啡：“队长，怎么办？我紧张我想吐。”

许瑞奇：“瞧你那傻样，咱们中午连饭都没吃，你吐空气？”

闪电：“等比赛结束我们去聚餐吧？日本料理还是泰国菜？”

韩翎风：“赢了比赛再说，输掉比赛你指望太一带我们去吃饭？”

苏伊默默点头：“太一只会塞给你俩馒头，最多加碟咸菜，哇，宝宝今天不想吃咸菜。”

教练阿炎皱了皱眉：“废话这么多，想上一拨麦克风啊？”

咖啡投去一个可怜兮兮的眼神：“教练，我饿了……”

阿炎：“等你能够把对面大黑压住的时候，我就允许你休息时间吃两口馒头。”

咖啡：“怎么还是馒头？”

阿炎：“还紧张吗？”

咖啡：“紧张，我能唱歌吗？”

SNM 战队众人异口同声：“闭嘴！”

SNM 战队废话聊天完毕的时候，比赛正式进入到了 BAN/PICK 模式。CNZ 战队第一手就直接 BAN 掉了婕拉、马尔扎哈还有克烈，上来竟然直接就禁掉了两个辅助。

苏伊生无可恋地看着电脑屏幕：“很气哦，可还是要微笑。”

咖啡也同样很生气地看着电脑屏幕：“我的克烈也被 BAN 了！”

最后双方确定了阵容。

SNM：小鱼人、蜘蛛、乐芙兰、寒冰射手、锤石。

CNZ：酒桶、男枪、卡尔玛、女警、布隆。

比赛开始后，双方各自站位，处于蓝色方的SNM战队，五人齐齐来到野区。许瑞奇的蜘蛛在中路附近转悠了半天，借着自己买了一个侦察守卫，贴着大龙池外的墙壁偷偷摸摸地来到了对面 CNZ 战队的红 Buff 处。

结果，转角遇到爱。

对面上单酒桶正站在草丛里，这时梁祈也操纵着男枪走过来，位移上去和酒桶一起弄死了许瑞奇的蜘蛛。

许瑞奇看着电脑面前的黑白屏：“这也可以？”

闪电：“SNM 战队队长 Riki 领衔主演电竞版《转角遇到爱》。”

许瑞奇：“少废话。”

见许瑞奇被抓死，韩翎风和苏伊早早上线：“问题不大，野区抗压。”

许瑞奇哀怨的眼神都快翻到后脑勺了：“中路等我 Gank。”

三分钟后，许瑞奇的蜘蛛贡献出了第二个人头。

原本打算在中路联合爆发高的乐芙兰一套差点秒死卡尔玛，结果就差最后一点点伤害，被冷却好的盾抵挡住了。紧接着祈神的男枪赶到中路，闪现上去给了许瑞奇一套技能，然后惨死在中路河道处。

闪电看着地上蜘蛛的尸体立即安抚了一下许瑞奇：“没事，你蜘蛛刷吧，刷起来一套爆炸打人还是挺疼的。”

此时此刻，SNM战队的下路组合也有所动向，走位失误的女警被锤石钩住，被艾希点成残血，虽说锤石贴脸的时候踩了女警的夹子，但好歹血量足，也没产生人头，这拨换血，CNZ战队其实挺亏的。

比赛进行到六分钟，上路小鱼人恰恰升到六级，蜘蛛也悄悄来到上路。凭着小鱼人的先手大招配合蜘蛛的一套爆发，这时，祈神的男枪走上前，换掉了残血的小鱼人，而男枪则被许瑞奇收下。

两个人头顺利被许瑞奇拿下，缓解了野区爆炸的压力。

见对面上野死了，对面中单卡尔玛还在中路跟闪电互殴，许瑞奇美滋滋地入侵到了对面上半部分野区，直接搜刮了祈神野区里残存的资源，补给装备后，又把家里的三狼和F6两组野怪吃掉。

许瑞奇：“看见没，我还是发育起来了！”

韩翎风：“发育起来就来下路搞事情，对面女警没双招。”

许瑞奇：“是是是。”

CNZ战队很快察觉到了SNM战队的思路，梁祈在自家野区打完蛤蟆后，也来到了下路，可惜正好踩在了苏伊十五秒前做的眼位上，对面阵型被彻底地暴露在了SNM战队的眼里。

很快咖啡的小鱼人就传送绕后，配合中单乐芙兰黏死了对面卡尔玛。酒桶想过来保一下中单，结果控制技能全空！正面战场上小妖的女警也被苏伊的锤石限制了走位，完全没有发力点。

顿时CNZ战队慌了神，阵型全部被打乱，直接被团灭。

SNM战队五人立即回头去打元素龙。

闪电：“Nice，这拨很靠谱。”

咖啡：“完美零换五。”

许瑞奇一顿作呕：“你们就应该去说相声。”

比赛进行到十六分钟的时候，两支战队的人头比是7 ∶ 2，经济上SNM战队领先了两千五百多，CNZ战队被打了个措手不及。

二十分钟的时候，祈神男枪游走到上路，和酒桶围剿死了咖啡的小鱼人。

三十分钟的时候，SNM战队的中下三人在对面野区捉到了准备拿蓝Buff的卡尔玛，并把人头贡献给了韩翎风。

于是，SNM战队在对面少一个C位的情况下，准备打大龙。可惜CNZ战队缺少输出，剩下四人最后被打死在大龙坑外。

拿下大龙Buff的SNM战队五人集合推中，CNZ战队此时已经无力回天。

解说也适时插播。

“SNM战队五人集合拿下高地，CNZ战队在防守上有点应接不暇了！”

“这里！艾希直接大招……定住了卡尔玛！”

“乐芙兰上去直接一套秒掉了卡尔玛！”

“这时风神已经暴走了，竟然闪现到前排脸上点人，伤害太高了，在接上伊妹锤石的一钩，酒桶直接几下就被点死了。”

“那么是要一拨了。”

在一次成功零换五的完美操作之下，SNM战队顺利地拿下了第一局比赛的胜利。

苏伊嘴角漾着笑意，松了一口气。

许瑞奇还在语音里说话：“看见没，即便我开局0：2，我还是发育起来了。”

闪电：“这可是BO5，赢了吹。”

咖啡：“就因为你开局0：2，吓得我以为晚上要吃咸菜了！”

韩翎风摘下耳机，看了一眼咖啡的方向：“躺赢的人赢了比赛也只能吃咸菜。”

咖啡起身走了过去：“什么躺赢！下把我来Carry你！不Carry你，赢了我也晚上吃咸菜！”

苏伊拍了拍手：“很好，Flag已立。”

许瑞奇：“我和闪电做证，记录下来了。”

咖啡：这群人还是他队友吗？他现在去问问对面处女座缺不缺上单还来得及吗？！

然而咖啡只是想想，真跳槽去CNZ战队，说不定隔天许瑞奇和闪电就能抄着家伙把他堵在小黑屋里揍一顿。

可是Flag已经立出去了，再收回来，难免显得他很没男子汉气概。

所以他现在只能祈求第二把比赛，他能拿到自己顺手的英雄。

大概是人品爆发，第二把比赛的第一轮BAN/PICK并没有BAN掉他擅长的克烈，而是针对方才闪电的乐芙兰压缩了一拨中单的英雄池。

闪电生无可恋地看着对面禁掉的三个中单英雄："我刚才的发挥让他们很恐惧吗？至于一下子把我的维克托、乐芙兰还有辛德拉禁掉吗？！明明上一把闪现到他们后排点人的是风神才对啊！"

韩翎风看着对面禁掉的三个中单英雄，挑了挑眉："毕竟我AD英雄池很深。"

闪电："宝宝决定夏季赛结束后回去升级一拨英雄池。"

在闪电的碎碎念中，咖啡率先就给自己拿下了克烈，接着对面锁了打野盲僧和璐璐。苏伊看见对面拿了璐璐有点着急："哇！这么强势的辅助都给对面拿，咖啡你帮我拿不好吗？给位置你Counter呀。"

咖啡摇头："我觉得再放下去，第二轮对面处女座那群强迫症就能把克烈给我BAN掉，说了这把我Carry你们下路。"

苏伊揉了揉眼，一副不太相信的样子："是时候表演真正的技术了？"

咖啡点头："你别一副不相信我的口气，你表演东南亚捆绑和马拉西亚神钩的时候我都没嫌弃你。"

苏伊佯装看风景："今天天气不错，很适合踏青。"

伴随着队伍间的闲扯，许瑞奇这边立即锁了招牌打野狮子狗以及帮中单卡尔玛。而对面三楼，竟然默默地亮出了金克丝。

现场顿时沸腾起来。

LOL电竞圈几乎所有人都知道金克丝是韩翎风的招牌ADC，虽说他所有ADC玩得都很好，但是在某场比赛的赛后采访中，他提及过最喜欢的ADC是金克丝。然后加上炒作，炒着炒着金克丝就变成了韩翎风的本命英雄。毕竟他本来玩得就很强，到底是国服公认的第一ADC。

看到对面直接锁掉金克丝后，解说员抑制不住了。

"天哪！小妖这场比赛是要搞事情啊，竟然自己拿了金克丝。"

"如果我没弄错的话，小妖擅长的ADC应该是女警和大嘴吧。"

"恭喜小妖成功吸引了风神的一拨关注。"

“风神表示自己心里苦。”

“哎，你说，小妖拿了金克丝示威，风神会不会拿小妖的女警和大嘴？我记得风神这两个英雄玩得都挺好的。”

“拿大嘴的话，就是要玩四保一的阵容了呀，不过SNM这边中单的确锁了一个卡尔玛。”

“等等，这边第二轮禁选结束了，风神直接……直接锁了小妖的大嘴？”

“哈哈哈哈哈，这场比赛好看了。”

在和队伍商量后，韩翎风果真就锁了一手大嘴，不过本身队伍一开始的阵容也挺适合玩四保一战术的。

许瑞奇偏过头，隔着闪电看了一眼韩翎风：“风神啊，你这是打算和小妖在下路相爱相杀？”

韩翎风一边调适天赋，一边说：“放心吧，大舅子，下路稳得住。”

这声“大舅子”直接让拿着水杯喝水的苏伊差点喷出来，她掐了一下韩翎风的胳膊，指着耳机说道：“录音呢。”

韩翎风笑了笑：“没事。”

最终，两边定下了阵容。

SNM战队：克烈、卡尔玛、狮子狗、大嘴和锤石。

CNZ战队：酒桶、狐狸、盲僧、金克丝、璐璐。

由此，进入到了第二场的比赛。

或许是吸取了第一场比赛的教训，开局双方都很稳健地没去对面野区搞事情，各自做安静补刀和刷野的美少年。

下路组合到达五级的时候，中路已经到达了六级。

闪电的卡尔玛被消耗回家，结果对面阿夜的狐狸卡住SNM战队视野消失的时间，跑来Gank了一拨。

中下野四人直接越塔，璐璐走上前直接把苏伊的锤石变羊，狐狸凭着大招的三段位移轻易地突脸（指电子游戏中突然出现并造成伤害），一套技能打完加上对面金克丝和璐璐补上的伤害直接被秒掉。大嘴走位躲掉了盲僧的Q技能，祈神见技能没中，这时SNM战队中野差不多也快过来了，理智地选择了后撤。

苏伊怨念地看着自己屏幕正中间锤石的尸体："变羊加魅惑，宝宝很难过。"

韩翎风把塔前残存的几个小兵吃掉后按下回城键："没事，他们技能交得差不多了，六级后可以打一把。"

"好。"

由于上一拨越塔，CNZ 战队交了太多技能，苏伊和韩翎风升到六级后，直接下路就开大了起来，韩翎风的大嘴稳稳地拿下了璐璐的人头。

目前场上势均力敌。

双方在下路的那拨对拼，相互交掉了很多召唤师技能，都不敢轻举妄动。而一向习惯性喜欢抓中路的祈神，在看到中单卡尔玛出了第一个装备的小件后，果断放弃了中路的 Gank，只能和辅助糯米在自家野区插起了防御眼。

凭借着消失的最后一点视野，闪电勘察到了对面祈神的位置。

"伊妹，你帮我中路买个侦察守卫呗，对面糯米来我中路做了好几次眼了，你就别在下路保着你男人了！等我发育起来了，一起保不好吗？"闪电嚷嚷道。

苏伊由于之前死了一次，落后韩翎风半管子经验，经济也不是特别好，出完鞋子后，身上的经济只有二十来块了。

她索性干干脆脆地出门："插个眼意思意思就行了，做了个五速的鞋子，准备跟我哥辅野双游，没零花钱给你买侦察守卫了，自求多福啊。"

闪电顿了一下："明明你回城前插在下路啦！"

侦察守卫每个人只能插一次，如果第二次插眼的话，会把第一个侦察守卫抵消掉。这么关键性的道具，苏伊肯定是要留在下路防 Gank 用的啊。

"哇，你一个中单跟我辅助争！你少漏三个兵，眼钱不就有了吗！"

"我是扇子妈啊，对面狐狸一套技能，一拨兵就没啦！"

"你不知道开大招清啊！"

两人争吵间，对面的祈神偷偷摸摸地有所动向，似乎对这条刷新的火元素龙起了兴趣。但是在察觉到 SNM 战队做了视野后，拆掉眼位就立马后退了。

许瑞奇提了个醒："妹，小龙的视野给一个。"

帮中路河道做了个眼后，锤石又走到小龙坑前插了个眼。

结果眼睛刚插下，从斜前方的视野盲区就踹过来一个盲僧的 Q 技能，接着祈神直接一拨大招闪电，把锤石踢到自家的人群中。接着苏伊被一顿围殴后，电脑屏幕变成了黑白色。

之前网上是谁说处女座的祈神是她小迷弟来着？有小迷弟这么对自己的女神吗？！上来就给她秀了一拨R闪的操作，接着就美滋滋地把火龙拿下来了。

闪电看着经济状况惨烈的苏伊，同情地说道：“这个祈神没道理啊，之前不是还去伊妹直播间送礼物了吗？怎么打比赛就翻脸不认人了呢……”

许瑞奇这时路过中路脏了闪电的一拨兵线：“你不说话没人当你哑巴……”

闪电：“这就是你脏我兵线的理由吗？！”

许瑞奇：“来，蓝爸爸刷了。”

闪电：“哎哎哎！我来了。”

苏伊：“喂喂，幺幺零吗？我家队友节操掉了！咖啡你说好Carry我的呢，十多分钟啦，你数据还是0∶0∶0！”

咖啡还在上路推兵线：“不急，再给哥发育五分钟，保管下拨团战处女座爆炸！”

韩翎风安慰道：“没事，人头被盲僧拿下还能接受，下拨团战我和你双招都好了。”

“行。”

十八分钟的时候，SNM战队盯住了刚刷新的水龙，CNZ战队由于视野的空缺，赶到战场的时候已经来不及了，接着咖啡的克烈强制性大招开团，驾着坐骑啪啪啪几下弄死了对面祈神，接着黏住对面金克丝，对着脸一顿猛砍，配合队友补伤害，拿下了一拨双杀。

而逃走的辅助也被围殴在塔下，人头还给到了韩翎风。

虽说牺牲了苏伊的锤石，但结果还是赚的。

苏伊已经不知道这是自己今天翻的第几个白眼了：“我又被祈神的盲僧拍死了，这厮是不是跟我有什么血海深仇？”

这拨团战的胜利直接奠定了SNM战队胜利的基础。

三十八分钟的时候，SNM战队将CNZ战队团灭在了高地前，残存的克烈和狮子狗直接带着超级兵拔下了CNZ战队的水晶。

SNM战队夺得小组赛的出线名额！

SNM战队众人摘下耳机站起来，笑得一脸灿烂。接着，在许瑞奇的提醒下，SNM战队的队员才意识到要去跟对面CNZ战队的选手们握手致谢了。

顺着咖啡、许瑞奇、闪电一路握手走过去，当韩翎风碰上梁祈的时候，他停住脚步，看着他：“祈神。”

梁祈还眉头紧锁，似乎还在惋惜输掉的比赛。听到韩翎风叫他，他愣了愣：“风神？”

韩翎风此时露出赛场上难得的微笑：“加油，你们还可以更强。”

梁祈弯着嘴角露出一丝苦笑：“这把我们确实尽力了，无奈团战还是不及你们。”梁祈握住韩翎风的手，“后面的预选赛我们一定会追上你们的脚步。”

韩翎风莞尔：“拭目以待。”

韩翎风往前走动后，苏伊也走上前，她看着面前的大男孩，伸出手：“你的操作……”

梁祈听到她这句话，身子不由得抖了抖：“啊？”

“很漂亮。”

“谢谢。”梁祈顿了一下，又立马补充道，“老实说，我真的不是要故意针对你的，都是我们家ADC在那儿瞎指挥，叫我踢锤石踢锤石，我其实也很绝望的。”

苏伊哭笑不得。

已经离开座位席的韩翎风偏过头叫住她：“苏伊，该去舞台中间了。”

“哦哦！”苏伊立即跟了上去。

至于梁祈，理所应当地被他们家妖妃教训了一顿。

闹腾完后，小妖心平气和地看着他们家队长说道：“梁祈，我们输了。”

“嗯。”梁祈收拾好自己的键盘和鼠标，拍了拍小妖的后背，“没事的，S7剩下的两个名额，我们会再夺回来的。”

CNZ战队输给SNM战队。

这样的结果对于电竞圈绝大多数的粉丝来说还是能接受的。毕竟两支战队都是全华班，而SNM战队的实力在LPL赛区也是数一数二的。

赢下CNZ战队的第二天清晨，苏伊早早醒来，第一件事就是去看这周的训练表。

下周便开始夏季赛的决赛，这一周的训练也安排得相当紧凑。

训练表贴在大厅的墙壁上，苏伊望着训练表打了打哈欠，感觉有人朝她慢慢靠近，还未来得及回头，对方已经站立在她的身后。

韩翎风抬起手轻轻撩起她脸侧的长发，别在她的耳后，然后环住她的腰，俯身贴在她耳边说道：“你今天起得好早。”

虽说并不是第一次被韩翎风抱住，但是苏伊还是有些害羞。她耳根泛红，羞涩地回答：“嗯，想早起训练，毕竟马上就要夏季总决赛了。”

韩翎风侧身在她脸颊上小啄一口，松开手：“嗯，我陪你一起。”

苏伊摸着脸上刚才被韩翎风亲吻的地方，顿了一下：“不知道为什么忽然变得紧张了起来，明明距离决赛还有一周呢。”

韩翎风低头看着她：“对自己不自信吗？”

苏伊摇头：“不是，只是一想到今年的比赛场地在中国，在W城，就在自己的家门口，不拿一次冠军，真的不甘心。”

韩翎风望着她：“我都知道的。”

因为他们的目标，从来都只是冠军而已。

“啧啧啧……”

忽然从二人头顶传来声音，苏伊和韩翎风两人对视后朝二楼的栏杆看去，只见战队其他三人正趴在上面像看戏一样看着他俩。

苏伊顿时感觉心中一群羊驼狂奔。

闪电笑着捂住眼睛：“求求你们别虐狗啦，我这辈子都没求过人，就只求过心理阴影面积。”

苏伊和韩翎风沉默着没吭声。

许瑞奇干咳两声后，拍了拍闪电的脑袋：“好了，别闹了，这周训练都很紧密，赶紧动起来。”

“是是是。”

“目标是冠军！”

“错！是全球总冠军！”

接下来的几天，SNM战队的训练状况几乎接近癫狂的状态——吃饭，睡觉，打 Rank。中途还在韩服组织了一拨战队组排，苏伊在韩服申请过一个号，打完定位赛后就没动了——因为韩服很无情地把她的段位定在了荣耀黄金三。

由于是新号，即便排位全胜也不可能定得很高。

一眨眼，和 AK 战队比赛的日子到来了。

苏伊坐在休息室里，手里紧紧攥着自己的机械键盘，她深呼吸，努力让自己显得沉着冷静。可是事实上，这样的强制性催眠并没有什么用，她还是紧张。

似乎从第一次登上这个舞台之后，这几个月她都没有过这种紧张到想吐的心情了。

只要赢了这场比赛，SNM 战队就能拿到直接通往 S7 的门票！

韩翎风路过她身边的时候，拍了一下她的脑袋，说道："紧张？"

苏伊老实地点头，抱着自己的外设站起来："有一点。"

"放心吧，只要相信自己就好。"韩翎风轻声说道，然后牵过她的手领着她走向选手通道，"做到让自己无悔便好，你只要记住，只有唯一才值得纪念。"

苏伊不安地咬了咬唇，深深呼出一口气，昂首挺胸："我知道了。"

两支战队各就各位后，开始调试各自的外设状况，接着登上比赛服账号整理自己的符文天赋。

教练阿炎在五人后面来来回回走动，看样子也有点儿紧张。

在阿炎第三次经过自己背后时，闪电有些不安地抖起了腿："哇，教练爸爸你能别在我后面走动吗？我就看着前面那台摄像机扫过来扫过去，头疼。"

阿炎抡起笔记本就朝闪电脑袋敲了一下："不好好弄你的符文天赋，你看摄像机干吗？"

闪电委屈地撇嘴："不是我看摄像机，是扛摄像机的小哥哥一直在对着我。"

许瑞奇这次比赛反而变得异常镇定，拿起屏幕左侧的咖啡杯喝了两口："恭喜你！成功解锁了攻略摄像机小哥哥的隐藏支线。"

咖啡听到这里哈哈大笑起来。

苏伊也没忍住地笑出了声："喂，闪电，有你的。"

闪电："什么啊，伊妹你这拨嘲讽我记住了啊，待会儿你们下路爆炸了，别指望我去支援！”

韩翎风憋着没笑：“嗯，你把对面中单打爆就好。”

阿炎看了一下时间：“好了，别拌嘴了，比赛要开始了。”

现场的气氛伴随着激昂的BGM（背景音乐）越发地热闹起来，两队粉丝也在为各自的战队加油助威，他们不停地挥舞着手里的应援灯牌和手幅。

解说员们也是兴致勃勃的。

“夏季赛的冠军之争呢，看点太足了。”

“毕竟AK战队和SNM战队的粉丝本身就挺多的。”

“现在已经进入到了BAN/PICK的环节，AK战队先BAN英雄……你觉得他们会针对SNM战队在BAN位上用什么策略？”

“回顾之前AK和SNM的小组赛，重点主要放在了上下两路。”

“我也觉得，咖啡的克烈和风神的ADC都是很难处理的点。”

“果然，一上来就把咖啡的克烈BAN了，心疼一拨。”

咖啡对于这手BAN位早就做了心理准备，看着灰色的克烈头像，他冷哼了两声：“可以，算是AK战队对我的一种认可，是时候掏出黑科技的英雄了。”

许瑞奇有点担忧地嚷嚷道：“嘿，决赛，能不能正经点？”

咖啡：“我很正经了啊，你信不信我拿出托儿索。”

许瑞奇：“我要报警了！”

阿炎：“别闲聊了，BAN维鲁斯，下一手看情况BAN不BAN艾希。”

苏伊：“开门就是俩ADC，Master会不会恨死我们？”

韩翎风：“上次CNZ战队BAN了三个中单英雄，闪电都没发飙呢。”

闪电：“呵呵……其实那时候我很想顺着网线过去打死他们。”

最终，两支战队的BAN/PICK确定下来。

AK战队PICK：青钢影、艾翁、艾克、轮子妈、布隆。

SNM战队PICK：慎、螳螂、卡尔玛、大嘴、璐璐。

苏伊看着读条界面里自己为璐璐选择的魔法少女皮肤就一阵头大：“为什么我的婕拉几乎把把被AK战队BAN掉，很气。”

闪电：“我的维克托也是啊……”

苏伊：“婕拉新出了一个驯龙女巫的皮肤真的好美，好想用。”

韩翎风笑了笑："你还是安安静静地做你的魔法少女吧。"

二十秒后，五位英雄一起出现在泉水内。苏伊买好出门装后，率先冲出了泉水。

闪电一阵调侃："魔法少女飞慢点。"

苏伊哼了一声，快速进入野区帮忙站位。

比赛开局，各线安稳发育，下路在吃掉一拨兵后，顺利升入两级。结果万万没想到的是，对面小北的布隆闪现上来Q到了苏伊的璐璐。而打野艾翁也从侧面包夹过来，又一个闪现跟住控制技能，被苏伊闪现躲掉，可是Master的轮子妈又上来补了一发普攻和Q技能。

苏伊："我的人头就这么值钱？"

许瑞奇立即入侵到对面野区："三个闪现加一个虚弱，你死得不冤。"

韩翎风蹙了蹙眉："下路不好过了，Master拿了一血。"

下路拿下一血便意味着奠定了一定的优势，轮子妈六级推完一拨兵线攒够钱后，回家直接出了一把暴风大剑和小木槌，而韩翎风的大嘴，只有一双攻速鞋和两支攻速短剑。

而轮子妈又有一个主动的免疫盾，也就是说，在正常的情况下，璐璐的变羊技能对他来说基本就可以无视掉了，所以在大嘴这个英雄装备成型前，SNM战队都决定猥琐发育。毕竟他们此次选择的还是四保一的战术。因为他们相信中单和下路组合的操作啊。

许瑞奇一边安慰队友稳住，一边小心翼翼地入侵到对面红Buff前的草丛帮忙做眼位，无奈又是一个转角遇到爱。

轮子妈和布隆竟然从小龙池上面走了过来，撞了个正着。

螳螂立即交了位移技能逃走，可惜被轮子妈开大追上，加上布隆击飞，又被Master拿下一个人头，还贡献出了身上的红Buff。

许瑞奇哀怨地看着屏幕："对面下路组合怎么出现在这种位置？"

韩翎风："之前回家了，没想到会绕了过去。"

许瑞奇："河道估计被做了视野，我的问题，应该早点升级扫描排眼的。"

这时，上路的咖啡也传来了噩耗。

咖啡操作着慎，疯狂走位："别感叹了，我被三人围殴！救命！我快扛不住了！”

闪电的卡尔玛加速往上走：“能撑住吗？”

咖啡：“要被越塔了，闪电你别来，去推线吧，这人头估计是有了。”

打野艾翁带着召唤生物小菊还有中单艾克，直接就配合了上单的青钢影，来了一拨越塔强杀，有小菊、有艾克的大招，抗塔什么的都是妥妥的。

不言而喻，咖啡也贡献出了人头，还被拿了一塔。

此时，SNM战队经济落后接近两千块。

苏伊顿时不安了起来。

劣势了。

第一场比赛截止到九分钟，SNM战队贡献出了三个人头，其中还被Master拿到两个人头，这无疑对于SNM战队来说并不是好消息。

在被AK战队拿下上路一塔后，闪电的卡尔玛想去上路清一拨兵线，谁知对面青钢影上来就对着他脸一套，想配合队友击杀掉。

闪电硬是靠着加强盾撑到咖啡的慎大招下来，全图队友都套上了一个护盾，持续五秒后传送到队友身边，可是上单是个肉坦克，卡尔玛又是一个辅助性的AP，根本留不到人，也没办法打出伤害。

“SNM战队这种究极四保一阵容，中期拿什么打伤害？”

“风神的大嘴真心发育不良，比起来对面Master的轮子装备就要豪华太多了。”

“按理来说，大嘴这个时间应该是比轮子妈强势的，可是现在对面拿了两个人头，瞬间SNM战队下路组合的日子就过得不舒坦了。”

“好在这边风神的补刀还是很稳的，比Master领先十多刀，还可以接受。”

苏伊调出数据面板对比了一下双方的补刀数，韩翎风在补刀上还是具有压制性的，她哥的打野也比对面多刷最少两组野怪，只是对面打野又蹭了三个助攻，经验和金钱大概也就五五开了吧。

闪电的补刀比对面落后一点，毕竟卡尔玛也不太好清兵。

至于咖啡的上路就略惨了点，贡献出人头还掉了塔，兵线也没吃到，经验和金钱都落后。

“大家着重发育吧，别过河道了。妹，把河道两侧做点防守眼。”许瑞奇冷静地指挥道，“风神，下路来了一拨兵，去吃掉？”

韩翎风从自家蓝 Buff 上面绕过去：“河道视野空的，不知道对面打野动向，会不会来越塔？”

苏伊赶紧走到河道去补视野，结果就看到对面下路组合鬼鬼祟祟的身影。

苏伊：“对面轮子妈和布隆在河道。”

闪电：“打野呢？”

许瑞奇：“应该去拿红 Buff ？”

韩翎风：“对面上单有传送吗？”

咖啡：“应该好了。”

坏了。

五人交流刚结束，韩翎风就发现自家蓝 Buff 前面有人传送下来，苏伊的璐璐立即赶过去支援塔下的大嘴。

四人包夹围攻下路，卡尔玛也准备往下路赶，无奈被对面艾克缠住，两人互交了一拨技能。对面的青钢影直接下来大招封锁大嘴的路线，苏伊闪现上去变羊，接着布隆接上大招。许瑞奇也从野区赶了过来，咖啡的慎大招下来直接嘲讽住了青钢影，SNM 战队在下路防御塔下直接四打四。

AK 战队全部技能交掉，硬是消灭了韩翎风的大嘴，还逼出了螳螂的闪现和璐璐的大招以及虚弱。好在韩翎风死后利用被动炸死了抗塔导致残血的青钢影，这拨团战一换一，还算能稳住。

只是下路的一塔没办法保住了。

这时，Master 直接清掉一拨兵，补刀数瞬间反超韩翎风二十多刀。之后大部队又转向中路，又顺势拿下了 SNM 的中路一塔。

此时，三路外塔被破，SNM 战队经济落后四千块。

咖啡：“说好的发育呢？对面 AK 节奏带得飞起，抢完野区资源就回去刷自己的野区，小龙也被拿了。”

大嘴这时正好复活，更新完装备后，继续去下路补兵发育，结果对面 AK 战队入侵了一拨野区后，带着艾翁的小菊，要拿下路二塔。

苏伊分析道：“这摆明就是不给翎风发育的机会啊，我现在连视野都做不出去。”

比赛进行到二十三分钟，AK 战队已经拿下 SNM 战队六座外塔，而 SNM 战队则……没有拔掉对面的任何一座防御塔。

所有的人都觉得，这把比赛，SNM 战队基本上是无力回天了。

借着 AK 战队五人回城的空隙，已经把上路兵线推到一塔前的咖啡，努力消耗防御的血量，终于拿下了本场比赛的第一个防御塔。

咖啡：“对面这塔真不好拆，他们转线转得真快。”

许瑞奇：“据我估算，我们的经济差不多落后有六千块了，你看对面轮子妈啥装备，我一个螳螂飞进去就飞不出来了。”

就在咖啡回城途中，对面的艾克直接传送到上路的眼位，位移技能加闪现要突到慎的脸上，两人相互纠缠了一会儿。

咖啡狂按键盘，嘴里嚷嚷着：“这艾克有病啊！我是块肉啊！传送上来以为弄得死我吗？”

苏伊赶紧过去支援：“不对，青钢影直接往你上路靠了，直接翻墙过去了！”

咖啡：“我去！”

咖啡原本想省下技能，无奈被逼出大招，传送到中路大嘴的身上逃过包夹。

“一个传送，换慎的大招？明显不赚啊。”韩翎风继续补兵发育，十分淡定地分析道，“难不成对面中单膨胀了？”

闪电不满地撇嘴：“摆明了吧，对面优势这么大，不膨胀？是我，我也膨胀。”

韩翎风：“我说过，膨胀便是原罪。这时他们一定不会冷静下来操作，寻找他们的失误，就是我们的翻盘点。”

咖啡回到泉水补给完装备，便朝下路走去：“我有传送，也可以支援。”

此时毕竟已经被 SNM 战队拖到了二十五分钟，AK 战队并没有能冲上高地。慎选择继续带下路兵线，拖着时间给韩翎风的大嘴发育，苏伊也小心翼翼地在家里的野区做了几个刁钻的防御眼位。卡尔玛和璐璐保着大嘴拿下自己家里的红 Buff，接着下路河道的防御勘测到了艾克的身影。

苏伊：“咖啡，艾克又去找你了！”

咖啡：“有完没完啊，对面这中单是不是暗恋我啊？”

果然，不一会儿，对面的艾克带着上单青钢影又对在下路带兵线的慎产生了想法。

两个人直接追杀咖啡到了高地塔前。

咖啡一顿蛇皮走位，在自家防御塔下凭着一身坦克肉装，抵抗了好久，又走位躲掉了艾克的关键性技能。

这时，对面青钢影发现情况不对，可是自己已经撤退不了，被慎活活在塔下秀死。

见自家上单死了，艾克也想逃走，可是SNM战队一群人早就包夹了过来，艾克硬是被大嘴活活吐死，还贡献出了自己这枚大人头。

“天哪，咖啡这拨天秀！”

“咖啡躲掉了艾克的三环，嘲讽到了青钢影，不得不说这拨咖啡处理得太冷静了！”

“讲道理，艾克和青钢影想杀一个纯肉的慎，也太膨胀了吧？”

“等等，这边AK战队剩下的三个人居然不走，在失去两名队友的情况下，要拿下路高地？”

“而SNM战队这边下路组合和打野直接开大龙了啊！”

在对面中上死掉的情况下，许瑞奇果断带着苏伊和韩翎风奔去了大龙池，并且顺利拿下大龙，而且咖啡和闪电稳稳地守住了下路高地。

“这拨完美！风神，对面真的膨胀了，我差点就惨死在高地塔下了啊！”咖啡兴奋地在语音里说道。

韩翎风回城后快速补给到了装备，此时，大嘴的装备已经成型，团战能撑住的话，伤害必定爆炸。

“AK战队前期大优势的啊！现在这样一玩，被SNM战队扯回来了一点优势啊！”

“这个转折来得太突然了！”

“不得不说这个是AK自己的巨大失误，为什么想着艾克和青钢影能弄死一个肉装的慎呢？”

凭借着二十六分钟的这个转折点，SNM 战队靠着大龙 Buff 回推兵线，反手拿下 AK 战队的三座塔，经济直接持平。

三十分钟的时候，小龙前，慎闪现嘲讽到了对面艾克，加上韩翎风疯狂走位输出，直接完成了一拨一换五，把兵线推到了高地，拿下中路水晶。

三十五分钟的时候，大嘴的输出对面 AK 战队已经扛不住了，加上卡尔玛和璐璐的双重保护，Master 的轮子妈根本没办法打出输出。

三十七分钟的时候，SNM 战队将 AK 战队团灭在蓝色方的高地上。

SNM 战队五人直接上演惊天逆风翻盘，赢下第一场比赛！

苏伊看着电脑屏幕中显示的“胜利”二字，兴奋地摘下耳机偏过头对着旁边的韩翎风比了“耶”的手势。

现场是巨浪一般的欢呼声，SNM 战队的粉丝高举手中的应援手幅不断在呐喊着。

“SNM 战队加油！”

“SNM 战队逆风翻盘好样的！”

其实包括解说员在内，谁都没有想到 SNM 战队能在经济落后将近六千的情况下寻找到 AK 战队的破绽，并将这个破绽瞬间扭转成翻盘的转折点。

中途休息十五分钟。

SNM 战队五人回到休息室休息，咖啡坐在沙发上，鼻子都快翘上天：“看到没，这场比赛要不是我站出来，下路那拨 AK 战队绝对推上了高地。”

许瑞奇抡起手里的水瓶敲了一下咖啡的脑袋：“怎么？你也开始膨胀了？要不要下场送对面上单两个头先？”

咖啡立即摆手：“不不不，我闹着玩的。”

韩翎风还沉浸在刚才的险胜局中，过了好一会儿才反应过来，他叹了口气，说道：“刚才那场对比的上单和中单的确膨胀了，两个人想要越高地塔杀一个慎，未免太不自量力了。”

许瑞奇想到那把的操作就有点头疼，他揉了揉太阳穴：“上把我的锅，有点大意了。”

韩翎风：“没事，好好调整一下，我们接下来还要再赢得两场比赛才行。”

苏伊低着头，还在调节自己的情绪。

刚才那把惊天翻盘的局，从她步入 LPL 职业赛场后还是头一次，实在是打得太紧张。即便现在已经过去，她握着水瓶的手仍旧在微微颤抖，如果刚才的比赛不是中队犯下重大的失误，恐怕 AK 战队稳赢了吧。

想到这里，苏伊扭开瓶盖准备喝水，这才发现水瓶里的水早已被自己喝光。

“我去自动贩卖机买点饮料，你们要喝什么吗？”苏伊起身对着众人说道。

闪电摇摇头，指着自己手里一大瓶的运动饮料，其他人说矿泉水就好。

“我陪你一起吧。”韩翎风说着，站起身来跟上她。

二人离开后，闪电趴在沙发上看着许瑞奇笑道：“伊妹果然还是对刚才翻盘局心有余悸呢，咱们讨论的时候，就她一个劲地喝水。”

咖啡：“不然怎么说女人都是水做的呢？”

许瑞奇也没说什么，怕继续说下去把自己心态也带紧张了：“我妹还是挺乐观的，上次小组赛她的锤石连空三钩，论坛贴吧那样喷她，她依旧熬过来了。区区半决赛，算得了什么？”

二人买到饮料，往休息室返回的途中，会经过一楼周边的店铺，还未走到路口处，苏伊就听到粉丝熙熙攘攘地围着谁要签名。

“祈神，给我签个名吧？”

“糯米、糯米，我是你的迷妹！”

“啊啊啊，小妖大大我们能合影吗？”

苏伊朝店铺的方向看了一眼，对着旁边的韩翎风说道：“是 CNZ 战队的人，他们今天是来看比赛的吗？”

韩翎风想了想：“嗯，应该是。”

很快，粉丝就发现不远处的苏伊和韩翎风，一小部分人立即朝他们奔来。

梁祈在给粉丝签完名后，抬头看了一眼站在对面的韩翎风，他旁边的小妖用胳膊撞了撞他：“哟，祈神你不行哦，你女神的名气完全盖过你了嘛。”

梁祈笑了笑，不以为然：“她的确很强，这点毋庸置疑。”

“也对，也只有风神能把她拿下了。”小妖在旁边嘀嘀咕咕，“走吧，看比赛去吧！”

“嗯。”梁祈点点头，眼神还停留在苏伊身上，转过身后，他嘴角轻轻一弯，露出一丝不易觉察的微笑。

S7，我们再见。

苏伊和韩翎风回到休息室的时候，第二场比赛预热的音乐已经响起。

许瑞奇活动了一下手腕，起身走出休息室："走吧，第二场比赛，我们也一定要赢下来。"

"是！"

苏伊也跟着起身，重新回到那耀眼夺目的舞台之上。

五名穿着红白队服的少男少女，再度踏上了属于他们的战场。

一分钟后，第二场比赛打响了。

由于已经很熟知对方的英雄池和套路了，SNM战队一上来，还是针对Master的英雄池做了一拨BAN位。而对面AK战队则把上一把闪电的卡尔玛BAN掉了，但是让SNM战队震惊的是，他们并没有选择BAN掉上把咖啡发挥出色的慎。

老铁，扎心了啊！

咖啡不满地指着屏幕嚷嚷道："上把我天秀，居然还给我放出来慎？瞧不起我的上单啊？"

许瑞奇："说得像你很希望被BAN掉一样。"

韩翎风："AK战队这种喜欢玩心理战的人，心切开都是黑的。"

苏伊："我的婕拉也被放出来了，要不我拿出来耍耍？"

闪电："哼，上把我就给给盾，加加速，控控人，我的卡尔玛就没了，没天理啊没天理。"

五个人还在调侃间，阿炎就在后面狠狠地给了许瑞奇脑袋一记栗暴。

许瑞奇泪眼汪汪："哇，教练，我什么话都没说呢！"

阿炎："杀鸡儆猴，你们再多废话一句试试？"

许瑞奇："风神，商量一下，明年你来带队？"

韩翎风半开玩笑："你妹妹现在在我手上，你觉得呢？"

苏伊："我闻到了浓厚的威胁味道。"

阿炎顿了一下："好了，别闹了，这把对面放出的中单不多了，闪电你要不要让咖啡给你抢一手？"

闪电立即点头："来啊，是时候掏出我压箱底的吸血鬼了。"

接着，在场所有人看到，SNM 战队第一手立即锁了吸血鬼。而对面的 AK 战队，二、三楼立即就锁下了慎和发条。

咖啡哭笑不得。

闪电心灾乐祸：“哟，恭喜你咖啡猫，你的慎没了。”

苏伊：“但是你的克烈还在，要拿吗？”

咖啡心中一群野马狂奔而去：“克烈不好打慎。”

苏伊：“那就别叨叨，帮我拿个婕拉呗。”

阿炎：“不急，Riki，你要拿瞎子吗？这把我觉得瞎子可以拿。”

许瑞奇：“拿拿拿！”

很快对面就又锁了女警，苏伊看着这阵容有点纠结，这种爆发型和手长的英雄居多的阵容，拿婕拉不一定好打。

苏伊：“要不下一轮，我拿璐璐？”

韩翎风：“那我就拿大嘴了。”

闪电：“可是我中单是个吸血鬼啊，打野是瞎子，玩不了四保一。”

韩翎风：“抗压。”

咖啡：“风神你……这妥妥的抗压小王子啊，上一把拿到大嘴也是要抗压。”

最终，双方阵容确定。

SNM 战队：酒桶、盲僧、吸血鬼、大嘴、璐璐。

AK 战队：慎、蜘蛛、发条、女警、马尔扎哈。

就各线路对线上来分析，SNM 战队只有下路有点压力，其他路对线并不是大问题。

可是 AK 战队很聪明，在明知道 SNM 战队下路组合需要抗压的情况下，打野蜘蛛强行绕后，配合 Master 的女警和马尔扎哈前期高伤害的情况下，顺利收掉了大嘴和璐璐的人头。

苏伊撇着嘴，有些无奈：“历史总是惊人地相似，最近几场比赛，我都是贡献出的一血。说真的，LPL 难怪这么多单身汉，追着一个妹子杀，脸呢！脸呢！”

这时中单的闪电抓住一拨机会，和许瑞奇抓死了对面发条，闪电笑了笑：“不是都说电子竞技没有性别吗？”

苏伊：“对面小北马尔扎哈的召唤生物咬了我起码半血，这英雄怎么还不削啊？”

韩翎风：“发育吧，人头没给到Master，还能接受。”

七分半的时候，蜘蛛来到下路，给了SNM战队组合很大的压力，直接借着女警射程的优势顺利拿下一塔。

此时，SNM战队处于略微的劣势，但是在打野位上，许瑞奇的盲僧足足领先对面蜘蛛四十多刀，先达到了六级。

接下来的几分钟里，大家都各自发育没搞事。

十二分钟的时候，去小龙坑做眼的苏伊发现对面AK有想要开龙的趋势。一群人立即赶赴战场，这时，AK战队纷纷后撤。

双方在小龙坑前拉扯了几次后，咖啡的酒桶干脆传送下来开团，只是这次开团有些失误，并没有能控住对面AK关键性的英雄，还被手长的女警点餐，接着酒桶被发条一个大招拉死。而大嘴则点死了蜘蛛，吸血鬼进场换掉了对面上单，接着大嘴被女警点死，璐璐交了闪现后撤。许瑞奇赶紧摸眼后退，无奈对面发条起了杀心，从小龙坑前一路追着盲僧杀到了高地前的草丛，交了闪现平A死了一丝血的盲僧。

许瑞奇咬咬牙：“这发条是要追着我到天涯海角？”

咖啡“啧啧”了两声：“我都说了对面中单很死脑筋了，看了他上把的艾克就知道他杀心特重。”

许瑞奇：“啊，这把不好打了。”

事实上，截止到十五分钟，SNM战队的经济已经落后了三千多块。而韩翎风的ADC发育得并不太好，大嘴又是个特别后期的英雄。

AK战队直接凭着优势，二十八分钟终结了比赛，拿下第二场比赛的胜利。

此时，双方比分1∶1。

SNM战队五人忧心忡忡地回到休息室，开始分析上局的失利。总而言之就是下路第一拨的人头被强杀得太关键了，而苏伊也承认自己那拨处理得不太冷静，没有第一时间保住大嘴。

“并不，上场比赛大家都发挥得不好，AK战队的战术确实超乎常人。”许瑞奇摸着下巴思索了一番，“并且，他们针对风神。”

韩翎风舒了口气，起身打了个招呼想去洗手间。

毕竟在职业赛场混迹了两年，韩翎风的心态确实很稳，刚才比赛的失利还不足以打倒他。他缓缓朝选手专用的洗手间走去，昏暗的走廊里，迎面走来一个熟悉的绿色身影。

是Master。

对方也很意外地看着他，礼貌地点了点头后，他忽然弯起嘴角对着韩翎风说道："你会说韩语？"

韩翎风点点头："会一些。"

Master想了想，直接用韩语和他交流："你们战队是我在LPL见过最有实力的队伍，你们的辅助也很出色，甚至可以说比小北还要稳健。"

韩翎风挑了挑眉，接受了他的这段夸奖："谢谢。"

"但是……"Master的语气忽然降了八度，"但是这次我真的很迫切地想拿到S7的门票。"

"你恨LCK吗？"韩翎风大致能猜到Master的意思。

他曾经是韩服的路人王，靠着自己单排冲上了韩服第一的位置，无奈只是因为代练，他的账号就被官方永久封锁了，他曾经组织过的民间战队也被官方制裁。

Masrer轻笑："我并不恨LCK，所有人都是为了自己的梦想而努力，都是真正热爱电子竞技。我只是想向韩国官方的人证明，即便他们制裁了我的战队，封掉了我的账号，我也能靠着自己的这双手拿到冠军，因为他们根本无法阻止我为梦想前进的步伐。"

韩翎风回到休息室的时候，中场休息时间已经过半。

苏伊看着他，问道："厕所人很多吗？去了这么久？"

韩翎风走到她旁边坐下，揉了揉她的头："没有，刚才和Master在中路真人solo了一把。"

SNM战队众人一阵疑惑："哈？真人solo？"

韩翎风笑道："没事，继续讨论接下来的战术吧。"

几分钟后，第三场比赛开始了。

双方的BAN/PICK依旧没有出什么新的花样，苏伊依旧没有拿到婕拉，因为婕拉被对面Master直接BAN掉了，而且咖啡的克烈没有放出来。

这次，SNM战队放弃了四保一的阵容，给韩翎风选了一手开团能力极强的艾希，苏伊则再次拿出了锤石这个英雄。

“这局风神选了艾希，伊妹拿了锤石，这是打架组合啊。”

“无论是风神的先手 R 还是伊妹的先手 QE，都很好接控制技能。”

“SNM 的下路组合前两把被压惨了，第三把直接就爆发了啊！”

第三场双方的阵容。

SNM 战队：泰坦、蜘蛛、辛德拉、艾希、锤石。

AK 战队：慎、盲僧、乐芙兰、卢锡安、娜美。

从阵容来看，双方基本五五开，只不过这一次，SNM 战队的下路像打了鸡血一样，疯狂压制 AK 战队，五分钟的时候，就逼出了下路两个人的双招。

八分钟的时候，打野蜘蛛配合越塔，接着蜘蛛形态的 E 技能飞天，直接帮韩翎风收获了 Master 的人头，还把兵线死死地控住。

正所谓一报还一报。

上一场 SNM 战队下路组合失误加上小龙坑前的团战失误，葬送了第二场比赛的胜利。

这一场，小龙前的拉锯战，艾希大招完美开团，射中对面小北的娜美，辛德拉 EQ 二连跟上，配合队友直接秒杀了娜美。接着慎大招为了保护娜美，下来直接被锤石钩住，加上蜘蛛结茧，又拿下了慎的人头。

其他三人立即后撤，无奈闪电根本不死心，闪现跟上二连晕住没有位移技能的乐芙兰，加上大招的爆发伤害配合盲僧 Q 中直接弄死了对面中单。

闪电：“哈哈哈，叫你前两场追着我杀！”

第三场比赛，SNM 战队直接打了个开门红，借着优势疯狂拿塔，杀人，拆高地。

艾希的先手和锤石以及辛德拉的反手控制技能，让对面盲僧根本不敢进来开团，第三场比赛，直接在二十八分钟的时候结束。

AK 战队这次直接被 SNM 战队压成傻子，对面打野的输出只有五千多，就比苏伊的锤石高了五百而已。

韩翎风断定：“对面打野的心态八成炸了。”

许瑞奇嘚瑟起来："是我，我也炸了啊，他们那阵容就指望盲僧开团，盲僧进来开团就是死，打不出输出也很正常。"

由于第三场比赛的惨败，AK 战队的人心已经散乱。

加上下路组合又是两个韩国人，沟通上确实也比较吃力。

第四场比赛的时候，AK 战队五人就已经有点坐立不安了，SNM 战队拿到了赛点，就算他们现在赢下第四局，还有第五局的生死局。

Master 的维鲁斯依旧没有被放出来，SNM 战队此次已经禁掉了两个中单和马尔扎哈。而 AK 战队这次则把慎禁掉了，还禁掉了两个打野。

苏伊愣了愣："这次能给我把婕拉拿出来了吧？"

阿炎："急什么急，你婕拉用来打输出啊？"

苏伊反问："婕拉难道不是用来打输出的？"

最终，苏伊也如愿以偿地拿到了自己的婕拉，而韩翎风依旧选用了上把开团能力非常强势的艾希。

由于第二轮 BAN/PICK 又一次禁掉了咖啡的克烈，所以他这次直接掏出了小鱼人，考虑到阵容缺少开团和肉盾英雄，许瑞奇直接拿出了压箱底的虚空遁地兽——雷克赛，俗称挖掘机。

第四场比赛。

SNM 战队：小鱼人、雷克赛、发条，艾希、婕拉。

AK 战队：鳄鱼、蜘蛛、卡尔玛、女警、娜美。

比赛开局三分钟，上路就被进行了一拨 Gank，直接逼着咖啡的残血小鱼人躲到塔下不敢出去吃兵线，之后中路红色方 F6 小怪那儿，闪电的发条被逮住一拨，贡献出了一血。

一开始，中上两路就不断在打架，双方英雄恨不得连兵都不补了，见面就是要打。

苏伊做完下路的视野，回到线上："闪电你别这么激进啊，对，对面中单确实暗恋你，你也不是这么个玩法吧？"

闪电一阵作呕："刚才那拨对面一万个技能要弄死我，不服，Riki，我还差三个兵六级。"

发条到达六级后，一个大招拉住走位失误的卡尔玛，接着许瑞奇的雷克赛从对面 F6 小怪那穿墙出来，闪现击飞，直接把卡尔玛杀死在自家防御塔前面。

“有来有回，哎，这拨不亏。”闪电美滋滋地把三百块收入囊中，把兵线推到塔下回家补给了装备。

见打野蜘蛛去中路帮忙看线，韩翎风在语音说道：“控到对面娜美就打一套。”

“好。”

而苏伊也不负众望，卡着草丛视野空缺，直接 E 技能加种子补上 Q 技能打出一套爆发，对面娜美顿时残血给自己奶了一口，艾希立即走上前开出 Q 技能平 A 了两套。

娜美扔出水泡想控住，艾希直接闪现躲开技能，拉近距离，两下 A 把娜美点成残血，逼对面叫出虚弱和治疗，还有一个娜美的闪现，女警也被婕拉的花吐掉不少血量。

吃掉面前的一拨兵线后，双方到达六级，婕拉的大招和艾希的大招双双大住对面，直接让艾希拿下双杀。

“啧啧啧，你们这下路组合果然玩得很恶心啊！风神先手 R，然后婕拉在接 R 加上 Q 或者 E，一套伤害爆炸。”闪电笑嘻嘻地说道，“对面娜美反手 R 都开不出来，就被你们玩死了。”

但是这时，上路传来了噩耗。

“笑，叫你们笑！我又被越塔了，又是三个人来弄我！对面卡尔玛直接传送上来，什么鬼？”咖啡嚷嚷着，接着就被对面三人合力围剿死在塔下，“历史总是惊人地相似，我决定下拨我要先开这个蜘蛛，我叫他飞天来越我的塔！”

比赛进行到二十三分钟的时候，双方经济都没有拉开超过一千，防御塔拿下的数量也持平。

在推完兵线集体回城的时候，苏伊在大龙坑前对的眼位立即察觉到了对面的意图：“他们趁着风神去收下路兵线的时候开龙了！”

韩翎风见过去也来不及了，直接推兵线：“Riki，你去看看能不能抢下来，我把下路兵线推到对面二塔。”

许瑞奇直接走到大龙坑上方插了个眼，手里死死地揣着惩戒，看着大龙的血量一点一点下降，直接钻地过去，抢掉了大龙！

现场的欢呼声一阵接着一阵。

“天哪！Riki这拨直接从五个人手里抢下了大龙！”

“AK战队的打野太心急了，惩戒早了啊。”

“AK战队先交了惩戒，惩戒完剩下一百点的血量直接被Riki抢走了！”

“这里风神带着两拨有着大龙Buff的兵，已经推到了下路二塔啊！看这血量掉的，二塔也有了！”

“AK战队这拨掉大龙失误太大了。”

由于上一把比赛AK战队打野的失误心态已经不稳了，这把又因为打野掉了大龙。本来的均势，在此时彻底被拉开。

SNM战队接着大龙Buff直接拿掉上下中三路的二塔，还入侵到了AK战队的野区，搜刮掉了所有野区的资源。

在三十分钟的时候，经济直接被拉开到了相差四千左右。

SNM战队拿下刷新的小龙后，转战到了下路，凭借着一拨兵线进塔，发条配合雷克赛闪现进场击飞，拉到了对面打野和中单，又配合着艾希大招控制，直接杀死了对面中野，顺利地推上了高地。

接着SNM战队回家补给完装备后，一路高歌猛进，转战中路，接着下路超级兵的优势，在中路开战，打了一拨二换四。

SNM战队牺牲了打野和中单，再度拿下了中路的高地塔和水晶。

这样的局面，AK战队根本无力回天。

闪电看着屏幕，激动地喊道：“直接一拨一拨！！！GG思密达！！”

咖啡：“思密达你妹啊！”

闪电：“呸呸呸，我激动了！”

苏伊：“点基地啊，对面辅助还活着啊，小兵又出来了，我就100点血，我会不会被小兵打死？”

韩翎风的艾希直接无视周围小兵，只点着基地。

AK战队的水晶疯狂掉血，终于，在对面英雄复活之前，SNM战队点爆了水晶。

顺利赢下了第四场比赛。

“让我们再一次恭喜 SNM！成功夺得夏季赛的总冠军！！”

苏伊摘下耳机，跟着战队一起走向对面 AK 战队的席位。对面的每一个人都一脸沮丧，心有不甘。

韩翎风走到 Master 的面前，对着他伸出手：“你的梦想仍旧不会停止步伐，期待携手走进 S7 赛场。”

Master 看着他，最终握住韩翎风的手：“我也是。”

SNM 战队五人走到舞台中间，捧起夏季赛的冠军奖杯，五彩的飘带落在他们头顶上。

闪电笑嘻嘻地看着对面的韩翎风，说：“说真的，风神你艾希最近练得这么厉害，干脆放弃金克丝，选个艾希的冠军皮肤算了。”

韩翎风脸上带着笑，他想了想，看了一眼旁边的苏伊：“才不要，我就要金克丝。”

苏伊问道：“怎么？艾希不好吗？”

韩翎风：“没有，只是忽然很怀念苏伊你以前画的那张冠军皮肤同人。”

苏伊有点无奈。

“我想让它成真。”

“这么说来我也很想要一个维克托的皮肤呢！”

“还有我的狮子狗！”

“放心吧，S7 我们来啦！”

第十一章

表演真正的技术

♥ ♥

日历一天天往后翻，在夏季赛季后赛最后一场落幕后，LPL 赛区出征 S7 的三支队伍终于敲定。

分别是冠军 SNM 战队、亚军 AK 战队以及季军 CNZ 战队。

这三支几乎可以称为 LPL 赛区这个赛季最为强劲的战队。

“风神加油！ SNM 战队加油！”

“祈神祈神，我要给你生猴子！吊打韩国队！”

“希望 Master 能够复仇成功！”

微博关于“2017S7 全球总决赛”的话题全是粉丝的留言，苏伊坐在 SNM 战队在 W 城下榻的酒店房间里低头刷着微博，看着粉丝们美好的祝福，不由自主地扬起一抹微笑。

坐在她身边的韩翎风偏过头看了她一眼，像往常一样摸着她的脑袋：“还紧张吗？”

苏伊笑了笑，回过头看着他：“还是会有一点，但是一想到能在家门口打比赛，又有一点兴奋。”

“明天就是第一场小组赛了。”韩翎风温柔的眼神落在她的脸上。

苏伊点了点头，想到这里又“扑哧”笑了出来：“我真的觉得好奇妙，一年前的今天，我还是坐在观众席上为 SNM 战队加油的小迷妹，如今我却自己踏上了这个舞台和大家一起奋斗。”

韩翎风弯起嘴角，抬起手把她揽在怀里：“我也觉得很奇妙，能和你一起站在这个舞台上，一起直播，一起比赛，一起迎接明天。”

苏伊软软地靠在他的身上，微笑着回答：“然后我们还要一起拿下世界总冠军。”

SNM 战队一路过关斩将，终是携手 AK 战队进入到半决赛，而 CNZ 战队则由于祈神操作失误，葬送了至关重要的一局赛点，从而只能告别S7的舞台。

至于半决赛抽签，这次SNM战队并没有对上神话级的队伍LXH，而是另外一支韩国战队MAX，也就是SNM战队前首发辅助小C现在回归的队伍。

SNM战队之前也对MAX战队做了许多功课，研究了许多战术，比赛中在落后一局的情况下，连胜三场翻盘，最终闯入了S7总决赛。而AK战队则败北于LXH战队，遗憾离开赛场。

SNM战队在赢下比赛后，回到酒店收拾行李，奔赴S7全球总决赛的场馆。

2017年11月4日，S7全球总决赛的最后一场——冠军争夺赛终于开赛。

现场气氛热闹，人声鼎沸，场馆内举着SNM战队和LXH战队手幅和应援牌的粉丝都异常兴奋。现场穿着《英雄联盟》人物COS服的Coser随处可见，为总决赛添上一道风景线。

苏伊坐在休息室内，抱着自己的外设不安地捏着手里的塑料瓶，试图缓解当前的压力。

太一看着面前的少男少女们，安抚道："在S3赛季后，LPL终于又一次闯入了总决赛，不管今天的结果如何，我相信你们都是最棒的！"

苏伊拍了拍脸："经理，我大脑有点空白怎么办？好像死机了。"

太一："那就重启。"

苏伊哭笑不得："这时你还开玩笑。"

韩翎风抓住她的手，笑道："想一想你的婕拉皮肤，你就不紧张了。"

苏伊恍然大悟："对哦，我还想要一个婕拉的冠军皮肤呢！"

这时，工作人员走到休息室催促："你们准备好了吗？总决赛的开幕式快开始了。"

身穿红白队服的五名少男少女，同时绽放笑容，异口同声道："准备好了！"

幽暗的会馆内，舞台中央的聚光灯穿过半个舞台，印落在SNM和LXH两支战队的旗帜上，中国和韩国的国旗缓缓升起。

在这里，在S7总决赛的舞台上，两支为了梦想而奋斗的队伍摩拳擦掌，大战一触即发！

在BAN/PICK环节，SNM战队的语音内就按捺不住，一阵骚动。

咖啡："要不要先给自己奶一口？希望不要被3：0血洗，不然就太丢人了！"

许瑞奇："你是傻瓜吗？当然说我们3：0血洗对面LXH啦！闪电，记得跟我中野联动啊，下路是突破口。"

闪电冷笑一声："你觉得对面的宙斯大魔王会给我这个机会吗？"

韩翎风："那你就给我把他绑在中路。"

苏伊："是不是只有决赛上使用的英雄才能做皮肤，我的婕拉会不会抢不到啊？"

许瑞奇苦笑着指着屏幕说："说抢不到就抢不到，直接就把婕拉BAN了。"

苏伊露出冷漠脸："可以，上来就把我的婕拉BAN啦，看来我的婕拉还是很恐怖的嘛！"

韩翎风想了想："璐璐放出来了，拿吗？"

阿炎看着双方第一轮的BAN选，想了想："可以，拿璐璐和大嘴，四保一阵容。"

最后，SNM战队果然掏出了擅长的四保一阵容和LXH战队打牵扯。

而SNM战队也给足了对面中单宙斯大魔王的面子，两轮BAN/PICK下来直接禁掉了三个中单英雄，也算是回敬了。

最终，双方阵容确定。

SNM战队：皇子、挖掘机、加里奥、大嘴、璐璐。

LXH战队：贾克斯、盲僧、蛇女、艾希、卡尔玛。

阵容确定完毕后，大屏幕中央SNM战队选择的五名英雄一字排开，从左至右——

上单：Coffee；

打野：Riki；

中单：Lightning；

ADC：Coldwind；

辅助：EMail。

——敌军还有三十秒到达战场，碾碎他们！

世界赛场之上，两军对垒，双方一级站位都很小心，不敢轻举妄动。SNM 战队阵容偏于中后期打团，而 LXH 战队更偏于前中期对线。

而对面宙斯大魔王英雄池实在太深，在连续 BAN 掉了三个中单英雄后，还是掏出了稳健的魔蛇之拥卡西奥佩娅，俗称蛇女。

比赛刚开局，大魔王竟然膨胀地走到 SNM 战队的野区骚扰打野打怪的进度，因为进攻过于深入，被 SNM 战队下路组合找到机会，直接控住打残，双方全部交出闪现，最后大魔王并没有逃掉 SNM 战队的追击，被韩翎风的大嘴拿下一血！

苏伊激动地快要拍桌子：“天哪！一血！”

韩翎风很疑惑：“Zeus 膨胀了？怎么走到我们家野区骚扰了？”

咖啡惊叹道：“风神果然是能往上跟对面互掐就不会后退的男人，受我一拜。”

闪电哈哈大笑：“哎哟，这下我中路加里奥就舒服多了，美滋滋。”

许瑞奇松了口气：“大魔王没闪现了是吗？闪电中路等我来 Gank 一拨。”

Zeus 在没有召唤师技能的前提下，是肯定会被针对的，LXH 战队深知这点，所以打野也一直围绕着中路进行保护，没有离开太远。

双方打野都在中路进行反蹲，但是各自并没有寻找到合适的机会进行 Gank。

反而上路这边，咖啡竟然把 Counter 他皇子的贾克斯连续压回去两次，弄得对面上单安迪苦不堪言。

下路这边，韩翎风的大嘴虽说面对艾希加上卡尔玛强势对线，依旧稳住了局面，补刀数没有落后，反而还多压了几个。甚至把兵线控制在自家防御塔前，处于一个安全的发育状态，于是双方就这样稳健发育了六分钟。

苏伊：“对面都不和我们正面玩。”

话音刚落，对面的盲僧就偷偷摸摸地从河道走了过来，对面卡尔玛和艾希强行走上去和苏伊韩翎风两人换血，眼看苏伊快被艾希打残，许瑞奇的挖掘机忽然从后面杀了过来。

苏伊看着自己残血的璐璐，在语音里哇哇叫：“救命啊！对面丧心病狂啊！追着我一顿捶，哥，你怎么来得这么慢？”

许瑞奇的进场成功把对面三人劝退：“你哥我是个挖掘机啊！刷野没有

对面盲僧快啊。”

韩翎风安慰道：“没事，技能都还在，这拨兵线清掉我们就回去，Riki，你去针对一下宙斯，这时对面盲僧应该不会去中路。”

“好。”

听到自家打野终于要开始搞事了，闪电在语音里嚷嚷着：“终于要来搞事了吗？Riki，你快来，我在中路和大魔王补刀补得都快睡着了。”

“马上来。”

此时此刻，宙斯的蛇女到底还是没有按捺住内心的杀意，忽然就和闪电的加里奥打了起来，闪电一愣：“什么鬼？Riki！对面大魔王打我！他竟然打我！”

许瑞奇已经在往中路战场赶，急忙说：“稳一点、稳一点，你别死！”

可是闪电完全没理会许瑞奇刚才所谓的“稳一点”，和宙斯死磕起来，但意外的是……对面宙斯的蛇女似乎打不过闪电的加里奥，不一会儿自己就残血了。

接着许瑞奇的挖掘机进场，逼迫宙斯交掉闪现，哪知许瑞奇手里也有闪现，直接近身击飞，配合闪电又一次杀掉了大魔王。

现场的欢呼声一阵又一阵，解说员的情绪也高昂起来。

“Riki 闪现一个击飞，再杀大魔王！！打蛇七寸！”

“这一拨大魔王真的是装得太过了，为什么想不开和一个加里奥死磕？”

“而且他的召唤师技能也交得太晚了，早点交是可以走掉的呀。”

SNM 战队的语音里也激动不已。

咖啡：“Nice！闪电这拨操作完美，么么哒！”

闪电一脸的嫌弃：“么么哒你个头，你上路把安迪压住了吗？人家补刀还是只落后了十个左右。”

咖啡：“我皇子是被他的贾克斯压制的呀，我已经尽力了！”

苏伊调出数据面板看了一眼，SNM 战队目前补刀和人头都有微弱的优势，领先经济不到两千块，看来 LXH 战队还是稳得不行。

击杀掉 Zeus 后，LXH 战队开始防守起来，苏伊去河道做视野的时候意外观察到了对面打野盲僧的动向。

于是她在语音里问了一句：“哥，对面的蓝 Buff 要刷新了。”

许瑞奇已经在路上，听到苏伊的话，回道：“骚扰他们一下，别让 Zeus 拿到蓝，限制他的发育。”

结果在 SNM 战队的不断骚扰下，盲僧不得不交出惩戒自己拿掉蓝 Buff，而空蓝的蛇女只能选择回城补给状态。

可是 SNM 战队并不满足于抢蓝，咖啡的皇子果断传送绕后下来，直接一个大招盖在状态极差的蛇女脸上，而韩翎风的大嘴过于激进，闪现到对面人群里取下蛇女的首级。

然而他自己的命也没保住，被对面同样传送下来的贾克斯两棒子敲死。

下路混战模式开启，以 SNM 战队二换三取得胜利。

截止到十二分钟，双方人头比为 5 ∶ 2，经济优势依旧只有两千左右。

这时候，SNM 战队最值得高兴的一点是大魔王崩盘了，不仅 Zeus 斯崩盘了，就连上路的安迪发育也受到了针对。

十四分钟的时候，贾克斯在上路带线，被苏伊和韩翎风半路拦截，活活被摁在地板上打死。

十六分钟的时候，韩翎风和苏伊在下路配合咖啡的皇子又一次抓住了落单的贾克斯。

顺便拿塔拿龙，经济差距越来越大。

许瑞奇看着对面的安迪疯狂被自家下路组合围剿，一阵心疼泛起：“妹，风神，对面安迪心里估计早把你们骂了无数次了。”

咖啡一直哈哈哈大笑：“哎哟，这把玩得好爽，不用我出手，安迪的贾克斯就自己崩了。”

韩翎风不敢松懈：“别忘记贾克斯这个英雄的特性，安迪的这个点还是不能放下。”

苏伊疑惑地问：“翎风，你不会还要继续捶这个贾克斯吧？”

“嗯。”

在场的解说们看到 SNM 战队的打法，也来了兴致。

“安迪的贾克斯被 SNM 的下路组合追得满地图到处跑……”

“这拨风神和伊妹又去上路找安迪玩去了。”

“哎，你们发现没有，SNM 战队并不满足于压你，他们要宰你。”

“他们还要折磨你……”

事实上，LXH 战队的上单安迪这把的的确确是被 SNM 战队折磨得惨无人道。

因为 LXH 战队上中的发育不良，比赛进行到二十分钟的时候，中路发生了一次团战，LXH 战队被 SNM 战队击杀掉了四人，直接失去两座外塔，外加野区里的各种资源，经济落后了八千多。

在二十分钟的时候，八千多的经济差是相当恐怖的数据了。

并且 LXH 战队在最后放手一搏，竟然要去开大龙，直接被 SNM 战队抓住机会，在大龙池内就是一顿猛打。

LXH 直接被团灭，葬送掉第一场比赛。

“SNM 战队这一场打得实在是太稳健了！”

“咖啡的皇子好几拨开团简直完美。”

“风神的大嘴在后排没人打得到，加上璐璐的保护，就是一个移动炮台啊！”

“我的天哪，风神这场比赛打出了六万多的输出，太可怕了。”

因为 SNM 战队的第一场采用的是四保一战术，对内输出的大梁是由韩翎风来担任，这六万的输出着实是夸张得很。

LXH 战队也正因为吃了 SNM 战队四保一战术的亏，第二场比赛的 BAN/PICK 环节直接连着禁掉了大嘴和皇子，还把闪电刚才发挥出色的加里奥一起禁掉。

看着这几手英雄禁选，闪电“哇哦”了一声：“可以，Zeus 大魔王很给我面子，这牛我至少可以吹半年。”

咖啡提了个醒：“别怪我说自己毒奶你自己，小心待会儿你被大魔王吊起来打。”

结果第二场比赛，闪电的维克托果然被对面大魔王的乐芙兰全方位吊起来打了一顿，直接把闪电打得找不着北，并且因为乐芙兰的强大优势，把韩翎风和苏伊的下路也给带了一拨节奏。

SNM 战队前期十分钟不到，经济就出现了两千块的劣势。

虽说SNM战队凭借着稳固的补刀基础偷发育、埋伏等策略追回了一些经济，但是自家的前排还是扛不住乐芙兰的超高爆发。

直接在二十八分钟的时候被LXH战队结束掉了比赛。

闪电整个人都迷糊了。

中途十分钟休息时间，SNM战队五人回到休息室继续讨论战术。

闪电喝了口水压压惊："我的天，大魔王的乐芙兰这么强的吗？早知道我就不放出来给他选了。"

阿炎拿起手里的笔记本拍了一下闪电的脑袋："叫你膨胀吧，你加里奥压制住宙斯的蛇女，你就以为自己要上天了？你看下你上把维克托的战绩，我都没好意思说你！"

闪电欲哭无泪。

"人家宙斯好歹是世界第一中单啊，能不能稳一点？"阿炎继续教育。

闪电喃喃道："我还是国服第一维克托呢。"

"第一维克托又怎么样？还不是被乐芙兰打爆了！你听说北美那个号称世界第一劫和Zeus solo的事情了吗？"

咖啡听到这里举手示意："我知道，这件事去年都传疯了，Zeus半血的劫硬是活生生把Davi满血的劫秀一脸，反杀！"

苏伊刚去厕所回来，听到咖啡刚才话里提到的ID，愣了会儿："等等，Davi这个名字有点耳熟。"

韩翎风不冷不热道："YSL战队的中单。"

"哦。"苏伊这会儿想起来了，"就是去年S6开幕赛，没闪现的蛇女都要进塔杀你的那个？听说他最擅长的就是龙王和劫。"

韩翎风点头。

苏伊"啧啧"了两声："什么仇什么怨？"

许瑞奇悠悠道："在韩服，一个蓝Buff引发的血案。"

综上所述，闪电同学对上一把的垃圾操作表示深深的自责，并且立下Flag——下一把不单杀Zeus，S8赛季就把ID倒过来用！

苏伊想说，这手Flag立得太大了。

于是，第三场比赛一开始，闪电就禁掉了Zeus的乐芙兰，还有他第一把发挥出色的加里奥。所谓我玩不了四保一战术了，你也别想拿到。

而LXH战队并没有开动中单的英雄池，反而禁掉了韩翎风的三个ADC。

韩翎风看着被禁掉的那三个ADC，不由得嘴角抽搐。

苏伊："女警，维鲁斯，大嘴……可以，这面子很足。"

韩翎风一阵头疼，对教练说道："教练，后路被断了啊。"

阿炎翻了一下笔记本："复仇之矛呢？我记得这个英雄你玩得挺好的。"

苏伊听了后眼睛一亮："咦，那这么说我是不是可以玩牛头了，牛头大招加强过了，很肉的。"

阿炎："牛头后首选，看下对面Zeus选什么中单。"

结果双方都快选择完毕的时候，LXH战队锁掉的中单竟然是发条魔灵。发条魔灵是个发育型的刷子英雄，英雄的强势期在二十分钟之后。

"哟。"闪电应了声，"看来大魔王是不打算和我拼对线了，是要拼发育？"

咖啡吐槽道："别忘记你刚才在休息室说的话，单杀记住了啊。"

"等着看。"

最终双方阵容确定。

SNM战队：克烈、挖掘机、辛德拉、复仇之矛、牛头。

LXH战队：鳄鱼、酒桶、发条魔灵、艾希、布隆。

第三场比赛，一触即发。

LXH战队这次的打法十分稳定，并不像第一场那么被动，也不像第二把那么激进。进攻和防守都做得滴水不漏，唯一匮乏的是中上两路的推线主动权，主动权掌握在SNM战队手里。

这时，许瑞奇也自知自家中上的推线优势，入侵到了LXH战队的野区搞事。

凭借着推线的优势，成功牵扯住了对面的中上两人，导致宙斯和安迪到达战场的时间比闪电和咖啡晚了那么几秒。

三人合力击杀掉酒桶，让闪电拿到一血，许瑞奇还能趁着对面打野死掉的时间，搜刮下野区里的不少资源。

这次入侵，直接导致LXH战队的打野发育不良，等级和经济都没法跟上大部队的节奏。

SNM战队初期的节奏成功为队伍建立起不小的优势，而韩翎风和苏伊的下路打法又十分凶猛，已经把LXH战队的ADC补刀数拉扯开了十个以上。

在短暂的发育期后，中路忽然有了动向。Zeus的发条魔灵和闪电的辛德拉忽然双双升到六级，发条魔灵先手大招拉住辛德拉，闪电交出闪现技能极限躲掉，反手一套技能晕住，配合减速技能，再接QR技能，直接一套技能把发条魔灵秒杀掉了！

咖啡："我的个乖乖，闪电你吃炸药了？单杀大魔王！"

闪电得意："哈哈哈哈，看来下个赛季我不用把ID倒着来用了。"

话音刚落，从河道旁边的草丛里忽然冲出来一个酒桶，硬生生把没有召唤师技能的辛德拉干掉了。

苏伊不厚道地笑了起来："哈哈哈，叫你嘚瑟。"

韩翎风："膨胀。"

许瑞奇："你这颗人头送给酒桶，我就很受伤了啊兄弟。"

闪电心里一阵难受："没事，单杀大魔王就够我吹牛的了。"

韩翎风："别，稳住，比赛还没赢。"

因为中野的优势，SNM战队凭借着中野联动的体系，把己方的优势雪球越滚越大。利用经济差和阵容前期的优势，强行找LXH战队打架，收了不少人头。

对于LXH战队来说最不好的消息就是他们家的打野酒桶，被许瑞奇的挖掘机打成了智障，好几拨大招都用得毫无意义。

这样的举动导致比赛进行到三十五分钟的时候，SNM战队以7：0的人头比优势，直接下来大龙。而LXH战队看起来似乎并不想放弃这条大龙，在队员集体半血的情况下，依旧想骚扰SNM战队打龙的节奏，没想到直接被咖啡抓住机会上去开团。

然后苏伊的牛头闪现进场击飞，控制链几乎无缝连接，韩翎风的复仇之矛在后面不断输出，直接收获了一拨四杀！

完美团战！送对方升天！

"LXH这拨大龙要得太贪心了！"

"伊妹的牛头直接击飞起了四个人你能信？"

“这拨控制接得太好了，对面四个人就没从天上下来过。”

拿到大龙后，SNM 战队整体雄赳赳气昂昂地就朝 LXH 战队的基地奔去。

“我不会是做梦吧！我们 2 ∶ 1 领先了！”

“别奶自己，还有一场！”

“我们终于不用再被别人说被 LCK 血洗了。”

目前，SNM 战队以 2 ∶ 1 的比分领先。

中场休息时间，苏伊望着休息室里的电视机，握着水杯的手有些颤抖。

太一和教练阿炎还在安抚众人一定要稳住，他们有机会拿下最后一场比赛的胜利！

韩翎风喝了口水：“我们距离 S7 的总冠军，只有一步之遥了呢。”

苏伊把水杯放在茶几上：“是呀，只差一场比赛的距离。”

韩翎风偏过头，笑着摸了摸她的脑袋：“还会紧张吗？”

苏伊看着他的眼，弯起嘴角：“好像反而越到后面就越轻松了，感觉只要放开了打就好，不管结局如何，我们都尽力了呢。”

比赛前的音乐再度响起，SNM 战队五人深呼吸，踏着沉稳的步伐，再度迈向属于他们的席位。

最后一场生死局，双方在禁选上都做得很谨慎。

SNM 战队这边先手拿了许瑞奇的雷恩加尔，而对面拿下了辛德拉和维鲁斯，反手 SNM 战队再度选择了婕拉以及维克托。

看到阵容选择到这里，苏伊在语音里说道：“咦，我们现在拿的阵容和我当初画的那幅冠军同人差不多的呢，就剩下奥拉夫和金克丝了。”

教练阿炎听了她的话，笑了笑：“对面这阵容我们拿奥拉夫和金克丝也未尝不可。”

闪电：“真的啊，风神的金克丝还在外面！”

韩翎风想了想：“金克丝吧，我们直接打一套爆发。”

苏伊一脸震惊：“还有这种操作？”

韩翎风看着她：“我们的梦想会成真的，对吗？”

苏伊点头：“嗯，我相信。”

事实上，第五场至关重要的比赛，谁都不敢轻易先动手，LXH 战队的打野估计太过谨慎，结果被雷恩加尔在野区里逮住机会，和上单一起拿下一血。而下路苏伊的婕拉打得太过激进，被对面抓住机会打成残血交掉闪现逃走，对面杀心太重紧追不舍，反而没杀掉婕拉，被中路赶来的维克托大招和磁场封路，葬送人头。

SNM 战队取得优势。

LXH 战队也善于寻找机会，在十五分钟的小龙团战前打了一拨二换四，把失去的经济拉了回来。双方牵扯战足足打了三十五分钟，截止到这时，双方队伍的经济差一直保持在两千块以内。

不得不说，SNM 和 LXH 都打得太稳了。

第三十八分钟，在大龙池外的牵扯战中，LXH 战队强行开团，苏伊的婕拉反手大招封路，在野区狭小的地区里一下击飞了三个人，雷恩加尔进场秒掉对面打野，被 Zeus 反手杀死。韩翎风的金克丝切换炮形态疯狂输出，在收获到第一个人头后靠着被动，冲上前，闪现躲掉宙斯的控制技能，两下平坎点出暴击，击杀掉了 LXH 战队残存下来的最后一名英雄。

最后这拨团战，韩翎风打出了爆炸输出，将 LXH 战队五人团灭。

SNM 战队剩余的三名英雄，跟着兵线冲上对面高地。

咖啡已经激动地在语音里开始咆哮道：“冲啊！高地高地！我们要赢啦！”

许瑞奇：“点塔点塔！”

苏伊激动地握着鼠标，快要哭出声来：“一拨一拨！门牙塔！”

闪电：“我们要赢啦！”

在 LXH 的基地爆炸画面定格在眼前时，SNM 战队的五名选手摘下耳机激动地抱在一起，泣不成声。最后的音乐响起，所有的摄像头都对准了 SNM 战队这边。

他们像疯子一样蹦着跳着，任凭自己哭得稀里哗啦。

现场观众不由得站起身来，齐声呐喊着：“恭喜 SNM，恭喜 LPL！”

没有人会想到，这支在 LPL 奋斗了四年的队伍，会在这一刻迎来属于他们的荣耀，创立起一个全新的国度——一个属于 SNM 的国度。

SNM 战队五人捧着冠军奖杯，一个个笑逐颜开。其实苏伊也没想到过，今天 SNM 战队会选择那张插画里的阵容，赢下 S7 的总决赛，她也没想到粉丝会身披国旗，呐喊着“恭喜 SNM，恭喜 LPL”。

这是一个美好的时代，属于他们的时代。

他们都是追逐梦想的人，或许没人记得他们的真名，但是他们的 ID 一个个深入人心——这就是电子竞技，他们所热爱的电子竞技。

他们终其一生都在寻找梦想的路上，根本就不需要畏惧自己会失去什么，得到什么。似乎只要抬起头，就能骄傲地活下去。

他们用有限的生命，书写着一场场传奇。

而这样的传奇，会铭刻在整个电子竞技的时代，成为永不褪色的风景。

站在舞台上，即便现场的音乐声和欢呼声盖过了其他所有声音，苏伊还是清晰地听见站在身边的韩翎风在她耳边叫着：“苏伊。”

“嗯？”

“一直都想说……能遇见你真的是太好了。”

后记
写给 LPL 的话

“有些人总是嘲笑别人的梦想，用他们自以为是的沧桑。殊不知，在经历过坎坷和荣耀后，他们会在这条路上固执地走下去。”

这句话送给每一个在 LPL 奋斗的职业选手。

你的荣耀，我的骄傲！

长梦未央，永不言弃。

等你们继续书写传奇。

等一声“恭喜 LPL”！

Keep your dreams，Never give up（守护你的梦想，永不放弃）！

妍小爱

记于 S7 全球总决赛半决赛后